Michael Kibler
Zornesglut

PIPER

Zu diesem Buch

Kommissar Steffen Horndeich traut seinen Augen nicht, als er die Aufnahmen der Überwachungskameras aus der Mordnacht sieht. Denn auf den Bildern ist eindeutig der Wagen seiner ehemaligen Kollegin Margot Hesgart ganz in der Nähe des Tatorts zu erkennen. Horndeich kann es nicht glauben. Margot ist für ihn nicht nur eine Kollegin, sondern auch eine Freundin. Lange haben sie zusammen bei der Darmstädter Mordkommission gearbeitet und viele Fälle gemeinsam gelöst. Für sie würde er seine Hand ins Feuer legen. Aber die Beweislast ist erdrückend, und im Zuge der Ermittlungen tauchen immer mehr Hinweise auf, die für ihre Schuld sprechen. Steffen Horndeich bleibt keine Wahl: Er muss gegen Margot Hesgart ermitteln ...

Michael Kibler, geboren 1963 in Heilbronn, ist leidenschaftlicher Wahl-Darmstädter. Nach Studium und Promotion arbeitet er heute als Texter und Schriftsteller. Seine erfolgreichen Kriminalromane um die Darmstädter Ermittler Steffen Horndeich, Margot Hesgart und Leah Gabriely begeistern seit Jahren zahlreiche Leserinnen und Leser.

Michael Kibler

ZORNESGLUT

Kriminalroman

PIPER

Mehr über unsere Autoren und Bücher:
www.piper.de

Wenn Ihnen dieser Kriminalroman gefallen hat, schreiben Sie uns unter Nennung des Titels »Zornesglut« an *empfehlungen@piper.de,* und wir empfehlen Ihnen gerne vergleichbare Bücher.

Von Michael Kibler liegen im Piper Verlag vor:
Darmstadt-Krimis:
Zarengold
Rosengrab
Schattenwasser
Todesfahrt
Engelsblut
Opfergrube
Sterbenszeit
Totensee
Seelenraub
Treueschwur
Abendfrost
Zornesglut

MIX
Papier aus verantwortungsvollen Quellen
FSC® C083411
FSC
www.fsc.org

Originalausgabe
ISBN 978-3-492-31483-1
November 2019

Redaktion: Lisa Wolf
Umschlaggestaltung: semper smile, München
Umschlagabbildung: akg-images/Schütze/Rodemann und Shutterstock.com
Satz: Kösel Media GmbH, Krugzell
Gesetzt aus der Minion
Druck und Bindung: CPI books GmbH, Leck
Printed in the EU

Für Charly

MUTTER I.

Mein Gott, wie schön du bist! Auch wenn du mir kaum ähnlich siehst. Vielmehr deinem Vater. Seine Gene haben sich auf ganzer Linie durchgesetzt. Die weichen Züge hast du von ihm.

Nun liegst du da, in diesem Krankenhausbett. Ich ertrage es kaum, die ganzen Schläuche zu sehen. Man sagt mir, sie wären lebensnotwendig. Überlebensnotwendig. Ohne sie würdest du verhungern, ohne sie würdest du nicht atmen, ohne sie würdest du verdursten.

Unter der Bettdecke lugt eine Hand hervor. Als ob sie nicht zu dir gehört.

Ich umfasse sie. Deine schmalen Hände, die nicht passen wollten zu dir. Der Rest deines Körpers ist eher stämmig – da haben meine Gene gewonnen. Die Hand ist warm. Kalte Hände waren nie dein Problem. Ich streichle sie, und es fühlt sich fürchterlich an. Auch wenn ich das nicht sagen darf, wenn ich es nicht einmal denken darf: Genauso würden sich die Hände eines Roboters anfühlen, bei dem es den Entwicklern gelungen ist, Haut und Konsistenz exakt denen des Menschen anzugleichen. Aber nichts reagiert, wenn ich über die Haut deiner Hand streichle.

Ich tue es dennoch.

Wieder und wieder.

Ich erinnere mich, wie du als kleines Kind immer zusammengezuckt bist, dann aufgelacht hast. Du warst kitzelig ohne Ende. Hast du auch von deinem Vater. Definitiv nicht von mir. Wie sehr ich das damals gehasst habe. Hat mir gezeigt, dass du *sein* Kind warst. Und jetzt? Jetzt würde ich alles dafür geben, dass du plötzlich kicherst, lachst, meine Hand wegstößt, die Augenbrauen zusammenziehst und mich mit bösem Unterton anfährst: »Lass das!« So wie damals, als Fünfjährige.

Die Ärzte sagen, es gibt eine Chance. Du kannst morgen aufwachen, übermorgen, vielleicht auch erst in einer Woche, und alles, alles wird dann sein wie vorher.

Chance.

Ein fürchterliches Wort.

Chance heißt, dass es nicht sicher ist.

Und *Chance* heißt außerdem, dass die Wahrscheinlichkeit, dass es nicht so kommt, viel größer ist als die, dass du morgen wieder murmelst: »Mama, lass das!«

Mein Gott, hätte ich doch nur die *Chance* gehabt, dich zu retten.

Ich lasse deine Hand nicht los.

Immer noch nicht.

Obwohl ich schon fast zwei Stunden hier sitze.

Ich habe noch eine zweite Hand.

Mit der kann ich meine Tränen wegwischen.

MONTAG, 20. MAI

Kopfschuss. Kein Zweifel. Über die Todesursache würde sich Dr. Martin Hinrich, der Rechtsmediziner aus Frankfurt, später keine Gedanken machen müssen. Das schoss Hauptkommissar Steffen Horndeich durch den Kopf, als er die Leiche sah, die auf dem Asphalt lag. Ein Kollege der Streife, der vor einer Viertelstunde als Erster am Tatort eingetroffen war, hatte die Plane über dem toten Körper für ihn angehoben.

Horndeichs Uhr zeigte ihm, dass es nur noch eine knappe Stunde bis Mitternacht war. Er blickte sich um. Die Kollegen hatten den Bereich der Heinrich-Delp-Straße komplett gesperrt. Und das war gut so, denn trotz der späten Stunde füllte sich der Asphalt bereits mit Schaulustigen. »Wissen Sie schon, wer der Tote ist?«

Der Kollege in Uniform nickte. »Markus Böhmer. Wohnt hier.« Er deutete mit dem Kinn auf das Zweifamilienhaus hinter der Einfahrt, vor der Böhmers Körper lag.

»Hat er Familie?«

»Ja, seine Frau ist im Haus. Kollege Süllmeier ist bei ihr. Sie hat ihren Gatten schon identifiziert. Also, sie saß neben ihm, als wir eingetroffen sind.«

»Vielleicht können Sie schon mal die Personalien der Gaffer aufnehmen, ich denke, dann haben wir bereits einen Großteil der Nachbarschaft abgedeckt.«

Horndeich betrat das Haus. Die Haustür stand offen. Er hörte leises Schluchzen und folgte der akustischen Spur. Auf dem Sofa saß eine Frau. Die Erscheinung trotz der rot geweinten Augen elegant, als ob sie eben gerade der Titelseite der

Gala entstiegen wäre. Die blonden, schulterlangen Haare stammten von Seite 58, die Frisur von Seite 63. Perfekt gestylt, abends um elf. Einzig die Blutflecken auf dem roten Kleid störten den makellosen Gesamteindruck. Auf dem Sessel neben dem Sofa hatte Bernd Süllmeier Platz genommen, der sie selbst im Sitzen um einen Kopf überragte.

Horndeich räusperte sich. »Ich bin Hauptkommissar Steffen Horndeich, Kripo.«

Ihr Blick hob sich in seine Richtung. Sie tupfte sich mit einem Taschentuch die Tränen ab, dann sagte sie: »Oksana Böhmer. Ich bin seine Frau.«

»Mein Beileid«, murmelte Horndeich, jene Floskel, jenes Ritual, das gesagt werden musste, auch wenn es für ihn in diesem Moment völlig inhaltsleer war. Dann stellte er die Frage, die ihm jedes Mal ebenso blöd vorkam, insbesondere, da die Frau vor ihm von einem Moment auf den anderen ihre Fassung offenbar wieder zurückerlangt hatte. »Darf ich Ihnen ein paar Fragen stellen?«

Oksana Böhmer deutete mit dem Kinn auf einen der Sessel.

Horndeich setzte sich, dann fragte er: »Frau Böhmer, was hat Ihr Mann auf der Straße gemacht? Wollte er gerade irgendwo hingehen?«

Oksana Böhmer schüttelte den Kopf, nur der Hauch einer Bewegung, die Horndeich mehr spürte als sah. Ihr Blick fiel auf den Boden. »Nein. Er wollte gerade zu uns kommen. Fünf Minuten vorher habe ich noch mit ihm telefoniert, da hat er gesagt, dass er gerade auf dem Weg nach Hause ist.«

»Zu uns? Ist noch jemand im Haus?«

Das Nicken fiel ähnlich spärlich aus. »Unser Sohn, Luc, er liegt oben. Er hat einen tiefen Schlaf. Vielleicht können wir ihn einfach bis morgen in Ruhe lassen.«

»Haben Sie eine Idee, was vorgefallen sein könnte?«

Nun traf Oksana Böhmers Blick Horndeich wie ein spitzer Pfeil: »Fragen Sie mich das im Ernst? Mein Mann ist erschossen worden. Direkt neben seinem Wagen. Und direkt vor meinen Augen. Ich bin schon raus, weil ich ihn begrüßen wollte. Er hat den Wagen abgeschlossen, und dann habe ich nur noch gesehen, wie die Hälfte seines Gesichts weggeflogen und er zusammengesackt ist. Genügt Ihnen das als Antwort?«

»Haben Sie die Schüsse gehört?«

»Nein. Gar nichts. Doch. Ich habe gehört, wie der Schädel meines Mannes explodiert ist.« Sie hielt kurz inne, dann sagte sie ganz leise: »Nein, ich habe keinen Schuss gehört.«

Horndeich hatte nicht gewusst, wer die Polizei gerufen hatte. Aber diese Frage war nun auch beantwortet, wenn die Schüsse nicht zu hören gewesen waren und sie die einzige Augenzeugin war. Für einen kurzen Moment malte sich Horndeich aus, wie er am Gartentor seines Hauses stand, seine Frau das Auto abschloss, er sah, wie sie sich zu ihm drehte, und dann … Nein, er konnte sich nicht vorstellen, was diese Frau gerade durchmachte. Dennoch musste er noch eine Frage loswerden. »Haben Sie eine Idee, wer Ihren Mann ermordet haben könnte. Und warum?«

Oksana Böhmer sank wieder in sich zusammen. Wieder das kaum wahrnehmbare Kopfschütteln, aber diesmal ohne begleitende Worte.

Horndeich erhob sich. »Bleib bitte noch bei ihr«, sagte er zu Bernd Süllmeier. Dann verließ er das Haus wieder.

Silvia Rauch, die Leiterin der Spurensicherung trat im weißen Schutzanzug auf ihn zu: »Ich wusste gar nicht, dass du schon da bist. Wir haben gerade erst richtig angefangen, aber schon was gefunden.«

Horndeich hob eine Augenbraue: »Das ging ja schnell.«

»Ja. Wir haben den Ort, von dem aus er erschossen worden ist. Wer immer das getan hat, er hat sich nicht die Mühe gemacht, die Patronenhülsen wieder einzusammeln.«

»Oder sie«, ergänzte Horndeich.

»Oder sie, selbstverständlich.« Silvia Rauch führte Horndeich auf die andere Straßenseite. »Hier«, sagte sie und deutete auf den Boden, der in diesem Moment von zwei anderen Weißanzügen untersucht wurde. Ein Flutlichtmast tauchte den Asphalt in gleißendes Licht und ließ jede Unebenheit im Boden sichtbar werden.

Horndeich blickte in Richtung Leiche. Der Rechtsmediziner war inzwischen eingetroffen und untersuchte sie vor Ort. »Wie weit ist das entfernt?«

»Knapp dreißig Meter.«

»Schon irgendwas zur Waffe?«

»9 mm. Nichts Besonderes. Das Labor wird uns Genaueres sagen können.«

»Auf diese Distanz trifft auf jeden Fall kein Laie. Muss jemand gewesen sein, der genau gewusst hat, was er da tut.«

»Das zu beurteilen fällt in euer Ressort«, sagte Silvia Rauch.

»Sonst noch was hier am Tatort?«

Ein Blick sagt mehr als tausend Worte, dachte Horndeich. Klar, sie waren alle gut in ihrem Job. Aber hexen konnte niemand. Horndeich hob leicht die Hände, er hatte verstanden. Und ging in Richtung des Rechtsmediziners.

Dr. Martin Hinrich hockte neben dem Leichnam. Er hatte ihn auf den Rücken gedreht. Zuvor hatte Horndeich nur Einschusslöcher im Hinterkopf wahrgenommen. Nun sah er, ebenfalls im Schein eines gnadenlosen Flutlichts, das Gesicht des Opfers. Zumindest die linke Hälfte. Die rechte … Nein, das war wieder einer der Momente, in dem es ihm schwerfiel, sowohl Emotionen als auch Würgereiz unter Kontrolle zu bekommen. Fiel ihm ohnehin zunehmend schwerer, wie er in diesem Moment feststellte.

Den Rest des Körpers nahm Horndeich nur am Rande wahr. Er schätzte den Mann auf ein Meter fünfundsiebzig. Schlank, aber mit athletischem Körperbau. Der Anzug gewiss nicht von der Stange, die schwarzen Halbschuhe ebenfalls edel und teuer.

»Erschossen«, sagte Hinrich, fügte aber keine blöde Bemerkung hinzu. War sonst gar nicht seine Art. Hinrich sah Horndeich nicht einmal an. »Ist die Todesursache. Welche der drei Schüsse zum Tod führten, das weiß ich nicht. Aber wenn ich diese Sauerei sehe, glaube ich, dass jedes Projektil für sich den Job erledigt hätte.«

Er zog die Plastikplane wieder über den Leichnam, dann erhob er sich. »Alles Weitere, wenn ich ihn in Frankfurt auf dem Tisch hatte. Ich schaue ihn mir morgen früh gleich an.« Er nickte Horndeich zu, wandte sich ab und verließ den Tatort. Horndeich sah gerade noch, wie er in einen knallroten Mazda MX 5 RF mit Leipziger Kennzeichen stieg. Im vergangenen Jahr war er immer wieder mit diesem Sportcabrio vorgefahren. Es gehörte seiner Leipziger Berufskollegin Emilia Schubert. Und die schien sich in letzter Zeit ziemlich häufig in der Nähe von Hinrich aufzuhalten. So nah, dass er sogar ihren Wagen benutzte. Hinrich mochte die Leipziger Kollegin. Die beiden hatten ein Techtelmechtel. Oder ein Techtelmechtel gehabt. Da war sich Horndeich nicht ganz sicher. Zumindest fuhr der Arzt in ihrem Wagen vor. Und der sonst so wortgewaltige Dr. Hinrich hüllte sich diesbezüglich in Schweigen. Emilia Schubert war die Einzige, die Dr. Martin Hinrich in seiner manchmal – nun, zuweilen etwas überheblichen Art bändigen konnte. Doch diese Überheblichkeit hatte der Anblick des ganz offensichtlich hingerichteten Menschen fortgewischt.

»Halt, Sie bleiben hier!«

Horndeich hörte den Ruf vom anderen Ende der Straße. Er drehte sich um. Zwei Kollegen in Uniform versuchten einen Mann daran zu hindern, das Absperrband zu durchbrechen. Sie hielten ihn fest.

Horndeich ging auf die Kollegen zu.

»Das ist mein Bruder!«, rief der Mann. »Mein Bruder!«

Horndeich trat auf den Mann zu und stellte sich vor. »Und Sie sind?«, wollte er wissen.

»Ich bin sein Bruder! Ich will zu ihm! Ich will ihn sehen!«

»Herr …«, versuchte Horndeich den Mann zu beruhigen. Er war durchtrainiert. Die dünne Jacke spannte über dem mächtigen Brustkorb. Wenn Böhmers Frau Oksana der *Gala* entsprungen schien, kam der Bruder des Toten, wenn er es denn war, direkt von einem Shooting für das Blatt *Men's Health*. Oder vielleicht auch für eine Militärzeitschrift: Die Haare waren raspelkurz geschnitten. Nur der goldene Ohrstecker passte nicht ganz ins Bild.

Die beiden Kollegen konnten den Mann nicht halten, der sich losriss und in Richtung seines Ziels stürmte, das gut markiert war: Die Plane, unter der der tote Körper lag, war von Flutlicht erhellt. Die uniformierten Kollegen setzten hinterher. Als sie das Kraftpaket erreichten, hatte dieser das Plastik bereits zur Seite gerissen und heulte auf.

Die beiden Kollegen packten den Mann nun am Arm. Er ließ sich ohne Widerstand von der Leiche fortführen.

Oksana Böhmer musste seinen Schrei gehört haben, denn sie stob aus der Haustür, direkt auf den Mann zu. »Uli«, rief sie aus. Der Angesprochene rannte auf sie zu, und die beiden fielen einander in die Arme. Aus Horndeichs Perspektive verdeckte der Muskelberg die Frau vollkommen, nur deren rot bekleidete Arme und Hände wirkten wie ein surrealer Aufdruck auf der Jacke des Hünen.

Zwei Minuten später saß Horndeich wieder im Wohnzimmer. Auf der Couch hatten Böhmers Frau und der Bruder Platz genommen. Uli Böhmer hatte den Arm um seine Schwägerin gelegt und schaute Horndeich an. Selbst sein Blick wirkte muskelbepackt. »Sie finden den? Sie müssen den finden! Den, der das getan hat! Und Sie finden ihn besser vor mir!«

»Ich würde Ihnen gern ein paar Fragen stellen«, sagte Horndeich. Bereits während er die Worte aussprach, war ihm klar, dass er hier und heute keine Antworten mehr bekommen würde. Oksana Böhmers mühsam aufgebaute Contenance floss gerade in Ulis Jacke, und auch er schien im Moment nicht fähig oder bereit, ein ruhiges Gespräch zu führen.

Horndeich ließ sich von Uli Böhmer Adresse und Handynummer geben, dann erhob er sich und verabschiedete sich.

Er ging zu seinem Wagen, schloss ihn auf, musste schmunzeln. Fünfundzwanzig Jahre hatte der Mazda Xedos 9 jetzt schon auf dem Buckel, und nach wie vor kutschierte er Horndeich und auch seine Familie anstandslos durch die Weltgeschichte. Horndeich mochte Dinge, die beständig waren. Und so versuchte er, auch das Bild des zerstörten Gesichts auszublenden und daran zu denken, dass er sich in wenigen Minuten neben seine Frau Sandra legen und an sie schmiegen würde. Dieser Gedanke hatte es bislang immer geschafft, die aufgewühlten Synapsen im Gehirn wieder zur Ruhe zu bringen. Doch als er gewendet hatte und Richtung Heimat fuhr, spürte er, dass auch das heute nicht funktionierte.

DIENSTAG, 21. MAI

Die Mordkommission war kaffeelos. Die semiprofessionelle Kaffeemaschine, der sich Leah Gabriely, ebenfalls Hauptkommissarin der Darmstädter Mordkommission, stets mit unendlicher Geduld widmete, hatte sich am Vortag mal wieder eine Auszeit genommen. Und der Service-Techniker war erst für morgen angekündigt. Umso mehr wunderte sich Leah, dass auf dem Flur in Richtung Besprechungsraum Kaffeeduft waberte.

Sie war bereits ein paar Minuten zu spät dran. Noch in der Nacht hatte Kollege Horndeich ihr eine Nachricht aufs Handy geschickt, dass man sich früh um acht treffen wolle, da in der Nacht in der Heinrich-Delp-Straße ein Mann erschossen worden war. Leah hatte das Handy auf lautlos gestellt, mit dem Display nach unten abgelegt, sodass sie die Benachrichtigung erst wahrgenommen hatte, als sie um halb acht, noch mit Handtuch-Turban und Bademantel bekleidet, das Smartphone zum ersten Mal an diesem Tag eines Blickes würdigte.

In Rekordgeschwindigkeit hatte sie sich zurechtgemacht, die Haare mehr gegrillt als geföhnt, den obligatorischen Dutt gesteckt, war in Wäsche, Rock und Bluse geschlüpft und um zehn vor acht bereit, um mit dem Wagen Richtung Präsidium zu fahren. Von ihrer Wohnung in der Heinrich-Fuhr-Straße aus war es egal, welchen Weg sie wählte – um diese Uhrzeit war die Strecke von knapp vier Kilometern kaum in unter zwanzig Minuten zu bewältigen.

Als sie nun die Tür zum Besprechungsraum öffnete, waren noch zwei Plätze frei. Mit einem Blick erfasste sie die Besetzung des Raumes: Steffen Horndeich, ihr Partner, neben ihm Richard Feller, der Computerexperte, Silvia Rauch von der Spurensicherung und Bernd Süllmeier, der Kollege von den Uniformierten. Und vor jedem stand ein Pappbecher mit Kaffee. Ein Schüsselchen mit Kondensmilchtöpfchen und verpackten Zuckerwürfeln stand ebenfalls auf dem Tisch. Sie setzte sich neben Richard Feller.

»Sorry, verschlafen«, murmelte Leah.

»Wir haben gerade erst angefangen«, erklärte Horndeich und sah Leah fragend an. Der Begriff *verschlafen* gehörte eigentlich nicht zu ihrem aktiven Wortschatz. »Also, ich fasse noch mal zusammen«, sagte Horndeich dann. »Heute Nacht um 22:40 Uhr wurde Markus Böhmer, neununddreißig Jahre alt, erschossen, als er gerade sein Grundstück betreten wollte. Seine Frau, Oksana Böhmer, rief die Polizei, die Aufzeichnung datiert das Gespräch mit der Einsatzzentrale auf 22:41 Uhr. Zwei Kollegen im Streifenwagen waren zwei Minuten später vor Ort, Bernd, der ebenfalls in der Nähe war, weitere zwei Minuten später. Ich selbst war um 22:55 Uhr am Tatort. Markus Böhmer hat drei Einschusswunden im Hinterkopf, die Austrittswunden im rechten Teil des Gesichts lassen sich nicht voneinander unterscheiden. Hinrich untersucht den Leichnam heute Vormittag in Frankfurt, am frühen Nachmittag sollten wir seinen Bericht haben.«

Leah hörte aufmerksam zu, für sie waren dies alles neue Informationen.

»Silvia, hast du schon irgendwas Neues für uns?«

Silvia Rauch klappte den Deckel ihres Tablet-Computers zurück und wischte wenige Male über das Glas. »Wir haben drei Patronenhülsen gefunden, alle 9 mm Luger. Und die Projektile. Und einen Blutstropfen.«

Leah sah, wie sich Horndeichs Augenbraue hob. Diese Botschaft war offensichtlich auch für ihn neu.

»Ein Blutstropfen?«, wiederholte er.

»Ja. Wir können natürlich nicht auf den Zentimeter genau

sagen, wo der Schütze gestanden hat. Höchstwahrscheinlich, wenn man betrachtet, an welcher Stelle die Hülsen gelegen haben, auf dem Bürgersteig, unmittelbar in der Nähe der großen Eiche. Aber der Boden ist aus Asphalt, wir haben da keine Schuhabdrücke oder Ähnliches finden können. Der Blutstropfen könnte vom Täter stammen. Muss nicht, aber kann.«

»Und wie verliert man beim Schießen Blut?«, dachte Horndeich laut nach.

»Nasenbluten«, sagte Leah.

»Habt ihr schon die DNA des Blutes?«, wollte Horndeich wissen.

»Ist schon im Labor, die Ergebnisse sollten wir ebenfalls heute Nachmittag bekommen.«

»Richard, hast du schon was für uns?«

Richard Feller war der Älteste in der Runde, der sechzig inzwischen näher als der fünfzig. Wie auch Leah war er meistens der Erste, der durch die Bürotür ins Präsidium trat. Und oft auch der Letzte, der es verließ. Kollege Feller war der König der Recherche, jonglierte mit fünf Computermäusen gleichzeitig und war definitiv der Champion, wenn es darum ging, Informationen aus Bits und Bytes zu Erkenntnissen zu verknüpfen.

»Na ja, ich habe ja erst eine halbe Stunde recherchiert. Wie du schon sagtest, Markus Böhmer ist neununddreißig Jahre alt, seit vier Jahren verheiratet mit Oksana Böhmer, fünfundzwanzig. Er ist Unternehmer, hat eine Kette von Fitnessstudios hier im Raum Südhessen und Baden-Württemberg, insgesamt rund zwanzig Filialen, Tendenz steigend. Die beiden haben einen Sohn, Luc, drei Jahre alt. Böhmer ist bei uns kein Unbekannter. Immer wieder Anklagen wegen Verstoß gegen das Betäubungsmittelgesetz – also Drogen, und er hat auch schon wegen Körperverletzung gesessen, aber das ist schon ein paar Jahre her. Sein Bruder, Ulrich Böhmer, siebenunddreißig, hat auch schon dreimal eingesessen, Drogen, Hausfriedensbruch, Körperverletzung. Aber die letzte Verurteilung liegt ein paar Jahre zurück. Offensichtlich haben die beiden jungen Männer inzwischen auf den Pfad der Tugend gefunden. Das war das, was ich auf die Schnelle rausgefunden habe.«

Für eine halbe Stunde nicht schlecht, dachte Leah. Sie und Richard Feller waren vor zwei Jahren etwas enger befreundet gewesen. Man sagte Feller nach, dass er mit Menschen bei Weitem nicht so gut umgehen konnte wie mit seinen Rechnern – doch ihr war es nicht schwergefallen, einen Draht zu ihm zu finden. Was vielleicht auch daran lag, dass beide nicht zur Gruppe der Menschen gehörten, die ihr Innerstes nach außen kehrten. Sie waren nie ein Paar geworden, was sich Leah zugegebenermaßen selbst zuschreiben musste. Doch sie hatten sich immer mal wieder beim Italiener um die Ecke getroffen, denn Feller wohnte nur drei Häuser von Leah entfernt. Dann war sie mit Bruno zusammengekommen, den sie schon sehr lange zuvor gekannt hatte. Und auch Feller hatte offensichtlich sein Glück gefunden, bei einem Fall, den sie vor einem Jahr gemeinsam bearbeitet hatten. Nathalie Ankenbrand, so der Name der Glücklichen, arbeitete in einer Seniorenresidenz im Osten der Stadt. Seitdem beschränkte sich der Kontakt zwischen ihrem Kollegen und ihr nur noch aufs Dienstliche.

Horndeichs Stimme riss Leah aus ihren Gedanken. »Okay, Bernd, ihr habt euch noch ein wenig die Nacht um die Ohren geschlagen und die Nachbarn auf der Straße befragt. Ist dabei was rausgekommen?«

Bernd Süllmeier schlug ein Notizbuch auf, blätterte darin. »Die Aussagen der Nachbarn gleichen sich: Markus Böhmer ist kurz vor der Heirat mit seiner Frau in das Haus gezogen. Vor drei Jahren haben sie drinnen wohl einiges umgebaut. Aber wie genau es im Haus aussieht, das wusste keiner von ihnen. Sowohl Herr als auch Frau Böhmer waren freundlich, man hat sich gegrüßt, aber niemand hatte engeren Kontakt zu ihnen. Es kann sich auch keiner daran erinnern, dass sie im Sommer mal im Garten gefeiert hätten oder dass es an einem Wochenende etwas lauter gewesen war. Viel mehr haben wir nicht rausgefunden, aber wir werden die Nachbarn jetzt alle einzeln noch mal befragen.«

»Gut«, sagte Horndeich. »Dann werden wir mal die Aufgaben verteilen. Richard, du kümmerst dich darum, was das Netz so hergibt. Leah, ich würde dich bitten, noch mal mit Frau Böhmer zu sprechen, da war gestern Nacht nicht viel an Informationen zu bekommen.«

Während Horndeich sprach, hörten sie an der Tür ein lautes Klopfen. Ohne dass irgendjemand »Herein« gesagt hätte, öffnete sich die Tür, und ein Kollege trat ein, den Leah schon mehrfach gesehen, dessen Namen sie aber nicht parat hatte.

Horndeich warf ebenfalls einen kurzen Blick in die Richtung des Mannes und nickte ihm zu. Dann fuhr er fort: »Und ich werde mir diesen Bruder Ulrich Böhmer mal zur Brust nehmen.«

»Nein, das wirst du nicht«, sagte Mr Unbekannt.

»Marc, was machst du denn hier?«

»Ich bring euch jetzt mal auf den neuesten Stand. Und ihr werdet staunen.«

Der ungebetene Gast schaute sich im Raum um, entdeckte den einzigen freien Stuhl und setzte sich neben Süllmeier, Leah und Feller gegenüber. Der Kollege erinnerte Leah ein wenig an Kris Kristofferson – zu der Zeit, als der noch richtig sexy ausgesehen hatte und im Film *Convoy* einen Truck fuhr – zur guten alten Zeit, so vor vierzig Jahren, also kurz, nachdem sie selbst das Licht der Welt erblickt hatte. Auch er trug eine schwarze Mähne und Vollbart, der am Kinn bereits graue Strähnen zeigte. Im offensichtlichen Bemühen, cool zu wirken, hätte es Leah nicht gewundert, wenn er den Stuhl umgedreht und sich rittlings daraufgesetzt hätte.

»Für die, die mich nicht kennen: Mein Name ist Marc Herzog, und ich bin bei der SOKO Hollandkäse«, stellte sich der Unbekannte allen vor.

Sämtliche Blicke waren nun auf Herzog gerichtet. Der warf daraufhin die Tolle über der Stirn wieder in die richtige Position. Spätestens jetzt wirkte er auf Leah nicht mehr sexy, sondern nur noch affektiert.

»Ich kann euch die ganze Lebensgeschichte eures Mordopfers runterbeten«, setzte er zur Erklärung an. »Ebenso die seines Bruders, die der Schwester, der beiden Eltern, seiner Frau und ich glaube, ich habe auch irgendwo die Blutgruppe des Sohnes Luc notiert. Seit vier Jahren beschäftige ich mich mit kaum etwas anderem.«

»Deswegen sind die beiden in den vergangenen Jahren auch nicht mehr polizeilich aufgetaucht«, murmelte Feller.

Marc Herzog schnippte mit den Fingern der rechten Hand in Fellers Richtung: »Gut beobachtet, junger Freund.«

Auweia, dachte Leah, da hat sich der gute Marc gerade alles andere als einen Freund gemacht. Wenn Leah etwas wusste, dann, dass Feller absolut allergisch war auf derartig geistlose Sprüche. Und so entging ihr auch nicht, dass Feller kaum merklich zusammenzuckte.

»Die SOKO Hollandkäse wurde vor vier Jahren gegründet. Denn Markus und Uli Böhmer sind ganz fett drin im Drogengeschäft. Und endlich, endlich, nach vier Jahren, werden wir die beiden heute Abend hochnehmen. Und mit ein bisschen Glück auch die Hintermänner in Holland. Also, nur noch Uli und die Hintermänner. Markus ist ja tot.« Wieder das Fingerschnippen, diesmal allerdings in Horndeichs Richtung, gefolgt von Marcs Blick: »Und daher werdet ihr Uli Böhmer heute ganz gewiss nicht auf den Zahn fühlen. Denn dann geht alles, wofür sich ich und fünf weitere Kollegen die vergangenen vier Jahre den Arsch aufgerissen haben, den Bach runter.«

»Was passiert heute Nacht?«

Marc Herzog zeigte sich nun wahrlich als wandelndes Klischee. Er zwinkerte Horndeich zu. »Wenn ich dir das jetzt verraten würde, müsste ich dich töten«, sagte er allen

Ernstes. Und so einer arbeitet in einer SOKO?, fragte sich Leah wortlos. Wenn er es verraten würde, müsste er alle im Raum töten, wenn die sich nicht die Ohren zuhielten, dachte Leah. Nur die schlechte Metapher toppte noch den flachen Witz. »Aber einer von euch kann mitkommen heute Abend. Wenn wir Uli festgesetzt haben, könnt ihr ihn gerne auch noch in der Nacht zu dem Mord an seinem Bruder befragen.«

»Dann erzähl uns wenigstens, mit wem wir es zu tun haben«, sagte Horndeich.

»Klärchen«, antwortete Herzog und blinzelte nun auch Leah zu.

Diese musste sich beherrschen, dem Kollegen nicht spontan den Stinkefinger zu zeigen. Offenbar bemerkte Herzog die mangelnde Begeisterung auf Leahs Seite und konzentrierte sich wieder auf Horndeich.

»Markus ist der Älteste im Stall der Böhmers. War ein Aprilscherz im Jahr 1980.«

Eines wusste Leah ganz sicher: Sie würde nicht diejenige sein, die am Abend an der Seite von Herzog Uli Böhmer einlochen würde. Spätestens nach zwanzig Minuten mit ihm in einem gemeinsamen Wagen wäre sie im besten Falle ausgestiegen. Und wenn die innere Balance nicht ganz im Gleichgewicht war, könnte es durchaus sein, dass sie ihn ihre Kampfkünste spüren ließ.

Herzog fuhr nichts ahnend fort: »Zwei Jahre später kam Uli auf die Welt, ein Jahr später Jennifer. Die Eltern haben damals in Eberstadt Süd gelebt, Hochhaus, aber wenigstens mit netter Aussicht. Der Papa war Hausmeister, die Mama Zahnarzthelferin. Bevor Markus auf die Welt gekommen ist, hat sie gearbeitet, und auch wieder, als Jennifer dann drei war. Markus' Papa ist irgendwann eine schwere Rohrzange auf den Fuß gefallen, er hat keine Sicherheitsschuhe getragen, danach war's nicht mehr so weit her mit Laufen. Mama stockt auf ganztags auf – und er entdeckt seine Liebe zu

Schnaps. Als Markus sieben ist, geht sie. Und Papa und die drei Kinder bleiben zurück. Von da an ist das Jugendamt ein oft, wenn auch nicht gern gesehener Gast. Und wenn die Geschwister etwas gelernt haben, dann das: Sie können sich nur auf sich selbst verlassen.«

Mein Gott, dachte Leah, komm auf den Punkt. Sie sah Horndeich an, der ihren Blick aufnahm und kaum merklich mit dem Kopf schüttelte. Lass ihn reden, es gibt keine Information, die überflüssig ist, sagte er ihr damit. Und Leah wusste ja, dass er recht hatte. Ihr Blick fiel in die Runde: Auch die anderen ließen sich gern von Marc Herzogs Geschichten unterhalten. Wobei sie einem unrecht tat: Feller hörte nicht nur zu, sondern speicherte alle Informationen sofort an den richtigen Stellen in seinem Gehirn ab und verschlagwortete sie gleichzeitig.

»Als Markus zehn wird, fällt er der Polizei zum ersten Mal auf. Er ist groß für sein Alter, trainiert auch bereits in der Muckibude, und als die Kollegen ein Jahr später drei Jungs im Alter von zwölf und dreizehn mitnehmen, weil sie auf dem Schulhof andere Kinder abgerippt haben und einer der Väter Anzeige erstattet hat, da sagen alle drei übereinstimmend aus, dass sie für Markus Böhmer arbeiten. Vor Markus Böhmer und seinem Bruder Uli haben alle Respekt. Nein, falsches Wort. Angst trifft es wohl eher. Mit neunzehn kauft sich Markus den ersten Porsche. Gebraucht, aber immerhin. Uli schafft die Führerscheinprüfung erst mit dreiundzwanzig. Er war nie das Gehirn, immer mehr Muskeln. Und die Buchhaltung? Um die kümmert sich Jennifer.«

»Womit haben sie ihr Geld verdient?« Leah musste den Redefluss dieses anstrengenden Kollegen irgendwie unterbrechen, sonst wäre sie wahrscheinlich geplatzt.

Marc wandte sich der Fragestellerin zu, unterließ aber das Blinzeln und hielt auch seinen Zeigefinger im Zaum. Offensichtlich lernte er wenigstens schnell. »Das lässt sich mit einem Begriff zusammenfassen: Organisierte Kriminalität, in mehreren Bereichen. Wenn jemand in dem Viertel, in dem die drei gewohnt haben, jemanden beklaut hat, dann tat er gut daran, seine zwanzig Prozent freiwillig den Geschwistern Böhmer zukommen zu lassen. Eben den Triple-X, wie sie auch genannt wurden. Und wenn jemand den Geschwistern steckte, dass irgendjemand sein Fünftel nicht abgab, dann hatte der ein Problem. Das er dann meistens im Krankenhaus auskurieren durfte. Beim ersten Mal. Wenn man noch freundlich warnte. Zu Beginn ihrer Karriere haben sie auch Schülerinnen akquiriert, die anderen Schülern sexuell zu Diensten waren. Dinge, die die Kollegen wussten, aber ebenfalls Dinge, die niemand im Gericht bezeugen wollte. Außerdem war da nicht das große Geld zu holen, denn ein Neuntklässler im Viertel tut sich schon schwer, zwanzig Euro lockerzumachen, trotzdem mussten die Mädels die Hälfte abgeben, und das taten sie auch. Tja, und dann entdeckten sie das große Business: Drogen.«

»Habe ich das gerade richtig verstanden? Schülerinnen, die sich auf dem Schulhof für andere Schüler prostituieren?« Fellers Mimik war nicht bekannt dafür, seine Emotionen lautstark in die Welt hinauszuposaunen. Aber sein Entsetzen war wohl allen in der Runde aufgefallen.

»Jepp. Genau das. Aber das Geschäftsmodell lief nicht rund. Wenn die Papas der Mädels Wind davon bekamen, war die Hölle los. Ihr habt Ulis schiefe Nase gesehen? Papa eins und Papa zwei. Danach haben sie damit aufgehört. Und eben, wie bereits gesagt, vor neunzehn Jahren beschlossen, das mit den Drogen aufzuziehen.«

Leah musste noch mal eingreifen: »Kollege Feller hat uns gesagt, dass Markus Böhmer Inhaber einer Fitnessstudio-Kette war. Hat er damit nichts verdient?«

Wieder sah Marc Herzog sie direkt an: »Das war die bürgerliche Fassade. Er hat auch noch Beteiligungen an einer Kette von Shisha-Bars. Das ist die Geldwaschanlage. Das gutbürgerliche Aushängeschild.«

»Hat sich denn niemand gegen das Geschwister-Trio gewehrt?«, wollte Leah jetzt wissen. Es fiel ihr schwer, sich vorzustellen, dass irgendjemand in einem Darmstädter Viertel so viel Macht hatte.

Marc zuckte nur mit den Schultern. »Die drei haben kassiert, klar, aber die drei regeln die Dinge auch. Wenn man ein Problem hat, dann geht man nicht zum Polizeiposten Eberstadt, sondern dann geht man zu Markus oder Uli. Und als Frau zu Jennifer. Vor zehn Jahren gab es da diesen Typen, der hat in der falschen Disco in Frankfurt sein Gras vertickt. Darauf haben die Frankfurter zehn Typen nach Eberstadt geschickt. Doch der Kerl ist vorher bei den Böhmers zu Kreuze gekrochen. Und so trafen die zehn Frankfurter auf dreißig Eberstädter. Ging nicht gut aus für die Frankfurter. Übrigens auch nicht für den Typ. Der wurde von Böhmers Leuten vertrimmt – aber das war eben nur ein Denkzettel und kein Mordkommando. Und auch, wenn du ein finanzielles Problem hast, dann helfen dir die Böhmers aus der Klemme. Die Zinsen sind entsprechend, aber man braucht halt keine Anfrage bei der Schufa.«

»Aber Markus Böhmer hat doch seit vier Jahren in der Heinrich-Delp-Straße gewohnt«, hakte Horndeich nach. »Ist ja nun nicht wirklich Eberstadt Süd.«

Herzog versuchte sich in einem Kris-Kristofferson-Grinsen und versagte kläglich. »Sozialer Aufstieg. Ich nehme mal an, seine Frau hat ihm die Pistole auf die Brust gesetzt. Die hatte keine Lust, in Eberstädter Hochhäusern zu wohnen. Meine Theorie: Sie hat ihm gesagt: a) Ich bin schwanger von dir und b) ich werde das Kind ganz gewiss nicht hier großziehen. Und Markus hatte schon damals genug Kohle. Das war auch der Zeitpunkt, als wir beschlossen haben, dass wir die drei hochnehmen werden.« Wieder schnippte er in Horndeichs Richtung. »Du kannst dir nicht vorstellen, wie die drei uns verarscht haben. Wir wussten schon eine ganze Menge über sie. Aber keiner hat sich bereit erklärt, offiziell gegen sie auszusagen. Wir hatten die Gespräche mit den Schulhofprostituierten, wir wussten auch schon sehr viel über den Drogenhandel, mein Gott, was uns nicht alles erzählt worden ist, wie das System Böhmer funktioniert. Aber keiner hat sich getraut zu reden. Keiner. Und vor vier Jahren war es dann genug. Endlich wurde die SOKO eingerichtet, und wir hatten genug Manpower, Kohle und Geduld, um den dreien das Handwerk zu legen. Jetzt fehlt nur noch der Zugriff heute Nacht, dann haben wir sie im Sack. Uli. Jennifer. Nun ja, Markus nicht mehr.«

»Und habt ihr da niemanden auf dem Schirm, der Markus Böhmer auf der Abschussliste hatte?« Horndeich stellte die naheliegende Frage.

Marcs Gesichtszüge wurden so ernst, wie sie Leah bislang noch nicht gesehen hatte. »Da gibt es mehrere Möglichkeiten. Die erste: Markus und Uli haben das Geschäft in den vergangenen zwei Jahren deutlich ausgebaut. Sie haben sich mehrmals mit Größen aus dem Rotlichtmilieu in Frankfurt getroffen. Also Größen bedeutet, Leute aus der zweiten Garde. Aber immerhin. Diese Gespräche sollen ziemlich friedlich abgelaufen sein, irgendwie hat man sich offenbar geeinigt. Was aber nicht heißt, dass es da keine Spannungen gegeben hat und dass man den Aufstieg von Markus Böhmer nicht kritisch verfolgt hat. Die zweite Möglichkeit: Wir haben gerade im vergangenen halben Jahr immer wieder Gespräche mitgeschnitten, bei denen sich Markus und Uli gestritten haben, aber auch Markus mit seiner Schwester Jennifer. Immer wieder ging es um die Aufteilung der Kohle. Markus wollte vierzig Prozent, die andern beiden sollten jeweils dreißig bekommen. Klar, dass Jennifer und Uli für eine gleichberechtigte Aufteilung waren. Die haben sich zwar oft gestritten, doch dann auch immer wieder zusammengerauft. Ich halte also, wenn Markus' Ableben wirklich mit seinen Geschäften zu tun hat, die erste Variante für die wahrscheinlichere.«

Er hielt kurz inne. Dann fügte er noch hinzu: »Es gibt natürlich auch noch die Möglichkeit, dass die holländischen Hintermänner Wind bekommen haben von unseren Ermittlungen. Und dann kann es sein, dass sie alle Brücken hinter sich niederreißen wollten. Halte ich eher für unwahrscheinlich, aber man darf ja nichts, was möglich ist, ausschließen.«

Feller nickte, wie Leah wahrnahm.

»Ich würde euch also bitten, den Ball heute noch absolut flach zu halten. Uli wird den Drogendeal in der Nacht durchziehen. Da wird ihn schon seine Schwester hinprügeln. Also lasst ihn in Ruhe. Die Schwester sowieso. Kommt auf den Tag nicht an.«

»Okay«, sagte Horndeich, »machen wir.« Er sah Leah an: »Du unterhältst dich mit Oksana Böhmer, aber fass sie nicht zu hart an.« Sein Blick fiel auf Feller: »An deinem Job ändert sich nix: Finde raus, was immer das Netz hergibt.« An Silvia gewandt, sagte er: »Danke für deine Unterstützung. Falls das Labor sich bei dir zuerst meldet, lass mich die Ergebnisse wissen.« Und zu Bernd: »Danke für eure Unterstützung, vielleicht legst du mir die Ergebnisse noch auf den Server.«

»Ist schon erledigt«, sagte Bernd Süllmeier.

Marc Herzog stand auf, wandte sich an Horndeich: »Und du fährst heut Nacht mit mir mit?«

»Aber ganz sicher«, sagte Horndeich.

»Aufbruch halb sechs.«

Horndeich nickte und sagte in die Runde: »Wir treffen uns wieder um sechzehn Uhr und tauschen die ersten Erkenntnisse aus.«

Nun standen alle auf. Beim Hinausgehen fragte Leah Horndeich: »Wer hat eigentlich für den Kaffee gesorgt?«

Horndeich nickte nur in Fellers Richtung. Dann hatte Feller für seine Erkenntnisse nicht dreißig Minuten gebraucht, sondern zehn. Und zwanzig Minuten fürs Kaffeeholen. Der Mann ist ein Genie, dachte Leah.

»Wohin fahren wir?«, wollte Horndeich wissen. Er saß auf dem Beifahrersitz im Wagen von Marc Herzog. Ein Audi A7. Schöner konnte man knapp zwei Tonnen kaum durch die Weltgeschichte bewegen. Außerdem definitiv ein Fahrzeug, das in den Kreisen, in denen Uli Böhmer seine Geschäfte machte, nicht auffiel. Und zur Not auch eines, mit dem man Uli Böhmers Geschäftskollegen auf der Autobahn verfolgen konnte, ohne abgehängt zu werden.

»Hünxe, der Rastplatz an der A3 auf der Ostseite. Da wollen sie tauschen. Geld gegen Drogen. Und wir reden hier von viel Geld. Und viel Drogen.« Herzog prügelte den Wagen über die Autobahn. Horndeich hatte den Eindruck, er wolle den ICEs auf der stellenweise parallel verlaufenden Hochgeschwindigkeitstrasse Konkurrenz machen. Horndeich wusste, dass kurz vor Bonn die ersten Baustellen auftauchen würden und Marc den Schnitt versauen würden. Aber er hatte keine Lust zu diskutieren.

»Wann soll die Übergabe stattfinden?«

»Um ein Uhr. Also ein Uhr nachts. Auf dem Rastplatz gibt es noch einen kleinen Parkplatz am Nordende. Da ist Platz für Wohnmobile und so was.«

»Und was wird dort passieren?«, wollte Horndeich wissen.

Obwohl er gerade mit gut hundertneunzig auf der linken Spur bretterte, schaute Herzog kurz zu Horndeich rüber. »Auf dem Parkplatz werden zwei Wohnmobile und ein Pritschenwagen einer Spedition stehen. Außerdem noch fünf Pkws. Alle von uns. In den Wohnmobilen und dem Wagen von der Spedition sitzen die Jungs vom SEK. Wir fahren an den Rand des Parkplatzes und schauen uns von dort die Show an.«

»Über wie viele Drogen reden wir hier?«

»Zwanzig Kilo Marihuana, fünf Kilo Kokain. Beste Qualität. Das Ganze kriegen die Böhmers zum Schnäppchenpreis von zweihundertsiebzigtausend Euro.«

Horndeich pfiff durch die Zähne.

»Das ist auch der Grund, warum sie die Übergabe persönlich machen. Weder der Lieferant noch die Böhmers trauen bei dieser Summe von Geld oder Drogen irgendwelchen Strohmännern. Mit gut einer Viertelmillion im Kofferraum ist die Versuchung für jeden wohl zu groß, kurz vor der Übergabe rechts abzubiegen und einem sorgenfreien Leben entgegenzufahren. Mal ganz abgesehen davon, dass eine Viertelmillion Euro auch echt was wiegt! Hast du eine Ahnung, was hunderttausend Euro in Hundertern wiegen?«

Hatte Horndeich nicht. Konnte nicht zu viel sein. Ein Schein war leicht. »Keine Ahnung, zwei Kilo?«

»Das kannst du locker mal mit fünf multiplizieren. Allein in Hundertern kommen wir da auf zehn Kilo. Fünfundzwanzig Kilo für die Viertelmillion. Aber natürlich möchte der Händler doch gerne eine etwas kleinere Stückelung. In Zwanzigern wiegt die Viertelmillion rund 100 Kilo. Da brauchst du schon ein paar Koffer. Ich geh mal davon aus, dass Uli Böhmer vier Koffer à fünfzehn Kilo im Kofferraum hat. Das Geld wiegt mehr als die Rauschmittel. Und das ist unsere Chance.«

»Übergeben sie sonst Geld und Drogen nicht persönlich?« Horndeich musste feststellen, dass er sich im Metier nicht wirklich auskannte.

Herzog lachte auf, und es war ein bitteres Lachen. »Wenn im Drogengeschäft eine Erfindung ein absoluter Segen war, dann die der Packstation. Du fährst hin, stellst das Päckchen mit den Drogen rein, am nächsten Tag kommt jemand und tauscht das Päckchen gegen ein Päckchen mit Geld. Und damit die Spur nicht auf dich verweist, hast du vorher im Darknet ein Accountkärtchen für die Packstation gekauft, inklusive Fakeadresse und vierstelliger Pin. Die Karte kriegst du, gegen einen kleinen Aufpreis, auch inklusive Partnerkarte, also einer Eins-zu-Eins-Kopie, die schickst du dann an den Lieferanten – und schon habt ihr ein absolut perfektes Austauschsystem, ohne dass irgendjemand die Verbindung zwischen euch herstellen kann.«

Schweigend fuhren sie eine weitere Viertelstunde Richtung Norden. Dann tauchten die ersten Baustellen auf. Horndeich spürte, wie Herzog nervös wurde, wenn er die Geschwindigkeit des Wagens auf achtzig Stundenkilometer drosseln musste. Also versuchte Horndeich es mit Ablenkung: »Und nach der Festnahme auf dem Parkplatz, was passiert dann?«

»Dann? Dann gibt es Verhöre. Und zwar viele. Denn wir schlagen ja heute Nacht nicht nur auf dem Parkplatz zu. In dem Moment, in dem es hier losgeht, gibt der Einsatzleiter das Zeichen, dass parallel dazu auch die Häuser von Uli Böhmer, Markus Böhmer und auch von der Schwester Jennifer Böhmer durchsucht werden.«

»Markus Böhmer? Aber der ist doch tot.«

Wieder sah Herzog zu Horndeich. »Aber all die Unterlagen über seine Geschäfte, die sind in seinem Haus.«

»Wo wohnen eigentlich Uli Böhmer und Jennifer Böhmer?«

»Die beiden sind der Heimat treu geblieben. Wohnen in Eberstadt, in zwei Häusern direkt nebeneinander, im Fritz-Dächert-Weg. Wenn du der König in deinem Revier sein willst, dann musst du auch in deinem Revier bleiben. Gab ganz schön Knies zwischen den Geschwistern, als Markus quasi ins Exil gezogen ist. Hat aber unterm Strich doch geklappt, denn Markus war immer das Gehirn aller Aktionen, während Uli der war, der vor Ort Präsenz gezeigt hat. Und daran hat sich auch nichts geändert.«

Herzog hangelte sich von Baustelle zu Baustelle, fluchte ständig über alle anderen Autofahrer. Außer ihm selbst schien sich kein fähiger Lenker auf der Straße zu befinden. Horndeich fand so ein Verhalten immer etwas befremdlich. Die Zeit, die sie beim Rasen über die Autobahn einsparten, würden sie nachher auf dem Parkplatz mit Warten verbringen. Worin sollte dabei der Gewinn liegen?

Eine Stunde bevor Herzog und er losgefahren waren, hatte

Horndeich sich noch einmal mit den Kollegen besprochen. Er ließ die Ergebnisse Revue passieren. Viel war es nicht gewesen. Die 9-mm-Munition hatte keiner Waffe zugeordnet werden können, die in der Datenbank des BKA gespeichert worden war. Auch die DNA des Blutstropfens hatte keinen Treffer in der Datenbank ergeben. Wobei natürlich nicht einmal sicher war, ob der Tropfen wirklich zum Täter gehörte. Jeder konnte an dieser Stelle ein Blutströpfchen verloren haben. Feller hatte noch einiges zutage befördert, was Uli und seine Schwester anging, aber das hatte er auch schon aus dem Mund von Herzog gehört. Und Leah hatte sich mit der Frau von Markus Böhmer unterhalten. Aber entweder wusste Oksana Böhmer überhaupt nichts über die Geschäfte ihres Mannes, oder sie wusste einiges und sagte deshalb nichts. Unterm Strich: nada. Sie würden sich gedulden müssen. Morgen könnten Horndeich und seine Kolleginnen und Kollegen mit Uli Böhmer sprechen. Und auch mit Jennifer Böhmer.

Es war halb neun, als sie den Rastplatz erreichten. Herzog fuhr den Wagen auf den kleinen Parkplatz, von dem er bereits gesprochen hatte. »Die Kollegen vom SEK werden wohl so in einer halben Stunde hier eintreffen.«

Herzog und Horndeich gingen in das Restaurant der Raststätte. Horndeich hatte richtig Lust auf Currywurst und Pommes, nicht gesund, aber ab und zu gönnte er sich das. Herzog machte sich über ein Steak her.

Um halb zehn begaben sie sich zurück zum Audi. Der hatte natürlich getönte Seitenscheiben. Und nun hieß es Warten. Die beiden Wohnmobile trafen gegen zehn Uhr ein, zwanzig Minuten danach der Lieferwagen der Spedition.

Horndeich verfolgte den Funkverkehr, den Herzog über die Anlage des Autos laufen ließ, aber nicht zu laut, damit niemand, der zufällig am Wagen vorbeiging, mithören konnte.

Horndeich ertappte sich, wie er immer wieder eindöste. Er

war auch nicht in Plauderlaune, obwohl Herzog versuchte, ihn über sein Privatleben auszufragen.

»Auf was für Wagen warten wir?«, wollte Horndeich gegen Mitternacht wissen.

»Uli kommt wahrscheinlich mit seinem eigenen, er steht auf BMW. Ich meine, die Münchner bauen echt schöne Autos. Da gibt es wirklich keinen Grund, sich da einen Sound reinbasteln zu lassen, der lauter ist als der Trecker von meinem Großvater. Und um deine Frage konkret zu beantworten: Er fährt einen X7 xDrive50i. Gibt's in Europa offiziell gar nicht, hat aber den fetten 4,4-Liter-V8-Motor drin. Locker zwölf Liter auf hundert Kilometer. Aber nach dem Deal heute kann er damit viele Kilometer fahren. Womit die Holländer kommen, weiß ich nicht. Kann mir aber nicht vorstellen, dass der Wagen wesentlich kleiner ist.«

Um 0:30 Uhr fuhr der X7 auf den Parkplatz auf.

»Rutsch runter«, sagte Herzog völlig überflüssigerweise zu Horndeich, der als Erster auf Tauchstation war.

Uli Böhmer hatte seinen Wagen am nördlichen Zipfel des Parkplatzes abgestellt. Schlau. Nach Süden waren noch zehn weitere Plätze frei, nach Norden nur noch ein einziger. Dort konnte sich dann der Holländer Kollege hinstellen. Kein anderer würde auf diesen Platz fahren, und schon gar nicht um diese Uhrzeit.

Uli Böhmer stieg aus seinem Wagen, steckte sich eine Zigarette an. Taxierte die Umgebung. Er begann einen kleinen Spaziergang über den Parkplatz, versuchte, durch die Fenster der Wohnmobile ins Innere zu schauen, aber da waren alle Vorhänge zugezogen. Hier schliefen Familien. So wirkte es zumindest.

Dann stapfte er auf den A7 von Herzog und Horndeich zu.

»Scheiße«, murmelte Herzog. Die Seitenscheiben waren getönt, aber die Frontscheibe natürlich nicht. Derartige Observationen waren für Horndeich keine Selbstverständlichkeit. Wenn Uli Böhmer jetzt durch die Frontscheibe auf die beiden Männer schaute, die versuchten, im Fußraum zu verschwinden, was ihnen natürlich nicht gelingen konnte, wären sie aufgeflogen.

»Beug dich über mich!«, blaffte Herzog.

Horndeich verstand nicht.

»Mein Gott, tu so, als ob du mir einen bläst!«, rief Herzog, und Horndeich verstand immer noch nicht. Erst als Herzog sich in seine Richtung zur Seite fallen ließ, mit dem Kopf in seinen Schritt, machte es Klick. Zum Glück. Sonst hätte er wohl einen kurzen Schrei losgelassen. Ein Typ, der sich auf einem Parkplatz von einem anderen Typ einen blasen ließ, das würde wohl auch Uli Böhmer unverdächtig vorkommen. Zumindest unverdächtiger als zwei Männer in einem A7, die einfach nur nebeneinandersaßen.

Uli Böhmer erreichte den Wagen von Herzog und Horndeich nicht, denn plötzlich drang ein Röhren durch die Luft.

Herzog setzte sich wieder aufrecht und beobachtete den Bentley Bentayga, der auf den Parkplatz kurvte. »Okay, der Händler ist da«, sagte er. Der Holländer Lieferant wusste offenbar auch autotechnisch noch einen draufzusetzen. Viel wusste Horndeich nicht über den Edel-Pseudo-Geländewagen von Bentley. Nur, dass er in der aufgemotzten Version wahrscheinlich genauso viel wert war wie der Inhalt der Koffer voller Geldscheine, die heute Nacht den Besitzer wechseln würden.

Der Bentley parkte wie erwartet auf der Außenposition neben Böhmers BMW.

Horndeich hörte den Funk mit. »Beide Zielpersonen eingetroffen. Bereit machen zum Zugriff.«

Aus dem Bentley stieg ein Mann, auf den ersten Blick in ähnlichem Alter wie Uli, Mitte dreißig. Er hatte einen südländischen Teint, soweit sich das in dem gedämpften Licht der Parkplatzleuchten ausmachen ließ.

Die beiden begrüßten sich mit Handschlag, um danach noch eine angedeutete Umarmung folgen zu lassen. Sie zogen ihre Autoschlüssel hervor und drückten gleichzeitig auf eine Taste. Sowohl beim Bentley als auch beim BMW hoben sich die Hecktüren. Die Männer beugten sich jeweils in die Kofferraumöffnung ihres Wagens. Wahrscheinlich öffneten sie die darin verstauten Gepäckstücke. Wie erwartet tauschten sie die Positionen. Sie beugten sich unter den Heckklappen hervor, grinsten beide breit und ließen abermals die Hände gegeneinander klatschen.

Uli griff danach in den Stauraum seines Wagens, zog zwei Koffer hervor. Auch der andere griff zu einem Koffer. Beide tauschten die Gepäckstücke, dann folgte eine Wiederholung des Rituals, mit den beiden weiteren Geldkoffern und dem einen Drogenkoffer.

»Zugriff!«, hörte Horndeich aus den hochwertigen Lautsprechern des Audis.

Herzog öffnete die Fahrertür, stieg aus, und Horndeich folgte ihm. Später sollte er sich oft fragen, warum er das getan hatte.

Ein Grund, weshalb Horndeich in der letzten Zeit kaum mehr Fernsehkrimis ansah, war die an vielen Stellen so offensichtliche Diskrepanz zwischen der Realität und dem Geschehen im Fernsehen. Immer wieder gab es Einsätze mit einem Sondereinsatzkommando, eben dem SEK, und da stürmten sie ins Bild, zwanzig schwarz gekleidete und vermummte Polizisten, alle mit kugelsicheren Westen geschützt – und der ermittelnde Kommissar rannte im T-Shirt und mit gezückter Pistole vor allen anderen in den Raum. Horndeich fand es unerträglich.

Auch er wäre niemals auf die Idee gekommen, mit Herzog in Zivil auf die beiden Kriminellen zuzupreschen. Das war nun wirklich der Job für die dafür ausgebildeten Profis.

Und sie machten ihren Job gut. »Polizei, Hände hoch!«, das hörte Horndeich. Und dann nahm er wie in Zeitlupe wahr, wie der Holländer, von woher auch immer, eine vollautomatische Waffe zückte. Er eröffnete das Feuer und konnte eine Salve Schüsse absetzen, bevor das SEK reagierte und ebenfalls feuerte.

In dem Moment, als Horndeich den Holländer auf den Boden fallen sah und Uli die Hände in die Höhe riss, spürte er einen heißen, brennenden Schmerz am Arm.

MITTWOCH, 22. MAI

Der Arm tat weh, aber es war auszuhalten. Sie hatten ihn sogar in ein Dreieckstuch gebettet, sodass Horndeich ihn überhaupt nicht benutzen konnte.

Er hatte sich selbst entlassen. Es war nur ein Streifschuss, den er abbekommen hatte, entlang seines linken Oberarms, ein Querschläger von einem der Wohnmobile. Hatte keiner mit rechnen können.

Horndeich hätte auch einfach sitzen bleiben können, im Innern des A7, und darauf warten, dass das SEK seinen Job vollendete. Hatte er aber nicht.

Der Streifschuss hatte nur eine Fleischwunde verursacht. Ja, er wusste, dass das Projektil, ein paar Zentimeter weiter auf einer anderen Flugbahn, sein Herz hätte treffen können. Oder seine Lunge. Hatte es aber nicht. Und er war ja selbst dran schuld.

Herzog hatte gewartet, bis sie Horndeich im Krankenhaus versorgt hatten. Dann waren sie zusammen nach Hause gefahren.

Er hatte seine Frau Sandra von unterwegs aus nicht angerufen. Er wollte ihr von der Schusswunde auf keinen Fall am Telefon erzählen. Denn es war nicht das erste Mal, dass Steffen Horndeich eine Kugel abbekommen hatte.

Sandra war kreidebleich geworden, als sie Horndeich mit Dreieckstuch gesehen und erfahren hatte, was der Grund für den Verband war. Sie hatte nichts gesagt. Keine Vorwürfe. Kein Trost. Sie hatte nur dagesessen und geweint. Er hatte sie schließlich in den Arm genommen, doch Sandra saß sicher noch für zwei Minuten völlig regungslos da.

Wenig später waren sie ins Bett gegangen. Herzog hatte die Befragung auf ein Uhr mittags gelegt, damit sie jetzt noch eine Mütze Schlaf bekamen.

Nun saß Marc Herzog neben ihm am Vernehmungstisch, ihnen gegenüber Uli Böhmer. Der hatte nach einem Anwalt verlangt und sich eine halbe Stunde mit ihm beraten. Offensichtlich waren beide zu dem Schluss gekommen, dass ein umfassendes Geständnis bezüglich dieses Drogendeals die einzige Möglichkeit war, die Haftstrafe wenigstens um ein paar Jahre zu verringern.

Herzog hatte bereits eine halbe Stunde mit Uli gesprochen, und sie zogen ihm bezüglich aller weiteren Vorwürfe die Würmer aus der Nase. Er gab genau das zu, was die Beamten ohnehin beweisen konnten. Und auch nur jene Taten, die ihm oder seinem Bruder zugeordnet werden konnten. Seine Schwester hatte angeblich überhaupt nichts verbrochen. Und auch um die Kohle hatte sich immer sein Bruder gekümmert.

Horndeich verfolgte die Vernehmung mit Interesse. Er konnte sich vorstellen, welch Hochgefühl sich in seinem Kollegen Marc Herzog eingestellt haben musste. Der Lohn von vier Jahren Arbeit. Und zwei der wirklich üblen Jungs von der Straße geholt. Na gut, einen. Der zweite war auf andere Art und Weise bereits in der Nacht davor aus dem Verkehr gezogen worden. Wenn Herzog fertig war, würde Horndeich übernehmen und nach dem Mord fragen. Das war der Plan.

Es sollte noch eine weitere Stunde dauern, bis er endlich zum Zug kam.

»Dein Mann«, sagte Herzog. Aber der Anwalt bestand auf einer Pause von fünfzehn Minuten. Irgendjemand brachte Kaffee und zwei Flaschen Mineralwasser, was auch Horndeich zu schätzen wusste.

Bereits auf der Fahrt nach Darmstadt hatte er sich ein kleines Dossier zu Gemüte geführt, das Marc Herzog auf die Schnelle elektronisch zusammengestellt hatte. Er war so tief in das Thema eingearbeitet, dass er genau wusste, in welchen

Überwachungsprotokollen an welchem Tag Uli Böhmer sich negativ über seinen Bruder geäußert hatte.

Horndeich ging sofort in die Offensive: »Herr Böhmer, warum haben Sie Ihren Bruder erschossen?«

Uli Böhmer riss die Augen auf. Schaute zu seinem Anwalt. Der erwartungsgemäß sagte: »Kommissar Horndeich, bitte! Wenn Sie wollen, dass wir kooperieren, dann stellen Sie uns sachliche Fragen, die mein Mandant nach bestem Wissen und Gewissen beantworten wird. Solche Unterstellungen führen lediglich dazu, dass ich ihm nur raten kann, kein weiteres Wort mehr zu sagen.«

Horndeich nickte. Aber es war ihm wichtig gewesen, Uli Böhmer von Beginn an klarzumachen, wohin der Hase lief. »Herr Böhmer, wann sind Sie vorgestern Abend zum Haus Ihres Bruders gekommen?«

Wieder sah Böhmer unsicher in Richtung Anwalt. Während er über die Drogengeschäfte halbwegs offen gesprochen hatte, war der Vorwurf des Mordes ein ganz anderes Kaliber. Der Anwalt nickte leicht.

»Das haben Sie doch gesehen«, sagte er. »Ich bin kurz nach Ihnen gekommen, direkt nachdem mich Oksana angerufen und gesagt hat, dass jemand Markus erschossen hat.«

»Und Sie waren nicht schon vorher am Tatort?«

»Nein!«, rief Böhmer.

»Wo waren Sie unmittelbar davor?«

»Bei meiner Schwester. Bei Jennifer.«

»Gibt es dafür Zeugen?«

»Ja klar. Jennifer.«

Der Anwalt schaltete sich wieder ein: »Mein Mandant ist von seiner Schwägerin angerufen und über den Tod seines Bruders informiert worden. Und Sie können den Standort seines Handys abfragen. Er wird genau in der Wohnung von Jennifer Böhmer liegen.«

»Wie lange waren Sie denn bei Ihrer Schwester?«, wollte Horndeich wissen.

»Den ganzen Abend. Wir haben zusammen ferngesehen. Also, Amazon. *4 Blocks*. Geile Serie!«

Horndeich hatte davon gehört. Clankriminalität in Berlin. Offensichtlich das Fortbildungsprogramm für Uli Böhmer. Er notierte es sich. Es ließ sich sicher auch feststellen, ob die Serie zur fraglichen Zeit auf dem Fernseher von Jennifer Böhmer gelaufen war. Aber Horndeich spürte schon, dass der Kerl die Wahrheit sagte. Zu einfach waren die Handydaten zu überprüfen. Zumal Oksana Böhmer bereits ausgesagt hatte, dass sie direkt mit ihrem Schwager gesprochen hatte und nicht mit ihrer Schwägerin Jennifer. Wenn also Uli Böhmers Handy im Sendebereich seiner Schwägerin eingeloggt gewesen war und er selbst mit Oksana geredet hatte, war das ein ziemlich unanfechtbares Alibi. Es sei denn, Oksana, Jennifer und Uli hätten ein Mordkomplott geplant.

»Jennifer hat übrigens fast eine halbe Stunde lang mit einer Freundin gechattet, während wir die Serie geguckt haben. Und ihr Handy kann man ja sicher auch orten«, fühlte Uli Böhmer sich nun schon ein wenig sicherer.

Horndeichs Arm regte sich. Die Wunde zwickte und zog. Aber er würde das jetzt zu Ende bringen. »Herr Böhmer, ich möchte aus einem Telefongespräch zitieren, das Sie vor vier Wochen mit Jennifer geführt haben. Darin sagen Sie, Zitat: ›Das ist einfach nicht fair, dass Markus so viel Kohle bekommt. Manchmal denke ich, das schaffen wir doch auch zu zweit! Wieso soll der so viel Kohle kriegen? Warum?‹ Ihre Schwester antwortet: ›Denk nicht mal drüber nach.‹ Aber vielleicht haben Sie ja einfach Fakten geschaffen und jemanden engagiert, der Ihren Bruder um die Ecke bringt?«

Wieder schaltete sich der Anwalt ein: »Herr Horndeich, bis gerade eben hat das so schön geklappt. Also, lassen Sie Ihre Unterstellungen. Haben Sie noch Fragen?«

Ungeachtet der Intervention des Anwalts brüllte Uli nun ohne Vorwarnung los: »Wir haben Markus nicht umgebracht! Der Markus, das ist unser Bruder! Wir sind Familie!

Das verstehst du nicht, Arschloch, was? Da hast du keine Ahnung, was das heißt!«

Der Anwalt versuchte Uli zu beruhigen, indem er ihm die Hand auf den Unterarm legte. Uli schleuderte sie so heftig zur Seite, dass der Arm zurückflog und die Hand des Anwalts gegen die eigene Wange schlug. Gleichzeitig sprang Uli Böhmer auf. Noch bevor er den Stuhl nach hinten geschoben hatte, war Herzog bereits aufgesprungen, um den Tisch gehechtet und hatte Uli Böhmer den Arm auf den Rücken gedreht. Das Schreien ging in ein Jaulen über.

»Ich denke, wir sind fertig für heute«, sagte Herzog ganz ruhig, während Uli unter dem Schmerz wimmerte.

Marc Herzog hatte recht. Uli hat ein Alibi, seine Schwester hat ein Alibi. Wenn sie jemanden beauftragt hatten, würden die Ermittlungen deutlich komplizierter werden. Und das würden sie heute Abend in keinem Fall mehr auflösen können.

Horndeich nickte Herzog zu, sah den Anwalt an, dessen linke Wange gerötet war. Augen auf bei der Mandantenwahl, dachte Horndeich. Dann verließ er den Vernehmungsraum.

Richard Feller hasste es. Er war gut, wenn er sich in seinem Büro aufhielt, wenn er sich mit seinen unzähligen Computern unterhalten durfte, deren Informationen er auf den Monitoren einsammelte, wenn er Mäuse schieben und auf der Tastatur klappern konnte. Und er war nicht gut darin, Menschen zu befragen.

Doch jetzt saß er hier, in der Justizvollzugsanstalt Weiterstadt, und sollte sich mit Jennifer Böhmer unterhalten, der Schwester des ermordeten Markus Böhmer. Horndeich hatte ihn darum gebeten. Er hatte sich bereits Ulrich Böhmer zur Brust genommen. Und jetzt schmerzte sein Arm so, dass er beschlossen hatte nach Hause zu gehen. Und Leah hatte einen Termin beim Zahnarzt – damit blieb es diesmal an ihm hängen. Wobei er nicht so richtig sagen konnte, was für ihn unangenehmer war: Zahnarzt oder das hier.

Jennifer Böhmer trug das schwarze Haar offen und war nach der plötzlichen Festnahme natürlich ungeschminkt. Aber auch Feller entging nicht, dass Jennifer Böhmer eine Schönheit war.

Sie war sechsunddreißig Jahre alt und, soweit Feller mitbekommen hatte, die Buchhalterin des Böhmerschen Drogenimperiums. Wer wo wann welche Drogen vertickt hatte, das war jedoch Sache der SOKO Hollandkäse. Für Feller war nur interessant, was Jennifer Böhmer über den Mord sagen konnte.

»Wir versuchen, den Mörder Ihres Bruders zu finden. Können Sie uns dabei irgendwie helfen?«

Die junge Frau sah ihn an. Sagte zunächst kein Wort.

Es war fürchterlich. Feller fühlte sich absolut fehl am Platz. Und dabei hatte er es selbst erlebt. Wie eine Angehörige durch eine Kugel gestorben war. Seine Tante. Damals, in Zürich, in der Schweiz. Ein Querschläger, aus der Pistole von einem der Terroristen der RAF, der sogenannten zweiten Generation. Jahrzehnte her, doch die Erinnerung holte Feller immer wieder ein. »Ich habe auch eine Verwandte, die durch eine Kugel gestorben ist. Meine Tante. Hat sich Schaufenster angeguckt und war zur falschen Zeit am falschen Ort. Terroristen haben eine Bank überfallen, rumgeballert, und sie hat eine Kugel abbekommen. Nur eine einzige. Aber sie ist gestorben.« Der Moment, nach dem ich meinen Job als Polizist auf der Straße nicht mehr machen konnte, dachte Feller, sprach es aber nicht aus.

»Markus war ein guter Mann«, sagte Jennifer Böhmer. »Wir haben für Ordnung gesorgt, was ihr ja nicht könnt!«

Eine Provokation, auf die Feller nicht reagierte. Er war der König der Computer. Für alles andere war er nur die Aushilfe. Insofern musste er sich mit irgendwelchen Beleidigungen auch nicht herumschlagen. Wenn ihm jemand gesagt hätte, du schaffst es nicht, einen vierstelligen PIN-Code in zwei Stunden zu knacken, dann wäre er beleidigt gewesen.

Aber für das Alltagsgesicht von Recht und Ordnung – dafür war er nicht zuständig. »Frau Böhmer, gibt es irgendjemanden, von dem Sie sich vorstellen können, dass er Ihren Bruder hätte aus dem Weg schaffen wollen?«

»Klar, die Frankfurter«, rotzte Jennifer Böhmer Feller entgegen. »Konnten es nicht ab, dass wir auch in Erzhausen, Egelsbach, Langen das gute Zeug vertickt haben. Arschlöcher! Alles Arschlöcher! Kai Lerosz – der steckt sicher dahinter!«

Der Name sagte Feller nichts. Aber er würde ihn sich notieren.

Feller hakte noch weiter nach, aber außer dem Namen Kai Lerosz gab Jennifer Böhmer nichts mehr von sich. Er würde Marc Herzog fragen, inwieweit dieser Mann auch bei seinen Ermittlungen aufgetaucht war.

Sie saßen in seinem Garten. Im Richard-Wagner-Weg 56. Sandra hatte den Grill angeworfen, und der Vater seiner Ex-Kollegin Margot Hesgart, Sebastian Rossberg, war mit der Grillzange zugange. Er wohnte mit seiner Lebensgefährtin im Souterrain des Hauses.

Und alle waren guter Stimmung. Sogar Sandra, der es am schwersten fiel, das Geschehene wegzustecken. Sie hatte ihn am Morgen schlafen lassen, ihm dann um elf Uhr ein leckeres Frühstück zubereitet. Sich mit einer Tasse Kaffee zu ihm an den Frühstückstisch gesetzt. »Steffen, ich sage das hier nur einmal. Dann werde ich dazu schweigen. Du warst schon einmal in einer solchen Situation. Du bist schon einmal angeschossen worden. Bist du ganz sicher, dass dein Job das wert ist? Ich habe Angst um dich. Deine Kinder haben Angst um dich.«

Er hatte sofort antworten wollen, obwohl er selbst nicht wusste, welche Worte er gewählt hätte. Doch Sandra hatte ihm einfach ihren Zeigefinger auf die Lippen gelegt. »Sag nichts dazu. Lass es ein paar Tage wirken.«

Dann war sie aufgestanden, und er hatte allein gefrühstückt.

Jetzt am Abend war sie wieder ganz die Alte. Doch er kannte sie und wusste genau, was in ihrem Kopf vorging.

Stefanie kroch auf seinen Schoß.

»Stefanie, es geht jetzt ins Bett!«, sagte Sandra entschieden.

»Ich will nur dem Papa Gute Nacht sagen«, entgegnete seine Tochter.

»Ich bring dich ins Bett«, sagte Horndeich.

Drei Minuten später saß er am Bett seiner Tochter, die inzwischen in die zweite Klasse ging. »Papa, ist Gott gut?«

Horndeich war auf diese Frage nicht vorbereitet. Wie auf so viele Fragen nicht, die seine Tochter immer wieder völlig unvermittelt stellte. Er rettete sich in eine Gegenfrage: »Was meinst du damit?«

Stefanie überlegte nicht lange. »Meine Lehrerin hat gesagt, Gott ist gut. Gott liebt die Menschen. Und Jesus ist dafür gestorben.«

»Ja«, sagte Horndeich und wusste, dass Stefanie gleich noch eine Schippe drauflegen würde. So einfach würde er aus dieser Diskussion nicht rauskommen.

»Aber wenn Gott gut ist, warum gibt's dann Menschen, die anderen Menschen wehtun? Warum gibt's dann Menschen, die auf dich schießen?« Horndeich sah die Träne, die seiner Tochter über die Wange lief. Und er selbst würde alles dafür tun, diese Träne seiner Tochter ungeschehen zu machen, alles dafür tun, dass seine Tochter solche Fragen nie stellen musste. Obwohl, wenn er alles dafür tun würde, war die Entscheidung doch einfach: Innendienst ab morgen und somit keine Gefahr mehr, sich Kugeln einzufangen …

Stefanie war noch nicht fertig: »Wenn Gott es okay findet, dass anderen Menschen wehgetan wird – dann ist er doch nicht gut? Oder? Warum hat er denn, als er die Menschen gemacht hat, die bösen Menschen nicht einfach weggelassen?«

Horndeich fühlte sich wahrlich nicht als Kreuzzügler, als Mann, der für die Kirche kämpfen würde. Und doch fragte er sich, ob eine Welt ohne Gott vorstellbar wäre. Ohne jenen Schöpfer der Welten und Dinge.

»Weißt du, meine Kleine, ich glaube, dass Gott auf die Erde guckt und möchte, dass alle Menschen nett zueinander sind. Aber ich glaube nicht, dass er jeden Menschen steuern kann. Gott hat viel zu tun. Allein in Deutschland leben über achtzig Millionen Menschen. Auch wenn du die Zahl nicht verstehst, kannst du dir vorstellen, dass es ganz, ganz, ganz viele sind. Da kann Gott einfach nicht in jedem Moment auf jeden schauen. Und da müssen die Menschen eben auch selbst entscheiden, was sie tun und was sie eben nicht tun.« Er hielt kurz inne. »Aber ich bin mir trotzdem sicher, dass Gott auf alle Menschen sieht. Auch wenn nicht jede Stunde oder an jedem Tag. Aber Gott bemüht sich, seinen Job zu machen.«

»Papa, du meinst also, dass Gott grad mal nicht hingeschaut hat, als der böse Mann auf dich geschossen hat?«

»Ja, so ungefähr. Dass der böse Mann auf mich geschossen hat, das lag nicht daran, dass Gott nicht gut ist, sondern das lag daran, dass Gott nicht immer überall gleichzeitig schauen kann.«

»Da müssen die Menschen also selbst gucken?«

»Ja, da müssen die Menschen selbst gucken.«

»Und wenn die Menschen nicht richtig gucken, dann musst du aufpassen, dass sie keine ganz schlimmen Dinge machen?«

Horndeich wäre froh gewesen, wenn er seinen Job so hätte definieren können. Aber nein. Er kam immer erst dann ins Spiel, wenn Gott *nicht* richtig geguckt hatte. Wenn Menschen die ganz schlimmen Dinge *getan* hatten.

Stefanie korrigierte sich selbst: »Nein, Papa, du guckst ja immer nur nach den Menschen, die schon böse Dinge gemacht haben. Aber du guckst auch, dass die bösen Menschen das, was sie getan haben, nicht noch mal tun können, oder?«

»Ja«, sagte Horndeich. Und er dachte: Wenn mir das gelingt, dann habe ich mein Job mehr als erfüllt.

Er hielt die Hand seiner Tochter, als diese langsam einschlief. Und noch ein paar Minuten länger.

MUTTER II.

Chance.

Ich beginne das Wort zu hassen. Immer noch reden sie davon, dass es eine *Chance* gibt, dass du einfach aufwachst.

Oh, du hast Fortschritte gemacht. Die Anzahl der Schläuche hat sich verringert. Du atmest von selbst. Du musst nur noch künstlich ernährt werden. Und natürlich müssen sie dir Flüssigkeit in den Körper pumpen, damit du nicht verdurstest.

Aber ansonsten – ja, da ist eine *Chance*, dass du einfach wieder aufwachst.

Es ist schön hier, im Odenwald. Ich besuche dich nicht mehr im Krankenhaus, ich besuche dich jetzt im Pflegeheim. Im Moment singen keine Vögel, aber das liegt wohl an der Jahreszeit. Schnee liegt auf den Bäumen. Macht das Leben etwas leiser. Wobei dein Leben vollkommen leise ist. Jetzt.

Als du auf die Welt gekommen bist, da warst du laut. Wenn du als Baby geschrien hast, war es manchmal unerträglich. Und das Einzige, was ich mir wünsche, ist, dass du jetzt und hier genauso laut schreien würdest, wie du es als Säugling getan hast. Aber du liegst hier in toter Stille. Nur die Geräte piepen ganz leise.

Du konntest aus voller Kehle kreischen, wenn dir irgendetwas nicht gepasst hat. Ich glaube, als Vierjährige hättest du damit Preise gewinnen können. Ich werde nie vergessen, wie du gleichzeitig mit den Armen gerudert hast – auch so eine Spezialität von dir – und du das Weinglas umgeschmissen hast. Dann hast du auch noch in eine der Scherben gelangt, deine Hand hat angefangen zu bluten, und das Schreien schwoll noch weiter an. Ich habe versucht, deine Hand zu verbinden, aber das Aufheulen unmittelbar neben meinen Ohren hat es mir unmöglich gemacht. Erst als du heiser warst, habe ich die Wunde versorgt.

Klar, man soll seine Kinder lieben. Fällt manchmal aber schwer. *Fiel* manchmal schwer. Von meiner Mutter habe ich den Ausdruck »jemanden an die Wand klatschen können« gelernt. Wie wenig Metapher und wie viel Wunsch dahintersteht, habe ich gelernt in den Jahren, in denen du schreiend neben mir gesessen hast.

Ich habe es nie getan. Aber die Dinge, die ich getan habe, waren kaum weniger schlimm.

Wir hatten allerdings auch die guten Zeiten, nicht wahr?

»Gehen wir wieder zu der schönen Frau?«, hast du oft gebettelt. Du liebtest diesen Ort. Die beiden großen Steinfiguren, rechts und links des ehemaligen Eingangsportals zum Ernst-Ludwig-Haus auf der Mathildenhöhe. Fast sechs Meter hoch. Den großen Mann, links, den hast du ignoriert. Aber zu der Frau, zu der hast du mit aufgesperrtem Mund aufgeschaut. Du konntest sie minutenlang anstarren, obwohl du sonst keine drei Sekunden ohne Bewegung ausgeharrt hast. Ich weiß nicht, wie und wieso sie so auf dich gewirkt hat.

»Wenn ich groß bin, werde ich auch so eine schöne Frau«, hast du immer gesagt. Und wenn dieser Satz gefallen ist, wusste ich, jetzt können wir weitergehen. Aber wehe, wenn ich dich vorher zum Weggehen bewegen wollte. Dann hast du wieder geschrien wie am Spieß.

Ich glaube, es gibt noch ein Foto von dir, als du die steinerne Frau angehimmelt hast. Ich hatte den Fotoapparat dabei. Und dich kleines Mädchen vor der riesigen Skulptur fotografiert. Ich muss zu Hause nachschauen, vielleicht finde ich das Bild noch.

Du warst ein lebhaftes Kind. Ein sehr lebhaftes Kind. Wenn ich mit dir auf dem Spielplatz war, haben sich die Jungs zurückgezogen, wenn sie dich gesehen haben. Erst jetzt, wo ich an deinem Bett sitze, deine leblose Hand in der meinen halte, erkenne ich, dass du damals genauso warst, wie ich es in meinem Leben immer gewesen bin. Die *toughe* Frau. Die sich von niemandem etwas sagen lässt. Die sich von niemandem herumschubsen lässt. Und schon gar nicht von einem Mann.

Ich weine nicht mehr. Habe ich schon vor einer Weile mit aufgehört. Aber ich sehe dich noch vor mir, auf der Leiter der Rutsche, als dieser Dreikäsehoch vom Nachbarhaus versucht hat, sich vorzudrängeln. War wohl das erste Mal in seinem Leben, dass er Nasenbluten hatte.

Seine Mutter hat mich angegiftet – aber du hast alles richtig gemacht: Wer die Hackordnung im Leben nicht versteht, der kriegt eine drauf. Hat funktioniert. Na klar. Was du gelernt hast, hast du von mir gelernt. Dein Papa hat dir nicht gezeigt, wo es langgeht. Verständnis ohne Ende für dich, aber keine Lektionen im Fach Leben.

Hast du ihn deshalb so vergöttert, weil er dir keine Grenzen gesetzt hat? Weil er dir nie gezeigt hat, wie du dich durchsetzen musst?

Hast du so viel geschrien, weil auch ich so viel geschrien habe?

Hoppla. Eine ganz neue Frage. Habe ich mir so noch nie gestellt. Ich muss erst an deinem Bett im Pflegeheim sitzen, um darauf zu kommen.

Mein Gott, schrei mich doch an!

Schrei mich doch endlich an!!

Zahle es mir heim!

Wie ich dich behandelt habe.

Wie ich dich nicht hätte behandeln dürfen!

Ich sitze an deinem Bett.

Ich halte deine Hand.

Und beginne Dinge zu verstehen, die ich in den vergangenen fünfzehn Jahren nie verstanden habe.

DONNERSTAG, 23. MAI

Im Nachhinein konnte Leah nicht sagen, ob es Versehen oder Intuition gewesen war, dass sie das Handy neben ihrem Bett auf dem Nachtschränkchen abgelegt hatte. Wenn sie keine Bereitschaft hatte, schaltete sie den elektronischen Quälgeist immer auf stumm.

Als sie sich im Schlaf von einer auf die andere Seite drehte, in einem Moment, in dem sich der Schlaf nur ganz knapp unter der Oberfläche zum Wachsein tummelte, bereit dafür, kurz aufzutauchen und Luft zu holen, da reagierte das Gehirn auf den Reiz, den die Netzhaut gesandt hatte. Trotz geschlossener Augen war der plötzliche Helligkeitsunterschied aufgefallen, hatte ein Warnsignal ausgelöst, und zwei Sekunden später war Leah wach. Ihr Blick fiel auf den Bildschirm ihres Smartphones. Jemand rief an. Sie blinzelte dreimal, dann konnte sie auch lesen, was das Display mitteilte: Kollege Horndeich wollte etwas von ihr.

»Ja«, sagte sie verschlafen.

»Sorry, es ist schon wieder jemand ermordet worden. In Höchst, im Odenwald. Ich weiß, dass du keine Bereitschaft hast, aber wie es aussieht, ist dort eine junge Frau erschossen worden. Schon wieder Waffengewalt? Wohl kaum Zufall. Ich dachte, ich riskiere es, dich zu wecken.«

Leah gelang es meistens ganz gut, schnell wach zu werden. Sie blickte auf den Wecker: Es war halb zwei in der Nacht. »Hol mich ab. Ich stehe dann vor dem Haus.«

Je nach Strecke lagen ihre beiden Häuser zwei Kilometer entfernt – wenn man den kurzen, nur für Anlieger freien Weg fuhr – oder zweieinhalb. Fünf Minuten zu dieser Uhrzeit. Leah unterzog sich einer Katzenwäsche, schlüpfte in die Klamotten und nahm sich eine Minute, um sich den Dutt zu stecken. So viel Zeit musste sein. Sie schloss die Haustür, als Horndeichs Wagen gerade vorfuhr.

»Wo genau müssen wir hin?«, fragte Leah, als Horndeich den Wagen nach Osten in Richtung B26 steuerte.

»Höchst. Im Odenwald.«

Leah lebte inzwischen drei Jahre in Darmstadt und hatte im Kopf bereits eine ziemlich detaillierte Karte des Umlands abgespeichert. *Noch dreißig Kilometer*, zeigte auch das Navi, genau die Entfernung, die Leah geschätzt hätte. »Was weißt du schon?«, fragte sie ihren Kollegen.

»Noch nicht viel. Eine Gruppe von drei Jugendlichen hat um ein Uhr nachts in der Nähe der Güterhalle in Höchst gesessen. Ein Güterwagen war nicht verschlossen, sie sind rein, wollten dort noch was trinken, und da lag eine tote Frau. Der Jugendliche, der bei der Polizei angerufen hat, meint, es sieht nach einer Schusswunde aus. Alle drei sind raus aus dem Wagen. Die Kollegen aus Höchst waren zuerst da, haben die Aussage des Jugendlichen bestätigt, alles abgesperrt und uns dann gerufen. Hinrich ist auch schon verständigt, und Silvia ist mit der Spurensicherung ebenfalls unterwegs.«

Horndeich bog von der B26 auf die B45 ab, die sie schnurstracks nach Höchst führte. Schließlich parkte er seinen Mazda neben dem Polizeiwagen der Höchster Kollegen. Leah kannte die beiden nicht persönlich, Horndeich offensichtlich ebenfalls nicht. Nachdem sie einander begrüßt hatten, fragte Horndeich: »So ein kleiner Ort wie Höchst hat einen eigenen Güterbahnhof?«

Der Kollege, klein, untersetzt und nur noch wenig Jahre von der Pensionierung entfernt, grinste ihn an. »Die Zeiten sind Geschichte. Die Güterhalle ist inzwischen ein Hort der Kultur. Und direkt neben der Halle haben sie einen Güterwagen aufs Abstellgleis gestellt und fixiert. Meine Tochter hat vor einem Jahr hier geheiratet. Da hatten die in dem Güterwagen eine Cocktailbar eingerichtet. Vom Feinsten!«

»Und in der Cocktailbar liegt jetzt die Leiche der jungen Frau?«

»Nein, Quatsch. Der Wagen ist leer. Also abgesehen von der Frau. Den kann man für jede Veranstaltung einrichten, wie man es haben möchte.«

»Wo sind die Jugendlichen?«

Der Kollege deutete mit dem Kopf auf die Längsseite der Güterhalle. Die drei saßen auf der Holzrampe. Ein Junge und zwei Mädchen, wie Leah mit einem Blick feststellte.

»Und die Frau ist tot?«

Wieder nickte der Kollege. »Ich hab den Puls gefühlt. Aber da ist nicht viel vom Kopf übrig, um es ganz direkt zu sagen. Ich bin ja kein Fachmann, aber ich würde sagen, da hat jemand die Pistole auf den Hinterkopf gesetzt und abgedrückt.«

In diesem Moment fuhr auch der Sprinter von Silvia Rauch auf dem Platz auf. Als diese den Motor abstellte, rauschte schließlich noch der rote Mazda MX5 an, mit geschlossenem Metalldach. Leah gefiel der Wagen. Heraus stieg nicht Rechtsmediziner Dr. Martin Hinrich, sondern dessen Leipziger Kollegin Emilia Schubert. Dass sie nicht nur Chauffeurin war, zeigte sich dadurch, dass sie auch eine lederne Arzttasche mit sich führte. Ihre Frisur saß perfekt. Teile des Haares waren in kleine Zopfsträhnen geflochten und nach hinten gesteckt. Dazu trug sie ein blaues Kleid mit passender Jacke und Stöckelschuhe. Leah hatte Emilia Schubert nie anders gesehen als wie frisch aus dem Ei gepellt. Offensichtlich musste sie gerade auf irgendeiner offiziellen Veranstaltung gewesen sein, als der Anruf reinkam, denn in wenigen Minuten hätte sie sich niemals so zurechtmachen können.

»Entschuldigen Sie«, flötete sie in Richtung Leah und Horndeich. »Martin ist … ein wenig unpässlich. Wir waren gerade bei einer Veranstaltung seines Rotary Clubs.«

… und der gute Martin hatte wahrscheinlich drei Gläser Wein zu viel getrunken, dachte Leah und schalt sich sogleich selbst, ob sie dem Rechtsmediziner nicht vielleicht unrecht tat.

Silvia Rauch reichte sowohl der Rechtsmedizinerin als auch Horndeich und Leah Schutzanzüge. In diese waren inzwischen die Überschuhe integriert, was das Anziehen vereinfachte und wieder eine Ritze abdeckte, durch die Fehlspuren auf einen Tatort hätten übertragen werden können.

Emilia Schubert führte das Trio an. Um in den Güterwagen zu gelangen, mussten sie zunächst eine kleine Rampe erklimmen. Der Güterwagen war ein klassischer Waggon zum Transport von Stückgut aus den Fünfzigerjahren, einer Zeit, als noch nicht alles in Container gepackt worden war. Die Schiebetür war nur zur Hälfte geöffnet. Alle drei bemühten sich, weder Tür noch Türrahmen zu berühren.

Das Licht der Taschenlampe fiel auf die Leiche. Und dass es sich um eine solche handelte, daran hatte auch Leah nach dem ersten Blick keinen Zweifel mehr. Die Tote lag auf der Seite. Leah scannte sie mit professionellem Auge. Mitte zwanzig. Blondes, kurzes Haar. Jeans. Eine rote Bluse. Keine Jacke. Sportschuhe, modisch, nicht billig. Kein Schmuck. Tja, und dann der Kopf. Der Kollege aus Höchst hatte recht. Schusswunde. Und von der linken Gesichtshälfte fehlte der ganze Bereich der Stirn und des Auges. Was dort einmal gewesen war, verteilte sich auf Wand und Boden. Leah war froh, dass die letzte Nahrungsaufnahme fast acht Stunden hinter ihr lag. Dennoch musste sie kurz den Würgereiz unterdrücken.

»Scheiße«, hörte sie auch den Kollegen Horndeich murmeln.

Emilia Schubert ging neben der Toten in die Hocke, betastete sie, fühlte hier, fühlte dort. »Gebt mir fünf Minuten, dann kann ich ein kleines bisschen mehr sagen«, flüsterte sie mehr, als dass sie es laut aussprach.

»Komm, sprechen wir mit den Jugendlichen«, sagte Horndeich.

Die drei saßen nebeneinander auf der Rampe und ließen die Beine baumeln. Neben ihnen lag eine halb leere Wodkaflasche. Der Junge saß in der Mitte zwischen den beiden Mädchen. Beide hatten ihre Köpfe auf seinen Schultern abgelegt, er hielt die Arme um sie gelegt.

»Machst du das?«, flüsterte Horndeich auf dem Weg zu dem Trio.

»Ja«, erwiderte Leah.

Sie stellte sich und den Kollegen dem Trio vor. Die drei nannten ebenfalls ihre Namen, Katja Semper, Edgar Wedekind und Tanja Semper.

»Seid ihr Zwillinge?«, fragte Leah das Offensichtliche.

Die beiden Mädchen nickten, ohne ihre Köpfe von der Schulter des Jungen zu nehmen. Na, die werden sich noch ordentlich in die Haare kriegen wegen des Typen, dachte Leah. Aber das war jetzt nicht wichtig. Und schon gar nicht für sie.

»Kann einer von euch mal erzählen, wie ihr die Tote gefunden habt?«

Klar, das war jetzt der Job des Jungen. Leah sah, wie seine Hände von den Schultern der Mädchen verschwanden. Die Mädchen setzten sich aufrecht hin, und Edgar legte seine Hände in den Schoß. »War meine Idee. Wir haben ein Plätzchen gesucht, wo wir noch ein bisschen chillen können.«

Das war wohl die Umschreibung dafür, die Wodkaflasche ganz leer zu machen.

»Und hier auf dem Platz, da gibt's immer irgendwo ein Eckchen, wo man sich in Ruhe hinsetzen kann.«

Tanja mischte sich ein. »Ich hab dann gesehen, dass an dem Güterwagen die Tür offen ist.«

»Und ich hab gesehen, dass in der Halle selbst noch Licht brennt. Also, das war nicht mehr hell erleuchtet, aber irgendwo war da eine Lampe an«, brachte sich nun auch Katja ein.

Die Fenster in Richtung Rampe waren verschlossen und

auch durch eine Schiebetür blickdicht abgeschlossen. Weder Leah noch Horndeich konnten sehen, ob im Innern noch Licht brannte.

»Na ja, wir wollten dann gucken, ob wir in den Güterwagen reinkönnen. Und da haben wir sie auch gleich gesehen«, führte Edgar aus.

»Ich hab die Taschenlampe im Handy angemacht. Scheiße, hätte ich nicht tun sollen. Das Bild kriege ich nie wieder aus dem Kopf«, stellte Tanja lakonisch fest.

»Ist in echt viel schlimmer als bei *The Walking Dead!*«, betonte auch die Schwester.

»Und dann?«

»Dann sind wir raus aus dem Wagen und haben die 110 gewählt.«

»Und dann sind wir auch nicht mehr rein.«

»Ist denn irgendjemand aus der Güterhalle rausgekommen?«

»Nee. Wir waren hier ganz allein, bis dann der Polizeiwagen aufgetaucht ist.«

Leah und Horndeich bedankten sich, ließen sich noch die Personalien geben und verabschiedeten das Trio. Die drei verließen die Szenerie auf die gleiche Art und Weise, auf der sie dort gesessen hatten: Katja und Tanja hatten sich bei Edgar untergehakt. Leah fragte sich, wie lang diese Ménage-à-trois wohl bestehen würde, bevor eine der beiden singuläre Besitzansprüche anmelden würde. Aber davon würde sie kaum mehr etwas mitbekommen.

Horndeich und Leah gingen wieder in den Güterwagen. Emilia Schubert schloss gerade ihre Arzttasche und erhob sich.

»Was können Sie uns sagen?«, wollte Horndeich wissen.

»Eine einzige Kugel. Kürzeste Entfernung, vielleicht sogar aufgesetzt, das kann ich aber erst im Institut genau feststellen. Ansonsten keine Verletzungen. Auch keine Gegenwehr. Diese Frau ist hingerichtet worden.«

»Was'n hier los?«, drang vom Eingang des Güterwagens eine Stimme herein. Dort stand Dr. Martin Hinrich. Und hielt sich am Rahmen der Schiebetür fest.

Wo kommt der denn jetzt her?, fragte sich Leah.

»Martin«, flüsterte Emilia.

»Was machs'n du an meiner Leiche?«, hakte Martin Hinrich nach. Tonfall und Intonation machten klar, dass in seinem Blut eine Menge Alkohol zirkulieren musste.

»Komm, wir gehen nach Hause«, sagte Emilia Schubert und stapfte direkt auf den Rechtsmediziner zu.

»S's meine Leiche!«, sagte Hinrich. Dann fiel sein Blick auf Leah, und er fuhr fort: »Meine Frau s' eine Witwe! Meine Frau s' eine gottverdammte Witwe!«

Ein Satz, der für Leah kaum Sinn machte und ihr nur zeigte, wie hoch der Alkoholanteil in Hinrichs Blut sein musste.

»Schatz, komm, wir gehen jetzt«, wiederholte Emilia Schubert, und der Tonfall wurde ein wenig energischer.

»'ch bin nich' dein Schadds!«, blökte Hinrich.

Sie hakte ihren Kollegen dennoch unter und zog ihn in Richtung Rampe. Horndeich war gedankenschnell genug, ihr zur Seite zu springen und den anderen Arm festzuhalten, denn Martin Hinrich fiel es schwer, auf dem abschüssigen Beton das Gleichgewicht zu wahren.

Leah sah zu, wie die beiden Hinrich auf die Beifahrerseite des MX5 bugsierten. Er muss dort die ganze Zeit gesessen haben, dachte Leah. Wahrscheinlich hatte er geschlafen.

»Witwe!«, hörte sie Hinrich wieder rufen, als ob es sich um ein Schimpfwort handelte. Dann plumpste er in den Sitz, und Emilia Schubert ließ die Beifahrertür etwas zu geräuschvoll ins Schloss fallen. Offensichtlich schien ihr diese Szene nicht zu gefallen. Was Leah absolut nachvollziehen konnte.

Emilia Schubert stieg auf der Fahrerseite ein, prügelte den Wagen im Rückwärtsgang in eine Kurve um hundertachtzig Grad, dann schoss sie mit quietschenden Reifen davon. Sie konnte also auch temperamentvoll. Leah grinste.

Silvia Rauch trat auf sie zu. »So, ein bisschen was haben wir schon rausbekommen.«

Horndeich kam über die Rampe zurück auf den kleinen Vorplatz vor den Güterwagen.

Silvia sah beide an, dann sagte sie: »Die Tote heißt Franziska Schneider. Vierundzwanzig Jahre alt, wohnt hier in Höchst. In der Handtasche war die Brieftasche, darin der Personalausweis und der Führerschein. Trägt einen Ehering am Finger. Im Wagen haben wir Patronenhülse und Projektil gefunden. 9 mm. Also dasselbe Kaliber wie auch vorgestern Nacht. Ob es auch dieselbe Waffe war, das müssen die in Wiesbaden beim LKA im Labor klären.«

Horndeich winkte in Richtung des Höchster Kollegen. Der trat zu ihnen. Horndeich fragte: »Hat irgendjemand angerufen und Schüsse gemeldet? Beziehungsweise einen Schuss?«

»Nee, bevor die Jugendlichen uns angerufen haben, kam keine Meldung rein.«

Horndeich wandte sich wieder Silvia Rauch zu: »Also wahrscheinlich Schalldämpfer. Ohne Schalldämpfer hätte das ja in dem Wagen noch viel lauter sein müssen als draußen.«

»Bestimmt. Auch das Gleiche wie Montagabend.«

»Ja. Auch das Gleiche.«

Horndeich schluckte. Es fiel ihm schwer, den Anblick der Toten wegzustecken. Er hatte schon hässliche Tatorte gesehen. Aber diese junge Frau … hingerichtet? Er spürte, dass er ein wenig dünnhäutig war. Das kannte er gar nicht von sich.

»Im Personalausweis steht doch, wo sie wohnt«, sagte Horndeich.

Silvia Rauch nannte Horndeich die Adresse in der Frankfurter Straße.

Horndeich sah zu seiner Kollegin. »Ich fürchte, da müssen wir jetzt hin.«

Leah nickte.

»Die Tür zur Güterhalle ist immer noch offen«, sagte Silvia Rauch.

»Ihr seid da schon mal durchgegangen?«, wollte Horndeich wissen.

»Wir nicht, aber die Kollegen aus Höchst. Ist aber niemand dort. Da ist nur eine einzelne Nachttischlampe auf dem Bartresen. Sonst sind alle Lichter gelöscht. Eine Bühne ist noch aufgebaut. Sieht so aus, als hätte es hier heute Abend eine Veranstaltung gegeben.«

»Wer ist denn für die Halle zuständig?«

Silvia Rauch zuckte mit den Schultern. »Keine Ahnung.«

»Ich will da durch!«, hörten sie eine weibliche Stimme.

Als sie den Blick in die Richtung wandten, sahen sie, wie eine Frau versuchte, an den Kollegen vorbeizukommen, die die Absperrung bewachten. »Verdammt noch mal, mir gehört das hier!«, schrie sie fast.

Horndeich lief die Rampe runter und ging auf sie zu. »Lasst sie durch«, sagte er zu den Kollegen. Dann wandte er sich der Frau zu: »Und Sie sind?«

»Cecilia Kerb. Ich bin eine der Besitzerinnen dieser Halle. Was ist passiert? Mir wurde nur gesagt, dass hier überall die Blaulichter zucken und alles abgesperrt ist.«

»Sie haben also auch einen Schlüssel zur Halle?«, fragte Horndeich ganz pragmatisch.

»Natürlich habe ich einen Schlüssel. Mit magischem Handauflegen bin ich noch durch keine Tür gekommen.«

»Frau Kerb, kennen Sie Franziska Schneider?«

»Klar kenne ich Franziska. Aber was ist hier los? Ist eingebrochen worden? Und was hat Franziska damit zu tun?«

»Frau Kerb, Franziska Schneider ist tot.«

»Franziska ist was?«

Horndeich vermutete es, er konnte es aber bei der Beleuchtung nicht genau erkennen: Cecilia Kerb wurde blass. Ihre Stimme war leiser geworden, und Horndeich bemerkte das ganz leise Zucken, das sie durchfuhr. Er deutete es richtig, stellte sich neben sie, hakte sie unter, in dem Moment, als die Kraft in ihren Beinen nachließ. Schon zum zweiten Mal innerhalb von fünfzehn Minuten musste er einen Menschen beim Laufen unterstützen.

Horndeich geleitete Cecilia Kerb zu den Stufen, die auf die hölzerne Rampe führten, auf der wenige Minuten zuvor noch das Trio der Jugendlichen gesessen hatte.

»Danke«, sagte Frau Kerb, als sie sich auf den Stufen niederließ. Leah trat neben Horndeich. Hatte Leah bei der Befragung der Jugendlichen das Wort geführt, war es nun an Horndeich, dies zu übernehmen.

»Ich hab sie noch gesehen, vor eineinhalb Stunden«, murmelte Cecilia Kerb. »Da war sie noch quicklebendig!«

»Wollen wir vielleicht in die Halle gehen?«

Cecilia Kerb nickte. Sie war wieder in der Lage, aufzustehen, und zeigte den beiden Kommissaren den Weg ins Innere. Im hinteren Teil der Halle war ein kleines Bistro eingerichtet. Dort ließ sich Cecilia Kerb auf einen der Stühle fallen. Leah und Horndeich setzten sich ebenfalls.

»Wann haben Sie Franziska Schneider zuletzt gesehen?«, fragte Horndeich.

»Wie gesagt, vor eineinhalb Stunden. Was ist denn passiert? Ich meine, sie ist gerade mal vierundzwanzig. Warum ist sie tot?«

Es war sinnlos, dies nicht zu beantworten. »Nach dem derzeitigen Stand der Ermittlungen sieht es so aus, als wäre sie ermordet worden.«

»Ermordet? Franziska ermordet? Was für ein Blödsinn ist das denn? Wer soll denn Franziska ermorden?«

Das alles waren Fragen, die Horndeich weder beantworten konnte noch mochte. Also ignorierte er sie. »Wir haben vorne in der Halle eine Bühne gesehen. Was für eine Veranstaltung hatten Sie heute?«

»Lichtenberg hat heute hier gespielt. Und wie!«

»Die Gruppe Lichtenberg?«, wollte Leah wissen. »Also, die Gruppe mit Marcel Zocher am Mikrofon?«

Cecilia Kerb bemühte sich zu lächeln. Es gelang nur mäßig. »Genau die. Wir waren so froh, dass sie hier gespielt haben. Und dann auch noch unplugged.«

Horndeich hatte keine Ahnung, wovon die beiden Frauen redeten. Leah bemerkte seine Irritation und sagte: »Lichtenberg. Musikgruppe. Spielen Rock und Blues, aber eben auf Hessisch, und singen über ihre Heimat, den Odenwald. Heimatmusik ohne Schuhplattler sozusagen.«

Horndeich war irritiert: »Und woher weißt du das?« Seine Kollegin lebte seit grad einmal drei Jahren in Darmstadt. Und erzählte ihm, der fast ein Vierteljahrhundert hier wohnte, von der lokalen Musikszene?

Leah konnte sich ein Schmunzeln nicht verkneifen: »Von den guten Dingen hört man immer.«

»Die Bude war gerammelt voll«, sagte Cecilia Kerb. »Und Franziska hat sich so gefreut!«

»Worüber?« War Franziska Schneider nur Gast gewesen?

»Na, über die Gruppe. Über den Abend. Darüber, dass sie gut Trinkgeld kassiert hat. Dass sie Lichtenberg gehört hat. Dass sie eine CD der Gruppe mitgenommen hat, von allen Musikern signiert.«

»Und wieso war sie noch in der Güterhalle?«

Cecilia Kerb sog Luft ein. »Franziska war Aushilfe bei uns. Ob Hochzeit, runder Geburtstag oder eben auch eine Lesung oder ein Konzert – da haben wir Franziska immer angeheuert. Sie hat dann an der Bar meistens Getränke verkauft. Und sie war ganz wild darauf, gerade bei den Kulturveranstaltungen mit dabei zu sein. Ich meine, sie hat zwei kleine Kinder, Zwillinge. Es ist nicht so einfach. Aber ihr Mann unterstützt sie dabei.« Sie hielt inne, dann sagte sie: »Hat sie unterstützt. Mein Gott.« Tränen rannen nun über ihr Gesicht.

Sowohl Horndeich als auch Leah ließen sie weinen. Die Erfahrung hatte sie gelehrt, dass Stillschweigen in solch einer

Situation am schnellsten zum Weiterreden führte. So auch bei Cecilia Kerb. »Ihr Mann Lutz hat dann auf die Kinder aufgepasst, wenn es irgendwie ging, sonst haben sie einen Babysitter engagiert. Lutz' Mutter ist auch immer wieder mal eingesprungen. Für Franziska war es wichtig, hier dabei zu sein. Ohne die Kinder. Und sie hat ihren Job klasse gemacht. Bei so großen Veranstaltungen wie heute, da haben wir die Küche sauber gemacht und der Band beim Abbauen geholfen. Dann sind wir gegangen. Und Franziska hat immer den Rest erledigt. Kontrollgang, alle Türen schließen, die Fensterläden zumachen. Und wie ich sehe«, Cecilia Kerbs Blick fiel auf das verhüllte große Fenster, »hat sie das ja offensichtlich getan.«

»Wann sind Sie gegangen?«, wollte Horndeich wissen.

»Das war wohl so Viertel vor eins«, rekapitulierte Cecilia Kerb. »Es war auch nicht mehr viel zu tun für Franziska. Aber es war eben ihr Job, den Rest hier zu Ende zu bringen.«

»Und wie wäre sie von hier nach Hause gekommen?«

»Schauen Sie auf den Parkplatz vor der Güterhalle. Dort steht ein roter Smart. Ihr Auto. Sie hat ihn geliebt. Wenn sie ihn auch nicht oft gefahren hat. Denn in den Wagen passte immer nur sie. Und nicht sie und die Zwillinge. Ihr Mann fährt den Benz, sie hat den BMW für Kinder und Einkäufe – aber den roten Smart, den hat sie nie hergegeben.«

»Haben Sie die Telefonnummer ihres Mannes?«

Cecilia Kerb gab ihnen die Nummer.

Horndeich und Leah befragten sie noch nach Menschen, die Franziska hätten schaden wollen, aber die Antwort fiel genauso aus, wie sie es erwartet hatten: Franziska Schneider war der glücklichste Mensch auf Erden, und es gab niemanden, der ihr etwas Böses wollte.

»Sie wünschen?«, fragte die junge Frau, die vor Leah und Horndeich im Rahmen der Haustür stand und diese nur einen Spaltbreit geöffnet hatte.

Horndeich war irritiert. Neben der Haustür gab es nur ein Klingelschild, und darauf stand der Name Schneider. Er hatte erwartet, Franziskas Ehemann Lutz im Türrahmen zu erblicken. Für eine Schwester von Franziska war die junge Frau definitiv zu alt. Aber vielleicht war es ja die Schwester von Lutz Schneider. »Wir möchten gerne mit Herrn Lutz Schneider sprechen«, sagte Horndeich.

»Wir sind von der Kriminalpolizei, mein Name ist Leah Gabriely, das ist mein Kollege Steffen Horndeich«, fügte Leah hinzu, nachdem Horndeich so perplex gewesen war, dass er diesen Spruch vergessen hatte.

»Warum?«, wollte sie wissen. Ein schlabberiges, viel zu großes graues Sweatshirt sowie rote Leggins zeigten, dass sie derzeit nicht an einem Modewettbewerb teilnehmen wollte.

»Wir würden gerne mit Herrn Lutz Schneider persönlich reden«, wiederholte Horndeich. Hinter ihr tauchte das Gesicht eines Mannes auf. »Ich bin Lutz Schneider. Worum geht es?«

»Herr Schneider, dürften wir bitte kurz reinkommen.«

»Ich wüsste nicht, wieso. Und schon gar nicht um diese Uhrzeit«, sagte er. »Vielleicht kommen Sie morgen wieder.«

»Es geht um Ihre Frau. Und wir haben keine guten Nachrichten.«

»Franziska?« Lutz Schneider schob sich vorbei und öffnete die Tür. »Bitte. Treten Sie doch ein.«

Eine Minute später saßen sie im Wohnzimmer. »Das ist Serafina Körner. Eine Freundin des Hauses.«

Frau Körner nickte nur. Und zwischen sie und Lutz Schneider passte vielleicht noch ein Blatt Papier, aber definitiv kein Block mehr. Seltsame Konstellation, dachte Horndeich.

»Was ist passiert?«, wollte Lutz Schneider nun wissen.

Leah übernahm, und Horndeich war ihr dafür dankbar: »Herr Schneider, Ihre Frau lebt nicht mehr.«

»Wie bitte?« Schneider sah auf seine Armbanduhr. »Vor

sieben Stunden hat sie doch erst das Haus verlassen. Das muss eine Verwechslung sein.«

Das hatte Horndeich schon oft gehört, die allererste Abwehrreaktion, während sich die Erkenntnis ganz langsam mit ausgefahrenen Krallen den Weg ins Gehirn bahnte. Horndeichs Blick fiel auf einen Büfettschrank, den zahlreiche gerahmte Fotografien zierten. Zwei Bilder standen im Vordergrund. Eines zeigte Lutz Schneider und seine Gattin bei der Hochzeit, eines die beiden Eheleute jeweils mit einem Baby auf dem Arm.

»Es ist keine Verwechslung. Ihre Frau trug ihren Personalausweis und den Führerschein bei sich.«

»Was ist ihr denn passiert?«

»Sie wurde ermordet. Erschossen.«

»Franziska? Erschossen? Wer sollte denn meine Frau erschießen?« Er sah Leah direkt in die Augen, und sie wandte den Blick nicht ab. Das war der Moment, als die Krallen der Erkenntnis sich endgültig in Lutz Schneiders Gehirn geharkt hatten. Tränen bahnten sich den Weg über das Gesicht. Zunächst nur die Vorhut, dann Infanterie und Kavallerie. Von einem Moment auf den anderen war Lutz Schneider in sich zusammengesunken und hielt den Kopf in den Händen. Er weinte leise, aber die Schultern zuckten.

Serafina Körner legte den Arm um ihn. Und auch nach einer Minute machte Lutz Schneider keine Anstalten, seinen Kummer unter Kontrolle zu bekommen. »Vielleicht gehen Sie jetzt besser«, sagte Serafina Körner. »Wir melden uns morgen bei Ihnen.«

»Sollen wir vielleicht noch jemanden benachrichtigen? Oder einen Arzt holen?«

Serafina Körner schüttelte den Kopf. »Dankeschön. Ich habe das im Griff.«

Leah zog eine Visitenkarte aus der Innentasche und legte sie auf den Wohnzimmertisch. Horndeich und Leah erhoben sich und verließen das Haus.

»Das war schon etwas seltsam«, sagte Horndeich.

»Jeder trauert anders«, erwiderte Leah.

»Das meine ich nicht«, fügte Horndeich an, »sondern diese Frau Körner. War schon ein sehr vertrauter Umgang zwischen den beiden. Oder zumindest von ihr aus in seine Richtung.«

»Morgen werden wir mehr erfahren«, beendete Leah das Gespräch.

Horndeich sah auf die Uhr. Es war halb vier. »Nachher, werte Kollegin, nachher.«

Leah Gabriely hatte nicht sehr gut geschlafen. Doch wenigstens hatte die Nacht dann auch nicht lange gedauert. Um halb fünf war sie ins Bett gekommen und hatte sich den Wecker auf zehn Uhr gestellt, war aber bereits um halb neun aufgewacht. Jetzt war es elf, sie und Horndeich saßen in einem der Vernehmungsräume. Ihnen gegenüber Lutz Schneider. Das Gesicht aufgequollen, dunkle Ränder unter den Augen. Sein Schlaf war, wenn er überhaupt welchen abbekommen hatte, sicher noch schlechter gewesen.

Horndeich hatte ihm bereits die Fakten genannt: Dass seine Frau erschossen worden war. Dass es nicht so aussah, als wäre sie ein zufälliges Opfer gewesen. »Gab es denn irgendjemanden, mit dem Ihre Frau Streit hatte?«

Schneider schüttelte nur den Kopf. »Nein, Franziska war ein Engel.« Er sah auf, schaute Horndeich direkt in die Augen: »Ich nehme an, das sagt Ihnen jeder zweite Ehemann, aber auf Franziska hat es zugetroffen. Sie war der gütigste Mensch, den ich in meinem Leben kennengelernt habe.«

Auweia, dachte Leah, das ist einer von diesen Typen! Denen, die überhaupt keinen klaren Blick auf andere Menschen haben. Es gab keine Engel, es gab keine Teufel. Jeder hatte seine Stärken, jeder hatte seine Schwächen. Mit solchen Allgemeinplätzen, wie Schneider sie gerade von sich gegeben hatte, kamen sie nicht ansatzweise voran. Leah presste die Kiefer aufeinander. Ihr Zahnarzt hat ihr bereits verkündet, dass sie offensichtlich zum Knirschen neigte. Und sie hatte sich daraufhin selbst beobachtet. Immer wenn sie aggressiv wurde und das nicht zeigen konnte oder durfte, waren ihre Zähne die Leidtragenden. Sie war froh, dass Horndeich die Befragung weiterführte.

»Könnte es denn sein, dass Ihnen jemand wehtun wollte?«

»Mir?«, tönte Schneider erstaunt.

Leah befürchtete, dass er gleich hinterherschieben würde, dass er schließlich auch ein Engel wäre.

»Was machen Sie denn beruflich?«, lenkte Horndeich die Befragung in eine andere Richtung. Das schätzte Leah an ihrem Kollegen, dass er durch solch geschicktes Weichenstellen den Zug oftmals, wenn auch mit kleinen, notwendigen Umwegen, in den Zielbahnhof dirigierte.

»Ich habe eine Firma. Computergrafik, virtuelle Realität, 3-D-Filme, solche Sachen. Früher viel für die Industrie, jetzt auch fürs Fernsehen und Kino. SCG – Schneider Computer Graphics.«

»Wo hat Ihre Firma ihren Sitz?«

»In Darmstadt, in der Rheinstraße. Ich hatte immer mal überlegt, die Firma nach Höchst zu holen. Aber versuchen Sie da mal einen schnellen Internetanschluss zu bekommen. Also, ich meine jetzt nicht so Facebook-tauglich. Sondern industrietauglich. Aber mit der Odenwaldbahn klappt das ja ganz gut, in Höchst am Bahnhof rein, dann am Darmstädter Hauptbahnhof raus, fünf Minuten zu Fuß – das passt schon ganz gut.«

»Und was machen Sie da genau?«

Auf diesem Gebiet fiel es Lutz Schneider offenbar sehr viel leichter, sachlich zu berichten. »Wir waren drei Geschäftsführer, jetzt sind wir noch zu zweit. Haben alle drei Informatik studiert, waren dann beim Fraunhofer-Institut und haben uns vor neun Jahren selbstständig gemacht. Inzwischen haben wir rund zwanzig Mitarbeiter. In unserem Werbeprospekt steht: ›Wir bringen Sie ins alte Rom. Auch ohne Zeitmaschine.‹ Darauf haben wir uns spezialisiert: Wenn in irgendeinem Film oder auch Computerspiel irgendwelche Landschaften aus früheren Zeiten auftauchen, dann können wir die am Computer erstellen. Und zwar so, dass der Unterschied zu echten Filmaufnahmen kaum mehr erkennbar ist.«

»Und Ihre Frau? Hat sie auch in Ihrer Firma gearbeitet?« Wieder eine Weiche, dachte Leah. Mal sehen, ob der Zug arg rumpelt.

»Nein. Wir haben das mal überlegt, aber es hätte nicht funktioniert. Franziska hatte, als wir uns kennengelernt haben, nur einen Realschulabschluss und keine Ausbildung. Sie war schon zwanzig, und wir haben dann überlegt, ob sie nicht ihr Abi noch nachmacht, auf einem normalen Gymnasium. Die Bewerbungen waren auch schon raus, aber dann kamen die Zwillinge. Sie ist zu Hause geblieben. Hat aber seit zwei Jahren über ein Fernstudium fürs Abi gelernt. Wir hatten auch einen Privatlehrer engagiert. Das hat alles wunderbar funktioniert. Und in einem Jahr hätte sie tatsächlich das Abi nachgemacht. Und bestanden. Da bin ich sicher.«

Klar. Engel bestehen das Abi immer, dachte Leah.

»Hatten Sie in Ihrer Firma Feinde? Sind Sie bedroht worden?«

»Quatsch. Überhaupt nicht. Die Firma läuft richtig gut. Wir müssen jetzt noch zwei oder drei Leute einstellen, gar nicht so einfach bei dem Arbeitsmarkt. Fachkräfte und so. Sie wissen ja. Klar, wir haben Konkurrenten. Aber das bewegt sich alles im normalen Rahmen. Wir sind super ausgelastet, viel mehr können wir gar nicht stemmen. Wir sind auch richtig gut geschützt, gegen Hacker oder gegen Einbrecher. Das heißt, wir werden auch nicht erpresst oder so was. Mein Gott, da sind Sie völlig auf dem Holzweg!«

Auch diesen Satz hatte Leah schon öfter gehört. Und gefühlt noch häufiger hatte er sich als falsch erwiesen. Sie hielt kurz inne. Heute war für sie offenbar der Tag des Zynismus. Es bekam ihr überhaupt nicht gut, wenn sie nicht genug geschlafen hatte. Am besten hielt sie sich aus dieser Befragung völlig raus.

»Erzählen Sie mir von Ihrer Frau«, wagte Horndeich sich ein Stückchen vor.

Gleich fängt er wieder an zu heulen, dachte Leah. Und spürte erstaunlicherweise den Druck hinter den eigenen Augen. Was war nur los mit ihr?

Die Augen des Befragten hingegen blieben trocken. »Wir haben uns vor gut vier Jahren im Krankenhaus kennengelernt. Hatten beide das Bein gebrochen. Ich beim Skifahren, und sie ist einfach nur blöd gestürzt. Bei uns beiden waren die Knöchel ziemlich hin. Also Schrauben und Eisengestänge und so tolle Sachen im Bein. In der Cafeteria im Krankenhaus haben wir uns kennengelernt. Und, glauben Sie's oder nicht, es war Liebe auf den ersten Blick. Bei uns beiden. Obwohl sie so viel jünger ist als ich.« Schneider korrigierte die falsche Zeitform des Verbs nicht. »Sie ist schon kurz danach bei mir eingezogen. Ich meine, in meinem Haus hier habe ich wirklich genug Platz. Schließlich habe ich dort auch mit meiner ersten Frau gewohnt. Und Franziska und ich, wir haben auch gleich geheiratet. Tja, und dann sind die Zwillinge gekommen.«

»Und wer ist Serafina Körner?«

Leah nahm die Veränderung in Lutz Schneiders Gesicht wahr, auch wenn sie kaum sichtbar war. Seine Stimme war jedoch unverändert, als er antwortete: »Serafina kenne ich schon sehr, sehr lange. Und sie passt immer mal auf die Kleinen auf, wenn Franziska abends in der Güterhalle arbeitet. Oder wenn Franziska und ich ausgehen, was wir mindestens einmal in der Woche tun.«

»Warum arbeitet Ihre Frau in der Güterhalle? Wenn ich das richtig verstanden habe, ist das finanziell nicht nötig.«

»Nein. Das ist es ganz sicher nicht. Franziska hat sich mit

Cecilia Kerb angefreundet, einer der Frauen, denen die Güterhalle gehört. Und immer wenn die irgendwelche kulturellen Veranstaltungen haben, dann jobbt Franziska dort. Zum einen, um einfach mal was anderes zu machen, zum anderen, weil sie solche Veranstaltungen mag. Ganz besonders, wenn irgendwelche Musiker auftreten. Als sie vor einem halben Jahr gehört hat, dass Lichtenberg hier bei uns spielt, da war sie ganz aus dem Häuschen. Sie war schon immer ein Marcel-Zocher-Fan.« Nun huschte ein Lächeln über sein Gesicht, das jedoch einen Schatten warf. Nicht den Schatten der Trauer, sondern vielmehr mischte sich der Hauch eines verächtlichen Grinsens unter das Lippenspiel. Eifersucht, konstatierte Leah kühl.

»Und Sie waren gestern den ganzen Abend zu Hause?«

»Ja. Bis elf war ich in meinem Arbeitszimmer, um zu arbeiten, dann habe ich mich hingelegt.«

»Warum war Frau Körner dann noch da?«

»Sie bleibt immer, wenn Franziska arbeitet. Ich stehe meistens früh um sechs Uhr auf, und ich brauche meinen Schlaf. Wenn dann die Kleinen nachts krähen, muss ich nicht aus dem Bett. Deshalb legt sie sich aufs Sofa, bis Franziska heimkommt. Und normalerweise hätte sie gestern um eins zu Hause sein sollen. Aber Franziska übernimmt das dann immer gern, noch klar Schiff zu machen und als Letzte das Haus abzuschließen.«

Nun wurden Lutz Schneiders Augen doch wieder feucht. Hoffentlich heult er nicht schon wieder, dachte Leah. Und wischte sich selbst eine Träne aus dem Auge. Wieder musste sie an Bruno denken. Und das war das Letzte, was sie wollte. Bruno war weg. Dann sollte er es auch tagsüber sein, wenn sie arbeiten und sich konzentrieren musste.

»Hatte Ihre Frau einen eigenen Computer?«

Schneider nickte. »Einen Laptop.«

»Den würden wir gerne abholen lassen.«

»Moment, ich hab was für euch«, sagte Richard Feller zu Leah, während Horndeich Lutz Schneider aus dem Gebäude geleitete.

»Was gibt's?«, wollte Leah wissen.

»Ich habe ihre Mutter gefunden. Also die Mutter von Franziska Schneider, geborene Wölzer. Die Mutter heißt Irene.«

»Aha.«

»Sie ist schon hier, und ich hab sie in Vernehmungsraum zwei gesetzt. Denn als ich ihr gesagt habe, dass ihr Schwiegersohn auch da ist, nun, formulieren wir es freundlich, hat sie wenig Interesse daran gezeigt, ihm zu begegnen.«

»Okay, super. Dann warte ich noch kurz auf Horndeich, und dann kann sie uns vielleicht ein bisschen mehr zu ihrer Tochter erzählen.«

Keine fünf Minuten später saßen die beiden Beamten der Mutter von Franziska Schneider gegenüber. Leah hätte eine Frau von Anfang fünfzig erwartet, doch sie hatte die Hürde der sechzig schon vor ein paar Jahren genommen. Davon zeugten die silberweißen Haare ebenso wie ein großer Schatz an Lebenserfahrung, der sich tief in die Falten ihrer Haut eingefurcht hatte. Haltung, Blick und Mimik der Frau strahlten nur eines aus: eine tiefe Müdigkeit. Das ist echte Müdigkeit, also reiß dich jetzt selbst mal ein bisschen zusammen, tadelte die kritische Stimme in Leah ihre Besitzerin.

»Frau Wölzer, herzlichen Dank, dass Sie den Weg zu uns gefunden haben. Unser herzliches Beileid«, eröffnete Horndeich wie immer elegant die Befragung.

Irene Wölzer nickte stumm. Dann sagte sie leise, fast flüsternd: »Serafina hat mich angerufen. Stimmt es, dass meine Tochter ermordet worden ist?«

»Ja. Das stimmt.« Die knappe Antwort von Horndeich war wohl die angemessenste. Was hätte er auch drum herumreden sollen.

Irene Wölzer nickte wieder, als hätte sie nichts anderes erwartet.

»Frau Wölzer, haben Sie eine Ahnung, wer Ihrer Tochter etwas Böses wollte? Hatte sie … Feinde?«

Irene Wölzer hielt den Blick gesenkt. »Nein, nicht dass ich wüsste. Aber ich hatte ja auch kaum mehr Kontakt zu ihr. Also, seit sie in der Pubertät war, haben wir uns kaum noch gesehen. Ich dachte damals, als sie Lutz geheiratet hat, dass sich das ändern würde. Dass ich auch meine Enkelkinder kennenlernen würde. Aber weder Franziska noch Lutz haben Wert darauf gelegt. Und wenn man viermal fragt und viermal eine Absage bekommt, dann fragt man kein fünftes Mal mehr.«

»Sie wohnen in Darmstadt?«

»Ja. In der Innenstadt. Bleichstraße. Wohn ich jetzt seit fast vierzig Jahren. Bin mit meinem Mann damals dort eingezogen. '80 war das.«

»Und Ihr Mann?«

Frau Wölzer sah auf: »Lebt nicht mehr, seit zwölf Jahren schon. War viel älter als ich, zwanzig Jahre. Mit fünfundsiebzig ist er gegangen. Und hat mich mit Franziska alleingelassen. Na ja, ob es viel geändert hätte, wenn er noch länger gelebt hätte – ich weiß es nicht. Ich hab meine Tochter nicht davon abhalten können, auf die schiefe Bahn zu geraten. Und Sie können mir glauben, ich hab alles versucht. Vom guten Zureden über Schläge, von Bestechung über Hausarrest – nichts hat gefruchtet. Ist dann doch sitzen geblieben.« Ihr klarer Blick traute sich für einen Moment hinter dem Schleier hervor, als sie sagte: »Aber den Realschulabschluss, den hat sie dann doch geschafft. War ich stolz drauf. Hätte ich ihr, muss ich wirklich sagen, nicht zugetraut. Aber war ich wirklich stolz drauf.«

»Und was meinen Sie mit schiefer Bahn?«

»Muss ich Ihnen als Polizisten das wirklich erzählen? Falsche Freunde. So richtig falsche Freunde. Drogen, Feiern, ich glaube, sie ist auch eine Zeit lang anschaffen gegangen. Nur als die Typen dann einmal bei uns in der Wohnung waren, da war es auch mir zu viel. Hab sie mit dem Küchenmesser in der Hand rausgeschmissen. Sind dann auch nie wieder zu uns gekommen. Aber Franziska eben auch nur noch selten. Einmal habe ich ihr Zimmer durchsucht, und es gibt echt bessere Verstecke für Drogen als unter der Matratze. Als sie dann nach Hause kam, habe ich in der Küche das Fenster aufgemacht und das weiße Pulver einfach rausgekippt. Es war das erste Mal, dass sie mich geschlagen hat. Und es war das letzte Mal, dass ich sie gesehen habe, bis sie dann mit dem kaputten Knöchel im Krankenhaus lag.«

Drogen, dachte Leah. Die gab es auch bei Markus Böhmer. Wobei sie natürlich noch nicht einmal wussten, ob bei beiden Verbrechen dieselbe Waffe benutzt worden war. Aber zumindest das Kaliber war dasselbe. Und die Munition stammte vom selben Hersteller, das hatte ihnen Silvia Rauch in ihrem kurzen Bericht heute früh mitgeteilt.

»Lutz Schneider hat nichts davon gesagt, dass seine Frau ein Drogenproblem gehabt hätte oder gar hatte«, warf Horndeich ein.

»Ich mache kein Hehl daraus, ich mag Lutz Schneider nicht. Das beruht auf Gegenseitigkeit. Wir sind uns beide zutiefst unsympathisch. Aber was ich ihm niemals vergessen werde, ist, dass er meine Tochter von den Drogen weggebracht hat. Und dass sie, soweit ich weiß, auch niemals rückfällig geworden ist.«

»Und wie kam er dazu?«

»Die beiden haben sich im Krankenhaus kennengelernt. Vor vier Jahren. Franziska hatte sich ein Bein gebrochen, beziehungsweise den Knöchel. Sie hat nie darüber geredet, aber ich habe nie daran geglaubt, dass sie einfach nur dumm gestürzt war, wie sie behauptet hat. Ich glaube, das hat ihr irgendjemand angetan. Na, zumindest hat sie dann Lutz kennengelernt, dem es beim Skifahren den Knöchel zerrissen hat, weil der Skischuh bei einem Sturz zerbrochen ist. Materialfehler, hat er mir irgendwann gesagt.

Ich habe keine Ahnung, ob Franziska ihn geliebt hat. Aber ich glaube, nein, ich weiß, dass er damals irgendwie die richtigen Worte gefunden hat, um ihr klarzumachen, dass sie von Koks und Crack runtermuss, wenn sie ihr Leben irgendwie auf die Reihe kriegen will. Damals, im Krankenhaus, da war Franziska an diesem Punkt. Ich habe sie ein paarmal besucht. Sie hat nur geweint damals. Und ich glaube, es ging ihr nicht so sehr darum, von den Drogen loszukommen. Ich glaube, sie wollte weg von den Leuten, mit denen sie damals so zusammen war. Und Lutz hat ihr den Platz in der Entzugsklinik besorgt und bezahlt. So eine private, sauteure Klinik, aber eben auch weit, weit weg von hier. Nicht mal ich wusste, wo die war. Nach dem Entzug, da ist sie dann direkt bei ihm eingezogen, die beiden haben geheiratet, und schon kurz darauf kamen die Zwillinge. Ja, dafür werde ich Lutz ewig dankbar sein. Aber mögen muss ich ihn deshalb nicht.«

»Wissen Sie denn, mit welchen Leuten Franziska damals zu tun hatte?«

»Nein. Ich kenne weder Namen noch Gesichter. Nur von diesem einen Mal, aber wie gesagt, das ist jetzt über sechs Jahre her.« Wieder wandte sie den Blick in Richtung Schoß und sagte, mehr zu sich selbst: »Nun werde ich Lutz doch wiedersehen. Bei der Beerdigung meiner Tochter.«

Friemelarbeit. Manchmal hatte Feller das Gefühl, er hätte ein Puzzle mit tausend Teilen auf dem Tisch. Das Problem dabei: Er durfte nicht die Vorderseite mit dem Bild benutzen, sondern musste die Puzzleteile mit ihrer grünen Rückseite zusammenfügen. Viele Informationen hatten sie bislang nicht.

Ihm lag inzwischen das Ergebnis des Landeskriminalamts vor: Die Projektile beim Mordfall an Markus Böhmer und das Projektil beim Mordfall an Franziska Schneider stammten aus derselben Waffe. Mit großer Wahrscheinlichkeit handelte es sich dabei um eine SIG Sauer P226. Das hieß, dass ein und derselbe Täter sowohl Markus Böhmer als auch Franziska Schneider umgebracht hatte.

Leah und Horndeich hatten ihn noch von den Gesprächen mit Franziskas Ehemann Lutz informiert und über das Gespräch mit der Mutter der Verstorbenen. Es gab einen verbindenden Punkt zwischen den beiden Toten: Sowohl Markus Böhmer als auch Franziska Schneider hatten in ihrem Leben mit Drogen zu tun gehabt. Markus Böhmer bis zum Tag seines Todes, als Beschaffer, als Dealer, als Lude von drogenabhängigen Prostituierten. Franziska Schneider als Süchtige. Aber das lag offenbar bereits mehrere Jahre zurück.

Dank richterlichen Beschlusses hatte sich Feller den Zugang zu den Facebook-Accounts sowohl von Markus Böhmer, seinem Bruder und seiner Schwester sowie von Franziska Schneider und auch von Lutz Schneider geben lassen. Das Ergebnis war mager: Markus Böhmer war in den sozialen Medien kaum sichtbar. Er hatte zwar einen Facebook- und Instagramaccount, ließ die Welt aber nicht an seinem Leben teilhaben. Bei seinem Bruder sah das anders aus: Er hatte fleißig Bilder gepostet, von ihm mit seinem Benz, von ihm mit seinem BMW, von ihm in der Muckibude, von ihm mit leicht bekleideten Frauen im Arm. Die Kommentare dazu hätten in jeder Deutschprüfung glatt die Note sechs eingebracht. »Voll krass cool« zählte noch zu den intelligenteren. Es hatte Feller einiges an Überwindung gekostet, die Einträge in der Chronik ein Jahr zurückzuverfolgen.

Markus Böhmers Schwester pflegte ebenfalls einen Facebook-Account. Sie postete meistens, wenn sie in irgendwelchen schicken Restaurants essen ging oder an Stränden in den wärmeren Gegenden der Welt Urlaub machte.

Der Account von Franziska Schneider offenbarte, dass sie Mutter von Zwillingen war. Die beiden Kleinen im Kinderwagen, die beiden Kleinen auf dem Spielplatz, die beiden Kleinen bei der Begegnung mit einer Katze, die beiden Kleinen mit Pflastern nach der Begegnung mit der Katze. Ab und an auch mal ein Bild von ihr mit ihrem Mann, beim Italiener, beim Spanier, beim Griechen und auch unter Palmen. Und dann natürlich Franziska Schneider in der Güterhalle, bei einer Lesung mit einem Darmstädter Krimiautor, auf einer Modellbahnbörse – Feller fragte sich, was eine Frau wie Franziska Schneider an alten Modellbahnen toll fand – und bei einigen Konzerten. Paddy Schmidt von Paddy Goes to Holyhead hatte schon in der Güterhalle gespielt, und wenn man den zwanzig Bildern von Franziska Schneider Glauben schenken durfte, war es ein sehr gelungenes Konzert gewesen. Das jüngste Bild zeigte sie an der Seite von Marcel Zocher, dem Sänger der Band Lichtenberg. Aufgenommen keine zwei Stunden vor ihrem Tod. Nein, das ließ auch einen wie ihn, der sich in seinem Leben ein ziemlich dickes Fell zugelegt hatte, nicht unberührt.

Feller hatte auch den Inhalt des Handys von Franziska Schneider bereits unter die Lupe genommen. Darauf: Bilder von den Kindern, noch mal deutlich mehr als in den sozialen Medien. Die Fotos aus der Güterhalle. Dann wieder von ihr und dem Gatten. Ansonsten war da absolut nichts Auffälliges zu finden gewesen. Auch ihr Terminkalender und ihr Mailverkehr hatten nicht den geringsten Hinweis darauf gegeben, wer ihr irgendetwas hätte antun wollen.

Doch die Logik gebot: Der Täter hatte ein Motiv, nicht nur Franziska Schneider umzubringen, sondern auch Markus Böhmer. Und irgendwo musste es zwischen den beiden eine Schnittmenge geben. Eine Schnittmenge, die einen Menschen dazu veranlasste, diese beiden Menschen hinzurichten. Doch Richard Feller konnte sich derzeit noch keine solche Schnittmenge vorstellen.

Also musste er einen anderen Weg wählen. Den des Täters. Feller ging zunächst einmal davon aus, dass der Täter irgendwo im Umkreis von Darmstadt und Höchst wohnte. Dann musste er zumindest zu einem der Tatorte einen längeren Weg zurückgelegt haben. Einen Weg, den man nicht mehr zu Fuß bewältigen konnte. Blieb Fahrrad. Oder Auto. Oder Motorrad. Oder öffentliche Verkehrsmittel. Letzteres war schon wieder schwierig, denn zumindest Franziska Schneider war zu einem Zeitpunkt ermordet worden, als die Öffentlichen nicht mehr fuhren. Zumindest nicht hin und zurück. Nichtsdestotrotz hatte er die Videoaufzeichnungen aus den Regionalzügen bereits angefordert. Sie waren allerdings noch nicht bei ihm eingetroffen.

Für den Mord in Darmstadt bestand natürlich die Möglichkeit, dass jemand Richtung Heinrich-Delp-Straße mit den öffentlichen Verkehrsmitteln gefahren war, sprich, mit den Darmstädter Straßenbahnen der Linie 8 oder 7. Feller hatte bereits die Videoaufzeichnungen aus den Straßenbahnen der entsprechenden Zeit vorliegen. Aber ohne einen weiteren Ansatz, nach wem er Ausschau halten musste in diesen Bahnen, würden ihn die Aufzeichnungen auch nicht weiterbringen.

Stattdessen konzentrierte sich Feller an diesem Nachmittag auf die Autofahrer. Natürlich wurde weder in Höchst noch entlang der entsprechenden Landstraßen der Verkehr aufgenommen und gespeichert. Aber es gab: die Blitzer. Wenn ein Täter es eilig hatte, zum Tatort zu gelangen oder weg davon, so war es zumindest möglich, dass er von einer der Blitzanlagen erfasst worden war.

Und tatsächlich gab es auf der B45 nordwestlich von Höchst zwei Fahrzeuge, die in der Nacht, in der Franziska Schneider ermordet worden war, von der Radarfalle erfasst worden waren.

Richard Feller notierte sich die beiden Kennzeichen. Dann gab er sie in die Abfragemaske zur Fahrzeughalter-Datenbank ein.

Der Erste, der mit mehr als fünfundzwanzig Stundenkilometern zu schnell am Blitzer entlanggerauscht war, war ein Dr. Werner Wagner. Feller ließ den Namen durch den Polizeicomputer sausen, aber außer einem weiteren Ticket fürs Rasen fand er unter diesem Namen keinerlei Eintragungen.

Den zweiten Namen hingegen kannte er. Und mit einem Mal war Richard Feller unangenehm überrascht. Das konnte kein Zufall sein. Oder doch? Feller glaubte nicht an Zufälle. Und doch fiel es ihm schwer, das, was er sah, zu akzeptieren.

»Hallo, entschuldige die späte Störung«, sagte Horndeich.

»Klar, komm rein«, erwiderte Margot Hesgart.

Horndeich sah sie, wie er sie nie zuvor gesehen hatte: Seine ehemalige Kollegin war in einen bequemen, wenn auch optisch wenig attraktiven Jogginganzug gekleidet.

»Ein bisschen spät«, gab Margot zu bedenken, und sie hatte zweifelsohne recht. Denn Horndeichs Armbanduhr, eine Omega Speedmaster, jene Uhr, die die ersten Astronauten auf dem Mond getragen hatten, zeigte bereits 20:30 Uhr.

»Habt ihr denn schon was rausgefunden über den Mord an diesem Dealer?«, wollte Margot wissen, als sie Horndeich in Richtung Wohnzimmer führte.

»Ja und nein«, antwortete Horndeich vielsagend und gleichzeitig nichtssagend.

»Darf ich dir was zu trinken anbieten?«, wollte Margot wissen.

»Nein danke«, antwortete Horndeich.

»Auch kein Wasser?«

»Danke, alles okay.« Er wollte nicht hier sein. Er wollte seiner ehemaligen Kollegin nicht die Frage stellen, die er gleich stellen würde. Denn allein die Frage implizierte einen Tatbestand, der nicht existierte. Nicht existieren konnte. Doch es führte kein Weg daran vorbei. Dies war wohl der Moment in seiner Polizeikarriere, der ihm mit Abstand am unangenehmsten war.

»Horndeich, was kann ich für dich tun?«

Tja. Gute Frage. »Darf ich mich setzen?« Das war eine Frage, die er seiner Kollegin noch nie in seinem Leben zuvor gestellt hatte. Entweder, weil sie beide im selben Büro saßen. Oder, weil er einer der vertrauten Gäste des Hauses war und diese Frage somit nicht zu stellen brauchte.

Viele Jahre hatten sie gemeinsam bei der Mordkommission in Darmstadt gearbeitet, viele Fälle gemeinsam gelöst. Vor viereinhalb Jahren hatte Margot den Dienst quittiert und war mit ihrem Freund Nick Peckhard, einem amerikanischen Polizisten, in die USA umgezogen. Doch bereits nach einem Jahr waren sie zurückgekommen. Und hatten hier in Lichtenberg eine Firma gegründet, Hesgart & Peckhard. Da berieten sie Firmen zu allen Fragen der Unternehmenssicherheit, von Videoüberwachung bis hin zu Firewalls für das Firmennetzwerk.

Ihr privater Kontakt war nicht abgerissen. Natürlich auch nicht mehr so intensiv wie früher. Aber dennoch würde er seine ehemalige Kollegin Margot Hesgart immer noch als Freundin bezeichnen.

Auch Margot fiel auf, dass etwas nicht stimmte. »Steffen? Ist alles in Ordnung?« Allein, dass sie ihn Steffen nannte, zeugte davon, dass hier gar nichts in Ordnung war. Alle außer seiner Frau nannten ihn Horndeich. Das war kein Nachname, eigentlich war es sein Rufname.

Horndeich setzte sich auf die breite Ledercouch. Margot ließ sich auf dem Kanapee, das im neunzig Grad Winkel zu jenem von Horndeich stand, nieder. »Okay. Ich hab's kapiert. Hier geht es um irgendwas Offizielles. Also, rück raus mit der Sprache.«

»In der Nacht von Mittwoch auf Donnerstag, wo warst du denn da?«

Horndeich sah und spürte, wie sich alle Muskeln im Körper der Kollegin anspannten, wie sie plötzlich aufrecht saß, nicht mehr angelehnt an die weiche Rückenlehne des Sofas.

»Du meinst letzte Nacht?«

»Ja, letzte Nacht.«

»Na, da bin ich ja beruhigt. Da war ich die ganze Nacht hier.«

»Hier in deiner Wohnung?«

»Ja, hier in meiner Wohnung. Warum fragst du?«

»Kann das jemand bezeugen?« Horndeich fühlte sich unwohl in seiner Haut. Aber weder Leah noch Feller hätte er jemals gebeten, diese Befragung für ihn zu übernehmen. Und um mehr als eine Befragung handelte es sich schließlich nicht.

»Bezeugen? Hallo, worum geht es hier?«

Horndeich hatte keine Lust auf Spielchen. Er zog das Foto aus der Innentasche und legte es auf den Wohnzimmertisch. Darauf zu sehen: Ein Land Rover Discovery. In dunkler Lackierung. Am Steuer eine Frau, die im Moment, als der Blitzer zuschlug, den Kopf ein wenig nach unten gesenkt hatte. Und das Kennzeichen war jenes des Land Rover Discovery, der auf die Firma von Margot Hesgart und ihrem Lebensgefährten Nick Peckhard zugelassen war.

»Der ist gut. Wo ist denn hier die versteckte Kamera?«

»Bist du die Person in dem Auto?« Der Zeitstempel zeigte 0:10 Uhr.

»Nein, das bin ich nicht. Das kann ich nicht sein, denn ich bin letzte Nacht um elf Uhr schlafen gegangen.«

Horndeich wusste, dass Margot jetzt noch eine lange Kaskade von Sätzen hätte abliefern können: Wenn ich um elf schlafen gegangen bin, kann ich den Wagen gut eine Stunde später nicht mehr bewegt haben. Keine Ahnung, wer meinen Wagen entwendet hat. Ich war es auf jeden Fall nicht. Ich habe geschlafen.

»Und Nick? Er ist auch nicht hier?«

Eine völlig überflüssige Frage. Denn wenn Nick den Discovery gefahren hätte, wäre auch er auf dem Blitzerfoto zu erkennen gewesen. Aber am Steuer des Land Rovers saß eine Frau. Saß Margot Hesgart.

»Steffen, du weißt, dass Nick in den USA ist.«

Horndeich erinnerte sich. Margot hatte ihm erzählt, dass ihre Firma im Moment sehr gut lief. Es hatte sich ausgezahlt, dass beide ehemalige Polizisten waren und so über ein großes Netzwerk an Menschen verfügten, die sich in den jeweils von Kunden benötigten Bereichen gut auskannten und so von Projekt zu Projekt mit eingesetzt wurden.

Auch in den USA hatte das Unternehmen Hesgart & Peckhard immer wieder Aufträge an Land ziehen können. Dann flog meistens Margots Lebensgefährte Nick über den großen Teich. So wie jetzt auch.

»Horndeich«, versuchte Margot ihren Ex-Kollegen zu überzeugen, »du weißt genau, dass ich nicht am Steuer gesessen habe, als dieses Foto gemacht wurde.«

Nein, genau genommen wusste Steffen Horndeich das nicht. Es war eine Information, die ihm Margot Hesgart mitteilte. Aber er *wusste* es nicht.

Zwischen ihnen wogte Schweigen.

Kein gutes Schweigen.

Margot sah Horndeich an. Sagte nichts. Aber er konnte aus ihrem Blick lesen: Horndeich. Steffen. Du kennst mich. Du weißt, dass ich nicht in diesem Wagen gesessen habe, wenn ich dir sage, dass ich nicht in diesem Wagen gesessen habe. Wir beide haben so viele Mordfälle aufgeklärt, dass du wissen musst, dass nicht alles immer so ist, wie es scheint.

Und Horndeichs Blick sagte: Margot. Ich habe hier das Foto aus einem Blitzer. Darauf ist dein Wagen zu sehen, mit dem Kennzeichen deines Wagens, und mit dir am Steuer. Was soll ich glauben?

Sie wussten beide, dass dieses Foto allein überhaupt nichts zu bedeuten hatte. Aber sie wussten auch beide, dass da ein tiefer Graben war. Zwischen dem Foto, geschossen auf der Bundesstraße 45 in Richtung Höchst, und Margot Hesgarts Aussage, sie hätte das Auto zu diesem Zeitpunkt überhaupt nicht bewegt.

»Ich bin heute schon gefahren, der Wagen wurde also auch

nicht geklaut. Wenn ihn jemand entwendet hat, dann muss er es gut gemacht haben. Mit Schlüssel zur Garage. Denn die Tür zur Garage war nicht aufgebrochen.«

Als Horndeich seinen Wagen wieder in Richtung Darmstadt steuerte, ließ ihn das vergangene Gespräch mit Margot nicht los. Warum hatte sie nicht einfach gesagt, dass sie abends noch mal unterwegs gewesen war? Wieso hatte sie davon gesprochen, dass sie zu Hause geblieben wäre?

Das alles ergab für Horndeich keinen Sinn. Dann schoss ihm ein Gedanke in den Kopf, abwegig, aber plausibel: Margot Hesgart hatte einen Geliebten. Zu dem sie nachts noch einmal gefahren war. Und sie wollte auf keinen Fall, dass ihr Lebensgefährte Nick davon erfuhr.

Schwachsinn, sagte Horndeich zu sich selbst. Aber der Gedanke war weniger schwachsinnig als die Vorstellung von einer Margot, die zu Hause in ihrem Bettchen schlief und gleichzeitig auf der Bundesstraße Richtung Höchst geblitzt wurde.

MUTTER III.

Stille Nacht.

Nicht nur das Motto des Abends, sondern das Motto deines Lebens seit über einem Jahr.

Wach doch endlich auf!

Aber den Gefallen tust du mir nicht. Und dir tust du ihn auch nicht.

Die *Chancen*, dass du noch einmal aufwachst, sind nicht gut, haben die Ärzte gesagt.

Vielleicht sind diese zwei Stunden alle drei Tage mit mir für dich die Zeit, nach der du dich die anderen siebzig Stunden sehnst? Weil sonst niemand da ist?

Ich will den Ärzten glauben, die sagen, dass du nichts mitbekommst. Dass die Gehirnströme sich unter keinem Reiz verändern. Ich will ihnen glauben und habe Angst, dich zu verraten, falls sie eben doch nicht recht haben.

Was habe ich gekämpft, dass ich heute, an Weihnachten, keinen Dienst habe und zu dir kann. Als Erstes kriegen die frei, die Familie haben. Dann die, die verheiratet sind. Dann die, die nicht verheiratet sind, aber ein Kind haben.

Und ich? Verheiratet bin ich nicht. Familie habe ich nicht. Habe ich ein Kind?

Ich habe dich. Und seit Monaten rede ich nun zu dir, und du niemals zu mir. Köhler hätte heute eigentlich frei gehabt. Es hat mich zweihundert Euro gekostet, dass ich jetzt an deinem Bett sitze, während alle im Land Weihnachten feiern, sich beschenken, sich versichern, wie lieb sie sich haben, versuchen, nervige Kinder zu ignorieren, Lebenslügen zu ignorieren, und stattdessen versuchen, das Fest der Liebe zu zelebrieren. Ich bin froh, dass ich das nicht muss. Und dennoch: Deine Hand zu halten und keinen Schimmer zu haben, ob du eigentlich da bist, das toppt den Familienhorror der anderen an Weihnachten definitiv.

Ein paar wenige Feste der Liebe haben wir zusammen verbracht. Dein Vater hat immer darauf bestanden, dass ein Weihnachtsbaum nur dann ein Weihnachtsbaum ist, wenn darauf echte Kerzen brennen. Und du, mit deinen drei Jahren, du warst ja ständig in Bewegung. Heute würde man auf deine Stirn das Etikett »hyperaktiv« kleben. Damals bist du einfach wie ein Eichhörnchen auf Speed durch die Wohnung gefegt. Und hast den Weihnachtsbaum umgelegt. Während du mit deinem Vater im Chor gekreischt hast, als Baum und Vorhänge in Flammen aufgingen, habe ich zum Feuerlöscher gegriffen. Ja, darin war ich gut: im Organisieren des Alltags unter Berücksichtigung aller Eventualitäten. Der Feuerlöscher hat funktioniert, außer den Gardinen haben nur der Boden an einer Stelle und die Tapeten an ein paar anderen Stellen gelitten. Für einen Wohnungsbrand keine schlechte Bilanz.

Ja, ich hätte dich nicht schlagen sollen. Rechts, links, rechts, links, rechts. Dein Vater hat mich zur Seite gezogen, er hat selbst noch eine gefangen. Und ja, heute würde ich anders reagieren.

Ich würde vielleicht den Feuerlöscher gegen die Wand schmeißen.

Aber ich würde dich nicht mehr schlagen.

FREITAG, 24. MAI

Horndeich konnte die Tatorte, die er während seiner beruflichen Laufbahn besucht hatte, kaum mehr zählen. Orte, an denen die Spuren der Gewalt deutlich zu sehen waren, sei es als Blutspritzer an einer Wand oder einer Blutlache unter dem Körper eines Menschen. Meistens herrschte dort eine nahezu gespenstische Ruhe. Als ob mit dem Lebenslicht der getöteten Person sich auch jegliches Geräusch aufgelöst hätte. Doch hier war es anders.

Der kleine Chihuahua war mit der Leine an einem der umstehenden Bäume festgebunden. Er jaulte und wimmerte, und immer wieder wollte er in Richtung seines Herrchens aufbrechen. Er machte einen Satz, und die Vorderbeine wurden in die Luft gerissen, wenn die Leine in waagrechter Linie das Ende des Bewegungsradius markierte. Eine junge Kollegin kniete neben dem kleinen Kerl, wollte ihn beruhigen, doch es funktionierte nicht.

Horndeich hockte sich neben die Leiche und versuchte die Laute der Verzweiflung mental auszublenden. Der Mann, der vor ihm auf dem Asphalt lag, war ein älterer Herr. Gut gekleidet, nur der Blutfleck auf dem Rücken des Trenchcoats passte nicht ganz zum edlen Outfit. Sowie die Blutlache unter seinem Körper. Innerhalb des Flecks auf dem Mantel zählte Horndeich drei Löcher. Auch dieser Mann war erschossen worden.

Horndeich schaute auf die Uhr. Es war noch nicht einmal fünf Uhr morgens. Er hatte Leah angerufen, aber nur die Mailbox des Handys erreicht. Die Kollegen vom ersten Revier, so hatte er erfahren, hatten nach ihm bereits den

Rechtsmediziner verständigt. Sie selbst waren vor fünfzehn Minuten hier eingetroffen. Horndeichs Haus im Richard-Wagner-Weg 56 war keine hundertfünfzig Meter vom Tatort entfernt: Der Tote lag auf dem Borngässer Platz, direkt an der Flotowstraße.

Horndeich streifte sich Latexhandschuhe über, hob den Mann an einer Seite etwas an und griff in die Innentasche des Mantels. Er ertastete das Portemonnaie, zog es heraus, öffnete es. Und hielt eine Sekunde später den Personalausweis in der Hand. Das Foto zeigte eindeutig das Gesicht des Ermordeten. Dr. Ferdinand Wegenthal lautete sein Name. Er war siebzig Jahre alt geworden und hatte keine hundertfünfzig Meter entfernt gewohnt, im Rodinghweg 11.

Wieder brannte sich das verzweifelte Jaulen des Hundes in Horndeichs Kopf, schlimmer als quietschende Kreide auf einer Schiefertafel. Horndeich ging auf den Vierbeiner zu. Der schnupperte an seinem Hosenbein. Er hockte sich neben ihn, streifte den Handschuh ab und kraulte den kleinen Kerl. Vielleicht war es der Geruch von Hund, den Horndeich, für Menschen nicht wahrnehmbar, selbst verbreitete. Denn auch in ihrem Haus lebte seit vielen Jahren ein Chihuahua, Che.

Wie auch Franziska Schneider trug der Tote an der Hand einen Ehering. Horndeich sah zu der jungen Kollegin in Uniform auf. »Ich bring den kleinen Kerl mal nach Hause. Und werde gleichzeitig die frohe Botschaft verkünden.« Die Kollegin nickte nur. Horndeich löste die Leine vom Baum.

Das Knistern und Rauschen der Gegensprechanlage erwachte erst zum Leben, nachdem Horndeich die Klingel zum vierten Mal betätigt hatte. Zwei Klingelknöpfe waren auf dem Messingschild platziert. Auf dem unteren stand in geschwungenen Buchstaben »Praxis«, darüber »Wegenthal«. Horndeich hatte beide Knöpfe gedrückt.

»Hallo«, ertönte es aus dem kleinen Lautsprecher.

»Steffen Horndeich. Ich bin von der Polizei.«

Schweigen am anderen Ende der Leitung. »Ich bin von der Polizei«, war ein Satz, den konnte jeder sagen. Horndeich trug keine Uniform, und er selbst und seine Kollegen warnten die Bevölkerung immer vor Trickbetrügern, die sich auf eine solche oder ähnliche Art unbefugt Zugang zu fremden Wohnungen erschleichen wollten. Es war wohl das leise Jaulen des Chihuahuas, das Frau Wegenthal auf ihrer Seite der Gegensprechanlage hören konnte. Auf jeden Fall ertönte der Türsummer, und das eiserne Tor ließ sich aufdrücken.

Der Zugang zum Haus lag im Hochparterre. Horndeich musste die Stufen kaum selbst gehen, der Hund zog ihn quasi nach oben. Als sich die Tür öffnete, stand eine Frau in dunkelgrünem Seidenbademantel vor ihm. Wegenthals Gattin schien ein paar Jahre jünger zu sein als der Verstorbene. Der kleine Wauwau sprang an ihren Beinen hoch, und die Frau nahm ihn auf den Arm.

Sie begrüßte Horndeich nicht, reichte keine Hand, sondern hielt mit der einen den Hund und kraulte ihn mit der anderen. Horndeich zeigte seinen Ausweis, den Frau Wegenthal nicht eines Blickes würdigte. Sie sah Horndeich direkt an und flüsterte nur: »Was ist ihm passiert?«

Sie bat Horndeich ins Haus, geleitete ihn in die Wohnung im ersten Stock. Die rechte Tür führte in die Küche, in der sie Horndeich bat, Platz zu nehmen. Er sah sich um. Die Einrichtung atmete aus jeder Ritze den Charme der Siebzigerjahre. Zwar waren die Geräte in der Einbauküche deutlich jüngeren Datums, doch die Küchenmöbel selbst schienen noch aus jener Zeit zu stammen, als Ilja Richter gerade seine Disco im ZDF eröffnet hatte. Nichtsdestotrotz war alles akkurat sauber und aufgeräumt.

Frau Wegenthal setzte sich ebenfalls auf einen der Stühle. Sie ließ den Hund nicht los, wenn sie inzwischen auch die Leine vom Halsband gelöst hatte.

»Ihr Gatte, er lebt nicht mehr.«

Frau Wegenthal nickte nur. Wenige Sekunden später fragte sie: »Wurde er … getötet?«

Horndeich lag reflexartig die Gegenfrage auf der Zunge: Wie kommen Sie denn darauf? Doch das hätte ihre Intelligenz beleidigt. Der Mann geht mit dem Hund Gassi, zurück kommt ein Polizist mit dem jaulenden Hund auf dem Arm. Da konnte man zwei und zwei zusammenzählen. Horndeich nickte nur.

Tränen rannen aus den Augen von Frau Wegenthal, aber ihr Ton war fest, als sie fragte: »Können Sie mir schon sagen, was passiert ist?«

Horndeich zögerte.

Frau Wegenthal sprach weiter. »Entschuldigen Sie, ich habe mich noch gar nicht vorgestellt. Ich heiße Marion Wegenthal. Die Statistik hat mich ja seit Jahren darauf vorbereitet, dass mein Mann die Welt vor mir verlassen wird. Ich hätte nicht gedacht, dass das jetzt schon passiert. Und auf diese Weise. Was hat man ihm angetan?«

Wieder lag ein Standardsatz auf Horndeichs Zunge: Das wissen wir noch nicht genau. Doch die drei Löcher auf der Rückseite des Mantels und das Blut ließen schwerlich darauf schließen, dass Dr. Ferdinand Wegenthal einem Herzanfall erlegen war. Und Horndeich wäre eine hohe Wette eingegangen, dass die Geschosse, die sie noch finden würden, ebenfalls ein Kaliber von 9 mm hatten und aus derselben Waffe stammten, wie die Projektile, die Franziska Schneider und Markus Böhmer getötet hatten. »Ich kann es Ihnen nicht ganz sicher sagen, aber es sieht so aus, als ob jemand Ihren Mann erschossen hat.«

»Erschossen?«, echote Marion Wegenthal kaum hörbar. Das Wort schien den Tränenfluss weiter anzuregen.

»Darf ich Ihnen ein paar Fragen stellen? Oder soll ich vielleicht erst jemanden anrufen, der Ihnen jetzt zur Seite stehen kann?«

»Fragen Sie. Danach werde ich unseren Sohn anrufen.«

Und wieder eine Standardfrage: »Haben Sie eine Vorstellung davon, wer Ihrem Mann etwas antun wollte?« Horndeich hatte das Fragezeichen noch nicht in die Luft gehaucht, da antwortete er sich bereits selbst: Nein, es gab kein solches Motiv. Innerhalb von fünf Tagen hatte jemand drei Menschen erschossen, die absolut nichts miteinander zu tun hatten. Auf Darmstadt schien ein wild gewordener psychopathischer Serienkiller losgelassen worden zu sein. Er fühlte sich an die Mordserie von Washington, D.C. erinnert, bei der vor siebzehn Jahren zwei Heckenschützen an Bushaltestellen, Tankstellen und Supermärkten wahllos Menschen abgeknallt hatten.

»Nein. Ferdinand hatte keine Feinde.« Sie hielt kurz inne, dann sah sie Horndeich zum ersten Mal, seit sie die Küche betreten hatten, in die Augen. »Ich weiß, das hören Sie wahrscheinlich jedes Mal, wenn Sie eine Mordermittlung beginnen. Aber bei meinem Mann trifft es hundertprozentig zu. Er war Arzt. Hausarzt. Und er war ein richtig guter Arzt. Einer, der mit den Menschen gesprochen hat und Ihnen Zeit gegeben hat. Das ist etwas, das kann sich heute kein Allgemeinarzt mehr leisten, wenn er von dem, was die Krankenkasse ihm zahlt, leben muss. Wir beide sind – waren – in der glücklichen Lage, ein paar Reserven zu haben, sodass mein Mann nicht immer auf die Zahlen schielen musste. Vor fünfzehn Jahren haben wir eines unserer Häuser verkauft, und der Erlös hat es ausgeglichen, wenn mein Mann mal wieder etwas verschrieben hatte, was das Budget sprengte, das ihm die Krankenkassen auferlegt haben. Nein, Herr Horndeich, mein Mann hatte keine Feinde.«

»Hat er immer noch praktiziert?«

Marion Wegenthal deutete ein Kopfschütteln an. »Nein. Vor zwei Jahren hat er aufgehört. Wir wollten die Jahre, die uns bleiben und in denen wir noch aktiv sein konnten, gemeinsam nutzen. Wir wollten reisen, einmal rund um die Welt. Aber die Hüfte meines Mannes hat das nicht mehr zugelassen. Lange Strecken laufen – das war nicht mehr drin«, sagte Marion Wegenthal. Der Wehmut in der Stimme stand ein leises Lächeln gegenüber. »Wir haben noch ein paar Freunde und Bekannte, aber unsere Welt ist kleiner geworden im vergangenen Jahr. Wir sind oft ins Theater und in die Oper gegangen, auch mit unseren Freunden. Wir haben hier im Garten gemeinsam gegrillt. Und unser Sohn kommt uns mit seiner Familie auch immer wieder besuchen. Wenn unsere beiden Enkel da sind, ist auch wieder richtig Leben in der Bude.«

»Ist Ihr Mann regelmäßig so früh mit dem Hund spazieren gegangen?«

»Ja. Er ist immer um diese Uhrzeit aufgewacht, fast auf die Minute genau, seit Jahren schon. Musste dann auf die Toilette. Kaum hatte er das Bett verlassen, ist auch sofort Lizard angeschossen gekommen, die Leine im Maul. Er wedelt immer so stark mit dem Schwanz, dass das Hinterteil nach rechts und links hüpft, während die beiden Vorderbeine die Stellung halten. Er ist dann mit dem Kleinen raus, einmal um den Block, und hat sich dann noch einmal anderthalb Stunden hingelegt, um mit mir gemeinsam um halb sieben aufzustehen.«

»Und das hat er jeden Tag gemacht?«

»Jeden Tag. Sogar im Winter.«

Als Leahs Handy klingelte, war sie gerade auf der Toilette gewesen. Nachdem sie dann die Nachricht auf der Mailbox abgehört hatte, setzte sie sich in ihren Wagen und fuhr los. Die uniformierten Kollegen hatten den Tatort bereits weiträumig abgesperrt.

»Ist Kollege Horndeich auch da?«, wollte sie von einem der Uniformierten wissen.

»Ja, er bringt gerade den Hund des Toten nach Hause. Ferdinand Wegenthal hat hier gleich um die Ecke gewohnt.«

Leah trat auf die Leiche zu, die die Kollegen mit einer Plastikplane bedeckt hatten. Sie zog die Plane zur Seite, warf einen Blick auf den Verstorbenen.

Ein weiterer Wagen hielt unmittelbar vor dem Absperrband. Es war der Sprinter der Kollegen von der Spurensicherung. Kurz danach erreichte auch das rote Sportcabrio von Emilia Schubert den Tatort. Leah fragte sich, ob Martin Hinrich seinen Rausch ausgeschlafen hatte, wobei sich augenblicklich die nächste Frage anschloss, weshalb er nicht im eigenen Wagen hierher fuhr. Wenn sie sich richtig erinnerte, besaß er einen fetten BMW aus den Achtzigern. Doch dem Cabrio entstieg kein Martin Hinrich. Dr. Emilia Schubert stieg aus, die Arzttasche in der Hand. Sie war nicht ganz so elegant gekleidet wie in der Nacht zuvor. Dennoch glich das Outfit eher jenem einer Schauspielerin als dem einer Rechtsmedizinerin. Besonders, was die Halskette mit dem Brillantanhänger anging.

»Guten Morgen, Frau Schubert. Ist Kollege Hinrich auch ...« Weiter kam Leah nicht mit ihrer Frage, denn der Blick aus den rot geränderten Augen, durch dunkle Schatten darunter noch mehr zur Geltung gebracht, wirkte wie eine einzige Anklage und ließ Leah verstummen.

Emilia Schubert stolzierte in Richtung des Toten. Leah folgte ihr. Die Rechtsmedizinerin zog die Plane achtlos zur Seite, dann widmete sie sich ihrem Job. Sie arbeitete deutlich flotter, als Leah es von Martin Hinrich gewohnt war. Es wirkte, als wolle sie einfach nur schnell ihren Job erledigen, um rasch wieder verschwinden zu können.

Silvia Rauch von der Spurensicherung kam auf Leah zu. Diese erhob sich aus der Hocke. »Wir haben sowohl drei Geschosshülsen als auch drei Projektile gefunden.«

»Schon irgendwas, was man daraus schließen kann?«

Silvia Rauch deutete in Richtung Emilia Schubert. »Sie wird das noch bestätigen müssen, aber die Hülsen lagen ganz nah bei der Leiche.«

»Und die Projektile? Wieder dieselbe Waffe?«

»Muss das Labor bestätigen, aber ich glaube schon. Definitiv wieder 9 mm und auch derselbe Munitionshersteller.«

Leah bedankte sich. In dem Moment kam Kollege Horndeich dazu. »Moin, Frau Kollegin«, grüßte er.

Leah nickte ihm zu.

»Moin, Frau Dr. Schubert«, schickte er den Gruß auch in Richtung der Rechtsmedizinerin. Diese reagierte nicht.

Horndeich hob eine Augenbraue und schaute zu Leah. Die zuckte nur mit den Schultern.

»Ist er durch die Schusswunden gestorben?«, wandte sich Horndeich unbeirrt an Frau Schubert.

Sie antwortete immer noch nicht.

»Hallo?«

Die Angesprochene drehte sich Horndeich zu, erhob sich aus der Hocke, dann sagte sie: »Drei Schusswunden, wahrscheinlich die Todesursache, Genaueres, wenn ich ihn in Frankfurt auf dem Tisch hatte.«

Leah musste innerlich schmunzeln. Den Spruch mit dem Tisch verwendete sonst immer nur Martin Hinrich. Die beiden schienen offenbar eine Menge Zeit miteinander zu verbringen.

»Wir sollten noch mal zu Frau Wegenthal gehen. Ihr Mann hat bestimmt einen Rechner gehabt – und über so ein Mitbringsel freut sich Feller ganz bestimmt«, sagte Leah.

Als Horndeich und Leah von Frau Wegenthal die Tür geöffnet wurde, wehte ihnen Kaffeeduft entgegen.

»Ich hab mir schon gedacht, dass Sie noch mal vorbeikommen. Da habe ich gleich ein paar Tässchen mehr gemacht.«

Sie saßen wieder in der Küche, jeder eine Tasse dampfenden Kaffees vor sich. Horndeich hatte ihn probiert, er schmeckte hervorragend.

»Ach, ich bin so ein Schussel«, sagte die Hausherrin, stand auf, ging zu einem der Küchenregale und entnahm ihm eine

Zuckerdose. Sie stellte sie auf den Tisch, griff mit der zierlichen Zuckerzange aus glänzendem Silber einen Zuckerwürfel heraus und ließ ihn in die Tasse gleiten. »Gegen die Bitterkeit«, schmunzelte sie.

Den Spruch kannte Horndeich. Allerdings nur von Margot Hesgart. Die hatte immer einen halben Löffel Zucker »gegen die Bitterkeit« in den Kaffee gegeben. »Das hat meine ehemalige Kollegin immer gesagt.«

»Frau Hesgart?« Frau Wegenthal schmunzelte. »Ja, sie war bei meinem Mann in Behandlung. Sie hatte immer wieder von Ihnen gesprochen. Welch große Stücke sie auf Sie hielt, als sie noch zusammengearbeitet haben. Es hat ein paar Minuten gedauert, bis ich mich erinnert habe, woher ich Ihren Namen kenne. So häufig ist der ja schließlich nicht.«

Horndeich konnte nicht sagen, ob Margot ihm jemals erzählt hatte, dass ihr Hausarzt Dr. Ferdinand Wegenthal gewesen war. Doch warum sollte sie auch – Margot hatte schließlich auch nicht gewusst, zu welchen Ärzten Horndeich ging. »Frau Wegenthal, können Sie uns das Zimmer Ihres Gatten zeigen? Hat er vielleicht einen Computer gehabt?«

Frau Wegenthal nickte, dann sagte sie: »Ja, natürlich haben wir einen Computer. Aber mein Mann hat ihn eigentlich nur als Ersatz für den Brockhaus genutzt. Immer, wenn er etwas recherchieren wollte, hat er die Kiste angeworfen. Aber sein Adressbuch und seinen Kalender hat er handschriftlich gepflegt. Er hat sich damals so ein Filofax gekauft, wo er einzelne Blätter hinzufügen und wieder herausnehmen kann. Das liegt auch oben auf seinem Schreibtisch.«

Sie stand auf, und auch die beiden Beamten erhoben sich. »Eigentlich ist die ganze untere Wohnung sein Reich«, sagte sie, als sie die Küche verließen und die Treppe nach unten gingen. »Bis vor zwei Jahren war ja dort die Praxis noch drin. Doch dann hat Ferdinand sich da unten ein eigenes Refugium geschaffen. Ich hab es ihm von Herzen gegönnt.«

Sie schloss die Wohnungstür im Erdgeschoss auf, trat ein, knipste das Flurlicht an und betrat einen großen Raum auf der rechten Seite. Horndeich staunte nicht schlecht. Dieser Raum war mindestens fünfzig Quadratmeter groß. An zwei gegenüberliegenden Wänden standen Regalwände aus Massivholz. Die eine Wand war das Heim der Bücher, die andere jenes der Musik. Zwei Regale beherbergten die Langspielplatten, zwei weitere die CDs.

»Das war seine Marotte«, sagte Marion Wegenthal. »Musik.«

Horndeichs Blick fiel auf die Lautsprecher. Sie waren jeweils sicher einen Meter fünfzig hoch, aber für die Größe relativ schmal. B&M las er auf dem Fuß der Box. Er musste schmunzeln. Der Vater seiner ehemaligen Kollegin Margot Hesgart, Sebastian Rossberg, besaß auch solche als Lautsprecher getarnten Schränke der Firma Arcus. Wollte man Sebastian Rossberg reizen oder zu einem Vortrag veranlassen, musste man nur die magische Frage aussprechen: »Hört man denn da einen Unterschied zu kleineren, billigeren Lautsprechern?« Mit Musikverkostung konnte so ein Vortrag dann drei Stunden dauern. Und dass B&M für Backes&Müller stand und dieses Boxenpaar am Ende des Raumes so viel kostete wie eine E-Klasse ohne Sonderausstattung, das hatte Horndeich von Sebastian Rossberg inzwischen gelernt.

»Wenn man ihn gefragt hat, ob er ein Instrument spielt, hat er immer geantwortet: Zwei Stück, beide perfekt: Triangel und Hi-Fi-Anlage«, sagte Frau Wegenthal.

Der Musiksessel musste sich von Qualität und Preis nicht hinter der Hi-Fi-Anlage verstecken. Ebenso wenig das antike Tischchen daneben, auf dem eine Leselampe platziert war und ein nicht ganz geleertes Whiskyglas.

»Kommen Sie, ich zeige Ihnen auch die anderen Zimmer.«

Ein Raum, sicher dreißig Quadratmeter groß, diente als reines Arbeitszimmer. Das große Fenster zeigte in Richtung Garten, davor stand ein Schreibtisch, massiv, schwer, aus dunklem Holz gefertigt. Quasi ein Statement gegenüber Ikea.

Ein Regal an der Wand beherbergte Reihen von Fachliteratur. Ansonsten zierten nur wenige Möbel den Raum. Dafür hingen außergewöhnlich viele Bilder an den Wänden.

»Seine zweite Leidenschaft. Die Malerei.«

Horndeichs Aufmerksamkeit richtete sich auf das größte Bild im Raum: Es zeigte eine Frau im weißen Kleid, mit blondem Haar, die in grünlichem Wasser auf dem Rücken trieb – oder schwamm. Das lag im Auge des Betrachters.

»Marlies Blücher«, sagte Frau Wegenthal. »Eine Künstlerin aus Darmstadt. Hier hat sie sich mit dem Ophelia-Thema aus Shakespeares Hamlet auseinandergesetzt.«

Als Horndeich den Namen der Künstlerin hörte, schlug dies ein Glöckchen der Erinnerung in seinem Kopf an. Er erinnerte sich an einen Fall vor vielen, vielen Jahren. Da hatte er Bilder dieser Malerin im Büro einer Verdächtigen gesehen. Doch die hatten Industrielandschaften zum Thema gehabt.

An der gegenüberliegenden Wand hing ebenfalls ein Bildnis in etwas kleineren Dimensionen. »Anja Schadeberg. Eher etwas abstrakt. Acrylfarben, Schlangenhaut – sie arbeitet immer mit der dritten Dimension. Auch aus Darmstadt.« Im Raum waren noch weitere, kleinere Bilder der beiden Künstlerinnen aufgehängt, wobei Horndeich die Ophelia-Bilder richtig gut gefielen.

Auf dem Schreibtisch stand ein kleiner, leichter Apple-Laptop. Daneben lag der von Marion Wegenthal erwähnte Terminplaner mit Adressbuch. In feinstes Leder gebunden, natürlich.

Leah ging auf das Möbelstück zu, trennte den Rechner vom Netzteil und nahm ihn unter den Arm. Horndeich griff zum Filofax.

Marion Wegenthal zeigte ihnen noch die anderen Räume des Erdgeschosses, ein Bad, ein Schwimmbad, eine kleine Küche, einen Fernsehraum. Dann führte sie sie wieder in den ersten Stock.

»Noch eine Tasse Kaffee, bevor Sie aufbrechen?«

Horndeich verneinte, doch Leah nahm das Angebot dankend an. Somit setzten sie sich erneut an den Küchentisch.

»Herr Horndeich, nachdem Sie gegangen sind, habe ich noch mal über Ihre Frage nachgedacht, ob Ferdinand Feinde gehabt haben könnte. Und ja, da gab es tatsächlich jemanden, der nicht gut auf ihn zu sprechen war. Beziehungsweise eine Frau, die einen Groll gegen ihn hegte. Es ist tragisch, aber es ist nicht zu ändern. Und Christiane, sie hat mit ihren Anschuldigungen einfach nicht recht. Es liegt daran, dass sie den Freitod ihres Vaters nicht akzeptieren kann.«

»Wer ist Christiane?«, wollte Leah wissen.

»Sie ist unsere … also meine Schwiegertochter. Die Frau unseres Sohnes. Und die Tochter des ehemals besten Freundes meines Mannes, Volker. Volker Lüttgers. Er hat sich das Leben genommen. Vor zwei Jahren. Ich glaube, das war auch der Grund, warum Ferdinand dann die Praxis aufgegeben hat.«

»Und wie kommt Ihre Schwiegertochter darauf, dass Ihr Mann etwas mit dem Freitod seines Freundes zu tun gehabt haben könnte?«

»Ferdinand und Volker kannten sich bereits seit dem Studium. Sie hatten sich in der gemeinsamen Studentenverbindung in Heidelberg kennengelernt. Volker hat Jura studiert, Ferdinand Medizin. Beide haben ihr Studium mit Auszeichnung abgeschlossen. Dort habe ich Ferdinand auch kennengelernt. Meine ältere Schwester, sie war in Heidelberg verheiratet, ebenfalls mit einem Bundesbruder. Und so war ich 1973, gerade einmal zwanzig Jahre alt, auf dem Stiftungsfest der Verbindung. Ich glaube, meine Schwester hatte vor, mir dort einen Ehemann zu organisieren. Nun, es hat geklappt. Beide haben sich damals in mich verguckt, sowohl Volker als auch Ferdinand. Zum Glück war das aus meiner Sicht alles ganz einfach: Ich habe Ferdinand gesehen und gewusst, das wird mein Mann. Ein Jahr später haben wir geheiratet, und Volker war sein Trauzeuge.

Meine Eltern haben damals noch in Darmstadt gelebt, in der Heimstättensiedlung. Und so sind wir auch hierher gezogen. Der Deal war ganz einfach: Mein Papa hat ihm das Geld gegeben, um eine eigene Praxis zu eröffnen, und dafür lebten wir wieder in derselben Stadt wie meine Eltern. Mein Vater hatte – heute würde man sagen: ein perfektes Netzwerk. Er kannte einfach alle und jeden. So kamen wir auch zu diesem Haus. Ich glaube, er wusste schon, dass es verkauft werden sollte, als die Verkäufer selbst noch keinen Gedanken daran verschwendet haben. Somit haben wir uns hier niedergelassen, 1979. Ich habe es nie bereut. Ferdinand auch nicht. Und meine Eltern schon gar nicht. Ein Jahr später kam unser Sohn Arne auf die Welt.

Das Leben seines Freundes Volker war turbulenter. Er wollte immer in den diplomatischen Dienst. Ist ihm auch gelungen. Ging dann nach Afrika. Und hat mit der Tochter eines Stammesfürsten angebändelt. Keine schlaue Idee. Die Bundesrepublik hat ihn damals freigekauft, aber er hatte zwei Finger weniger an der linken Hand. Zurück in Deutschland, hat Ferdinand ihm dann geholfen, hier Fuß zu fassen. Er hatte dann eine Anstellung bei Merck, nicht mehr ganz so exponiert, aber Volker hat sich wohlgefühlt. Und auch einen guten Job gemacht. 1980 hat er dann meine Freundin Marianne kennengelernt. 1981 haben sie geheiratet, ein Jahr später kam Christiane auf die Welt. Und Ferdinand und Volker, sie waren seitdem wieder unzertrennlich. Selbstverständlich war Ferdinand auch sein Arzt. Und er war es auch, der vor vier Jahren den Verdacht auf einen Hirntumor geäußert hat.«

Marion Wegenthal hielt inne. Horndeich hätte nicht gesehen, dass sie wieder weinte, wäre ihre Hand nicht automatisch in Richtung Auge gewandert, um eine Träne wegzuwischen. Weder Horndeich noch Leah sagten ein Wort. Marion Wegenthal würde weitersprechen, wenn sie so weit war.

»Volker hat den ganzen Ärztemarathon hinter sich gebracht, CT, MRT, was weiß ich, welches Diagnosegerät er nicht gesehen hat. Änderte aber nichts am Befund: Ferdinand hatte recht. Und man konnte auch nicht operieren.« Wieder hielt sie inne. Diesmal länger.

Es war Leah, die nachhakte: »Und wieso meint Ihre Schwiegertochter, dass Ihr Mann Schuld am Tod von Volker Lüttgers trug?«

»Zwei Monate vor seinem Tod, als die Ausfallerscheinungen immer heftiger geworden sind, hat Volker Ferdinand darauf angesprochen, dass er diese Welt lieber in Würde verlassen möchte denn als Pflegefall. Und er hat Ferdinand gefragt, ob er ihm helfen kann. Ich erinnere mich ganz genau an die Nacht, als Ferdinand mir davon erzählt hat. Er hat geweint, in meinen Armen. Weil er so hin- und hergerissen war zwischen dem Eid, den er abgelegt hatte, und seinem Wunsch, seinem besten Freund diesen letzten Wunsch zu erfüllen. Und Volker hat meinen Mann dann auch direkt auf Pentobarbital angesprochen. Vor einigen Jahrzehnten wurde es noch als Schlafmittel eingesetzt, heute nimmt man es nur noch, um Tiere einzuschläfern. Und Sterbehilfevereine nutzen es. Ist in Deutschland nicht ganz einfach zu kriegen. Volker wollte, dass Ferdinand ihm das Mittel besorgt. Doch er hat es nicht getan. Und zwei Monate später hat Volker sich genau mit diesem Mittel umgebracht.«

»Und Ihr Mann hatte nichts damit zu tun?«

Marion Wegenthal sah Leah in die Augen und wendete den Blick nicht ab. »Nein. Mein Mann hatte damit nichts zu tun. Und glauben Sie mir, mein Mann war derjenige, der selbst am meisten darunter gelitten hat. Aber er hatte es nicht über sich gebracht.«

»Und wie kam Ihre Schwiegertochter darauf, dass Ihr Mann ihrem Vater das Mittel gegeben haben könnte?«

Immer noch hatte Marion Wegenthal den Blick direkt auf Leahs Augen gerichtet: »Weil der Gedanke, mein Mann hätte ihren Vater umgebracht, für Christiane viel einfacher zu ertragen ist, als dass ihr Vater sich aus eigenem Antrieb das Mittel besorgt und eingenommen hat.«

Der große Besprechungsraum war voll besetzt.

Leah mochte das Ambiente nicht. Sie bevorzugte den kleinen Besprechungsraum. Eine Tasse Kaffee, Ruhe, leises Denken, weniger Personen mit hoher Effizienz. Klar, Horndeich musste die Sonderkommission jetzt einberufen. Also setzte sie sich in die erste Reihe.

Horndeich war zuvor bei Staatsanwalt Braun gewesen. Die Kollegen des Landeskriminalamts in Wiesbaden hatten sich beeilt: Die Projektile beim Mord an Ferdinand Wegenthal stammten aus derselben Waffe, mit der auch Markus Böhmer und Franziska Schneider erschossen worden waren. Als Horndeich danach zu Leah in ihr gemeinsames Büro gekommen war, hatte er nur gesagt: »Serienkiller. Wir gehen jetzt erst mal davon aus.«

Leah hatte gewusst, was das bedeutete. Positiv formuliert: Sie mussten sich über die Personalstärke der Sonderkommission keine Gedanken mehr machen. Die meisten Morde und Totschlagsdelikte spielten sich innerhalb von Familien oder zumindest innerhalb einer sozialen Gruppe ab. Das Motiv führte zum Täter. Die Eifersucht auf den Liebhaber der Freundin oder der Ehefrau – das war der Klassiker. Immer wieder auch: Junge Frauen, die umgebracht wurden, weil der Vater nicht ertrug, dass die Tochter mit siebzehn einen Freund hatte. Und beim organisierten Verbrechen gab es, nicht oft, aber auch, Morde an Personen, die innerhalb des Systems aufgemuckt hatten oder ausgebrochen waren. Doch hier bei ihnen lagen die Dinge derzeit völlig anders: Drei Menschen, die nichts miteinander zu tun hatten. Hingerichtet. Und Kollege Horndeich war der, der die Leitung der Sonderkommission übernehmen sollte. Nein, sie beneidete ihn nicht um seinen Job.

»Liebe Kolleginnen, liebe Kollegen, in der vergangenen

Woche hat uns eine Mordserie überrascht, der wir uns nun stellen müssen«, sagte Horndeich.

Na ja, an eleganten Formulierungen würden wir noch arbeiten müssen, schoss es Leah durch den Kopf. Und gleichzeitig dachte sie, dass sie es auch nicht besser hinbekommen hätte.

»Wir haben in den vergangenen Tagen bereits vieles versucht, um einen Zusammenhang zwischen den Opfern herzustellen. Sie sind alle mit derselben Waffe ermordet worden, 9 mm Kaliber, wahrscheinlich eine SIG-Sauer-Pistole, aber auch da fehlt uns die letzte Sicherheit. Die Opfer: Zunächst Markus Böhmer, ermordet vergangenen Montag, als er abends gegen zehn Uhr nach Hause zu seiner Familie kam, den Wagen abstellte, abschloss und in diesem Moment aus rund dreißig Meter Entfernung mit drei Schüssen hingerichtet wurde. Dann, in der Nacht von Mittwoch auf Donnerstag, wurde Franziska Schneider, vierundzwanzig, ebenfalls erschossen, aus nächster Nähe, mit einem Schuss. Sie war zu der Zeit in dem Güterwagen, der zur Güterhalle in Höchst gehört. Heute früh dann Dr. Ferdinand Wegenthal, wieder drei Schüsse, wieder aus nächster Nähe, als er um Viertel vor fünf seinen Hund Gassi führte. In allen drei Fällen hat niemand etwas gehört. Wir können also davon ausgehen, dass die Waffe mit einem Schalldämpfer ausgerüstet war. Diese drei Menschen haben, nach aktuellem Wissensstand, überhaupt nichts miteinander zu tun. Wir müssen also davon ausgehen, dass hier ein Serientäter am Werk ist, der sich seine Opfer zufällig auswählt. Dennoch scheint er seine Opfer ausspioniert zu haben. Der Täter musste wissen, wann Markus Böhmer nach Hause kommt, er musste wissen, dass Franziska Schneider an diesem Abend in der Höchster Kulturhalle Dienst haben würde, und er musste auch wissen, dass Ferdinand Wegenthal jeden Morgen mit seinem Hund spazieren ging. Es ist natürlich grundsätzlich auch möglich, dass er sich zu den jeweiligen Tatzeitpunkten einfach nur auf die Lauer gelegt hat und auf ein potenzielles Opfer gewartet hat. Hierzu wissen wir derzeit leider noch gar nichts. Wir haben auch kaum Hinweise darauf, wer der Täter sein könnte. Deswegen sind wir alle gefordert.«

Ja, dem stimmte Leah zu. Sie waren alle gefordert. Doch wie sollten sie diesem Phantomtäter Herr werden? Leah hatte mitbekommen, dass Horndeichs ehemalige Kollegin Margot Hesgart in der Nacht des zweiten Mordes in eine Blitzerfalle geraten war. Aber das war dann doch ein bisschen dünn.

»Ich werde gleich Gruppen einteilen, die sich folgenden Fragen widmen: Gibt es zu den Zeitpunkten der Morde an den Tankstellen Übereinstimmungen von Fahrzeugen? Und weiter, gibt es vielleicht irgendwelche Überwachungskameras, private Überwachungskameras, die ein Stück der öffentlichen Straße aufgezeichnet haben? Wenn ja, müssen wir uns die Videodateien besorgen und vergleichen. Und mir ist natürlich bewusst, dass es eine Ordnungswidrigkeit ist, wenn jemand mit seiner Kamera den öffentlichen Raum filmt. Aber das können wir sicher ganz diplomatisch lösen. Hier hat's ja ziemlich gestürmt vergangene Woche. Vielleicht hat der Wind die Kamera ein bisschen verdreht, sodass sie nur zufällig auch die Straße mit draufhat …«

Leah grinste. Das Verbot, den öffentlichen Raum zu filmen, fand sie persönlich, vollkommen unabhängig von ihrem Beruf, gut. Videokameras, Drohnen, die umfassende Überwachung war nur eine Frage der Zeit. Jeder Bürger hinterließ mit seinem Handy bereits ein perfektes Bewegungsprofil, ob er wollte oder nicht. Selbst, wenn die Übermittlung von GPS-Daten im Handy ausgeschaltet war, so ließ sich dennoch nachvollziehen, von Funkmast zu Funkmast, wo sich ein Handy eingeloggt hatte. Und mal ganz ehrlich – wer schaltete sein Handy aus, wenn er sich bewegte? Niemand. Vielleicht, wenn er nachts ins Schlafzimmer ging. Aber dann bewegten sich weder Handy noch Nutzer. Zumindest nicht von der Stelle.

»Uns liegen inzwischen auch die Aufzeichnungen aus den öffentlichen Verkehrsmitteln vor, die zur Zeit der Morde im jeweiligen Umkreis unterwegs waren. Es wird eine Gruppe geben, die diese Aufzeichnungen auswerten wird. Gibt es Personen, die um den Zeitraum der Morde herum an den entsprechenden Haltestellen ausgestiegen oder eingestiegen sind? Das sind derzeit die dringlichsten Fragen.«

Horndeich teilte die Gruppen auf, sprach dann noch kurz mit den Gruppenleitern. Auch sie, Leah, war dabei.

»Du und Feller, ihr fahrt nach Höchst. Schaut nach, ob ihr dort Kameras seht oder Tankstellen, die vielleicht Aufzeichnungen gemacht haben könnten.«

Leah sah auf die Uhr. Es war inzwischen nach zwei. Klar, sie würde mit dem Kollegen Richard Feller nach Höchst fahren. Aber an einen pünktlichen Feierabend war dabei nicht zu denken. Wenn sie jetzt vom Serienkiller-Szenario ausgingen, gab es den in den folgenden Tagen aber ohnehin nicht.

»Schau mal, da!«, brummte Feller. Nein, er mochte solche Außeneinsätze nicht. Er wusste, was die Kollegen hinter vorgehaltener Hand über ihn sagten. Man müsste ihm nur eine Festplatte in die hohle Hand legen, und er würde mit bloßem Auge erkennen, was darauf gespeichert war. Blöder Scherz. Natürlich war das Quatsch. Und natürlich wusste er, dass solche Witze letztlich Respekt zollten. Umso weniger mochte er es, wenn er sein Büro verlassen musste, das vertraute Rauschen der Lüfter, das Blinken der Netzwerk-Switches, nicht zuletzt das Piepen der Fehlermeldungen. Aber nein, Horndeich hatte ihn mit Leah auf die Pirsch geschickt.

Sie waren auf der Jagd nach Kameras. Er hatte vorgeschlagen, dass sie den Wagen an der Güterhalle abstellen würden. Dann hatten sie sich auf den Weg Richtung Hauptstraße gemacht. So konnten sie einen Blick auf all die Häuser entlang der Straße werfen und Aufnahmegeräte erkennen, die sie im Vorbeifahren nie entdecken würden.

Leah lief an Fellers Seite. Sie war schweigsam. Sehr schweigsam. Okay, Leah war nie ein Plappermaul gewesen. Aber so einsilbig wie heute hatte Feller sie lange nicht erlebt.

Plötzlich blieb er stehen und sah nach oben.

»Was ist da?«, wollte Leah wissen.

Richard Feller zeigte auf die Kamera, die die Einfahrt eines Hotels im Blick hatte. Es nannte sich »Hotel Bismarck«, lag in der Wilhelminenstraße, die unmittelbar an die Bahnhofstraße angrenzte. »Das sind vier, wenn nicht sogar fünf Richtige im Lotto.« Feller kannte sich aus mit Überwachungskameras. Die hier zeichnete jedes Auto auf und jeden Fußgänger, der die Einfahrt auf den Parkplatz zum Hotel betrat, verließ oder befuhr. Und Feller kannte auch das Kameramodell. Standard, Weitwinkel. Er schätzte grob aufgrund des Winkels, in dem die Kamera angebracht war, dass vielleicht die Hälfte des aufgenommenen Bildes die Einfahrt erfasste und die andere Hälfte die Straße. Für die Besitzer war dies im besten Falle irrelevant, für sie war das im Moment Gold wert.

Es hatte Feller nicht geschmeckt, dass Horndeich sie in den Odenwald geschickt hatte. Er hätte sich zunächst gern den Rechnern gewidmet. Dem von Dr. Ferdinand Wegenthal, dann dem von Franziska Schneider. Mit denen von Markus Böhmer hatte er keine Schwierigkeiten. Die gesamte Kommunikation per E-Mail, SMS, WhatsApp und per Telefon war von der Sonderkommission der Drogenfahnder bestens dokumentiert worden. Nur leider hatte er dort auf den ersten Blick nichts gefunden, was auf irgendein Verhältnis zu den beiden anderen Verstorbenen hingedeutet hätte. Umso mehr freute er sich jetzt, dass er diese Kamera entdeckt hatte.

Feller klingelte an der Seitentür des Hotels. Keine Reaktion. Feller läutete erneut. Dann die Stimme aus der Gegensprechanlage: »Ist noch zu! Erst ab siebzehn Uhr wieder geöffnet!«

»Ist jetzt geöffnet!«, blökte Feller. Dann fügte er hinzu: »Polizei.«

Der Türsummer ertönte.

Feller drückte gegen die Haustür.

Der Mann, der ihnen die Tür öffnete, war definitiv nicht der Hotelier. Feller hatte mit ein paar Tipps auf seinem Smartphone gecheckt, wer der Inhaber des Hotels Bismarck war. Definitiv nicht dieser speckige, glatzköpfige Scheinriese im Hausflur. »Können wir mit Martin Wittek sprechen? Ihm gehört doch dieses Hotel, oder nicht?«

»Muss ich den Chef anrufen«, sagte der Glatzkopf. Er zückte das Smartphone, und wenig später verkündete er: »Der Chef ist gleich hier.«

Leah und Feller wurden in den Lobby-Bereich geführt. Dort ließen sie sich nieder. Schweigend. War sicher kein Fünfsternehotel hier, dachte Feller. Doch das Ambiente wirkte einladend, wenn auch durch das dominierende dunkle Holz eher rustikal.

Leah griff zu einer Zeitschrift. *Gala*. Feller kannte Leah, nun, ein bisschen. Und dass die *Gala* nicht zu ihren bevorzugten Zeitschriften gehörte, das wusste er.

Er selbst war nicht gut darin, Konversation zu betreiben. Und schon gar keinen Small Talk, für den es im Deutschen aus gutem Grunde keinen eigenen Begriff gab. Und da saß die Kollegin, die *Gala* wie ein Schutzschild vor dem Gesicht. Sie waren sich einmal näher gewesen. Zwei Jahre war das inzwischen her. Sie wohnten schließlich beide in derselben Straße. Nur drei Häuser voneinander entfernt. Und waren immer mal wieder gemeinsam Pizza essen gewesen, beim Italiener nebenan, dem Delfino. Feller hegte angenehme Erinnerungen an diese Zeit. Sie waren Kollegen gewesen. Und irgendwann waren sie Freunde geworden. Aber genau genommen immer nur dann, wenn sie beim Italiener gespeist und an einem Tisch gesessen hatten.

Feller vermisste das. Aber Leah war ja seit einem Jahr mit diesem Bruno zusammen. Den sie schon länger kannte. Wenn Feller sich richtig erinnerte, war er sogar einmal ihr

Kollege gewesen, als sie noch in Wiesbaden gearbeitet hatte. Und auch er selbst hatte jemanden gefunden. Nathalie Ankenbrand. Auch sie war im Bereich der EDV tätig gewesen, hatte die Rechner in der Darmstädter Seniorenresidenz Goldenstern am Laufen gehalten, die Zeiterfassungssysteme, die Videoüberwachung, die Notrufeinrichtungen. Verdammt, sie hatten sich richtig gut verstanden. Und Feller, er hatte gedacht, das könnte was sein, das könnte was sein für den Rest des Lebens, für die kommenden zwanzig Jahre. Und es war Nathalie Ankenbrand gewesen, die ihm anfangs unverhohlen gezeigt hatte, wie sehr sie Richard Feller mochte. Nüchtern betrachtet, war es so. Und nicht so ganz nüchtern betrachtet, war sie auch diejenige gewesen, die es beendet hatte. Er verstand Frauen nicht. Er würde Frauen in diesem Leben auch nicht mehr verstehen. Sie war gegangen. Nach Bremen. In das Haus der Eltern, die verstorben waren. Feller erinnerte sich an die fürchterliche Nacht mit Nathalie, als er versucht hatte, ihr auf rationaler Ebene seine Sicht der Dinge darzulegen: dass man Häuser auch verkaufen könne. Dass sie beide hier in Darmstadt eine Zukunft haben könnten. Und, nein, dass er in diesem Leben nicht mehr nach Bremen ziehen würde. Er war genug herumgekommen. Und hier fühlte er sich wohl. In seiner Straße. In seiner Wohnung. Nein, das wollte er nicht mehr aufgeben. Aber sie, Nathalie? Ihr war es nicht schwergefallen, alle Zelte abzubrechen, inklusive jener in ihrem Haus in der Heinheimer Straße, in dessen Garten sie so schöne Stunden verbracht hatten.

»Er ist grad angekommen«, riss Specki Feller aus seinen trüben Gedanken. Er nickte. Und auch Leah ließ die Zeitschrift sinken. Eine Minute später saßen sie zusammen mit Martin Wittek in dessen Büro.

Feller erklärte ihm unverblümt, was er benötigte: die Videoaufzeichnungen der Kamera aus der Einfahrt. In der Nacht von Mittwoch auf Donnerstag.

»Ich glaube, da haben wir gar nichts«, sagte Martin Wittek.

Feller hatte keine Lust auf irgendwelche Spielchen. »Herr Wittek, es ist uns völlig egal, wie Sie Ihre Kamera ausgerichtet haben. Je illegaler, desto besser. Wir müssen wissen, wer auf dieser Straße entlanggefahren ist. Und wir sind uns jetzt schon einig, denke ich, dass Ihre Kamera durch den Sturm vor zehn Tagen in der Ausrichtung verändert worden ist.« Er sah Wittek in die Augen. Und sie beide wussten, dass die Kamera auf der dem Wind abgewandten Seite installiert war. Und dass kein Sturm der Welt ihren Aufzeichnungswinkel hätte verstellen können. Und dass das sowohl Richard Feller als auch Martin Wittek völlig egal war. »Wir brauchen diese Aufzeichnungen. Reichen sie so lange zurück?«

Wittek nickte. »Ja. Kann ich Ihnen geben.«

Sie schätzte ihren Kollegen. Auch wenn er meist nur in seiner Höhle zu Höchstleistungen auflief. Aber der Auftritt eben war nicht schlecht gewesen.

Sie lenkte den Wagen in Richtung Darmstadt, während Feller schweigsam neben ihr saß. Es gab nicht viel zu sprechen.

Wie sehr hatte Feller sie unterstützt, als sie von der Mordkommission in Wiesbaden nach Darmstadt gewechselt war. Wie durch Zauberhand hatte er eine Wohnung organisiert, nur drei Häuser entfernt von dem Haus, in dem er selbst wohnte. Sie hatten sich getroffen. Auf ihrem Balkon. Auf seinem Balkon. Und sie hatte diesen Tag nicht vergessen, als Richard Feller ihre Hand gehalten hatte, als sie zusammen essen gewesen waren. Und fast zeitgleich auch Bruno wieder in ihr Leben getreten war, damals noch mit der aktuellen Freundin, die sie immer nur »die Kuh« genannt hatte, weil sie dieses weiße Kleid mit den großen schwarzen Tupfen getragen hatte. Und dann war Bruno ein fester Teil ihres Lebens geworden, vor einem Jahr.

Und Feller?

Sie hatte keine Ahnung, wie es mit Nathalie Ankenbrand

gelaufen war. Feller hatte ihr davon erzählt. Dass er sie besuchte. Dass sie einander mochten. Aber, verflixt noch mal, so, wie er sich in den vergangenen Wochen benommen hatte, ließ das nicht unbedingt auf den Verlauf einer glücklichen Beziehung, eines glücklichen Lebens schließen, auf Zufriedenheit und Ausgeglichenheit.

Wenn sie am Steuer saß, war Leah Gabrielys Blick auf die Fahrbahn gerichtet. Und auf nichts rechts oder links davon. Und doch, jetzt, wo sie auf die B26 in Richtung Darmstadt abbogen, auf jene Fahrbahn, die fast wie eine Autobahn geradeaus zu laufen schien, da wagte sie es, den Blick kurz nach rechts zu richten. Auf den Zauberer an den Tasten. Auf den Mann, den sie sehr gernhatte.

Aber sie traute sich nicht, ihn nach Nathalie zu fragen. Wie hätte das ausgesehen?

Gleichzeitig hätte sie dann Fragen zu Bruno beantworten müssen. Was sie ebenfalls nicht wollte.

Und da war dann dieser Gedanke, als sie schon fast das Ende der ausgebauten Bundesstraße erreicht hatten. Der Gedanke, dass sie diese Zeit vermisste. Diese Zeit mit Richard Feller beim Italiener, diese Zeit auf der anderen Seite des Grabens. Hier gab es ihre Arbeit, die sie liebte, die sie gern machte, ja, die sie letztlich atmen ließ. Doch das Land gegenüber, das Land, das eben nicht mit Arbeit zu tun hatte, das war ganz schön ausgetrocknet. Fast verdörrt. Aber auch nicht so, dass man die Begrünung mit einem leckeren Schweinelendchen und einem Glas guten Rotweins nicht wieder hinbekommen hätte …

Leah zuckte fast zusammen, als Richard Feller plötzlich sprach: »Leah, meinst du nicht, wir sollten dem Delfino mal wieder einen Besuch abstatten? Heute Abend?«

Leah antwortete kurz. Knapp. »Ja, gern. Halb neun?«

»Halb neun«, erwiderte Feller.

Den Rest des Weges zum Präsidium fuhren sie schweigend.

Keine Viertelstunde später saßen sie wieder im großen Besprechungsraum. Es war halb sechs, Schlussbesprechung für den Tag.

Horndeich hielt sich immer wieder den linken Arm. Auch wenn er es nicht zeigen wollte, so entgingen Leah die Gesten nicht, die verrieten, wie sehr die Wunde schmerzte.

»Und?«, fragte er in die Runde. »Irgendwelche Kameras entdeckt?«

Die Gruppenleiter meldeten sich jeweils zu Wort. Sowohl im Bereich um den Tatort der Heinrich-Delp-Straße hatte man ein paar Aufzeichnungen von Tankstellen-Kameras bekommen, ebenso von zwei Aufnahmegeräten, auf denen zumindest teilweise die angrenzende Straße aufgenommen worden war. Leah kannte den Namen des Kollegen nicht, der gerade berichtete. Ein korpulenter Mann, dessen Nase an einigen Stellen eine ähnlich blaue Färbung aufwies wie die seiner Uniform. Ein Schlumpf, dachte Leah. Die Finger des Schlumpfs fuhren über sein Tablet, und das große Surface-Hub, eine Art Riesenfernseher mit Touchscreen und rund zwei Metern Bildschirmdiagonale, zeigte in einem Fenster einen Stadtplan. Der Schlumpf kringelte einen Ort ein, was dann sofort als roter Kreis auf dem Plan zu sehen war.

»Wir sind noch dabei, die Aufzeichnungen auszuwerten, aber das wird noch ein bisschen dauern. Wir schreiben sie alle auf, die Kennzeichen. Füllt eine kleine Datenbank.«

»... die auch wir fleißig pflegen«, ergänzte Gruppenleiter Nummer zwei. Dieser Kollege war ebenfalls klein und untersetzt, und seine Knollennase erinnerte Leah an die Männchen, die der Cartoonist Ralf König immer zeichnete. Sie sollte vielleicht ihren Konsum von Comics etwas einschränken. »Wir haben uns das Gebiet rund um die Dieburger Straße und die Kranichsteiner Straße vorgenommen, also die beiden großen Straßen, um zum dritten Tatort zu gelangen. Ebenfalls zwei Tankstellen mit Überwachung.« Auch er kringelte die Orte ein. »Und es gibt da eine Kamera, ausgerechnet von der Shisha-Bar, die meine Tochter immer besucht.« Knollennase zeichnete den nächsten Kringel auf den Stadtplan. »Ich würd den Laden ja lieber gestern als heute dichtmachen, und jetzt haben wir vor denen auch noch den Kotau machen müssen, nach endlosen Diskussionen, um die Aufzeichnungen anschauen zu dürfen. Ich hoffe, wir finden da was drauf.«

Horndeich hatte die Hand nicht von der Wunde über seinem linken Arm genommen und sah nun zu Leah. Die berichtete knapp, dass sie in einem Hotel in Höchst fündig geworden waren, zusätzlich bei einer Tankstelle an der B45, die ebenfalls in der Nacht geöffnet hatte. »Auch wir werden nachher Kino schauen und unser Scherflein beitragen«, schnarrte Kollege Feller.

Horndeich hielt noch einen kurzen Vortrag über die Wichtigkeit, die Daten möglichst schnell auszuwerten. Das bedeutete übersetzt: Wer aus der Sonderkommission morgen nicht die eigene Hochzeit feierte, sollte zumindest den Samstag reinhängen, um die DVDs und Festplatten so schnell wie möglich zu sichten. Da Leah gerade keine Hochzeit plante, und schon gar keine eigene, würde auch sie den morgigen Tag vor Bildschirmen am Rechner verbringen, um vielleicht tatsächlich eine Person zu finden, die zu mehreren Zeitpunkten in der Nähe der Tatorte gewesen war.

Dieser verdammte Arm! Horndeich hatte nicht damit gerechnet, dass er ihm Probleme bereiten würde. Nachdem er sich Dienstagnacht noch selbst aus dem Krankenhaus entlassen hatte, hatte er kaum Schmerzen gespürt. Und jetzt, seit heute Morgen, meinte der Arm, er müsse ihm regelmäßig jede Stunde ein Zeichen geben, dass er noch existierte. Schmerzhafte Zeichen. Hatte die Wunde heute früh nur ein paarmal gepocht, brannte der Arm jetzt.

Horndeich seufzte.

Nach der großen Runde im Besprechungsraum hatte er

kurz mit Leah und Feller gesprochen. Er selbst wollte unbedingt noch mit dem Sohn und der Schwägerin des ermordeten Arztes Wegenthal sprechen. Feller hatte verkündet, dass er sich jetzt den Aufzeichnungen aus Höchst und Umgebung widmen würde. Und Leah meinte, es wäre sinnvoller, wenn sie ebenfalls Kameraaufzeichnungen studieren würde.

Sohn und Schwiegertochter Wegenthal wohnten in Bessungen, in der Ludwigshöhstraße, unweit der Knabenschule in einem der schönen Altbauten. Horndeich hatte kurz zuvor mit ihm telefoniert – sowohl Ferdinand Wegenthals Sohn Arne als auch dessen Frau Christiane waren zu Hause.

»Dritter Stock«, hatte Arne Wegenthal verkündet.

Als Horndeich das hölzerne Treppenhaus emporsteigen wollte, griff sein linker Arm automatisch ans Geländer und wollte dem Körper helfen, durch ein wenig Zug die Stiegen leichter zu erklimmen. Keine gute Idee. Wie Feuer schoss der Schmerz durch seinen Oberarm. Und sosehr er den Gedanken hasste, gestand Horndeich sich ein: Wenn das nicht bald besser würde, müsste er noch mal zu einem Arzt.

Die Wohnung der Wegenthals zeugte davon, dass hier jüngere Kinder wohnten. Matchbox-Autos zierten den Flur, gleichzeitig mit ein paar Bauklötzen. Christiane Wegenthal ließ Horndeich ein. Arne Wegenthal saß bereits im Wohnzimmer. Er erhob sich von der ledernen Couchgarnitur und reichte Horndeich die Hand zur Begrüßung. Er war ein stämmiger Mann.

»Bist du der Mann von der Polizei?«, wollte das vielleicht fünfjährige Mädchen wissen, das mit geblümtem Sommerkleid ebenfalls auf dem Sofa gesessen hatte.

»Elena, man sagt *Sie* zu Erwachsenen!«, tadelte die Mutter augenblicklich.

»'Tschuldigung, bist du dann Sie bei der Polizei?«

Bevor Christiane Wegenthal die Kleine erneut tadeln konnte, antwortete Horndeich. »Ja, ich bin bei der Polizei.«

»Geh in dein Zimmer!«, befahl die Mutter, und sie hatte

kaum die letzte Silbe ausgesprochen, da setzte sich das Mädchen auch schon in Bewegung.

Folgsam.

Gut gedrillt.

Immer eine Sache der Perspektive, dachte Horndeich.

»Mein Beileid«, sagte Horndeich nun in Richtung von Christiane und Arne Wegenthal.

»Nehmen Sie doch bitte Platz«, forderte Arne den Beamten auf.« Alle drei ließen sich nieder.

»Sind Sie Tischler?«, wollte Horndeich wissen. Denn in diesem Raum wirkte alles individuell angefertigt, aus fein geschwungenem Holz.

»Da erkennt man den Beobachter«, antwortete Arne. Aber die Bemerkung wurde von keinem Lächeln begleitet.

»Was können wir für Sie tun?«, wollte Christiane wissen. Auch Horndeich gegenüber klang die Stimme eher nach Eiswürfeln denn nach Honig.

»Ich untersuche den Mord an Ihrem Vater und Schwiegervater.«

Zwischen Christiane und Arne wurden Blicke ausgetauscht, die Horndeich nicht zu deuten wusste. Nachdem die optische Konversation beendet war, schoben weder Arne noch seine Frau irgendeine Bemerkung in Richtung Horndeich.

»Und wie können wir Sie dabei unterstützen?«, meldete sich der Mann schließlich zu Wort.

Horndeich war sich unschlüssig, wie er die Unterhaltung weiterführen sollte. Sowohl Arne als auch seine Frau schienen dies hier als Pflichtübung zu betrachten. Offensichtlich war das Verhältnis des Sohnes zu seinem Vater nicht ungetrübt gewesen. Und so kalt der Tonfall der beiden war, so sehr knisterte der Vorläufer eines gewaltigen Donners in der Luft. Also, dachte Horndeich, lege ich mal ein Flämmchen an die Lunte. Er wandte sich direkt an Christiane: »Ihre Schwiegermutter sagte, Sie wären nicht besonders gut auf Ferdinand Wegenthal zu sprechen gewesen.«

Bumm. Treffer. »Ja. Weil er daran schuld ist, dass mein Vater nicht mehr lebt.«

Sie hatte den Satz kaum ausgesprochen, als ihr Arne ins Wort fiel: »Fang nicht schon wieder damit an!«, polterte er. »Mein Vater hat nichts damit zu tun, dass dein Vater nicht mehr lebt. Keiner kann irgendetwas für einen verdammten Hirntumor!«

»Dein Vater hat meinem Vater Gift verschrieben, anstatt ihm die Chance zu geben, sich bei weiteren Ärzten behandeln zu lassen!«, keifte Christiane zurück.

Horndeich war sich sicher, dass sie diese Diskussion nicht zum ersten Mal führten. Gleichzeitig hatte die Spannung im Raum nun ein Etikett bekommen: steter Konfliktherd.

»Mein Vater hat gar nichts verschrieben! Dein Vater hat sich das aus dem Internet besorgt!« Arne Wegenthals Stimme überflügelte jene von Christiane nun um weitere Dezibel.

Die Sätze der beiden hatten Rillen und Riefen, es waren Sätze, die schon so oft durch die Luft geschleudert worden waren, dass man ihnen ihr Alter ansah. Was Horndeich gleichzeitig zu dem Schluss kommen ließ, dass ihm kein vernünftiger Grund einfallen konnte, weshalb Christiane Wegenthal ihren Schwiegervater ausgerechnet jetzt hätte umbringen sollen.

»Ihr sollt nicht schon wieder brüllen!«, ertönte nun die Stimme von Elena durch die ganze Wohnung. Das Kind bemühte sich nicht einmal, ins Wohnzimmer zu kommen, um die Ermahnung auszusprechen. Irgendwie wirkte das hier wie eingeschliffene Routine.

Arne Wegenthal besann sich als Erster. »Entschuldigen Sie. Die Nervenkostüme liegen etwas blank, nachdem Ihre Kollegen uns den Tod meines Vaters mitgeteilt haben.«

Die Worte ihres Mannes schienen auch bei Christiane Wegenthal den Kampfesdruck aus dem Körper zu nehmen. Als wäre ein Notventil geöffnet worden, sank sie in sich zusammen.

»Haben Sie irgendeine Vorstellung, wer Ihrem Vater etwas Schlimmes hätte antun wollen«, stellte Horndeich die Standardfrage. Und »Schlimmes antun« klang fast wie ein Euphemismus. Jemand hatte den Vater hingerichtet. Auch wenn Horndeich die Frage stellte, so glaubte er dennoch nicht, dass er darauf eine ergiebige Antwort bekommen würde. Drei Menschen, die einander offensichtlich nicht gekannt hatten, waren hingerichtet worden. Und die Verbindung konnte dann nicht in unterschiedlichen Motiven liegen, sondern eigentlich nur im Kopf des kranken Täters.

Entsprechend fiel auch die Antwort aus. »Nein, ich für meinen Teil kann mir nicht vorstellen, dass irgendjemand meinem Vater etwas Böses wollte.«

Seine Frau schüttelte nur den Kopf.

»Wie war Ihr Verhältnis zu Ihrem Vater?«, schob Horndeich noch hinterher.

»Ach, es war ein ganz normales Vater-Sohn-Verhältnis. Mein Papa hat sich gewünscht, dass ich Medizin studiere. Und als ich nach der Realschule abgegangen bin und verkündet habe, ich würde Tischler werden, brach für ihn eine Welt zusammen. All seine Bekannten waren Akademiker, es war kaum vorstellbar für ihn, sich in einer Welt außerhalb dieser intellektuellen Blase zu bewegen. Und dass Christiane dann studierte und damit gesellschaftlich über mir stehen würde, damit hatte er ein richtiges Problem.«

»Aber wir haben das doch gut hingekriegt«, beschwichtigte Christiane Wegenthal. »Ich meine, ich habe Soziale Arbeit studiert. Ist nun auch etwas anderes als eine Promotion in Philosophie.« Sie griff nach dem Arm ihres Mannes.

»Als ich dann die Regale für seine Praxis gefertigt habe, da hat sich sein Bild vom dummen Handwerker ein wenig verändert.« Nun huschte doch so etwas wie der Versuch eines Lächelns über Arne Wegenthals Gesicht.

»Ich glaube, es war die Musik, die uns alle vier verbunden hat. Marion war da immer ein bisschen außen vor. Sie hat sich nur für Klassik und Kirchenmusik interessiert. Aber mein Papa und dein Papa waren ja richtige Rock'n' Roller«, sagte Christiane in Richtung ihres Mannes. »Genau wie wir«, schob sie noch hinterher.

Der zweite Versuch eines Lächelns glückte Arne Wegenthal nun schon deutlich besser. »Ja, Musik hat uns verbunden. Zweimal im Jahr sind wir alle vier auf Konzerte gefahren. Und Volker und mein Papa dann immer noch mindestens dreimal im Jahr zu irgendwelchen anderen. Jethro Tull haben sie gemeinsam gesehen, Queen, die Scorpions – alles, was die Hitparaden der Siebziger und Achtziger so hergegeben haben.«

Hier war weder ein Mordmotiv zu finden noch der Mörder, dachte Horndeich. Dennoch musste er auch die letzte Frage noch stellen: »Kennen Sie diese beiden Menschen?« Er legte die Fotografien von Markus Böhmer und Franziska Schneider auf den Tisch.

Christiane Wegenthal schüttelte den Kopf. »Nee, kenne ich beide nicht.«

Arne hingegen zögerte nur kurz, dann sagte er: »Doch, ist der Typ nicht das Arschloch, der vor knapp vier Jahren im Restaurant so einen Terz gemacht hat? – Baumann oder so ähnlich?«

Christiane Wegenthal schaute wieder auf die Fotografie. »Stimmt, du hast recht. Das ist der Idiot!«

»Was war mit diesem Mann?«, wollte Horndeich wissen, und diesmal war die Elektrizität nicht in der Luft, sondern in seinem Körper zu spüren. Der erste Hinweis darauf, dass es vielleicht doch einen Zusammenhang zwischen den Ermordeten gegeben haben könnte.

»War vor dreieinhalb Jahren, so um Weihnachten rum. Der Typ war mit seiner hochschwangeren Frau da. Die haben zusammen gegessen, wir waren damals im Wilhelminenhof. Und wir beide«, Arne warf seiner Frau einen Blick zu, »waren mit meinen Eltern in diesem Restaurant. Plötzlich gab es

Trubel am anderen Ende des Raumes. Ich erinnere mich, wir hatten bereits bezahlt und wollten gerade gehen. Der Inhaber hat gefragt, ob ein Arzt anwesend wäre. Mein Vater ist dann sofort aufgestanden und in seine Richtung gegangen. Die Frau des Typen war ohnmächtig geworden und vom Stuhl gesunken. Wir drei sind natürlich mit meinem Papa dorthin. Na ja, mein Vater wollte die junge Frau erst mal in die stabile Seitenlage bringen, und dieser Idiot hat sich darüber aufgeregt, wo mein Vater sie wie anfassen könnte, an den falschen Stellen, zum Beispiel ihre Brust berühren und lauter so ein Blödsinn. Hat sich aufgeführt wie Graf Koks. Und ich glaube, genau das hat er vorher auch eingeworfen. Ich hätte mich fast mit ihm geprügelt. Aber da sind dann schon die Sanitäter gekommen. Da hat er sich ein bisschen beruhigt. Danach habe ich ihn nie wieder gesehen, aber an den Typen erinnere ich mich noch genau.«

»Du hast recht, Schatz, das war der Kerl.«

»Können Sie sich an das Datum erinnern?«

»Also, ich nicht, irgendwann in der Vorweihnachtszeit 2015. Wir hatten damals reserviert, auf den Namen Wegenthal, daran erinnere ich mich, weil ich die Reservierung gemacht habe. Ich weiß ja nicht, wie weit deren Reservierungsbücher zurückreichen. Halt – ich hab damals mit Kreditkarte bezahlt. Wenn sie mich kurz entschuldigen, ich finde das gleich raus.«

Arne Wegenthal erhob sich und verließ das Wohnzimmer.

»Sein Vater war ein guter Arzt. Und er war der beste Freund, den mein Vater hätte haben können. Aber ich werde es ihm nie verzeihen, dass Ferdinand meinem Papa diese Pillen besorgt hat«, wiederholte Christiane Wegenthal, wobei sie nur flüsterte.

Sekunden später kam Arne zurück ins Zimmer, einen Leitzordner in der Hand. »Mittwoch, 9. Dezember 2015. Ja, wenn ich auf die Summe gucke, hatten wir offensichtlich einen richtig schönen Abend«, grinste er.

»Und Ihr Vater hat Markus Böhmer nicht gekannt? Er hat ihn vorher nie gesehen?«

»Das weiß ich nicht. Aber so wie Markus Böhmer sich ihm gegenüber verhalten hat, hat das nicht so gewirkt, als ob die beiden jemals zuvor schon ein Wort miteinander gewechselt hätten.«

Horndeich zog sein Notizbuch aus der Innentasche und notierte sich das Datum. Dann verabschiedete er sich. Zeit, nach Hause zu fahren. Zeit, den Verband abzunehmen und einen kritischen Blick auf die Wunde zu werfen.

»Ja, gleich«, sagte Richard Feller.

Leah Gabriely hatte ihn schon zum dritten Mal gefragt, ob sie nicht für heute Feierabend machen wollten. Sie hatte im Delfino einen Tisch reserviert, für halb neun. Und es war bereits zwanzig nach acht.

»Lass mich gerade noch die letzten dreißig Minuten anschauen.«

Leah seufzte. Sie griff zum Handy, wählte im Kontaktmenü ihren Italiener, rief an und teilte mit, dass es eine Viertelstunde später werden würde. Sie hasste es, nicht pünktlich einzutreffen. Und Unpünktlichkeit begann für sie genau genommen bereits nach fünf Minuten vor der Zeit.

Sowohl Leah als auch Feller hatten sich zunächst die Filmaufnahmen der Tankstelle angeschaut und jedes Kennzeichen von den in Zeitraffer tanzenden Wagen in die Datenbank eingegeben. Bisher hatte es aber keine Übereinstimmung gegeben, kein Auto war zu einer der anderen Tatzeiten an einer der dortigen Tankstellen mit Benzin befüllt worden.

Es war Viertel vor neun, als Feller beschloss, auch das Aufnahmeband der Kamera aus dem Hotel in Höchst anzuschauen. »Wir machen schnellen Vorlauf, dann haben wir die drei Stunden in Nullkommanichts durchgenudelt.«

Leah seufzte, denn sie wusste, dass sie nun ein zweites Mal im Restaurant anrufen musste. Immer wieder waren Wagen von der Kamera erfasst worden, die Feller dann akribisch in die Datenbank eingab.

Leah rief erneut beim Italiener an und steckte das Handy gerade wieder in die Tasche, als Feller innehielt. »Verdammt!«

»Was ist?«

»Du erinnerst dich, dass wir das Foto aus der Radarfalle haben, auf dem der Wagen von Margot Hesgart geblitzt worden ist? Auf der B45?«

Klar. Leah hatte dem jedoch nie wirklich Bedeutung beigemessen. Dumm gelaufen. Was hätte ihre Vorgängerin Margot Hesgart auch mit diesen Morden zu tun haben sollen?

»Hier ist der Wagen schon wieder drauf. Wie er die Wilhelminenstraße entlangfährt. Knapp dreißig Minuten vor dem Mord. Und sieben Minuten, nachdem der Blitzer den Land Rover auf dem Kieker hatte.«

Das veränderte die Dinge. Margot Hesgart war offensichtlich nicht nur in Richtung Höchst unterwegs gewesen, sondern sogar durch den Ort gefahren. Zum Bahnhof.

Leah starrte gebannt auf das Standbild, das Margots Land Rover auf der Höhe des Hotels zeigte. Da die Straßenlaterne nur unweit von der Kamera entfernt stand, konnte man auch das Nummernschild glasklar ablesen. Dieselbe Zeichenfolge wie auf dem Blitzer-Foto. Daran bestand kein Zweifel.

Feller gab das Kennzeichen in die Datenbank ein. Dann schauten sowohl er als auch Leah noch die restlichen dreißig Minuten im Schnelldurchlauf an. Nur drei Autos fuhren während dieser Zeit die Wilhelminenstraße entlang. Die Kamera hatte die Gegenspur leider nicht im Sichtfeld. Daher wäre es müßig gewesen, das Material zu sichten, das nach dem Tatzeitpunkt aufgenommen worden war.

»Lass uns gehen«, murmelte Feller, und seine Stimme klang, als ob ein schweres Gewicht auf seiner Zunge läge.

Sie bekamen einen schönen Tisch, wurden zuvorkommend bedient, der Ober, an dessen Vornamen Melos sich Leah erinnerte, versuchte alles, damit seine beiden Gäste sich wohlfühlten.

Doch die Konversation zwischen Leah und Feller wollte nicht recht in Gang kommen. Wie der Motor eines Rasenmähers, der nach zehn Jahren Gartenhütte wieder zur Arbeit bewegt werden sollte, stotterte er, gab Fehlzündungen von sich und lief alles andere als geschmeidig.

Leah wollte wissen, wie es Feller privat ging, aber sie traute sich nicht, zu fragen. Gleichzeitig hatte sie den Eindruck, dass Feller ebenfalls neugierig war, ob sie zufrieden oder gar glücklich war. Aber Bruno war ganz sicher das allerletzte Thema, über das sie jetzt sprechen wollte.

Die Sekunden vergingen nicht im Sekundentakt, sondern im Minutentakt. Sie hasste diese Nicht-Konversation.

Sie hatten gegessen, sie hatten ihre Gläser geleert.

Feller hob den Arm, winkte in Richtung Melos, bat um die Rechnung. Feller ließ es sich nicht nehmen, sie einzuladen. Gentleman halt. Sie mochte das nicht. Und gleichzeitig genoss sie es sehr. Feller. Der einzige Gentleman weit und breit.

Und mit wem, außer ihm, hätte sie darüber überhaupt reden können? Sie schluckte. Dann sagte sie: »Richard. Bruno ist tot.«

MUTTER IV.

Sie haben mir geraten, die lebenserhaltenden Maßnahmen einzustellen. Sie wollen dich verhungern und verdursten lassen. Mit Morphium, trotzdem. Ein paar Hirnströme haben sie noch aufgezeichnet. Viele nicht mehr. Sie haben gesagt, dass sie nicht mehr weiterwissen. Sie haben gesagt, dass du nicht hirntot bist. Sie haben aber auch gesagt, dass dein Gehirn nicht so funktioniert, wie es funktionieren sollte. Und es das auch nicht mehr tun wird.

Das weiß ich auch so. Ich halte deine Hand, und du reagierst nicht.

Die Hoffnung stirbt zuletzt. Ich gebe sie nicht auf. Ich bin in der glücklichen Situation, dass ich deinen Heimplatz mit allem Drum und Dran einfach finanzieren kann. Mein Gott, wie wäre es, wenn das Geld nicht da wäre? Wenn dein Vater nicht so vorgesorgt hätte? Dann müsste ich plötzlich die Entscheidung über Leben und Tod treffen.

Ich habe deinen Vater gehasst, nachdem ich ihn geliebt habe. In den ersten Wochen hat mich seine Sanftheit berührt, dann habe ich sie nicht mehr ertragen. Er hat sich mir nicht entgegengestellt. Ja, vielleicht hätte eine Ohrfeige alles geändert. Eine Ohrfeige, die er mir gegeben hätte. Stattdessen hat er sie von mir kassiert. Und sich nie dagegen gewehrt. Vielleicht war das sein großer Fehler.

Vielleicht auch nicht. Er hat schließlich *dich* bekommen.

Ich wollte dich behalten. Aber ich hatte keine Chance. Nicht gegen ihn. Sein Geld, seine Anwälte.

Er hat dich bekommen. Ich werde die Worte des Richters nie vergessen: »… ist es nicht die Regel, das Sorgerecht nicht der Mutter zuzusprechen, nicht einmal beiden Elternteilen, sondern ausschließlich dem Vater. Doch die Gewalthistorie der Mutter lässt keine andere Entscheidung zu.«

Gewalthistorie. Auch so ein Wort. Nur, weil ich mich um dich gekümmert habe. Weil ich wollte, dass du kein Weichei wirst. Dass du dich in der Welt behaupten kannst. Nur, weil dein Vater dir immer recht gegeben hat, ganz egal, was ich gesagt habe. Und du hast es nicht verstehen wollen.

Ich habe nie begriffen, warum er nicht zurückgeschlagen hat, wenn wir uns gestritten haben. Ich habe einfach nicht kapiert, dass er jeden unerwiderten Schlag von mir auf ein Konto eingezahlt hat. Und als das Konto 10 000 im Plus war, da hat er dich mir weggenommen.

Und, ja, ich sehe die Dinge inzwischen ein wenig anders.

SAMSTAG, 25. MAI

»Nein«, sagte Sandra in einem Tonfall, der keinen Widerspruch duldete.

Sie hatte ihrem Mann am Abend zuvor den Verband am Arm gewechselt und dabei festgestellt, dass die Wunde nicht entzündet war. Doch sie hatte darauf bestanden, Fieber zu messen. Nix mit Schummeln unter der Achselhöhle, sondern das Thermometer versank genau in der Körpermitte. Aber Horndeich hatte nicht einmal erhöhte Temperatur gehabt. Sie hatte ihm zwei Schmerztabletten gegeben und ihn ins Bett geschickt.

Vor zehn Minuten war er wegen erneuter Schmerzen aufgewacht. Was sicher daran lag, dass es keine kluge Idee seines Unterbewusstseins gewesen war, den Körper im Schlaf vom Rücken auf die linke Seite zu drehen. Der Schmerzensschrei hatte nicht nur ihn, sondern auch Sandra geweckt. Als er die Augen aufgerissen hatte, war sein Blick auf die Leuchtziffern des Radioweckers gefallen: Es war Viertel nach vier.

Sandra hatte darauf bestanden, den Verband zu lösen und noch mal zu prüfen. Sowohl die Naht der Haut als auch die Skala des Fieberthermometers. Doch diesmal zeigten sich ebenfalls keine Anzeichen irgendeiner Entzündung.

»Ich geb dir jetzt noch ein Schmerzmittel und dann eine Schlaftablette«, sagte Sandra.

Horndeich widersprach ihr: »Schmerzmittel ja, aber vergiss die Schlaftablette. Ich muss ins Präsidium.«

»Es ist Samstag. Und du gehst weder heute noch morgen ins Präsidium.«

»Ich muss da hin!«, sagte er leise, aber bestimmt.

»Du musst da ganz bestimmt nicht hin«, erwiderte Sandra. »Es reicht wirklich, dass du dich wieder hast anschießen lassen. Jetzt sorgst du nicht auch noch dafür, dass die Wunde nicht heilen kann.« Der Vorwurf in ihrer Stimme war nicht zu überhören. Aber Horndeich verstand. Wie oft hatte seine Frau ihn in den vergangenen Jahren davon zu überzeugen versucht, doch in den Innendienst zu wechseln. Nicht mehr hinaus in die Welt, wo böse Jungs mit ihren Schießgewehren fuchtelten und das Räuber-und-Gendarm-Spiel blutiger Ernst werden konnte. Durchaus zu seinen Ungunsten. Aber ebenso sehr wusste Horndeich, dass er gewiss keinen Job länger als vier Wochen durchhalten würde, bei dem er als Schreibtischhengst versauern würde.

»Du kriegst nachher ein Dreieckstuch, damit du den Arm nicht bewegen kannst. Und jetzt ist Schlafen angesagt.«

Horndeich wagte einen letzten Versuch: »Sandra, wir haben einen Dreifachmord auf dem Tisch, ich muss ...«

Das war der Moment, als seine Frau ihr finales Nein formulierte. Nicht wütend, nicht laut. Sie legte ihm nur den Zeigefinger auf die Lippen.

Als er sich wieder ins Bett gelegt hatte, setzte sich Sandra an dessen Rand und griff nach dem Smartphone. »Ich schreibe Leah und Richard, dass du weder heute noch am Sonntag im Präsidium erscheinen wirst. Montag ist auch noch ein Tag.«

Horndeich nickte kaum merklich. Da er sonst nie Schlaftabletten nahm, begann diese recht schnell ihre Wirkung zu entfalten. Er bemerkte schon nicht mehr, dass seine Frau sich neben ihm unter die Decke kuschelte.

Feller hatte beschissen geschlafen.

Der Abend mit Leah war schön gewesen. Und aus diesem Grund hatte das Umschlungenwerden von Morpheus' Armen nicht so richtig funktioniert.

»Bruno ist tot«, hatte Leah gesagt, als Feller gerade die

Rechnung bestellte. Nein, *gesagt* war der falsche Ausdruck. Sie hatte es gehaucht.

Nachdem durch ihre kurze Diskussion darüber, warum Margot Hesgart in der Nacht des Mordes an Franziska Schneider durch Höchst gefahren war, das Eis ein wenig gebrochen war, hatten sie sich einigermaßen unbeschwert unterhalten. Sie hatten über die Darmstädter Verkehrspolitik diskutiert, die Verengung der Rheinstraße vor dem Tunnel zugunsten der Fahrradfahrer, über Dieselfahrverbote, die für die Dieselfahrzeuge nur Umwege bedeuteten, durch die letztendlich noch mehr Schadstoffe ausgestoßen wurden, und ähnliche Themen mehr. Letztlich hatte Feller einfach genossen, wieder einen Draht zu seiner Kollegin gefunden zu haben. Wobei, Draht war ein wenig zu hoch gegriffen, glich der Durchmesser des Drahtes doch eher jenem eines Glühfadens in einer Glühbirne. Trotzdem.

Feller hatte sogar für beide jeweils noch ein Glas Wein bestellt, als das Thema unweigerlich in die Weltpolitik überging. Und dann hatte er um die Rechnung gebeten.

Alle Antennen Fellers waren auf Leah gerichtet, deshalb hatte er die Worte »Bruno ist tot« auf Anhieb verstanden.

»Er ist tot?«, hatte er nur dümmlich wiederholt.

Leah hatte genickt und ihn angesehen.

»Wann?« Die Frage klang genauso blöd wie ein »Woran ist er gestorben?« geklungen hätte. Gleichzeitig hatte er irgendeine Frage stellen müssen.

»Vor einem halben Jahr.«

»Und wie …?«

Weiter war Feller nicht gekommen, denn Leah hatte sofort geantwortet: »Sein Leben war einfach zu Ende. Herzinfarkt. Er war angeln. Hat er immer wieder gemacht, allein. Er hatte da so ein Plätzchen am Rhein, ziemlich abgeschieden. Er kam dann mit den Fischen zu mir, wir haben zusammen gekocht. Als er sich am Handy nicht gemeldet hat, bin ich hingefahren. Und hab bereits auf dem letzten Stück Straße gesehen, dass Blaulicht zuckte. Der Rettungswagen. Spaziergänger haben ihn gefunden. Aber da war es schon zu spät.«

Vor einem halben Jahr. Fellers Freundin Nathalie war kurz vor Weihnachten nach Bremen gezogen. Und davon hatte ebenso niemand etwas mitbekommen. Weder Horndeich noch Leah. Ich bin auch so ein Eigenbrötler, dem man so einen Zusammenbruch von Teilen seines Fundaments nicht anmerkt, weil ich immer so brummelig bin, dachte Feller.

Er hatte Leah nach Hause gebracht, bis vor die Haustür, war dann zu seinem eigenen Haus gegangen. Er hatte sich sogar noch ein Glas Whisky eingeschenkt, nur zwei Zentiliter, und sich in der lauen Luft auf dem Balkon niedergelassen.

Bruno war tot. Es tat ihm leid für den Mann, der auch Polizist gewesen war. Und plötzlich schoss die Erinnerung gnadenlos in sein Gehirn, an jenen verflixten letzten Abend, den Leah und er gemeinsam in der Pizzeria verbracht hatten. Als er versucht hatte, nach ihrer Hand zu greifen. Ach Quatsch, es war ja nur Finger an Finger gewesen.

Er hatte den letzten Schluck Whisky zu sich genommen, dann war er ins Bett gegangen. Hatte sich von einer Seite auf die andere gedreht und konnte endlich gegen zwei Uhr einschlafen. Doch schon um kurz vor halb fünf wurde er wieder vom Pling seines Handys geweckt, als eine Nachricht auf dem Display erschien. Sandra hatte verkündet, dass Steffen Horndeich weder Samstag noch Sonntag im Präsidium erscheinen würde.

Das war für Feller völlig in Ordnung. Sollte der Kollege seinen Arm ein wenig schonen. Feller versuchte wieder einzuschlafen, aber der Gedanke daran, dass seine ehemalige Kollegin Margot Hesgart ihren ehemaligen Kollegen Steffen Horndeich angelogen haben sollte, ließ ihm keine Ruhe.

Kurz darauf begann es zu dämmern, und Feller stand auf.

Er duschte, trank einen Kaffee, schlang eine Scheibe Brot hinunter und setzte sich auf sein E-Bike. Er würde ins Präsidium fahren und sich den restlichen Videoaufzeichnungen der Tankstellen und Kameras widmen und feststellen, ob Margots Auto noch irgendwo auftauchte.

Um fünfzehn Uhr waren alle Überwachungsvideos gesichtet. Sowohl die Kollegen der Sonderkommission als auch er selbst hatten sich zunächst die Tankstellenvideos zu Gemüte geführt. Feller erledigte dabei ungefähr so viel wie vier Kollegen gleichzeitig. Da er für derlei Tätigkeiten auf jahrelange Routine zurückblicken konnte, war der schnelle Vorlauf der Videos beim Betrachten deutlich höher eingestellt, als dies bei unerfahrenen Kollegen der Fall war.

Die Kollegen, sehr erfreut über Fellers aktive Hilfe, hatten sich ins Restwochenende verabschiedet. Feller wertete die Tabellen mit den Kennzeichen aus. Es gab keine einzige Übereinstimmung: Niemand hatte in auch nur zwei der drei Mordnächten an einer der Tankstellen getankt oder war an einer der privaten Überwachungskameras vorbeigefahren. Auch Margot nicht. Es war auch keines der Fahrzeuge, die in Darmstadt von einer Kamera erfasst worden waren, an den Kameras in Höchst vorbeigefahren.

Und doch ließ es Feller keine Ruhe. Er konnte sich nicht erklären, warum Margot nicht die Wahrheit gesagt hatte. Selbst wenn sie einen Anlass gehabt hätte, Horndeich den Grund für ihre Fahrt nach Höchst nicht zu nennen, wäre es viel sinnvoller gewesen, genau das zu sagen. »Ich hatte einen privaten Beweggrund, über den ich jetzt nicht reden möchte«, das hätte die Margot, die Feller kennengelernt hatte, gesagt. Nein, Feller konnte sich nicht vorstellen, dass Margot etwas mit den Morden zu tun hatte. Und gleichzeitig ließ ihn die Irritation über ihre Behauptung, nicht gefahren zu sein, nicht los.

Er rief Google Earth auf den Bildschirm. Markierte das Haus, in dem Margot und Nick wohnten. Markierte den Rodinghweg in Darmstadt ebenso wie den Tatort in der

Heinrich-Delp-Straße. Gesetzt den Fall, Margot wäre tatsächlich auch zu den beiden anderen Tatorten gefahren, gab es mehrere Wege, die sie hätte nutzen können. Eine Möglichkeit führte über die B38 und die B26, oder über Groß-Bieberau und dort vor der Marktstraße auf die Bundesstraße.

Sie hätte auch den direkten Weg wählen können, über Rodau, dann weiter über Rohrbach, um schließlich vor Ober-Ramstadt auf die Bundesstraße 426 abzubiegen. Ab da hätte es wieder zwei Möglichkeiten gegeben, nämlich in Nieder-Ramstadt nach Darmstadt in Richtung Böllenfalltor abzubiegen oder auf der 426 zu bleiben, durch den Lohbergtunnel zu fahren und dann von Eberstadt aus weiter über die B3, also die Karlsruher Straße nach Darmstadt hineinzufahren.

Er fuhr die Möglichkeiten virtuell mit der Maus ab. An der nördlichen Ausfahrt von Groß-Bieberau entdeckte er auf der rechten Seite einen Getränkemarkt. Er sah auf die Uhr. Es war halb vier. Mit ein bisschen Glück erreichte er dort noch jemanden. Drei Klicks später hatte er die Webseite aufgerufen und rief den Laden an, hatte Glück und ließ sich gleich mit dem Geschäftsführer verbinden. Der Mann war skeptisch, glaubte nicht, dass Feller von der Polizei sei. Feller gab ihm die Nummer des Präsidiums. Der Marktleiter bestand darauf, sich über die Zentrale wieder mit Feller verbinden zu lassen, um sicherzugehen, dass er keinem Schwindler mit einer falschen oder umgeleiteten Telefonnummer aufsitzen würde. Drei Minuten später sprach Feller wieder mit dem Mann, der daraufhin sagte, dass sein Parkplatz tatsächlich mit Videokameras gesichert wäre, da besonders nachts immer wieder Jugendliche die Verglasung des Geschäfts mit Graffiti verunstaltet hätten. »Meine Frontverglasung sah schlimmer aus als mancher S-Bahn-Zug«, versicherte er.

Feller bat ihn, noch eine Stunde im Geschäft zu bleiben, er würde gleich zu ihm rausfahren.

Leah saß auf ihrem Balkon, ließ sich von der Sonne bescheinen, die im Südwesten wieder etwas höher stand. Sommer. Endlich, dachte sie.

Sie hatte mit Bruno nach Griechenland fliegen wollen. Zum ersten Mal gemeinsam Urlaub, zum ersten Mal gemeinsam Deutschland verlassen, zum ersten Mal gemeinsam im Meer baden. Leah hatte Korfu als Ziel vorgeschlagen. Jene immergrüne Insel, auf der auch das Schloss stand, das die österreichische Kaiserin Sisi seinerzeit dort hatte errichten lassen.

Alles Geschichte. Bruno lebte nicht mehr auf dieser Welt.

An diesem späten Samstagnachmittag schien Leah auf ihrem Balkonstuhl angeheftet zu sein. Sie konnte sich nicht dazu aufraffen, ihre Übungen zur Selbstverteidigung zu trainieren, wie sie es zumindest jeden zweiten Tag machte. Und auf einen Spaziergang hatte sie auch keine Lust. Nein, sie saß hier allein mit sich, dem Geist von Bruno – ja, und auch mit der Erinnerung an den gestrigen Abend mit dem Kollegen Richard Feller. Es war ihr herausgerutscht, jener Satz, dass Bruno nicht mehr lebte. Es war nicht geplant gewesen. Und sie ärgerte sich darüber, dass sie sich dem Kollegen gegenüber so verletzt gezeigt hatte. Sie wünschte sich, dass das Telefon klingeln würde und jemand der Kollegen ihr sagen würde, sie müsse sofort zu einem neuen Tatort kommen oder es gäbe eine wichtige Erkenntnis, die man augenblicklich mit ihr teilen wolle.

In diesem Moment klingelte tatsächlich das Handy.

Auf dem Display erschien der Name Richard Feller. Kein Bild. Leah mochte es nicht, wenn sie virtuelle Porträts von richtigen Menschen anglotzten.

Feller.

Wollte er sie zu einem Spaziergang bewegen? Das konnte sich Leah nicht vorstellen.

Wollte er ihr für den Abend wieder ein gemeinsames Essen vorschlagen?

Wollte er ihr vielleicht eine gemeinsame Fahrradtour ans Herz legen?

Dachte er, nach dem gestrigen Abend würden sie vielleicht ihren privaten Austausch intensivieren können?

Dachte er, sie würde sich mit ihm treffen, obwohl da ja schließlich noch irgendwo eine Nathalie wartete?

Nein, dachte sie und ignorierte das Klingeln.

Nein, da würde sie lieber noch drei Stunden auf ihrem Balkon sitzen bleiben.

Wenige Sekunden später erschien eine Meldung auf dem Display: »Sie haben eine neue Nachricht.«

Leah griff nach dem mobilen Telefon, drückte den Daumen auf den Fingerabdrucksensor. Wer ihr welche Nachricht geschickt hatte, konnte sie nur sehen, wenn sie das Gerät entsperrte. Denn sie wollte nicht, dass auch andere Menschen, die zufällig neben ihr saßen, Inhalte ihrer Mitteilungen mitlesen konnten.

Die Botschaft stammte von Richard Feller. Und sie lautete knapp: »Leah, wenn du das liest, bitte ruf mich möglichst schnell zurück. Ich brauche deine Meinung.«

Was immer Richard Feller ihr mitteilen wollte, lag weit jenseits einer Essenseinladung. Sie drückte auf den Button »Rückruf«.

Stefanie saß auf dem Schoß ihres Papas; der kleine Chihuahua Che thronte wiederum auf dem Schoß von Horndeichs Tochter. Sie hatte sich so platziert, dass ihr Oberkörper auf Horndeichs rechter Seite ruhte. Denn der Papa trug den linken Arm in ein Dreieckstuch gebettet. Er selbst hielt das für übertrieben, doch als er um die Mittagszeit einmal das Tuch hatte ablegen wollen, war Sandra energisch eingeschritten. So resolut kannte er sie gar nicht.

Er kraulte gleichzeitig mit Stefanie den Hund, und immer wieder berührten sich ihre Hände. Stefanie lachte dann auf. Der Hund schien es zu genießen.

Die Sonne strahlte am wolkenlosen Himmel, ein leichter Wind raschelte durch die Blätter der umstehenden Bäume und Büsche – und Horndeich fühlte sich zufrieden mit sich und der Welt. Erst, als er diesen ganzen Tag verbummelt hatte, war ihm bewusst geworden, wie recht Sandra damit gehabt hatte, ihn für eine Weile aus dem Spiel zu nehmen.

Sebastian Rossberg, der Vater seiner ehemaligen Kollegin Margot Hesgart, stand am Grill, die Küchenschürze mit dem Snoopy darauf umgebunden und die Grillzange in der Hand. Sie hatten zwei Campingstühle aneinandergestellt, und Mar got, Sandra und Stefanie hatten den Tisch gedeckt. Horndeichs Sohn Alexander spielte mit einem Bagger im Sandkasten. Und auch Sebastian Rossbergs Partnerin Chloe saß mit am Tisch.

Margot hob ihr Glas mit Rotwein und prostete Horndeich zu. Er nickte nur kurz in ihre Richtung, wollte nicht, dass Tochter und Hund vom Schoß verscheucht wurden. »Läuft gut bei euch im Moment?«, wollte er wissen. Er hatte Margot zum Grillen eingeladen. Denn er wollte nicht, dass diese dumme Geschichte zwischen ihnen stand.

»Ja. Nick ist immer noch drüben. Sicher noch zwei Wochen. Da ist ein Hersteller von Rasenmähern, die haben in der Nähe von Chicago ein neues Werk aufgemacht. Dort befindet sich jetzt auch die Entwicklungsabteilung des Mutterkonzerns. Und die wollen das Firmengelände absichern wie Fort Knox, wenn auch nicht ganz mit demselben Budget. Geben aber immer noch eine ganze Stange Geld dafür aus. Ein tolles Projekt.«

»Freut mich, dass eure Firma so gut läuft!« Drei Jahre bestand das Unternehmen von Margot und Nick nun.

»Ja, Anfang des Jahres haben wir das erste Mal halbtags eine Bürokraft eingestellt. Der ganze Papierkram ist einfach zu viel. Hat nicht ganz so gut geklappt, aber die, die wir jetzt seit April haben, geben wir nicht mehr her. Sie ist Gold wert. Sie hat alles, was mit dem Büro zu tun hat, voll im Griff, und ihre Mutter ist Amerikanerin, sie spricht also beide Sprachen fließend.«

»Mag jemand ein Steak?«, erkundigte sich Sebastian Rossberg.

»Ich!«, rief Stefanie und sprang auf, sodass Che mit einem kurzen, entsetzten Bellen ebenfalls Richtung Grasboden verscheucht wurde. Schoß sitzen war schön, Steak essen war lebenserhaltend. Prioritäten gesetzt.

»Noch jemand?«

»Gerne«, sagte auch Chloe.

Sandra trat in den Garten und stellte einen Korb mit Getränken auf dem Tisch neben dem Grill ab. Sie schenkte sich ein Glas Rotwein ein, fragte ihren Gatten allein per Blickpost, ob er ebenfalls ein Glas wolle. »Ich bitte nur Limo«, sagte er. In seinem Blut zirkulierten immer noch Wirkstoffe eines Schmerzmittels, und da würde heute sicher noch was dazukommen. Also besser kein Alkohol.

Sandra setzte sich neben ihre Tochter, die stolz war, weil sie seit diesem Sommer allein mit einem richtig scharfen Steakmesser hantieren durfte.

»Hast du es je bereut, die Polizei verlassen zu haben?«, richtete sich nun Sandra an Horndeichs ehemalige Kollegin.

»Nicht wirklich«, sagte Margot. »Alles hat seine Zeit. Ich bereue die Jahre hier bei der Kripo nicht, aber auch nicht das Jahr in den USA und schon gar nicht den Weg, den Nick und ich jetzt eingeschlagen haben. Die Firma läuft richtig gut, es macht unglaublich Spaß. Und ich kann nachts deutlich besser schlafen.«

Sandra warf ihrem Gatten einen vielsagenden Blick zu. Horndeich sah seine ehemalige Kollegin an. Und wieder schoss ihm die Frage durch den Kopf, wieso Margot behauptet hatte, in der Nacht des Mordes an Franziska Schneider nicht mit dem Wagen unterwegs gewesen zu sein. Aber hier und jetzt war der falsche Ort, diese Sache noch mal anzusprechen.

Horndeich hörte das Gartentürchen. Sandra hatte ihn mehrfach gebeten, dem Quietschen des Scharniers ein Ende zu setzen, gleichzeitig fand Horndeich den akustischen Personenmelder gar nicht so schlecht.

Doro trat in den Garten, einen Koffer in der linken Hand. »Doro!«, rief Stefanie, ließ Steak Steak sein und stürmte auf die junge Frau zu. Doro hieß mit vollem Namen Dorothee Traunstein. Sie war die Tochter von Margots Ex-Mann Rainer und hatte seit ihrer Jugend mehrere Jahre bei den beiden gewohnt. Ihre leibliche Mutter war gestorben, aber sie hatte zu ihrer Stiefmutter Margot ein sehr enges Verhältnis. Was man über das Verhältnis zu ihrem blutsverwandten Vater nicht mehr sagen konnte, soweit Horndeich wusste.

Auch Sebastian Rossberg und Margot begrüßten die neu Angekommene. Stefanie umschlang Doro, und Horndeich stellte fest, dass seine kleine Tochter schon wieder ein paar Zentimeter gewachsen war und nicht mehr die Nase, sondern das Kinn auf Höhe von Doros Bauchnabel ruhte.

Eine Zeit lang hatte Doro bei Horndeich und Sandra unterm Dach zur Miete gewohnt. Vor knapp zwei Jahren hatte sie das Studium an der Polizeihochschule in Wiesbaden begonnen und dort ein kleines Einzimmerapartment angemietet. Doch jetzt startete ein Praktikum bei der Polizei in Darmstadt. Und daher zog sie wieder unter das Dach. Doro hatte sich immer bemüht, für ihre Praktika Stellen in Darmstadt zu bekommen. Was ihr bislang gelungen war.

»Hatte ich ja gar nicht mehr auf dem Schirm, dass du Montag schon wieder hier anfängst«, sagte Sandra.

»Ja, ab Montag bin ich auf dem ersten Revier in der Bismarckstraße. Wieder für vier Wochen.«

Horndeich freute sich, dass die junge Frau wieder bei ihnen war. Er wollte zur Frage ansetzen, wie es ihr in den vergangenen Wochen ergangen war, da hörte er erneut das Quietschen des Gartentörchenscharniers.

»Richard, Leah, kommt rein!«, rief Sandra freudig aus.

»Hallo, Sandra«, begrüßte Leah Horndeichs Frau.

Horndeich musste nur einen Blick in Richtung der beiden Kollegen werfen, um zu begreifen, dass sie nicht gekommen waren, um einen schönen Sommerabend gemeinsam im Garten am Grill zu verbringen. Feller sah zu Horndeich, nickte ihm zu.

Auch Margot drehte sich um: »Hallo, Richard, hallo, Frau Gabriely! Das ist ja eine Überraschung!«

Feller zuckte zusammen, das entging Horndeich nicht. Und Leah schaute entgeistert in Richtung ihrer ehemaligen Kollegin. Irgendetwas stimmte hier ganz und gar nicht.

Sebastian Rossberg, ganz der Pragmatiker, nickte in Richtung der Hauswand: »Da sind zwei Klappstühle, greifen Sie einfach zu.«

»Wir sind gekommen, weil wir kurz mit deinem Mann sprechen müssen«, erklärte Leah Sandra.

Horndeich stand auf. Er ging auf die beiden Kollegen zu. Automatisch traten Leah und Feller ein paar Schritte zurück, wieder in Richtung Gartentörchen.

»Was ist?«, wollte Horndeich wissen.

Leah griff nach dem Smartphone in ihrer Tasche. Entsperrte es, tippte ein paarmal auf den Bildschirm, dann zeigte sie Horndeich ein Foto. Darauf zu sehen war Margots Land Rover Discovery. Horndeich kannte das Kennzeichen auswendig.

»Sie ist geblitzt worden«, antwortete Horndeich automatisch. Und doch hatte ein kleiner Teil seines Bewusstseins sofort registriert, dass es sich zwar um eine ähnliche, aber nicht um dieselbe Aufnahme handelte, die die Radarkamera festgehalten hatte.

»Das ist nicht an dem Tag aufgenommen worden, an dem Franziska Schneider ermordet wurde. Sondern am Montag. Auf der B38. Um neun Uhr abends. Bei der Ortsausfahrt in Groß-Bieberau.«

Horndeich rechnete im Kopf nach. Das war gut eineinhalb Stunden vor der Ermordung von Markus Böhmer gewesen.

»Da ist ein Getränkemarkt. Und eine der Kameras war ein wenig auf die Straße geschwenkt. Die hat den Wagen aufgenommen.«

Wieder war Margot unmittelbar vor einem der Morde mit ihrem Wagen in diese Richtung unterwegs gewesen, dachte Horndeich.

Leah wischte auf ihrem Handy das Bild zur Seite. Dann zeigte sie ein weiteres Foto. Es war jedoch wieder Feller, der den akustischen Untertitel dazu lieferte: »Dieses Foto wurde in Höchst gemacht. Auf einer Trasse, die Margot hat passieren müssen, um zum Bahnhof zu gelangen. Aufgenommen in der Nacht, als Franziska Schneider ermordet worden ist.«

Horndeich drehte sich um und sah seiner ehemaligen Kollegin über ein paar Meter Entfernung direkt in die Augen. Alle Gespräche waren verstummt. Und alle Anwesenden hatten ihre Blicke auf das Polizistentrio vor dem Gartentörchen gerichtet.

Horndeich ging auf Margot zu. »Können wir uns vielleicht kurz drinnen unterhalten?«

Margot zuckte nur mit den Schultern.

Dann folgte sie Horndeich und den beiden Beamten durch die Haustür ins Innere. Automatisch steuerte Horndeich das Esszimmer an, der Raum, der am weitesten von dem kleinen Sommerfest im Garten entfernt lag.

Margot setzte sich. Horndeich entging nicht, wie ihr Blick entlang der Wände schweifte. Sie hatte viele, viele Jahre in diesem Haus gelebt. Als sie mit Nick nach Amerika gegangen war, hatte sie es Horndeich verkauft. Ihre Augen scannten nun offenbar, welche Veränderungen Horndeich und seine Familie vorgenommen hatten. Natürlich war sie schon öfters hier gewesen, in den vergangenen drei Jahren, seit sie wieder aus Amerika zurückgekehrt war. Dennoch schien ihr Blick im Moment sehr intensiv.

Horndeich und die beiden Kollegen setzten sich ebenfalls.

»Margot«, ergriff Feller das Wort, ließ sich von Leah das Handy geben und zeigte ihr die Aufnahme ihres Wagens in Höchst. »Das ist dein Wagen in der Wilhelminenstraße in Höchst, in der Nacht, in der Franziska Schneider ermordet worden ist. Sieben Minuten nachdem du an der Radarfalle geblitzt worden bist.«

Margot blickte in die Runde, sah in ein Augenpaar nach dem anderen. »Noch mal: Ich bin in dieser Nacht nicht Auto gefahren. Nicht in meinem Wagen, nicht in einem anderen Wagen. Ich habe geschlafen.«

»Wie erklärst du dir dann, dass dein Wagen auf diesen Bildern zu sehen ist?«, wollte nun auch Horndeich wissen. Er spürte, dass die ehemalige Kollegin auf dem besten Wege war, richtig wütend zu werden.

Sie sah Horndeich an, dann zischte sie leise: »Ich muss das nicht erklären. Weder mir noch dir, noch euch. Vielleicht spinnen die Kameras? Vielleicht hat jemand meinen Wagen geklaut, ohne Spuren zu hinterlassen? Ich habe keine Ahnung. Und es ist auch nicht mein Job, das zu erklären. Noch was?«

Feller ergriff wieder das Wort: »Ja.« Er zeigte Margot das Bild, das von der Kamera des Getränkemarkts in Groß-Bieberau aufgenommen worden war. »Wieder dein Wagen. In der Nacht, als Markus Böhmer umgebracht worden ist. Du fährst auf der B38, genau in die Richtung, in die du fahren musst, wenn du nach Darmstadt willst.«

»Montagabend?«, fragte Margot und schwieg, als keiner der drei antwortete.

»Du fragst gar nicht nach der Uhrzeit?«, wunderte sich Horndeich.

»Das muss ich nicht. Ich bin am Montag nicht durch Groß-Bieberau gefahren. So einfach ist das. Ich bin nach Reichelsheim gefahren. Habe dort bei Aldi was eingekauft. Vielleicht haben die dort auch Kameras auf dem Parkplatz, dann werdet ihr meinen Wagen dort sehen. Das war allerdings am frühen Nachmittag. Danach bin ich nach Hause, habe den Wagen in der Garage abgestellt und ihn an diesem Tag nicht mehr bewegt.«

»Also ist wieder jemand mit deinem Wagen herumgefahren?« Horndeich verstand nicht, wieso Margot nicht erklärte, warum sie noch mal unterwegs gewesen war.

»Ich. Weiß. Es. Nicht. Was wollt ihr von mir? Verdächtigt ihr mich des Mordes an Markus Böhmer und Franziska Schneider? Und, wenn ich das, was in der Zeitung stand, richtig interpretiert habe, auch des Mordes an Ferdinand Wegenthal? Warum sollte ich das getan haben?« Sie unterbrach ihren Redefluss. »Vergesst es. Wenn ihr mich für eine Mörderin haltet, dann legt mir Handschellen an, und nehmt mich mit. Aus meiner Erfahrung heraus kann ich aber sagen, dass eure Fotos als einziges Indiz ein bisschen dünn sind. Ich denke also, unsere kleine Unterhaltung ist hiermit beendet. Ich glaube auch, dass ich jetzt am besten nach Hause fahre. Mit meinem Land Rover Discovery, mit mir am Steuer.«

Margot erhob sich. Verließ die Küche. Und ging durch die Verandatür im Wohnzimmer in den Garten.

»Ich verstehe es nicht«, sagte Horndeich. »Hat irgendjemand eine Dublette von Margots Auto angefertigt und ist damit durch die Landschaft gefahren? Das macht doch keinen Sinn.«

Feller bestätigte das. »Das macht in der Tat keinen Sinn. Und trotzdem ist der Wagen an zwei Tagen von Kameras erfasst worden, an denen Margot angeblich nirgendwo hingefahren ist.«

»Ich glaube, heute kommen wir hier nicht weiter. Wir sollten vielleicht alle eine Nacht darüber schlafen. Oder besser zwei Nächte. Am Montag können wir uns den Kopf dann weiter zerbrechen.« Leahs Vorschlag. In Horndeichs Ohren klang er nicht schlecht.

Feller und Leah erhoben sich, Horndeich brachte sie zur

Haustür und öffnete ihnen auch das Gartentörchen. »Bis Montag.« Mehr brachte er nicht mehr heraus. Er sah den beiden nach, wie sie in den Wagen der Polizeibereitschaft stiegen, mit dem sie hierhergekommen waren. Als sie losgefahren waren, ging Horndeich wieder in den Garten. Margot hatte ihre Jacke in der Hand und lief grußlos an Horndeich vorbei. Sie öffnete das Gartentörchen und knallte es hinter sich zu. Das Scheppern hallte zwischen Horndeichs Ohren nach.

Als er sich wieder auf seinen Stuhl am Gartentisch setzte, war die Stille um ihn herum kaum zu ertragen.

»Was war das denn gerade?«, fragte Sandra.

»Es geht um einen aktuellen Fall. Und Margot kann uns da wahrscheinlich helfen.« Es war völliger Schwachsinn, den er da gerade von sich gab. Aber auf die Schnelle fiel ihm nichts Schlaueres ein.

»Was erzählst du denn da für einen Blödsinn!«, entrüstete sich Sebastian Rossberg. Er schwang seine Grillzange, als ob er sie als Schlagwerkzeug in Richtung Horndeich zweckentfremden wollte. »Er hat meine Tochter gerade beschuldigt, in den dreifachen Mordfall verwickelt zu sein, den er gerade untersucht. Wenn sie sagt, sie ist in den beiden Nächten nicht in ihrem Wagen gefahren, dann ist sie in diesen beiden Nächten nicht in ihrem Wagen gefahren. Und du, Steffen Horndeich, du müsstest das ja wohl am besten wissen!«

»Stefanie, Alexander, kommt, es geht ins Bett«, forderte Sandra ihre beiden Kinder auf. Und Horndeich entging nicht, dass auch ihre Stimme darauf hindeutete, dass sie im besten Falle verwirrt, im schlimmsten stocksauer war.

Beide Kinder maulten, dass sie so plötzlich aus dem Garten beordert wurden. Alexander lauter als Stefanie. Die sah noch in Richtung ihres Papas: »Kommst du noch Gute Nacht sagen?«, wollte sie wissen. Sie spürte genau, dass hier zwischen den Erwachsenen irgendetwas überhaupt nicht stimmte.

Horndeich nickte nur.

»Ich glaube, ich sollte jetzt besser bei meiner Tochter sein«, sagte Sebastian Rossberg und sah in Richtung seiner Partnerin Chloe. Horndeich schoss nur ein Gedanke durch den Kopf: Der alte Herr will doch jetzt nicht ins Auto steigen und durch den Odenwald fahren?

Sebastian Rossberg legte seine Schürze ab, hängte die Grillzange an die Seite des Grills, dann griff er zum Handy. Sekunden später schnarrte seine Stimme: »Bitte, schicken Sie einen Wagen in den Richard-Wagner-Weg 56.«

Taxi. Das war keine schlechte Lösung.

Doro betrachtete Horndeich: »Du glaubst Margot nicht?«

Als der nicht antwortete, sagte sie nur: »Ich versteh dich nicht.« Dann wandte sie sich ihrem Wahl-Großvater zu und sagte: »Ich komme mit euch. Ihr könnt auch gern bei mir mitfahren.«

Doch in diesem Moment fuhr bereits das Taxi vor. Nur Chloe verabschiedete sich von Horndeich, Sebastian Rossberg würdigte ihn keines Blickes mehr. Auch Doro ging an Horndeich vorbei, ihren Koffer in der Hand, auf ihren Wagen zu. Sie fuhr immer noch den alten schwarzen Golf, den sie vor wenigen Jahren gebraucht erstanden hatte. Fast zeitgleich mit dem Taxi setzte sich ihr Wagen in Bewegung.

Horndeich drehte sich um und ging in den Garten.

Es dämmerte, und die Kulisse des Gartenfestes wirkte jetzt bedrohlich. So, als ob irgendjemand von einem Moment auf den anderen einfach alle Personen hätte verschwinden lassen. Die Gläser waren gefüllt, auf den Tellern lagen halbe Steaks, Salat, all jene Dinge, die bis vor wenigen Minuten noch der Inbegriff eines schönen Abends gewesen waren.

Horndeich seufzte.

Dann fiel sein Blick auf das Weinglas. Das Glas, aus dem Margot getrunken hatte. An dem Margot Hesgart ihre DNA hinterlassen hatte. Und am Tatort von Markus Böhmer hatten sie Blutspuren entdeckt, die mit großer Wahrscheinlichkeit vom Täter stammten.

Horndeich ging in die Küche und kam mit einem durchsichtigen Gefrierbeutel zurück. Er leerte den Wein ins Gras, dann steckte er das Glas in den Beutel und verschloss ihn.

Dieses Glas könnte zeigen, dass das Blut am Tatort nicht das von Margot Hesgart war. Womit allerdings nicht bewiesen wäre, dass Margot nicht an den Morden beteiligt war. Denn es war ja nicht hundertprozentig sicher, dass die Blutspur auch tatsächlich vom Mörder stammte. Wenn allerdings die DNA an Glas und im Blut übereinstimmten, dann war Margot Hesgart in der Tatnacht am Tatort von Markus Böhmer gewesen. Er nahm den Beutel mit, beschriftete ihn mit dem Namen von Margot und dem aktuellen Datum. Er wickelte den Beutel in ein Handtuch ein und legte das Stoffpaket in einen Rucksack. Während er allein und schweigend die Spuren des missglückten Grillabends beseitigte, dachte er darüber nach, ob er das Glas dem LKA zukommen lassen würde oder nicht.

SONNTAG, 26. MAI

Hatte Feller gehofft, in dieser Nacht besser zu schlafen, so wurde seine Erwartung bitter enttäuscht. Es war schon schwer gewesen, überhaupt zur Ruhe zu kommen. Die Gedanken an Margot Hesgart ließen sich einfach nicht abschütteln. Da passte so gar nichts zusammen.

Gegen Mitternacht war er schließlich doch eingenickt. Um dann um zwei Minuten nach vier durch den Piepton seines Handys geweckt zu werden. Er sah auf das Display. Nein, keine Botschaft von irgendwelchen Menschen, die mitten in der Nacht das Bedürfnis verspürten, ihm eine Mitteilung zu senden. Sondern eine automatisierte Nachricht aus seinem Büro. Die Nachricht, dass die Festplatte von Markus Böhmer entschlüsselt war. Feller hatte sie bereits am Dienstag an einen Rechner angeschlossen, der versuchte, den Schlüssel, durch den man auf die Inhalte des Datenträgers zugreifen konnte, zu knacken. Markus Böhmer hatte ein durchaus ernst zu nehmendes Verschlüsselungsprogramm eingesetzt. Feller war nicht sicher gewesen, wie lange es dauern würde, bis sein Programm den Code geknackt haben würde. Alles war möglich, zwischen drei und vierundfünfzig Tagen – so viel zur Theorie. Hatte er also Glück gehabt, das Programm war erfolgreich. Und er selbst hatte es so eingerichtet, dass ihm der entschlüsselnde Rechner im Falle eines Erfolgs eine Nachricht senden würde. Was gerade geschehen war.

Somit hatte Feller nun die Möglichkeit, die Daten der Festplatte auf Markus Böhmers Rechner auszulesen. Was aber nicht mehr heute Nacht passierte.

Danach fiel Feller erneut in einen kurzen, unruhigen

Schlaf. Doch schon um halb fünf war er wieder wach, und um fünf Uhr gab er es dann endgültig auf. Nach einer ausgiebigen Dusche, die er mit fünfzehn Sekunden eiskaltem Wasserstrahl abschloss, fühlte er sich frischer.

Anschließend bereitete Feller sich ein Müsli zu, aus Joghurt, mit zehn Prozent Fett, sonst schmeckte das einfach nicht, und mit frischen Heidelbeeren. Vor Kurzem hatte er sich gebraucht eine alte Gaggia-Kaffeemaschine gekauft, bei der man den Siebträger noch manuell befüllen und in der Kaffeemaschine einrasten lassen musste. Es war das massive Modell, gefertigt aus emailliertem Eisen. Zwar hatte die gute bereits ein paar Roststellen, dafür schmeckte der Kaffee hervorragend.

Er frühstückte, während er am Rechner via *Spiegel online* die aktuellen weltpolitischen Neuigkeiten las. Aber er konnte sich nicht konzentrieren. Es ging ihm nicht aus dem Sinn, weder im Schlaf, noch jetzt, bei Tageslicht: Der Blick von Margot Hesgart, als Horndeich, Leah und er der ehemaligen Ermittlerin die Bilder der Überwachungskameras gezeigt hatten. Er hatte kaum Erfahrung in Befragungen. Aber die Reaktion von Margot Hesgart war für ihn nicht die Reaktion einer Frau gewesen, die genau wusste, wo sie gewesen war, und die nur wegdiskutieren wollte, dass man sie dort gefilmt hatte. Es war vielmehr die Reaktion einer Frau gewesen, die völlig irritiert war, dass man ihr Auto an einer Stelle gefilmt hatte, an der es nicht hatte sein können.

Und jetzt hatte das Handy signalisiert, dass der Rechner von Markus Böhmer ein offenes Buch war. Sie hatten Glück gehabt. Sozusagen. Denn nachdem Böhmer umgebracht worden war, konnten sie einfach auf alles in seinem Haus zugreifen. Marc Herzog hatte da sicher vor größeren Problemen gestanden. Er hatte nicht einfach in das Haus marschieren können, um mitzunehmen, was er wollte.

Heute war Sonntag.

Doch vielleicht sollte er jetzt einfach die Chance nutzen.

Streiche »vielleicht«.

Er zog sich die Jacke über und verließ die Wohnung.

»Noch eine Kartoffel?«, wollte Sandra wissen.

Horndeich nickte nur.

»Papa, geht's dir nicht gut?« Stefanie. Die Tochter, die manchmal mehr mitzubekommen schien als die Frau.

»Nein, meine Kleine, alles okay«, sagte Horndeich.

»Und weil alles okay ist, wird Papa heute auch nicht mehr zur Arbeit gehen«, sagte Sandra. Sie sah ihm in die Augen. Und der Blick ließ keinen Widerspruch zu. »Ich hole den Nachtisch«, sagte Sandra und verließ den Esstisch.

Der Arm schmerzte. Nach wie vor.

Und Margot schmerzte. Nach wie vor. Aber das war etwas, das Horndeich seiner Frau nicht vermitteln konnte.

»Papa, gestern Abend war doch die Margot da.«

»Ja, klar. Du hast sie ja gesehen.«

»Ich möchte ihr gern ein Bild malen. Von da, wo sie wohnt. Wie heißt das noch mal?«

»Warum willst du denn Margot ein Bild malen?«, fragte Horndeich. Seine Tochter hatte Margot schon oft gesehen. Aber Stefanie malte Bilder immer nur für Menschen, die sie sehr gern mochte. Sehr, sehr gern. Deshalb war Horndeich verwundert.

»Na ja, sie war gestern Abend schon ein bisschen traurig. Und ich mag die Margot. Ich will ihr ein Bild malen, damit sie nicht mehr so traurig ist.«

Horndeich schluckte. Obwohl Sandra am Vorabend die Kinder ins Bett geschickt hatte, hatte seine Tochter von der Auseinandersetzung offenbar akustisch noch genug mitbekommen, um die Stimmungen genau zu erfassen. »Und wieso magst du ein Bild malen, wo sie wohnt?«

»Na, da ist doch ihr Zuhause. Und da wohnt doch auch Nick. Und da, wo man zu Hause ist, da ist alles in Ordnung.«

Horndeich drückte seine Tochter an sich. Und eine Träne

suchte sich den Weg in die Freiheit. Die Nachfolger konnte er im Zaum halten. »Lichtenberg«, antwortete Horndeich. »Da wohnt Margot.«

»Und was ist das?«

»Das ist ein Dorf.«

»Ein Dorf? Cool! Papa, hast du Kugel-Eis?«

Horndeich konnte dem Gedankensprung nicht so schnell folgen. »Du willst ein Eis?«

»Nein, Papa. Hast du Kugel-Eis? Dann kannst du mir genau zeigen, wo das ist. Der Ronnie aus meiner Klasse, der hat gesagt, wenn man Kugel-Eis hat, dann kann man sich alle Orte auf der ganzen Welt auf dem Computer angucken.«

Horndeich stand auf dem Schlauch. *Kugel-Eis?*

Sandra, die eben mit einer Platte voller Honigmelonen-Schnitzen wieder zurück zum Tisch kam, erklärte trocken: »Google Earth.«

»Dann heißt das halt Kugel-Örs. Papa, was ist ein Örs?«

Horndeich konnte sich das Lachen nicht verkneifen. Wenige Sekunden später erklärte er seiner Tochter: »Google ist eine Firma. Und ›Earth‹ ist Englisch und heißt ›Erde‹. Google hat ein Programm für den Computer gemacht, mit dem man sich die Erde von oben anschauen kann.«

»Super, Papa. Zeigst du mir, wo Lichtenberg ist?«

Horndeich sah zu seiner Frau. »Geht ruhig«, sagte sie. Stefanie strahlte über das ganze Gesicht. »Gleich sehe ich Lichtenberg!«

In ihrem Haus gab es zwei Arbeitszimmer, diesen Luxus konnten sie sich leisten. Das große Arbeitszimmer war das von Sandra. Sie war einmal die Computerexpertin der Darmstädter Polizei gewesen. Vor den Kindern. Aber ihr Arbeitszimmer stand dem Büro von Richard Feller in kaum etwas nach, so empfand es zumindest Horndeich. Er selbst hatte auch ein Zimmer für sich. Darin eine gute Hi-Fi-Anlage, Stereoboxen und auch einen Schreibtisch, auf dem ein Laptop in einer Dockingstation stand, und ein 27-Zoll-Monitor.

Mehr Rechner brauchte er nicht. Und wenn doch, gab's ja noch den Serverraum seiner Frau … Horndeich setzte seine Tochter auf den Schoß, fuhr den Rechner hoch, loggte sich ein, rief den Internet-Browser auf und tippte »Lichtenberg« in die Adresszeile ein.

Auf dem Bildschirm erschien eine Liste mit Treffern. Ganz oben war die Karte zu sehen, auf der auch der Ort Lichtenberg markiert war. Darunter zeigten sich einige andere Links für »Lichtenberg«.

»Guck mal, Papa, in Lichtenberg gibt es auch Musik!« Stefanie zeigte mit ihrem Finger auf den Verweis zur Webseite der gleichnamigen Rockgruppe. Horndeich wusste, dass es diese Gruppe gab. Spätestens seit Donnerstagmorgen, als sie Franziska Schneiders Leiche in Höchst gefunden hatten, nachdem die Gruppe Lichtenberg dort gespielt hatte. Was Horndeich erstaunte, war, wie fix seine Tochter beim Lesen war. Sie war erst in der zweiten Klasse. Aber Lesen war ihr Ding.

»Klick mal drauf«, sagte Stefanie mit einer Selbstverständlichkeit, die Horndeich aufhorchen ließ. Er fragte sich, wie oft Stefanie schon bei ihrer Mutter auf dem Schoß gesessen hatte, als diese irgendwelche Aktionen an ihren Computern durchgeführt hatte.

Mit einem Klick landete Horndeich auf der Webseite der Musiker. Er klickte auf »Media«, darunter auf »Musik«. »Schau mal, Papa, da steht auch *Lichtenberg!*«

»Ja, so heißt das Lied.«

»Klicken!«, lautete die kurze Ansage seiner Tochter.

Horndeich klickte. Stefanie hörte zehn Sekunden des Liedes, dann sagte sie: »Das Lied ist doof. Aber guck mal, das ist lustig: ›Vom Abbel de Saft‹. Das ist ja ganz falsch geschrieben! Da fehlt das R! Und Apfel schreibt man doch auch ganz anders. Sind die *dumm? Wissen* die das nicht?«

»Das ist Hessisch«, verteidigte Horndeich die Schreibweise der Musiker. Und konnte sich ein Grinsen nicht verkneifen.

»Klicken!«

Und Horndeich klickte.

Aus den Boxen hörten sie jetzt den Refrain des Liedes: »Wir kaufen keinen teuren Rotwein, als echte Hessen trinken wir: gern gespritzt oder auch pur, das ist hessische Kultur, Äbbelwoi ist unser Lebenselixier.« Ende der Hörprobe. Seine Tochter gluckste und lachte. »Noch mal!«, forderte sie. Horndeich tat ihr den Gefallen. Auch ein drittes Mal. Dann war es genug.

»Und in so einem coolen Ort wohnt Margot?«

»Ganz offensichtlich. Willst du sehen, wo Lichtenberg ist?«

Stefanie sprang vom Schoß. »Nein, nicht nötig. Ich kann jetzt auch so malen. Wie cool ist das denn!«, rief sie und polterte bereits wieder die Treppen hinunter ins Erdgeschoss.

Horndeich blieb noch ein paar Minuten sitzen.

Margot war nun wirklich ein *Heinermädsche*, wie die Darmstädter die gebürtigen Darmstädterinnen zu nennen pflegten. Und jetzt lebte sie im Odenwald. Sie hatte es nicht ausgehalten in den USA. Von dort stammte Nick, ihr Freund, ihr Lebensgefährte. Und sie hatte es versucht, mit ihm in den USA zu leben. Denn sie liebte Nick wie keinen Mann zuvor, wenn Horndeich das halbwegs richtig einschätzte. Er hatte ja das ganze Drama um ihren letzten Ehemann Rainer mitbekommen. Und es war bestimmt nicht Nicks Idee gewesen, den USA den Rücken zu kehren und nach Deutschland zu ziehen. Er hatte sich ein paarmal mit Nick unterhalten, und der hatte zugegeben, dass der aktuelle Präsident, der nicht einmal seine Steuererklärung veröffentlichen wollte, wie es jeder Präsident vor ihm getan hatte, den die Amerikaner dennoch gewählt hatten – dass dieser Präsident seine Entscheidung deutlich leichter gemacht hatte. Dennoch. Er war Amerikaner, der nun seine Heimat hinter sich gelassen hatte.

Und Margot? Sie war zurückgekehrt in die ihre.

Horndeich klickte noch mal auf das Apfelwein-Lied.

Genau bei der Zeile: »… das ist hessische Kultur …« begriff Horndeich. Es war dieser Moment, in dem er nicht nur vermutete, sondern in dem er glasklar erfasste: Margot Hesgart hatte niemanden umgebracht. Margot Hesgart würde niemals gefährden, wie, und vor allem, *wo* sie lebte. Niemals. Und wenn die Wut auf andere Menschen noch so groß war.

Horndeich war nicht naiv. Jeder Mensch war in der Lage, einen anderen Menschen zu töten. Im Affekt. Das traute er auch Margot zu, wie er es jeder anderen Person zutraute, Leah Gabriely, Richard Feller, so abwegig das klingen mochte, genauso seiner eigenen Frau. Und ja, er machte auch vor sich selbst nicht halt: *Im Affekt* war das möglich. Aber drei Menschen geplant umzubringen und damit Gefahr zu laufen, erwischt zu werden und im Knast zu landen – das würde Margot niemals tun. Niemals. Zu sehr liebte sie den Ort, an dem sie lebte.

Morgen.

Morgen würde er alles dafür tun, dass sich dieser bescheuerte Verdacht gegen seine ehemalige Kollegin in nichts auflösen würde.

Morgen.

Markus Böhmer war definitiv das Gehirn hinter dem kriminellen Familienbetrieb gewesen. Er hatte sich alle Mühe gegeben, die Kommunikation über seine Geschäfte abhörsicher zu gestalten. Über das Tor-Netzwerk hatte er Foren im Darknet eingerichtet, auf denen man sich gefahrlos unterhalten konnte. Sozusagen ein Geschäfts-Facebook ohne Bilder hinter Tresortüren.

Da Markus Böhmer die Platte des Rechners verschlüsselt hatte, wähnte er sich sicher genug, die Passwörter dort ebenfalls zu speichern, um sie nicht jedes Mal manuell eingeben zu müssen. Das war sein Fehler. Feller konnte die gesamte Kommunikation im Darknet problemlos nachverfolgen.

Natürlich bereitete die Kommunikation auf solchen Plattformen etwas mehr Arbeit als das Schreiben einer E-Mail. Für Markus Böhmer und seine Schwester war das kein Problem, für den intellektuell nicht ganz in der Ersten Liga spielenden Ulrich Böhmer hingegen schon. Markus hatte seinen Bruder Ulrich mehrmals ermahnen müssen, geschäftliche Dinge nicht via Standard-E-Mail zu verhandeln. Woraufhin sein Bruder sich empört hatte, dass er doch alles verschlüsselt geschrieben hätte. Und dieser Empörung hatte er dann auch per E-Mail Luft gemacht. Ulrich verstand unter Verschlüsselung natürlich etwas anderes als sein Bruder. So hielt er zum Beispiel folgende E-Mail für völlig unverfänglich: »Getreidelieferung pünktlich um Sex? An der A. auf dem R. Hünxe rechts?« Der Rastplatz Hünxe war also schon öfter Handelsort gewesen.

Im Darknet-Forum fand Feller auch eine Konversation mit jenem von Jennifer Böhmer erwähnten Frankfurter Kriminellen Kai Lerosz. Doch auch dieser Nachrichtenaustausch gab keinerlei Hinweise darauf, dass dieser Typ Markus Böhmer ans Leder wollte. Zumal dies ja auch nicht erklären würde, wieso er dann auch Franziska Schneider und Ferdinand Wegenthal erschossen hatte. Letztendlich, so musste Feller nach fünf Stunden Sichtung zugeben, hatte die Lüftung des Schleiers, der über Markus Böhmers Festplatte gehangen hatte, keine weitere Erkenntnis gebracht. Gut, der Kollege Marc Herzog würde sich darüber freuen, nun auf die Daten unverschlüsselt zugreifen zu können. Und vielleicht würde sich für seinen Fall daraus noch etwas ergeben. Aber für ihre Mordermittlung waren die Daten durch die Bank irrelevant.

Feller sah auf die Uhr. Die zeigte bereits drei Stunden nach Mittag. Als ob dies das Stichwort für den Magen gewesen wäre, fing dieser an zu knurren. Feller setzte sich auf sein E-Bike, radelte zu einer Dönerbude und saß bereits dreißig Minuten später wieder in seinem Rechnerraum.

Und wieder war es mitten in der Nacht, als das Handy klingelte. Leah ärgerte sich über sich selbst, dass sie den Ton nicht abgestellt hatte. Horndeich war am anderen Ende der Leitung. »Leah, ich fahre nach Lichtenberg. Ich denke, du solltest mitkommen.«

Sie kannte ihren Kollegen. Er würde sie nicht darum bitten, wenn es nicht wichtig wäre. Das konnte in diesem Fall nur heißen: Es gab eine weitere Leiche. Wie schon am vergangenen Mittwoch sagte sie zu ihm: »Sammel mich ein, ich komm runter.«

Keine zehn Minuten später saß sie neben Horndeich in seinem Mazda. »Was gibt's«, fragte sie kurz angebunden, nachdem sie sich begrüßt hatten.

»Sie haben in Lichtenberg eine Pistole ausgebuddelt.«

»Eine Pistole? Weltkriegsfund?«

»Nicht wirklich. Hör dir das hier mal an«, sagte Horndeich. Er reichte Leah sein Handy. Auf dem Display die Musik-App. Leah drückte auf die Starttaste. Sie lauschte dem Dialog, der über die Lautsprecherboxen des Wagens glasklar zu hören war.

»Notruf Polizei Darmstadt, Süllmeier«, hörte man die Stimme ihres Kollegen, der offensichtlich gerade Dienst in der Einsatzzentrale geschoben hatte.

»Ich hab da etwas gesehen«, sagte eine verzerrt klingende Stimme. *Weiblich*, dachte Leah.

»Wie ist denn Ihr Name, und von wo aus rufen Sie an?« Das deutete darauf hin, dass die Anzeige auf dem Monitor vor Bernd Süllmeier offensichtlich eine Mobilfunknummer anzeigte.

»Ich bin hier auf dem Hochstand, am Waldrand. Mit meinem Freund. Und unten, da ist gerade ein Auto vorbeigefahren. Und dann war da eine Frau, die hat was vergraben. Ich hab von oben runtergelinst. Ich glaube, die hat eine Pistole verbuddelt.«

»Wie ist denn Ihr Name bitte?«

»Nee, meinen Namen geb ich euch nicht. Hab mit euch Bullen nich' wirklich gute Erfahrung gemacht. Aber nach der Pistole sollten Sie schauen. So 'ne Waffe, da krieg sogar ich Schiss.«

»Auf welchem Hochstand sind Sie denn?«

»In Lichtenberg. Da ist der Parkplatz, an der Waldstraße. Dann ein Stückchen weiter am Waldrand.«

»Sie sagten, die Frau ist mit einem Wagen gekommen? Haben Sie das Modell erkannt? Oder gar das Kennzeichen?«

»Nee. Die hat das Licht ausgemacht, war zu dunkel. War ein großer Geländewagen. Nicht alt. Kenn ich mich aber nicht mit aus.«

»Aber dass sie eine Pistole vergraben hat, das konnten Sie sehen?«

»Ey, gucken Sie mal raus. Total klarer Sternenhimmel. Klar hab ich die Pistole gesehen. Aber jetzt ist genug gelabert.«

Bernd Süllmeier fragte ein paarmal ins Nichts, ob der Gesprächspartner noch am Apparat wäre, doch dem war nicht so.

Leah sah Horndeich an. »Und dann?«

»Der Funkmast, von dem das Gespräch aus abgesetzt wurde, steht wirklich in Lichtenberg. Also hat Süllmeier die Kollegen vom Revier in Ober-Ramstadt hingeschickt. Die sind dann dorthin gefahren. Es gibt zwei Hochstände. Und neben dem einen war die Erde tatsächlich frisch aufgewühlt. Sie haben sich die Plastikhandschuhe übergezogen, ein Schäufelchen genommen und hatten fünf Minuten später tatsächlich eine Pistole in der Hand.«

»Ein Schäufelchen? Gehört das jetzt zur Standardausrüstung jedes Streifenwagens?« Wenn Leah nicht ihre acht Stunden Schlaf bekam, war sie oft unausstehlich, das wusste sie selbst. Und jetzt, sie schaute auf die Uhr, war es halb zwei.

Doch Horndeich nahm ihre Frage mit Humor. »Wirst du nicht glauben, einer der Kollegen hat seine kleine Tochter zum Kindergarten gefahren. Die hatte die kleine Schaufel in der Hand. Und hat sie im Wagen fallen lassen. Deswegen lag sie immer noch drin. Hat gepasst.«

»Okay, die Kollegen haben also eine Pistole gefunden. Und warum sind wir jetzt auf der Piste?«

»Es handelt sich um eine ziemlich neue SIG Sauer P226.«

Leah pfiff durch die Zähne. »Kaliber: 9 mm.« Leah hatte schon immer ein gutes Gedächtnis. Auch wenn sie natürlich nicht alle Pistolen in ihrem mentalen Regal abgespeichert hatte.

»Genau.«

Jemand vergrub eine Pistole, deren Kaliber genau der Mordwaffe entsprach. Fuhr mit einem Auto dorthin. Zufall?

»Wenn das die Tatwaffe ist – dann bedeutet das auch, dass die Serie zu Ende ist«, dachte Leah laut nach. »Dann müssen wir keine Angst mehr haben, dass irgendjemand noch weitere Menschen über den Haufen schießt.«

»Wenn es unsere Waffe ist …«, gab Horndeich zu bedenken. Dann fügte er an: »Aber ja, dann wäre die Serie wahrscheinlich zu Ende. Ich kann mir kaum vorstellen, dass ein Serienkiller jeweils nach drei Opfern eine neue Waffe nimmt.« Doch Horndeichs Gesicht sah nicht so aus, als wäre er von seiner eigenen Theorie besonders überzeugt.

»Hast du Richard auch angerufen?«, wollte Leah wissen.

»Richard? Nein. Den brauchen wir morgen ausgeschlafen. Wenn es unsere Waffe ist, hat er wieder viel zu recherchieren.«

Silvia Rauch von der Spurensicherung hatte Horndeich die Koordinaten zugeschickt, an denen sie bereits den Fundort gesichert hatten. Horndeichs Navi zeigte den Ort auf dem Smartphone an. Und Leah dirigierte ihn, bis sie auf dem Feldweg Richtung Hochsitz gelandet waren. Das Zucken der Blaulichter markierte ihr Ziel.

Horndeich hielt seinen Xedos einfach hinter der Kolonne der Polizeifahrzeuge an. Leah und er gingen auf das Absperrband zu, duckten sich darunter hindurch. Silvia Rauch erkannte die beiden Kollegen und kam auf sie zu. Die Leiterin der Spurensicherung begrüßte sie. »Ist schon ein heißer Kandidat für die Tatwaffe«, sagte sie. »9 mm Luger okay, das allein ist jetzt nichts Besonderes. Aber eine vergrabene Waffe, genau mit dem Kaliber?«

»Gibt's die Seriennummer noch?«, wollte Horndeich wissen.

»Ja. Klären wir alles«, sagte Silvia Rauch. »Ich fahre das Teil morgen früh sofort zum Landeskriminalamt nach Wiesbaden. Die schauen dann nach Fingerabdrücken, Faserspuren oder nach DNA. Dann werden wir – ich denke, die lassen mich mitmachen – die Pistole auseinandernehmen.«

Leah erinnerte sich an das erwähnte Auto. »Habt ihr irgendwelche Reifenspuren gefunden?«

»Ja«, sagte Silvia Rauch, ihre Augen leuchteten, und irgendein unsichtbares Gummiband schien die Mundwinkel nach oben gezogen zu haben. »Gut, dass es heute Vormittag geregnet hat. Wir haben tatsächlich einen Superabdruck der Reifen nehmen können.«

»Sicher, dass die von dem Wagen stammen, den die Anruferin erwähnt hat?«

»Fetter Geländewagen? Passt. Im Detail: 255er-Schlappen. Dem Profil nach Sommerreifen. Wenn wir die Bilder der Gipsabdrücke morgen ebenfalls zum LKA schicken, können wir euch sogar den genauen Reifentyp und das Fabrikat sagen. Lang lebe die Datenbank«, freute sich Silvia Rauch.

MONTAG, 27. MAI

Wenig Schlaf, aber das kannte Horndeich ja schon. Sandra war nicht glücklich gewesen, dass er mitten in der Nacht noch einen Ausflug nach Lichtenberg gemacht hatte. Aber jetzt, im Nachhinein, schien das genau die richtige Entscheidung gewesen zu sein.

Nun war er wieder in seinem Büro. Das Glas mit Margots DNA-Spuren in seiner Gefrierbeutelumhüllung hatte er auf dem Schreibtisch abgestellt. Kaum hatte er die Jacke ausgezogen, da klingelte sein Telefon.

Er meldete sich mit Namen, Dienstgrad und Präsidiumsstelle.

»Horndeich? Hier Silvia Rauch. Bin beim LKA in Wiesbaden. Wir haben auf der Waffe Fingerabdrücke gefunden. Und das wollte ich dir sofort mitteilen.«

»Sind die im System?«

»Nein, die Kollegen hier im LKA haben sie durch das AFIS-System gejagt, es gibt aber keinen Treffer.«

»Wäre ja auch zu schön gewesen«, überlegte Horndeich laut.

»Ich kann dir auch schon die Seriennummer der Waffe sagen. Oder besser, ich schick's dir als Bild zu.«

»Wunderbar.«

»Wir nehmen das Teil jetzt auseinander, und vielleicht finden wir auch ein paar Hautschuppen oder Ähnliches und haben dann auch ein paar DNA-Spuren. Das wird aber noch dauern. Mit ein bisschen Glück feuern die Kollegen aus der Waffenkammer heute noch ein paar Schüsse ab, und wir können sagen, ob die Waffe eure Tatwaffe ist.«

»Danke«, sagte Horndeich, »auch dass du dich darum kümmerst, dass wir die Ergebnisse jetzt bekommen und nicht erst in ein paar Tagen.« Oder in ein paar Wochen. War auch schon vorgekommen …

Die Mail mit dem Bild der Seriennummer der Waffe erschien in Horndeichs Postfach. Er öffnete es. Dann griff er zu dem kleinen Zettelkasten auf seinem Schreibtisch und schrieb die Folge ab. Anschließend wählte er die Nummer des Ordnungsamts und ließ sich mit der Abteilung für Waffenrechtliche Erlaubnisse verbinden, so der offizielle Name der Abteilung der Hüterinnen über die Waffenscheine.

Er schilderte der Frau am Telefon, dass er den Inhaber einer Waffe ermitteln müsse anhand der Seriennummer. Sie erklärte, dass da ja jeder anrufen und sie nicht einfach einen Namen preisgeben könne. Horndeich konnte sich mit ihr darauf einigen, dass sie die Informationen aus der Datenbank heraussuchte, dann bei der Polizei in Darmstadt anrief und sich direkt zu ihm durchstellen lassen würde.

Fünf Minuten später klingelte das Telefon. »So, Herr Kommissar Horndeich, jetzt kann ich Ihnen die gewünschten Daten nennen. Die Waffe ist als Sportwaffe bei uns eingetragen. Und die Besitzerin ist eine gewisse Margot Hesgart.«

Sie nannte noch die Adresse.

Unnötig.

Die kannte Horndeich auswendig.

In diesem Moment betrat Leah ihr gemeinsames Büro. Sie schaute ihren Kollegen an, dann flüsterte sie: »Horndeich – ist alles okay mit dir?«

Horndeich schüttelte den Kopf. »Gar nichts ist okay. Die Waffe, die wir heute Nacht ausgebuddelt haben, gehört Margot.«

»Scheiße!«, fluchte Leah gänzlich undamenhaft. »Soll ich gleich den Richter anrufen, damit wir sie festnehmen können?«

Abermals schüttelte Horndeich den Kopf. »Nein. Ich

möchte mir da vorher ganz sicher sein. Also so richtig ganz, ganz, ganz sicher.«

»Was brauchst du denn noch? Ihre Waffe? Ihr Auto an den Tatorten?«

»Da sind Fingerabdrücke auf der Waffe. Und ich bin ziemlich sicher, wenn da Fingerabdrücke drauf sind, werden sie auch DNA-Proben nehmen können. Wenn die dann tatsächlich mit den Fingerabdrücken und der DNA von Margot identisch sind – dann gibt es wohl keinen vernünftigen Zweifel mehr. Und wir brauchen noch die Bestätigung, dass die Waffe überhaupt die Tatwaffe ist.«

Leah schwieg. Horndeich bemerkte, wie ihr Blick auf das Glas in der Plastiktüte fiel. Doch Leah sagte nichts dazu.

»Gut, dann warten wir diese Ergebnisse noch ab. Silvia von der Spurensicherung hat sich ja jetzt persönlich dahintergeklemmt, da sollten wir heute noch Ergebnisse bekommen.«

Abermals klingelte Horndeichs Telefon. Die Mobilnummer von Silvia Rauch.

»Ja?«, fragte Horndeich nur knapp in die Sprechmuschel.

»Nun, ich wollte euch auf dem Laufenden halten. Und jetzt ging's ganz schnell: Wir haben ein paar Hautschuppen gefunden. Da werden wir jetzt die DNA bestimmen. Ergebnisse dann wahrscheinlich irgendwann heute Abend. Ich melde mich wieder.«

»Danke«, sagte Horndeich nur knapp und beendete das Gespräch. Dann brachte er gleich Leah auf den neuesten Stand.

Die wollte gerade zu einer Gegenfrage ansetzen, als das Telefon schon wieder klingelte. Horndeich nahm ab. Die Frankfurter Vorwahl ließ darauf schließen, dass Rechtsmediziner Dr. Martin Hinrich etwas von sich zu geben gedachte.

»Hinrich? Ja?«, blaffte Horndeich ins Telefon, unfreundlicher, als er es beabsichtigt hatte.

»Herr Hauptkommissar Horndeich, ich habe da noch ein

paar Fakten zutage befördert, die vielleicht für Ihre Mordermittlungen interessant sein könnten«, sagte Dr. Martin Hinrich, genau, wie es Horndeich erwartet hatte.

»Ja. Schießen Sie los«, erwiderte der.

»Nun, es wäre vielleicht hilfreich, wenn wir das vor Ort klären könnten«, antwortete Dr. Hinrich.

Horndeich seufzte. Lautlos. Dr. Martin Hinrich mochte es, die Bekanntgabe seiner Erkenntnisse vor Ort in der Rechtsmedizin in Frankfurt, nun, zu *zelebrieren* entsprach wohl der richtigen Wortwahl. Wobei er sich fragte, was der Arzt ihm mitteilen wollte. Die Todesursache in allen drei Fällen war ja eindeutig geklärt.

Auf der anderen Seite saß er hier auf glühenden Kohlen. Silvia Rauch würde beim LKA in Wiesbaden dafür sorgen, dass sie ihre Ergebnisse schnell bekämen. Aber schnell hieß eben auch, noch ein paar Stunden zu warten. Dann konnte er sich ebenso gut durch Hinrich ablenken lassen. »In Ordnung, Herr Dr. Hinrich, ich fahre jetzt los, bin in einer Dreiviertelstunde bei Ihnen.«

Er legte auf. »Lust auf einen Vortrag unseres geschätzten Rechtsmediziners?«, wollte er von Leah wissen.

Die schüttelte nur den Kopf. »Nein, danke. Dazu gehört eine Leidensfähigkeit, die ich jetzt einfach nicht aufbringe. Ich werde schauen, ob ich Richard vielleicht noch helfen kann, auf den Rechnern von Franziska Schneider und Ferdinand Wegenthal irgendwas Brauchbares zu finden.«

»Gut. Ich denke, in zwei Stunden bin ich wieder zurück.«

Leah saß wie versteinert hinter ihrem Schreibtisch. Sie zählte. Rückwärts. Von dreihundert an. Die effizienteste Art, Zeit totzuschlagen, wenn man an nichts anderes denken wollte. Und Leah wollte an absolut nichts denken. Sondern nur irgendwie diese fünf Minuten hinter sich bringen.

Sie würde nicht zu Richard Feller gehen. Würde ihm nicht ihre Hilfe anbieten, Unmengen von Daten zu sichten.

Sie musste etwas anderes tun. Etwas, von dem sie wusste, dass es Steffen Horndeich nicht gefallen würde. Und dennoch: Sie musste es tun. Diese Entscheidung war in den zehn Sekunden gefallen, nachdem ihr Kollege das Büro verlassen hatte.

Dann hatte sie angefangen zu zählen. 300. 299. 298 …

Beim Rückwärtszählen musste man sich stärker konzentrieren, weshalb es anderen Gedanken nicht gelingen konnte, in den Kopf einzudringen. Ein mentaler Schutzwall aus Zahlen. Lächerlich. Funktionierte aber gut.

Sie war bei 134, als Richard Feller im Türrahmen der Bürotür erschien und anklopfte.

Leah griff zu einem Stift und Notizzettel und notierte die Ziffern eins und drei und drei darauf. Sie würde gleich zu Ende zählen.

»Ist Horndeich da?«

»Nein. Ist vor einer Minute raus. Noch mal nach Frankfurt, zu Hinrich. Der scheint noch irgendwelche neuen Erkenntnisse zu haben.«

»Hmmm«, brummte Feller.

»Was ist?«, wollte sie wissen.

»Ich hab was gefunden«, murmelte Richard Feller. Doch sein Tonfall klang eher, als ob er eine Traueranzeige aufgeben wollte, als einen Erfolg zu vermelden.

»Und was hast du gefunden?« Leah zerknüllte den Zettel mit der Zahl 133. Fellers Worte boten Ablenkung genug.

»Komm mit, ich zeig's dir«, sagte Feller.

Okay. Dann würde sie ihr Vorhaben noch ein paar Minuten aufschieben. Sie folgte ihrem Kollegen.

Fellers Büro erinnerte Leah immer an Weihnachten: Festbeleuchtung, nicht durch Lichterketten hervorgerufen, sondern durch das Leuchten von Monitorbildschirmen. Leah kannte Fellers Büro gut. Und deswegen bemerkte sie sofort jene eine Stelle im Raum, an der irgendetwas nicht stimmte. Hier war etwas anders.

Leah wäre es nicht aufgefallen, wenn Feller einen Rechner ausgetauscht hätte, oder einen Monitor. Bestimmt wäre ihr aufgefallen, wenn seine rote Lieblingsmaus durch eine schwarze ersetzt worden wäre. Aber einer der Schreibtische war fast komplett leer geräumt. Und darauf lag eine alte, an einigen Blatträndern schon etwas angegilbte Akte. Aufgeschlagen.

Doch Feller steuerte auf einen anderen Schreibtisch zu. »Setz dich«, sagte er zu Leah. Sie zog sich den einzigen freien Schreibtischstuhl heran und ließ sich neben ihrem Kollegen nieder. Ihr Blick fiel wieder auf die Akte auf dem anderen Schreibtisch.

»Ja, genau um die geht's. Aber ich habe die wichtigen Stellen schon auf den Rechner gepackt.«

Leah schmunzelte. Das war Richard Feller, wie sie ihn kannte und schätzte. Alles wurde sofort im richtigen elektronischen Regalfach abgelegt, verschlagwortet, wieder auffindbar gemacht.

»Ich habe mir die kriminelle Vergangenheit von Markus Böhmer noch mal zur Brust genommen. Bin all die Fälle durchgegangen, in denen sein Name aufgetaucht ist. Ich will dich jetzt gar nicht damit langweilen, wie ich auf diese Akte gestoßen bin, die dort auf dem Tisch liegt. Der Fall selbst ist nicht besonders interessant. Schwere Körperverletzung. Das Verfahren wurde aber eingestellt, weil der Zeuge sich plötzlich nicht mehr ganz sicher war, dass wirklich Markus Böhmer dafür verantwortlich gewesen ist, dass er zwei Zähne eingebüßt hatte und fast zwei Monate lang die Pizza nur durch die Schnabeltasse trinken konnte.«

»Okay. Und was ist dann der interessante Teil?«, erkundigte sich Leah.

Zwei Mausklicks später erschien ein Dokument auf dem Bildschirm. Und Leah konnte den Namen Margot Hesgart lesen.

Feller ließ die Maus los und drehte seinen Stuhl in Richtung Leah. »Ich fasse es kurz zusammen«, sagte er. »Vor sieben Jahren, am 13. April 2012, hat Markus Böhmer – oder eben vielleicht auch nicht er, aber das glaube ich nicht – einen jungen Mann auf dem Luisenplatz zusammengeschlagen. Sein Name war Luis Hopper, aber der Name ist ja eigentlich uninteressant. Neben Zähnen und einem gebrochenen Unterkiefer hatte er auch noch drei angebrochene Rippen kassiert und eine bunte Mischung von blauen Flecken und Prellungen. Als er am Tag darauf aus der Ohnmacht aufgewacht ist und sich wieder regen konnte – an Sprechen war lange Zeit nicht zu denken –, hat er den Namen Markus Böhmer auf einen Zettel geschrieben. Die Polizisten im Krankenzimmer haben gefragt, ob das der Name des Mannes wäre, der ihn so zugerichtet hat. Luis Hopper hat das bestätigt. Daraufhin sind die Kollegen ausgerückt, um den Mann einzusammeln. Böhmer hat damals noch in Eberstadt gewohnt. Und da noch nicht ganz klar war, ob es um ein versuchtes Tötungsdelikt ging oder nur um schwere Körperverletzung, ist eine Kollegin von K10 mitgegangen – also unsere Abteilung. Diese Kollegin war Margot Hesgart.«

»Okay«, sagte Leah, »aber Margot hat über die Jahre nun wirklich viele Menschen festgenommen. Und bei der Liste, die Markus Böhmer Seite um Seite gefüllt hat, ist es wohl eher kein echter Zufall, dass auch Margot diesen Kerl irgendwann mal einkassiert hat.« Auf der anderen Seite: Wenn sie irgendetwas gesucht hatten in den vergangenen Tagen, dann Verbindungen zwischen den ermordeten Menschen oder zwischen einem potenziellen Mörder und diesen Personen. Und hier war er nun: genau ein solcher Zusammenhang.

»Da hast du sicher recht. Aber die Geschichte ist noch nicht zu Ende. Sie waren zu dritt, Margot und zwei Kollegen vom ersten Revier. In der Akte steht: ›Markus Böhmer widersetzte sich seiner Festnahme mit Gewalt.‹ Das Ergebnis siehst du hier.« Feller klickte wieder ein paarmal mit der Maus auf dem Bildschirm hin und her, dann sah man das Foto von

Margot Hesgart. Mit einem dicken Veilchen in der rechten Gesichtshälfte.

»Er hat sie auch in den Oberkörper geboxt, fette Prellung an den Rippen. Da gibt es auch ein Bild, aber ich denke, dass wir uns den Anblick auch vorstellen können, ohne Margot jetzt hier am Bildschirm bloßzustellen.«

Leah schluckte. Und schickte ein kurzes Stoßgebet gen Himmel, dass sie vor zwei Jahren angefangen hatte, ihre Fähigkeiten der waffenlosen Selbstverteidigung wieder auf Vordermann zu bringen.

»Wie lange hat er dafür eingesessen?«

»Gar nicht.«

»Wie – gar nicht?«

»Verfahrensfehler. Irgendein Depp hat in irgendeiner Akte an irgendeiner Stelle die Unterschrift vergessen – und der Anwalt hat dafür gesorgt, dass Böhmer wegen seiner Attacke gegenüber Margot nicht belangt worden ist. Übrigens auch nicht wegen der Attacke auf die beiden Kollegen. Denn auch die mussten ein paar Schläge einstecken, bevor sie den wild gewordenen Böhmer unter Kontrolle gebracht hatten.«

Leah schwieg.

Da war sie, die Verbindung zwischen Margot Hesgart und dem ersten Opfer. Aber war das wirklich etwas, was ein Motiv darstellen konnte? Sieben Jahre nachdem Margot ein blaues Auge kassiert hatte, brachte sie den Schläger um? Nein, sie hatte ihn regelrecht hingerichtet.

»Mir geht das Gleiche durch den Kopf«, sagte Feller, als ob er Leahs Gedanken wie auf einem Bildschirm für Karaoke-Sänger hätte ablesen können. »Ich weiß auch nicht, wie ich es bewerten soll. Aber eines ist sicher: Margot Hesgart kannte Markus Böhmer. Und eigentlich müsste sie sich auch an den Namen erinnern.«

Leah erhob sich. »Danke, Richard. Weiter so. Vielleicht findest du ja noch weitere Zusammenhänge.« Im Vorbeigehen strich sie ihrem Kollegen mit der rechten Hand über die Schulter. Keine Geste, die ihr normalerweise von der Hand gegangen wäre. Sie selbst wusste nicht, welche Synapsen im Gehirn dafür verantwortlich gewesen waren.

Aber eines wusste sie mit Sicherheit: Sie musste jetzt das tun, was sie schon vor zehn Minuten hätte tun sollen.

Horndeich erreichte, dem Verkehrsgott sei Dank, fünfunddreißig Minuten später den Süden von Frankfurt. Das Rechtsmedizinische Institut befand sich in einer Jugendstilvilla in der Kennedy-Allee. Und Horndeich hatte sich schon oft gefragt, wie so gruseliges Treiben mit einer solch mondänen Umgebung einherging. Aber diese Frage war rein theoretischer Natur – die Gerichtsmedizin residierte nun einmal dort.

Die Dame am Empfang schickte ihn in Sektionsraum eins im Souterrain. Horndeich stieg die Treppe hinunter, klopfte an die Tür. Er hatte Stimmen hinter der Tür vernommen. Wenn keine der Leichen sprach und Hinrich kein Bauchredner war, dann war er nicht die einzige lebende Person im Raum.

Er vernahm ein dumpfes »Herein« und öffnete die Tür.

Mit einem Blick erfasste Horndeich alle Personen, die im Saal anwesend waren. Zum einen Dr. Martin Hinrich, im sauberen weißen Kittel. Wirkte wie in einer Inszenierung für das Frühstücksfernsehen. Dann, auf den beiden Sektionstischen, zwei Leichen, mit Tüchern abgedeckt. Und ganz hinten in der Ecke des Raumes saß Dr. Emilia Schubert. Ihr Outfit passte allerdings nicht so recht zum Szenario. Zum einen trug sie keine Schürze. Darüber hinaus hatte Horndeich den Eindruck, dass sie an diesem Tag ihre Kleidung eher aus dem hinteren Teil des Kleiderschranks gewählt hatte. Und auch die Wimperntusche am rechten Auge machte einen kleinen Abstecher in Richtung Wange. Hatte Emilia Schubert geweint?

Wenn dem so gewesen war, hatte es zumindest keinen Einfluss auf Dr. Martin Hinrichs Auftreten: »Ja, mein lieber Herr Horndeich, da gibt es schon noch so einige Details, die ich Ihnen noch mitteilen muss«, schwang er sich mit fester Stimme zu seiner Rede auf.

Horndeichs Blick fiel abermals auf Dr. Schubert. Sie sah unglücklich aus und wirkte am falschen Platz, wie ein Frosch in einem Hamsterrad.

Hinrich hingegen strahlte regelrecht in seiner Vorfreude, Horndeich gleich an seinen Erkenntnissen teilhaben zu lassen.

»Dr. Hinrich, alle drei Opfer sind erschossen worden. Alle Opfer sind durch 9-mm-Projektile zu Tode gekommen. Alle drei Opfer sind offensichtlich aus derselben Waffe erschossen worden. Was, bitte, wollen Sie mir jetzt hier noch mitteilen?«

Horndeich war wütend. Nein, nicht auf Hinrich. Und schon gar nicht auf die Frau in der Ecke des Raumes. Horndeich war erbost wegen Margot. Entweder war sie in diese Mordsache verwickelt. Oder aber sie sagte ihm nicht die Wahrheit, obwohl sie mit den Morden überhaupt nichts zu tun hatte, warum auch immer.

Und Horndeich konnte sich nicht vorstellen, dass Ersteres in Betracht kam. Fakten hin oder her. Umso mehr ärgerte es ihn, dass Margot Horndeich nicht einfach sagte, wo sie mit ihrem Land Rover hingefahren war.

Hinrichs Stimme riss ihn wieder aus seinen Gedanken. »Herr Horndeich, die Todesursache der Opfer ist unzweifelhaft. Das habe ich bereits festgestellt.«

Nein, dachte Horndeich, das hast nicht du festgestellt, das hat zumindest in Höchst deine Kollegin Frau Dr. Schubert festgestellt. Denn da warst du zu besoffen, um irgendetwas feststellen zu können. Horndeich spürte, wie sich die Wut seiner immer mehr bemächtigte. Keine Gefühle, die er hier und jetzt brauchen konnte, die ihn aber vollkommen überwältigten. »Sie, Dr. Hinrich, waren viel zu betrunken, um die

Todesursache des zweiten Mordopfers feststellen zu können«, hörte Horndeich sich selbst sagen. Reiß dich zusammen!, schrie ihn das eigene innere Stimmchen an.

Hinrich hielt inne. Mit einer solchen Parade hatte er offensichtlich nicht gerechnet. Doch er sammelte sich schnell wieder. »Herr Horndeich, zwischen der Feststellung einer offensichtlichen Todesursache und der Untersuchung des Lebenswandels einer Person – da stecken nun doch ein paar Jahre Berufserfahrung«, sagte Hinrich in ungewohnt leisem Tonfall.

Immer noch saß Dr. Emilia Schubert in der Ecke des Raumes und rührte sich nicht. Horndeich kannte sie nicht gut. Aber dieses Mauerblümchen-Dasein – das wirkte so deplatziert wie ein Kleid von Chanel an einer Vogelscheuche. Fast fühlte sich Horndeich ein wenig verantwortlich dafür, sie aus ihrem Kokon zu befreien. »Was sagt denn Ihre Kollegin dazu?«, wollte er wissen. Wieder warf er ihr einen Blick zu.

Emilia Schubert hob den Kopf, erwiderte den Blick, und dies schien tatsächlich ihre Lebensgeister zu wecken. Sie erhob sich, dann trat sie zwischen die beiden Sektionstische. »Wir haben hier leider nur zwei Tische, deswegen kann ich von der ersten Leiche nur berichten, ohne die entsprechenden Indizien in Augenschein treten zu lassen«, sagte Emilia Schubert.

»Nun, bei der ersten Leiche, also Markus Böhmer, gibt es auch nicht viele neue Erkenntnisse.« Martin Hinrich. »Leber okay, er hat also nicht zu viel getrunken, Lunge ebenfalls, geraucht hat er also auch nicht, oder zumindest nicht so viel. Die Nasenscheidewände waren ebenfalls intakt, also offensichtlich auch kein exzessiver Kokainmissbrauch. Die Blutwerte: absolut im grünen Bereich. Als Allgemeinmediziner hätte ich ihm ein langes Leben prognostiziert.«

»Ein bisschen anders sah das bei Ferdinand Wegenthal aus«, sagte Emilia Schubert. Und Horndeich entging nicht, dass Martin Hinrich ihr einen missbilligenden Blick zuwarf.

Das war seine Show. Hatte er offensichtlich zumindest gehofft. Emilia Schubert deutete auf die Leiche auf dem rechten Tisch, nahm aber das Tuch nicht zur Seite. »Dr. Ferdinand Wegenthal wusste einen guten Wein offensichtlich zu schätzen. Darauf deutet zumindest die Untersuchung seiner Leber hin.«

»Aber das Rauchen hat seinem Körper deutlich mehr Schaden zugefügt als der Alkohol«, erhob Hinrich den rechten Zeigefinger. »Vielleicht hat er dem Wein ein wenig zu sehr zugesprochen, darauf lässt der Zustand seiner Leber schließen, wie meine Kollegin bereits gesagt hat. Doch die Flimmerhärchen der Bronchialschleimhaut waren bereits massiv zerstört. Frau Wegenthal dürfte sicher ab und an auf der Couch geschlafen haben, wenn den Gatten nachts der Raucherhusten überfiel.«

»Das ist wohl richtig, doch die Fettleber würde ihm auch nicht zu längerem Leben verholfen haben«, insistierte Dr. Emilia Schubert.

Horndeichs Blick wanderte zwischen den beiden Protagonisten hin und her, und er fühlte sich ein wenig wie ein Zuschauer bei einer Kabarettvorstellung. Beide schienen mit ihren Erkenntnissen auftrumpfen zu wollen, wobei die Todesursache für die beiden Toten auf den Sektionstischen und jener Leiche in der Kühlbox bereits feststand. Was sollte dieses Kasperletheater?

»Nun, wir wollen nicht verhehlen, dass auch die Leberfunktion von Dr. Ferdinand Wegenthal schon ein wenig eingeschränkt war«, fügte Hinrich wieder an. »Alle anderen Organe – außer der Lunge – waren hingegen noch in guter Kondition«, fügte er noch hinzu. »Trotz des Rauchens keine größeren Schädigungen der Gefäße.«

Was war das hier?, fragte sich Horndeich. Ein Kampf unter Rechtsmedizinern, wie ihn sich normalerweise nur Poetry-Slam-Akteure lieferten oder Rapper, die sich auf der Bühne runtermachten oder, auf Neudeutsch, dissten?

»Martin, Martin«, wandte Emilia Schubert ein, »das darf man nicht auf die leichte Schulter nehmen. Ich würde schon vermuten, allein aufgrund meiner beruflichen, langjährigen Erfahrung, dass Ferdinand Wegenthal am Abend nicht nur ein Viertelchen getrunken hat, sondern eher ein ganzes Fläschchen Wein. Und danach noch zwei Whisky. Womit die Lebenserwartung drastisch gesunken ist. Um mehrere Jahre.«

»Nein, nein, nein, so genaue Aussagen kann man überhaupt nicht treffen«, warf Dr. Martin Hinrich ein, und er sah dabei nur Dr. Emilia Schubert an.

Horndeich schien in diesem Moment überhaupt nicht mehr zu existieren. Und Horndeich merkte, wie ihm abermals der Kamm schwoll. Er hatte keine Lust, Zeuge dieses pubertären Wettbewerbs zweier Koryphäen in ihrem Bereich zu sein, die miteinander offensichtlich ein persönliches Problem auszufechten hatten. »Es ist gut jetzt!«, brüllte er.

Die beiden Streithähne sahen ihn entgeistert an, als ob er eben wie ein Flaschengeist im Raum erschienen wäre.

»Irgendetwas, was ich noch wissen muss?«, fuhr er leiser fort. »Ich komme extra von Darmstadt hier angerauscht, damit Sie mir Ihre Erkenntnisse mitteilen können. Und ich höre nichts als dummes Gelaber, das uns bei den Mordfällen keinen Schritt weiterbringt!«

Schweigen im Raum. Weder die Rechtsmediziner noch die Leichen gaben einen Mucks von sich.

Es war Dr. Emilia Schubert, die fortfuhr: »Nichts Neues. Das ist das Fazit. Bis auf eines.«

Horndeichs Blick wanderte zu Dr. Martin Hinrich, der kaum wahrnehmbar zu nicken schien.

»Und was ist neu?«, wollte Horndeich wissen.

Es war Hinrich, der sprach: »Franziska Schneider. Sie hatte einmal eine gebrochene Nase. Gut verheilt, gut gerichtet. Schon ein paar Jahre her.«

Eine gebrochene Nase. Horndeich glaubte es nicht. Wegen

einer gebrochenen Nase war er dazu genötigt worden, von Darmstadt nach Frankfurt zu fahren, nur um dem Leber-Lunge-Contest zweier Spätpubertierender zu lauschen. Und dass Franziska Schneider sich die Nase gebrochen hatte, das hätte man per E-Mail innerhalb von wenigen Sekundenbruchteilen über den Äther schicken können. »Gebrochene Nase?«, fauchte Horndeich. »Sie lassen mich wegen eines vor Jahren verheilten Nasenbeinbruchs eines der Mordopfer hierher fahren? Ich glaube, Sie sind nicht ganz dicht!« Horndeichs Stimme wurde schon wieder etwas lauter.

»Und Franziska Schneider war schwanger«, fügte Emilia Schubert hinzu. »Dritter Monat etwa.«

Na, das war doch mal ein Mordmotiv: Der Ehemann war's. Und damit das Motiv nicht auffällt, hat der zwei Tage davor und zwei Tage danach einfach noch jemanden umgebracht. *Easy peasy*. Und um für noch mehr Verwirrung zu sorgen, hat er einen Strohmann engagiert, der mit Margots Land Rover quer durch die Lande rauscht. »Danke. Ihr habt gerade quasi mit einem Handstreich den Dreifachmord gelöst. Super!«

Horndeich drehte sich um, verließ den Sektionsraum.

Und wenn ihm jemand unterstellen wollte, er hätte die Tür absichtlich so laut zugeschlagen, läge er wohl nicht ganz falsch damit.

Horndeich betrat sein Büro, aber da war niemand. Leah fehlte. Und dann erfasste Horndeich, dass noch etwas fehlte. Das Glas. Das, aus dem Margot Hesgart getrunken hatte, am Samstagabend, das er in einem Gefrierbeutel gesichert hatte.

Er wählte Leahs Handynummer.

»Horndeich«, sagte sie, als sie abnahm. Mehr sagte sie nicht. Die Akustik machte Horndeich klar, dass Leah im Auto saß.

»Wo bist du gerade?«, wollte Horndeich wissen.

»Auf der Autobahn«, antwortete Leah.

Horndeich kannte seine Kollegin inzwischen ziemlich gut. »Auf der Autobahn« war nicht präzise genug. Nicht für Leah Gabriely.

»Du hast das Glas nach Wiesbaden gebracht«, sagte Horndeich. Es war keine Frage. Es handelte sich vielmehr um eine Feststellung.

»Ja. Ich habe das Glas nach Wiesbaden gebracht. Denn Margots DNA ist wohl kaum bei uns im System. Als sie ihren Polizeidienst quittiert hat, ist das natürlich gelöscht worden.«

Horndeich fühlte sich verraten. Und abermals spürte er, wie die Wut in ihm hochstieg. »Wie kannst du es wagen, mein Glas eigenmächtig zum Landeskriminalamt zu fahren?«

»Horndeich, du hast das Glas mitgebracht. Und du hast es bestimmt nicht mitgebracht, um es in den Papierkorb zu werfen.«

Sie hatte ja recht. Horndeich spürte dennoch, wie der Puls beschleunigte, das Gesicht errötete und er einfach nur den Wunsch hatte, seine Faust gegen irgendeinen Widerstand krachen zu lassen. »Ich habe es mitgebracht!«, rief Horndeich. »Es ist mein Glas. Nicht deins. Das hättest du mit mir absprechen müssen!«

»Und was hättest du getan, wenn ich gesagt hätte, ich bringe es jetzt nach Wiesbaden?«

Oh, heute liebten es die Menschen, in seinen Wunden zu bohren. »Ich hätte dir gesagt, dass ich darüber entscheiden werde, wann der richtige Zeitpunkt ist, es nach Wiesbaden zu bringen. Und ob es jemals einen richtigen Zeitpunkt geben wird.«

Je lauter Horndeich wurde, desto leiser sprach Leah: »Über das ›ob‹ hast du dir keine Gedanken gemacht. Denn sonst hättest du das Glas nicht mit ins Präsidium gebracht, sondern es zu Hause aufbewahrt.«

Das Schlimme war, dass Leah recht hatte. Das dämpfte Horndeichs Wut jedoch nicht, sondern fachte sie an. Jedes

Wort von Leah wirkte wie der Luftstoß eines Blasebalgs in sein Wutfeuer. »Und dennoch hast du kein Recht, es einfach von meinem Schreibtisch zu nehmen.«

Da schien nun er mal einen Punkt gemacht zu haben, denn Leah antwortete nicht.

»Und genau deshalb habe ich gewartet, bis du weg warst. Weil ich wusste, dass es dir nicht gepasst hätte. Und ich sage dir jetzt zwei Dinge: Die DNA an der Waffe wird mit der DNA des Blutflecks am ersten Tatort übereinstimmen. Und diese DNA wird wiederum mit der DNA am Weinglas übereinstimmen. Und, Kollege, das weißt du. Ganz tief im Innern weißt du das.«

Horndeich legte den Hörer einfach auf. Sonst hätte er angefangen, so zu brüllen, dass auch der Kollege an der Pforte, zwei Stockwerke unter ihm, ihn gehört hätte.

Plötzlich, ebenfalls wie aus dem Nichts, stand Feller im Türrahmen. »Hat Leah es dir schon gesagt?«, wollte er wissen.

»Leah soll mir *was* gesagt haben?«

»Na, das mit Margot und Böhmer. Die beiden hatten schon miteinander zu tun. Und nicht auf angenehme Weise.«

Horndeich starrte seinen Kollegen an. Wäre er ein Teekesselchen gewesen, hätte er jetzt angefangen zu pfeifen.

Die Stimmung im Raum war unerträglich. Horndeich schwieg sie an. Und sie schwieg zurück. Sie tauschten einander nicht einmal darüber aus, wer woran arbeitete. Aber gut, Kollege Horndeich leitete die SOKO, er war dafür verantwortlich, zu wissen, worum sich jeder gerade kümmerte.

Der Kollege schien vertieft in irgendwelche Mitteilungen auf seinem Bildschirm, denn er wandte den Blick für keine Sekunde ab. Wahrscheinlich versuchte er so zu tun, als ob er lesen würde. Aber Leah war in ihrem Job auch nicht schlecht: Würde er lesen, wären seine Augen ständig in Bewegung. Aber er stierte einfach nur auf den Bildschirm. Gewiss ratterten hinter seinen Augen die Zahnräder des Gehirns.

Alle Indizien sprachen bislang für Margot Hesgart als Mörderin an diesen drei Menschen. Die Frage, die sie nun zu beantworten hatten, war die, wieso jene besonnene Frau plötzlich beschlossen hatte, drei Personen umzubringen, offensichtlich geplant. Denn sie musste die Opfer beobachtet haben, über eine längere Zeit hinweg, um zu wissen, wo und wann der beste Ort und Zeitpunkt wäre, sie hinzurichten.

Ja, auch ihr kam das seltsam vor. Also die Morde an sich. Die Art und Weise, wie sie ausgeführt worden waren, das entsprach durchaus einer Margot Hesgart, so wie ihr Kollege Horndeich immer über sie gesprochen hatte. Und auch Feller. Planend. Nichts dem Zufall überlassend. Beschlossen, genau geplant – und durchgeführt.

Natürlich stellte sich die Frage nach dem Motiv. Und damit die Frage, auf welche Art und Weise diese Menschen mit Margot Hesgart in Verbindung gestanden hatten. Bei Markus Böhmer hatten sie die Frage bereits beantwortet. Ferdinand Wegenthal hatte Margot auch gekannt. Wenn das allein natürlich noch kein Motiv war. Bei Franziska Schneider hatten sie bislang nichts finden können. Noch nicht.

Gern hätte sie geglaubt, dass Margot mit dieser Sache nichts zu tun hatte. Aber offensichtlich stimmte das nicht. Wieso sagte die ehemalige Kommissarin nicht einfach, wo sie zu den Zeitpunkten gewesen war, als ihr Auto von den Kameras erfasst worden war? Zu behaupten, man wäre überhaupt nicht unterwegs gewesen, das war ja nun die dümmste aller Antworten.

Ihr Telefon klingelte. Wiesbaden. LKA. Horndeichs Augen richteten sich sofort auf Leahs Telefonapparat.

Sie nahm ab.

»Hallo, hier Silvia. Wir haben neue Ergebnisse. Ist Horndeich auch im Büro?«

»Ja, er ist auch da.«

»Stell mich bitte auf Lautsprecher. Dann muss ich nicht alles zweimal sagen.«

Leah tat, wie ihr geheißen.

»Horndeich? Du bist jetzt mit dabei?«, drang Silvias Stimme aus dem Lautsprecher des Apparates.

»Ja«, sagte Leahs Kollege.

»Es gibt drei neue Erkenntnisse.«

Leah sah in Horndeichs Richtung. Der starrte wie versteinert auf das Telefon, aus dem Silvia Rauchs Stimme ertönte.

»Leg los«, sagte Leah.

»Erkenntnis Nummer eins: Wir haben den Reifenabdruck identifiziert. Ist ein Goodyear Eagle F1 Asymmetric SUV AT. Ob das relevant ist, werdet ihr in der Garage von Margot feststellen können.«

»Okay«, sagte Leah.

»Erkenntnis Nummer zwei: Die Waffe, die ihr gestern in Lichtenberg ausgebuddelt habt, ist definitiv die Tatwaffe bei allen drei Morden. Die Jungs von der Munitionstechnik konnten das nach den Schusstests eindeutig feststellen. Den Bericht lege ich euch gleich auf den Server, dann könnt ihr euch das, wenn ihr wollt, *en detail* anschauen.«

Es war genau die Information, die Leah bereits erwartet hatte.

Horndeich schickte nur ein tonloses »Seid ihr sicher?« hinterher.

Silvia Rauch, die ebenso erahnen konnte, was ihre Ergebnisse beim Kollegen auslösten, hatte daher genug Anstand, nur kurz und knapp zu antworten: »Ja.«

Dann fuhr sie fort: »Erkenntnis Nummer drei: Es gibt eine Übereinstimmung zwischen der DNA auf der Waffe und der DNA des Blutflecks, den wir von dem wahrscheinlichen Standort des Mörders beim Mord an Markus Böhmer genommen haben. Die beiden stammen vom selben Menschen. Das allerdings wird erst brisant mit Erkenntnis Nummer drei: Die DNA stimmt ebenfalls überein mit der DNA, die wir von dem Weinglas genommen haben, das du uns heute vorbeigebracht hast. Womit wir jetzt sagen können: die DNA an der

Waffe und die DNA am ersten Tatort stammen definitiv von Margot Hesgart.«

Leah sagte nichts.

Horndeich sagte nichts.

Und Silvia sagte das einzige Wort, das in diesem Fall angebracht war: »Scheiße.«

MUTTER V.

Hab ich dir eigentlich jemals erzählt, wie dein Vater und ich uns kennengelernt haben? Ich glaube nicht. Mit sechs Jahren warst du noch zu jung dafür – na ja, und im vergangenen Jahr hast du hier sehr deutlich gemacht, dass dein Vater in unseren Gesprächen nicht Thema sein sollte.

Ich hatte nach der Schule gleich angefangen mit der Polizeischule. Mein Gott, war ich noch jung! Also auch jung im Kopf. Das bedeutete: offen für alles und viel zu naiv. Es war Freitag, ich hatte frei und bin durch die Stadt gebummelt. Gab nicht mehr viele Freundinnen aus der Schulzeit, zu denen ich noch Kontakt hatte. Die Typen in der Schule, die hat man damals schon vergessen können. Und auf der Polizeischule – nein, da war keiner, der mich nur im Entferntesten interessiert hätte. Und ich lauf hier am Schloss entlang, bin fast am Reiterdenkmal, als ich deinen Vater gesehen habe. Also damals noch deinen zukünftigen Vater. Er war dreißig, mehr als zehn Jahre älter als ich. Und er sah verdammt gut aus! Aber das weißt du ja selbst.

Er hatte einen Kaffee in einem Pappbecher in der einen Hand, lief geradeaus, schaute aber einer anderen Frau hinterher. Deshalb rannte er in mich rein. Und schüttete mir den Kaffee über die Bluse. Zum Glück war er nicht mehr heiß. Der Kaffee. Dein Papa schon. Er entschuldigte sich wortreich, führte mich direkt zu Henschel und Ropertz und kleidete mich neu ein. Ja, er hat mir mächtig imponiert.

Ich war ja damals schon nicht auf den Mund gefallen, hab ihm gesagt, er würde mir nur eine Bluse kaufen, damit er, wenn ich die neue Bluse anprobiere, hinter den Vorhang linsen könnte. Er hat nur frech gegrinst und dann tatsächlich den Vorhang zur Seite geschoben. In dem Moment war klar, dass wir vom Henschel aus irgendwo hingehen würden, wo wir ein großes Bett und Ruhe hätten. Ich hab ja damals in der WG gewohnt, mit drei Typen. Dahin wollte ich ihn auf keinen Fall mitnehmen.

Wir sind schweigend mit zwei Tüten Klamotten in die Tiefgarage gegangen. Er hat mir die Tür seines Wagens aufgehalten, ein BMW 850i in Weinrot metallic. Das teuerste, was BMW damals zu bieten hatte. Und das schickste. Er steuerte den Schlitten Richtung Odenwald. Seine Hand nahm er nicht von meinem Oberschenkel, und hätte ich keine Jeans angehabt, sondern ein Sommerkleid, wäre sie gewiss weiter auf Wanderschaft gegangen und ich hätte mich nicht dagegen gewehrt. Im Hotel deutete jeder vor ihm ein Kopfnicken an. Man kannte ihn. Ich hatte ja keine Ahnung, dass ihm die Hütte gehörte.

Es gab eine Suite. Und ich erinnere mich nicht mehr, wie oft wir uns bis Montag früh geliebt hatten. Im Zimmer, im Wald, im Zimmer, im Pool. Und dazwischen hat er mich zum Essen ausgeführt. Ich war seine Prinzessin. Zumindest an diesem Wochenende. Zwei Monate danach bin ich schon bei ihm eingezogen.

»›I was kissed by a fool, and fooled by a kiss‹ – das haben die Trishas ja schon sehr schön besungen in ihrem Lied *Little sweet cigars* … you were handsome and older, I was foolish and young …«

Und zehn Monate nach dem Einzug bist du auf die Welt gekommen. Da war unsere Beziehung schon ziemlich hinüber.

Er bestand darauf, dass ich ihn zu irgendwelchen geschäftlichen Events begleite. Dann sorgte er für einen Babysitter. Und so wachsweich, wie er manchmal war, so hart konnte er in diesen Momenten sein. Er duldete es nicht, wenn ich Alkohol trank. Im ersten Jahr habe ich mich daran gehalten, im zweiten gab es ein paar hässliche Szenen vor seinen Geschäftskollegen. Im dritten Jahr hat er mich nicht mehr mitgenommen. Im vierten Jahr habe ich zum ersten Mal mitbekommen, dass er mich nach Strich und Faden betrügt.

Am Anfang hat es ihm noch gefallen, dass ich ein loses Mundwerk hatte. Besonders wenn wir im Bett waren. Aber bald bemerkte er, dass er Widerworte doch nicht so gut fand.

Und ich saß den ganzen Tag zu Hause, mit dir. Und meiner ganzen Wut auf deinen Vater. Mein ganzer Frust über das Eingesperrtsein floss in unsere Beziehung wie Zuckerwasser in einen Benzintank, das den Motor endgültig zum Erliegen bringt.

DIENSTAG, 28. MAI

Horndeich hatte Bauchschmerzen. Bauchschmerzen, als er seinen Wagen auf dem Parkplatz des Polizeipräsidiums abstellte. Bauchschmerzen, nun durch den Haupteingang zu gehen, die Treppen nach oben, in sein Büro.

Er konnte sich nicht daran erinnern, dass es ihm jemals so gegangen war. Er hatte auch schlechte Zeiten erlebt, als er persönliche Probleme gehabt hatte. Zerbrochene Beziehungen, die Schussverletzung. Und dennoch: Den Treppenabsatz ins Polizeipräsidium hatte er immer gern erklommen. Mal mehr, mal weniger. Aber niemals mit Bauchschmerzen.

Der gestrige Abend hatte keinen Spaß gemacht. Sie hatten gemeinsam im Garten gegessen. Sebastian Rossberg und Chloe waren nicht wieder zurückgekommen, Doro ebenfalls nicht. Horndeich wusste nicht, ob die drei jetzt im Haus von Margot wohnten oder sich ein Hotel genommen hatten.

Horndeichs Gedanken waren die ganze Zeit um Margot, die Indizien und die Unmöglichkeit, dass sie eine Mörderin sein konnte, gekreist. Sandra war noch mal in der Küche verschwunden, gefolgt von ihrem Sohn Alexander, der sie im Moment kaum eine Sekunde lang allein ließ. So wie Alexander das Mamakind war, war die Tochter ein Papakind. Paritätische Aufteilung.

»Papa, was ist los mit dir? Bist du traurig?« Seine Tochter Stefanie. Sie hatte es erneut wahrgenommen, dass er nicht nur nachdenklich und wütend war, sondern auch traurig. Traurig, wegen der gigantischen Hilflosigkeit, die er verspürte.

Seine Tochter war zu ihm gekommen, hatte sich auf seinen Schoß gesetzt.

»Du kannst mir alles sagen!«, hatte sie geflüstert. Und Horndeich hatte sich ein Schmunzeln nicht verkneifen können, denn das war der Satz, den Stefanies Mutter in letzter Zeit immer mal wieder zu ihr gesagt hatte.

»Du bist aber nicht wegen mir traurig?«, hatte sie sofort hinzugefügt.

»Nein, mein Schatz. Du bist die beste Tochter der Welt. Wegen dir bin ich ganz bestimmt nicht traurig.«

Stefanie mochte solche Komplimente, wenn sie auch wusste, dass sie natürlich durchaus in der Lage war, Papa und auch Mama manchmal traurig zu machen.

Nachdem Sandra und er die Kinder nach dem Abendessen ins Bett gebracht hatten, war es Horndeich nicht gelungen, eine zusammenhängende Gutenachtgeschichte zu erzählen. Etwas, worauf Stefanie seit ein paar Monaten bestand. Nichts Vorgelesenes. Etwas Ausgedachtes. Aber gestern Abend hatte es nicht klappen wollen. Horndeich war nicht in der Lage gewesen, eine Geschichte vom Anfang bis zum Ende konsequent zu spinnen.

Danach hatte er mit Sandra auf dem Sofa gesessen. Und ihr alles berichtet. Und letztlich blieb ihr fast dreistündiges Gespräch auf den simplen Argumentationskreislauf reduziert: Alle Indizien weisen auf Margot hin. Margot kann es aber nicht gewesen sein. Aber alle Indizien weisen auf Margot hin. Aber Margot kann es nicht …

In der Nacht hatte er dann, während Sandra an seiner Seite sanft eingeschlummert war, das Karussell weitere Stunden seine Kreise drehen lassen. Um fünf Uhr war er aufgestanden, hatte sich geduscht, sich einen Kaffee gemacht, sich raus in den Garten gesetzt. Er hatte genossen, wie das Tageslicht langsam die Nacht verdrängte. Der erste Moment Ruhe seit dem gestrigen Telefonat mit Silvia Rauch.

Nun begrüßte er Feller, der schon in seinem Büro saß. Mehr als ein knappes »Guten Morgen« brachte er nicht heraus und wartete danach nicht mal Fellers Reaktion ab.

Nach dem gestrigen Telefonat, bei dem Silvia Rauch ihnen Tatwaffe und Täterin präsentiert hatte, übernahm es Leah, mit dem Staatsanwalt zu telefonieren. Sie hatten ausgemacht, dass sie am heutigen Morgen gemeinsam zum Haftrichter gehen würden. Der würde entscheiden, ob Margot in Untersuchungshaft genommen oder nur zur Vernehmung ins Präsidium geholt würde.

Als ob seine Gedanken die Realität steuern könnten, trat Leah ins Büro.

»Wir sollen zu ihr fahren. Sie soll uns ihre Waffe zeigen. Und dann nehmen wir sie auf jeden Fall zur Vernehmung mit. Wenn sie uns die Waffe nicht zeigen kann, hat er bereits gesagt, dass er sie in Untersuchungshaft nehmen möchte.«

»Untersuchungshaft?«

Leah zuckte mit den Schultern. »Fluchtgefahr.«

Fluchtgefahr! Das war einfach lächerlich. Sie hatten hier ihre Firma, Nick und Margot. Sie hatten hier ihr Haus. Natürlich hatte sie gute Kontakte in die USA, über Nick. Und das Haus, es war nur gemietet. Aber das alles hinter sich zu lassen? Bullshit!

»Wir können sie selbst abholen. Also nicht die Kavallerie mit Uniform und Blaulicht.«

Horndeich wusste, dass es bei dieser Diskussion Leah zu verdanken war, dass sie Margot ohne großes Aufsehen festnehmen durften.

Die Fahrt nach Lichtenberg erschien Horndeich lang und zäh. Leah und er wechselten kein Wort. Als sie das Zivilfahrzeug, einen älteren Mercedes, vor Margots Haus parkten, öffnete sich bereits die Haustür. Margot stand im Türrahmen, und sie zog eine Augenbraue hoch.

»Ihr beide? Ohne Ankündigung? Das ist keine gute Nachricht.«

Horndeich und Leah gingen auf sie zu. Er sagte: »Margot, du besitzt eine Pistole. Was für eine?«

Margot musterte den ehemaligen Kollegen. »Kommt

rein«, sagte sie und trat zur Seite. Sie führte die beiden ins Wohnzimmer. Sie setzte sich, und die beiden taten es ihr nach.

»Welche meinst du? Ich besitze zwei Sportwaffen.«

»Was für welche?«

»Eine Hämmerli X-esse Standard. Kaliber .22lfb. Und eine SIG Sauer P226. Kaliber 9 mm. Die Hämmerli kennst du, glaube ich, die hatte ich schon, bevor ich mit Nick nach Amerika gegangen bin. Die SIG Sauer habe ich seit zweieinhalb Jahren. Warum fragst du?«

»Kannst du uns die Waffen bitte zeigen?«

»Klar. Kommt mit.«

Margot erhob sich, und die beiden Beamten folgten ihr. Sie ging zurück in den Flur, knipste die Kellerbeleuchtung an, stieg die Treppe zum Untergeschoss hinab. Am Ende des dortigen Ganges öffnete sie die Tür, die in einen fensterlosen Kellerraum führte. Abermals betätigte sie den Lichtschalter. Es handelte sich eindeutig um den Werkraum. Zwei Werkzeugschränke standen an der linken Wand, direkt vor ihnen eine Werkbank. Auf der rechten Seite ebenfalls zwei massive Regale aus Metall. Auf dem Boden unter dem untersten Regalbrett befanden sich zwei Tresore mit Zahlenschlössern nebeneinander.

»Wenn ihr euch bitte kurz umdrehen würdet«, sagte Margot.

Margot hielt sich nur an die Gesetze. Als Sportschützin war sie verpflichtet, die Waffe niemand anderem zugänglich zu machen. Niemand hieß: nicht einmal ihrem Mann. Margot tippte auf das Zahlenfeld des rechten Tresors. Sie öffnete die Tresortür, entnahm ihr den oberen von zwei Koffern, verschloss den Tresor wieder und legte den Koffer auf der Werkbank ab.

Plötzlich machte sich eine irrwitzige Hoffnung in Horndeich breit. Margot würde nun den Waffenkoffer öffnen, und darin läge friedlich ihre SIG-Sauer-Pistole. Dann würde Leah ihn anschauen, breit grinsen, Margot würde loslachen, und beide würden gleichzeitig sagen: »Versteckte Kamera, Kollege Horndeich.«

Margot ließ die Verschlüsse des Koffers aufschnappen, öffnete den Deckel. Sie stand so, dass Horndeich den Inhalt des Koffers nicht vollständig sehen konnte. Während er einen Schritt zur Seite trat, hörte er Margot bereits das sagen, was er befürchtet hatte: »Das kann nicht wahr sein.«

Jedes Wort aus Margots Mund war wie ein Pfeil in Horndeichs Körper. Er wollte das hier nicht. Es war falsch. Er spürte, nein, er wusste, dass seine ehemalige Kollegin Margot Hesgart keine Mörderin war. Gleichzeitig konnte er die Fakten nicht ignorieren. Aber wie auch immer die Lösung lautete, ganz bestimmt war der Tenor nicht: Ex-Polizistin ermordet kaltblütig drei Menschen.

Er hatte sich überlegt, ob er mit hierher nach Lichtenberg fahren würde. Aber die Alternative wäre gewesen, dass wildfremde Menschen Margot zur Vernehmung nach Darmstadt fahren würden.

»Margot Hesgart, wir nehmen Sie fest wegen des Verdachts des Mordes an Markus Böhmer, Franziska Schneider und Ferdinand Wegenthal«, begann Leah die formelle Belehrung.

Hinter Margot erschien wie aus dem Nichts eine blonde Frau, mit großer Brille im Gesicht. »Was ist denn hier los?«, wollte sie wissen.

Leah drehte sich um und sah ihr fest in die Augen: »Und Sie sind?«

Margot antwortete stattdessen: »Darf ich vorstellen, Clara Mueller, unsere Bürokraft. Die Kommissare Leah Gabriely und Steffen Horndeich. Frau Mueller, Sie können jetzt gehen. Sie haben für heute frei. Ich melde mich bei Ihnen«, sagte Margot.

Frau Mueller nickte, wandte sich um und verließ stumm den Raum.

Leah fuhr in der Belehrung fort.

»Den Text kenne ich ja nun zur Genüge«, erwiderte Margot, dann wandte sie den Blick in Richtung Horndeich. »Du auch? Du bist auch dabei?«

Horndeich fühlte sich an das Zitat von Caesar erinnert: »Auch du, Brutus?« Der Moment, als in Caesars Körper bereits das Messer steckte. Die letzte Erkenntnis vor dem Tod.

Horndeich schwieg.

»Begleiten Sie uns freiwillig?«, wollte Leah wissen.

Der Blick, den Margot Leah zuwarf, hätte einen Gletscher in Sekunden abschmelzen lassen können.

Eine weitere Minute später traten Margot und Leah aus dem Haus. Margot verschloss das Haus, ging noch einmal zur Garage, prüfte, ob das Garagentor verschlossen war.

»Moment«, intervenierte Horndeich. »Margot, bitte öffne die Garage.«

»Wieso denn das?«

Weil ich auf Strohhalme stehe, dachte Horndeich. Doch er sagte nur: »Wir haben auch Reifenspuren gesichert.«

»Goodyear Eagle F1 Asymmetric SUV AT. 255er. Nick schwört drauf. Sind nagelneu, haben die neuen Sommerreifen erst im März aufziehen lassen.«

Horndeich spürte eine Welle der Übelkeit über sich hereinbrechen. Exakt der Reifentyp, den die Kollegin von der Spurensicherung genannt hatte. Horndeich hatte sich den kryptischen Namen Buchstaben für Buchstaben ins Gehirn gebrannt.

»Soll ich das Garagentor noch öffnen?«

Horndeich schüttelte den Kopf.

Leah geleitete Margot zum hinteren Teil des Autos. Horndeich war der Fahrer.

Margot hatte mit Leah auf der Rücksitzbank Platz genommen. »Nachher wird es etwas schwierig, zu telefonieren. Darf ich das jetzt noch tun?«, wollte sie wissen.

Horndeichs ehemalige Chefin als Bittstellerin. Horndeich spürte einen Würgereiz aufsteigen.

Leah gab die richtige Antwort: »Telefonieren Sie.«

Margot wählte einen Kontakt auf ihrem Mobiltelefon, stellte die Verbindung her. Leah und Horndeich hörten, wie sie sagte: »Hallo Nick. Ich bin verhaftet worden. Sie unterstellen mir, drei Menschen erschossen zu haben. Völliger Blödsinn, aber irgendwelche Indizien sprechen gegen mich. Ich würde mich freuen, dich bald zu sehen. Ich werde meinen Vater anrufen. Er wird mir einen guten Anwalt besorgen. Wende dich an ihn. Er ist immer auf dem neuesten Stand. Ich liebe dich, Margot.«

Margot wandte sich Leah zu, was Horndeich im Rückspiegel sehen konnte. »Darf ich noch meinen Vater anrufen?«

Die Frage war rhetorischer Natur. Weder Leah und schon gar nicht Horndeich würden Margot diesen Wunsch abschlagen.

»Hallo, Papa, sie haben mich jetzt festgenommen. Meine Waffe ist gestohlen worden. Und offensichtlich haben sie noch mehr Gründe dafür. Ich brauche einen Anwalt. Bitte schick mir jemanden, der mindestens genauso gut ist, wie du es einmal warst.«

Margots Vater hatte bis zu seinem Ruhestand als Rechtsanwalt in einer Darmstädter Sozietät gearbeitet. In seiner aktiven Zeit hatte er in mehreren durchaus medienwirksamen Prozessen einige seiner Klienten rausgeboxt. Allerdings praktizierte er seit vielen Jahren nicht mehr. Aber er ist immer noch gut vernetzt, dachte Horndeich.

»So, jetzt bin ich fertig. Ich habe alles gesagt. Und mehr werde ich auch nicht sagen, bis mein Anwalt an meiner Seite sitzt.«

»Gut, nun können wir loslegen«, sagte Dr. Dirk Perdiak. Der Anwalt von Margot wirkte so seriös wie Günther Kaiser aus den Werbespots der Versicherung Hamburg-Mannheimer.

Und eine gewisse optische Ähnlichkeit hatte Horndeich auch schon feststellen können. Also, mit dem original Herrn Kaiser, dem Schauspieler Günter Geiermann. Perdiak hatte sogar ein ähnliches Outfit mit blauer, gescheckter Krawatte gewählt.

Margot und ihr Rechtsbeistand hatten sich eine gute halbe Stunde beraten. Nun traten Horndeich und Leah in den Vernehmungsraum. Wie oft hatte er hier schon gemeinsam mit Margot gesessen. Aber immer auf derselben Seite. Es war so ungewohnt, so absurd, sie auf der anderen Seite des Tisches zu sehen, neben ihrem Anwalt.

Leah legte das Diktiergerät auf den Tisch, schaltete es ein, spulte die Formalitäten herunter, wer mit wem und wann an dieser Vernehmung beteiligt war.

»Ich möchte euch zu Beginn gleich etwas sagen. Ich habe mich lang mit Herrn Perdiak beraten. Er hat mir dazu geraten, überhaupt nichts zu sagen. Immerhin ist es euer Job, mir die Taten zweifelsfrei nachzuweisen. Ich habe mich jedoch dazu entschlossen, euch alle Fragen ehrlich zu beantworten. Denn was ihr mir vorwerft, diese drei Morde, das ist völlig absurd. Aber offensichtlich gibt es Indizien, die gegen mich sprechen. Und dann habe ich nur eine einzige Chance: Ich gebe euch alle Informationen, die ich habe. Ich habe keine Ahnung, was hier gerade schiefläuft, aber ich sage es noch mal: Ich habe niemanden umgebracht. In meinem ganzen Leben nicht. Und ich habe auch in der vergangenen Woche nicht damit angefangen.«

Horndeich hatte sich mit Leah abgesprochen, dass er die Befragung zunächst übernehmen würde.

»Margot, kennst du einen Markus Böhmer?«

»Nein, Horndeich. Ich kenne keinen Markus Böhmer, und ich kenne auch nicht diese Frau, Franziska Schneider war ihr Name, glaube ich. Ferdinand Wegenthal kenne ich. Er war mein Hausarzt.«

Leah übernahm ohne Vorankündigung: »Frau Hesgart,

Sie kennen Markus Böhmer.« Es war für Horndeich immer noch ungewohnt, dass Leah Margot siezte.

Margot, die bislang nur Horndeich angeschaut hatte, ließ ihren Blick in Richtung Horndeichs Kollegin wandern, »Ach ja?«

»Ja. Vor sieben Jahren haben Sie Markus Böhmer festgenommen.«

»Ich habe in meinem Berufsleben als Polizistin sehr viele Menschen festgenommen«, konterte Margot.

»Aber es gab nur wenige, die Sie bei der Festnahme zusammengeschlagen haben.« Leah öffnete eine Mappe vor sich, entnahm ihr ein Foto und schob es über den Tisch. Das Bild zeigte Margot mit blauem Auge.

»Ach, dieses Arschloch«, sagte Margot ohne jede emotionale Reaktion. »Ja, ich erinnere mich dran. Aber ich hatte den Namen nicht mehr parat. Ich weiß nur noch, dass er mir ein Veilchen verpasst hat und dafür nie gesessen hat. Fand ich nicht witzig, irgendein Formfehler, ich erinnere mich nicht mehr genau. Und den Namen, den hatte ich auch aus meinem Gehirn gelöscht.«

»Und Markus Böhmer ist genau der Mann, der vergangenen Montag erschossen worden ist. Mit Ihrer Waffe.«

»Ja. Dann muss mir jemand die Waffe geklaut haben. Wo haben Sie sie denn gefunden?«

»Die Fragen stellen wir«, sagte Leah. Ein Satz, den Margot in ihrem Polizistinnenleben auch oft gesagt hatte. »Zu der Waffe kommen wir später«, ergänzte Leah. »Aber jetzt kommen wir zu den Videoaufnahmen, die von Ihrem Wagen gemacht worden sind.« Leah tippte auf ihrem Tablet, öffnete ein Video, stellte das Tablet so hin, dass Margot das Video sehen konnte. Es zeigte, wie der Land Rover am Getränkemarkt in Groß-Bieberau vorbeifuhr. Leah nahm das Tablet an sich, öffnete eine Bilddatei und schob das Tablet wieder in Margots Richtung. »Hier eine Vergrößerung aus dem Video. Es ist Ihr Wagen, der da langfährt.«

Margot wandte sich an Horndeich: »Das hast du mir doch schon gezeigt. Am Samstag. Und ich kann nur wiederholen, was ich da gesagt habe: Ich bin da nicht langgefahren.«

»Jemand hat also Ihren Wagen geklaut? Oder ausgeliehen, um den Mord zu begehen?«

»Ich habe keine Ahnung. Ich weiß nur, dass ich in dieser Nacht in meinem Bett geschlafen habe und an keinem anderen Ort gewesen bin. Ich weiß auch, dass ich dafür keinen Zeugen habe, weil mein Freund derzeit in den USA ist.«

»Okay, kommen wir zu einem weiteren Punkt beim Mord an Markus Böhmer.« Abermals das Gedaddel auf dem Tablet, wieder ein Foto auf dem Bildschirm. Es zeigte den Blutfleck, den die Spurensicherung am Standort des Täters unweit der Patronenhülsen gesichert hatte.«

»Ein Blutfleck«, bemerkte Margot treffend.

»Ihr Blutfleck am Tatort«, ergänzte Leah.

»Das kann nicht sein, denn ich war nicht da. Hab ich schon erwähnt, dass ich in der Nacht von Montag auf Dienstag in meinem Bett in meinem Haus in Lichtenberg geschlafen habe? Gut sogar, von ungefähr elf Uhr abends bis sieben Uhr morgens.«

»Und wie erklären Sie sich dann, dass wir Ihr Blut am Tatort gefunden haben?«

Ebenso eisern, wie Margot zuvor Horndeich in die Augen gesehen hatte, nahm sie auch Leahs Gesicht ins Visier: »Ich kann mir das nicht erklären. Ich muss das auch nicht erklären. Sie müssen mir erklären, wie mein Blut dorthin gekommen ist.«

»Nasenbluten wäre kein schlechter Tipp«, erwiderte Leah trocken. »Meine erste Wahl.«

»Das scheidet aus, denn ich war nicht dort.«

Schweigen erfüllte den Raum. Dann war es Margot, die explodierte: »Mein Gott, seht ihr nicht, dass irgendjemand mir hier an den Karren fahren will? Und zwar so richtig? Dass mich hier irgendjemand reinlegt? Dass mir irgendjemand den Mord an drei Menschen unterschieben will, mit denen ich überhaupt nichts zu tun hatte?«

»Sie kannten Markus Böhmer. Sie sind von Markus Böhmer verprügelt worden.«

»Mein Gott, selbst wenn ich ein nachtragender Mensch wäre, würde ich ihn dann ausgerechnet jetzt erschießen? Und nur, damit niemand auf das wahre Motiv kommt, erschieße ich einfach noch zwei weitere Menschen? Wie bescheuert ist das denn?«

Horndeich musste zugeben, dass der Gedankengang gar nicht so blöd war. Wenn Margot Hesgart tatsächlich Markus Böhmer erschossen hatte, dann wären zwei weitere Morde an ihr völlig unbekannten Menschen nicht die schlechteste Strategie, um von sich abzulenken. Den einzigen Fehler, den sie gemacht hatte? Sie war in Höchst geblitzt worden. Und ein Pärchen hatte auf dem Hochstand gesessen, als sie die Waffe hatte vergraben wollen. Beides genau jene Art von Zufällen, die den klügsten Verbrechern das Handwerk legten. Und wenn Margot eine Verbrecherin war, dann zählte sie definitiv zu den klügsten. Denn sie wusste ja, wie die Polizei tickt. Wie Leah tickte. Wie er, Horndeich, tickte. Und wie ein Richard Feller tickte. Und ein Scheißblitzer hatte überhaupt erst den Bezug zu ihr hergestellt. Sie mussten diese Vernehmung durchziehen. Und wenn es schon nötig war, dann machte er es wenigstens selbst. Er schaute Leah kurz an, sie nickte kaum wahrnehmbar. Eine Art wortloser Kommunikation. Die er früher auch mit Margot gut beherrscht hatte. Horndeich schob den Gedanken beiseite: »Sagt dir der Name Franziska Schneider etwas?« Es war reine Routine. Margot hatte diese Frage bereits beantwortet, aber nicht protokolliert.

»Nein, Franziska Schneider sagt mir nichts.«

»Sie ist in der Nacht von vergangenem Mittwoch auf Donnerstag erschossen worden. Mit einem aufgesetzten Kopfschuss. Mit deiner Waffe.«

Margot sah Horndeich in die Augen. Und der Blick zitterte

kein bisschen. »Ich sagte schon: Die Waffe muss gestohlen worden sein. Ich habe Franziska Schneider nicht erschossen.«

»Du bist auf dem Weg zu ihr geblitzt worden, und eine weitere Videokamera hat dich erfasst, als du in Richtung Bahnhof gefahren bist.«

»Falsch«, korrigierte Margot. »Ich bin nicht geblitzt worden. Denn ich bin überhaupt nicht gefahren.«

Horndeich griff zu Leahs Tablet. Er wusste, wo die Bilder gespeichert waren. Er rief das Bild der Radarfalle auf. Er hielt es in Margots Richtung. »Das bist nicht du?«

»Nein. Das bin nicht ich. Und schau mal, Horndeich, mein Gesicht ist auch gar nicht zu sehen.«

So ganz unrecht hatte sie damit nicht. Die Frau hatte das Gesicht von der Kamera abgewandt. Aber ein Teil war zu sehen. Wenn auch nur ein geringer. Dafür war die Frisur eindeutig die von Margot. Und das Auto. Und das Kennzeichen.

»Wo warst du in dieser Nacht, wenn du nicht die Frau am Steuer dieses Autos bist?«

War der Blick zuvor eisern gewesen, hatte er jetzt nur noch die Konsistenz von Balsaholz. »Horndeich, ich habe geschlafen in dieser Nacht. Genauso wie in der Nacht von Montag auf Dienstag. Ich habe einfach nur geschlafen. Ich bin um elf ins Bett, und ich bin um sieben aufgestanden. Wie immer.«

»Und du bleibst dabei? Du kennst Franziska Schneider nicht?« Fischen im Trüben. Er hatte die Frage schon gestellt. Dass er sie wiederholte, zeigte eigentlich nur, wie verzweifelt er war. Oder wie genial seine Vernehmungstaktik. Er hoffte, Leah Gabriely würde Letzteres vermuten. Wobei er nur Ersteres verspürte.

Leah übernahm wieder. »Ferdinand Wegenthal. Sagt Ihnen dieser Name etwas?« Sie wischte und tippte wieder auf dem Tablet, zeigte Margot dann ein Foto des erschossenen Mannes.

»Habe ich doch gerade schon gesagt. Er war mein Hausarzt, für ungefähr zehn Jahre. Bis ich 2014 in die USA gegangen bin. Und bevor Sie jetzt wieder fragen: Ich habe auch in der Nacht von Donnerstag auf Freitag ziemlich genau von elf Uhr bis sieben Uhr in meinem Bett in meinem Haus in Lichtenberg geschlafen. Sie können zum Beispiel die Mobilfunkdaten meines Handys auswerten.«

Diese Antwort war jetzt weniger schlau, dachte Horndeich. Denn wenn das Handy in ihrem Haus lag, bedeutete das noch lange nicht, dass auch Margot sich bei ihrem Handy befand. Dennoch notierte er die Überlegung auf einem Zettel. Sie sollten die Handydaten auf jeden Fall auswerten.

»Auch Ferdinand Wegenthal ist mit Ihrer Waffe erschossen worden.«

Margot rollte die Augen. »Das hatten wir doch schon«, sagte sie.

Dirk Perdiak, der sich bislang wie ein Statist verhalten hatte, versuchte zu intervenieren. Doch Margots Hand, die gebieterisch in die Höhe fuhr, brachte ihn zum Schweigen, bevor er ein Wort sagen konnte. Sie sah kurz in seine Richtung: »Wie wir vorhin besprochen haben, ich rede.«

Dirk Perdiak konnte mit dieser Bemerkung nicht zufrieden sein. Es sei denn, er war einer jener Anwälte, die, wenn sie zum Schweigen verurteilt herumsaßen, vor dem geistigen Auge einfach nur die Summe unter der Liste der Stundenhonorare anstarrten.

Horndeich übernahm wieder. »Kommen wir zu den drei wesentlichen Punkten«, fasste er zusammen. »Erstens: Dein Wagen. Wie konnte dein Wagen in diesen Nächten von Videokameras erfasst werden?«

Margot zögerte nicht. »Jemand anderes hat ihn gefahren.«

»Jemand, der genauso aussieht wie du?«

Margot zuckte nur mit den Schultern. »Ich weiß es nicht. Wir haben kein Fahrtenbuch, das über GPS geführt wird. Es gibt ja solche Apps, und Horndeich, glaube mir, ich wünsche mir im Moment nichts sehnlicher, als dass wir solch ein Fahrtenbuch geführt hätten. Dann könnten wir hier und jetzt klären, ob mein Wagen in den Tatnächten unterwegs gewesen ist.«

»Mit dir?«

»Nein, natürlich nicht mit mir. Aber dann wüsstet ihr, ob jemand meinen Wagen geklaut hat, jemand, der dann drei Menschen erschossen hat, oder ob mein Wagen aus dem Rennen ist.«

»Aus dem Rennen?«

»Na, es sollte ja nicht so schwer sein, eine Dublette meines Wagens herzustellen. Einen Land Rover Discovery in meiner Ausstattung, den kann man überall kaufen. Und wenn man will, kann man ein Kennzeichen einfach drucken lassen. Und dieselben Reifen aufziehen lassen. Und bei euren Aufnahmen lässt sich ganz bestimmt nicht klären, ob die TÜV-Plakette auf dem Nummernschild eine echte ist oder nur eine aufgeklebte Kopie.«

»Eine Kopie deines Autos? Eines Autos, das definitiv weit über fünfzigtausend Euro kostet? Da müsste dich jemand schon sehr hassen, um sich eine Kopie deines Autos zu besorgen.«

»Weiß ich es? Ich habe keine Ahnung. Das Einzige, was ich sagen kann, ist, dass ich in keiner der drei Nächte gefahren bin.«

»Gut. Aber wie kommt dein Blut – und damit bin ich bei Punkt zwei – an den Tatort des ersten Mordes?«

Margot schloss die Augen. Öffnete sie erst nach fünf Sekunden wieder. »Ich weiß es nicht. Ich habe keine Ahnung.«

Es war der Moment, Margots Perspektive einzunehmen. Und für einen Moment davon auszugehen, dass sie nicht die Täterin war. »Wenn du nicht am Tatort warst, wie könnte dein Blut an den Tatort gelangt sein?«

Margot seufzte. »Können wir eine kleine Pause machen?«

»Meine Mandantin möchte eine Pause machen«, sagte

Dirk Perdiak. Die erste Wortmeldung seit dem Beginn des Verhörs.

Horndeich versorgte seine Ex-Kollegin und auch deren Anwalt mit einem Kaffee, den er in der fetten Kaffeemaschine zubereitet hatte. Leahs Kaffeemaschine. Sie hatte das Trumm angeschleppt. Und sie kümmerte sich auch um die Wartung. Erst am Mittwoch hatte der Techniker sie wieder in Gang gesetzt. Denn die WMF-Maschine war eine Diva. Aber wenn man sie verhätschelte, verwöhnte und auf ihre Zicken einging, lieferte sie zumeist richtig guten Kaffee ab.

»Für mich auch?«, fragte Leah, als sie Horndeich an der Maschine stehen sah.

»Klar. Was magst du?«

»Einen Cappuccino.«

Der Dialog war kurz, aber ungewöhnlich. Denn eigentlich war es immer Leah, die für den Kaffee zuständig war. Etwas, das sie sich gemeinhin nicht nehmen ließ. Nicht, weil sie die Kaffeemaschine vor fremden Fingern schützen wollte, sondern vielmehr, weil sie es aus irgendeinem Grund als ihre Aufgabe ansah, ihre Dienststelle mit Kaffee zu versorgen. Nichts ist so, wie es einmal war, dachte Horndeich. Der Gedanke gefiel ihm nicht.

Zehn Minuten später saßen sie wieder alle zusammen im Vernehmungsraum.

»Ich nehme den Faden jetzt noch mal auf«, sagte Horndeich. »Wenn du nicht am Tatort gewesen sein willst, wie erklärst du dir, dass dein Blut dort hingekommen ist? Hast du irgendwann Blut verloren, das irgendjemand an sich genommen haben könnte?«

Margot nahm einen tiefen Schluck aus der Kaffeetasse, dann sagte sie: »Es ist tatsächlich so, dass ich in den vergangenen zwei Jahren immer mal wieder Nasenbluten hatte. Aber dann habe ich mir ein Taschentuch an die Nase gehalten, es ausgesessen, und nach fünf Minuten war es vorüber. Ich war auch beim Arzt, aber der hat nur gesagt, dass meine

Nasenschleimhaut ein bisschen empfindlich ist. Aber da konnte mir keiner Blut klauen.« Margot hielt inne.

»Was ist?«

»Ich hab mich tierisch geschnitten, das ist ungefähr vier Wochen her. Ich koche ja gern – kann man sich kaum vorstellen, was? Ja, mein Leben hat sich etwas verändert, seit ich nicht mehr bei der Polizei bin. Also, vor vier Wochen, da habe ich gekocht, Zwiebeln geschnitten. Sollte für ein Haschee sein, Tomatenhackfleisch und Zwiebeln. Und Frau Mueller, also Clara Mueller, ihr habt sie ja heute kurz kennengelernt, die war ja auch da. Sie hat nur eine Halbtagsstelle, ist immer nur vormittags da. Aber wenn ich mir dann etwas zu Mittag gekocht habe, hat sie ab und zu mitgegessen. Und mir sogar manchmal in der Küche assistiert. Und an dem Tag, da ist mir das Messer abgerutscht. Genau in den Handballen. Ich hab geblutet wie ein Schwein. Und sie hat mir sofort Küchentücher gebracht. Mir geholfen, die Pflaster an den Fingern zu fixieren. Straff, sodass die Blutung gestoppt wurde. Ich hatte keine Lust, ins Krankenhaus zu fahren. Und sie hat mir auch geholfen, danach die Sauerei zu beseitigen. Aber Clara Mueller? Was sollte sie mit meinem Blut anfangen? Warum sollte sie andere Leute umbringen? Das ist doch völlig absurd!«, rief Margot aus.

Horndeich notierte den Namen auf seinem Zettel. »Gab es irgendwo noch eine Möglichkeit, an Blut von dir zu gelangen?«, wollte er wissen. Die Möglichkeiten, an das Blut eines anderen Menschen zu kommen, waren ja nun wirklich begrenzt. Weshalb Margot ja auch im Fokus der Ermittlungen stand, dachte Horndeich.

»Nein, nicht wirklich. Ich war im April auch mal Blutspenden.«

»Aber da kann dir ja niemand Blut abnehmen, oder?«

»Klar haben sie mir Blut abgenommen. Einen halben Liter! Aber ich kann mir kaum vorstellen, dass die Frau, die mir die Nadel gesetzt hat, mein Blut klaut und dann noch drei Menschen umbringt. Und sie muss auch noch meine Waffe stehlen. Das ist doch einfach absurd, nur absurd!«

»Weißt du noch, wann und wo du Blut gespendet hast? Bei welchem Blutspendedienst?«

»Rotes Kreuz. Und ja, ich kann in meinem Kalender nachschauen. Wir waren in Ober-Ramstadt, in der Georg-Christoph-Lichtenberg-Schule.«

»Hast du das früher schon mal gemacht, mit dem Blutspenden?«, wollte Horndeich wissen.

»Nein. Noch nie. Damals hatten wir noch eine andere Bürohilfe, Ulrike Gürtler. Sie hat regelmäßig Blut gespendet und mich im April mitgenommen. Vorher kann mir also auch keiner dort Blut geklaut haben. Was nach wie vor ein völlig abwegiger Gedanke ist.«

Na ja, dachte Horndeich, es ist ein Gedanke, der dich entlasten würde. Er verstand nicht, wieso Margot nicht eher darauf pochte, dass ihr Blut gestohlen worden sein musste.

»Kannst du uns die Adresse von Ulrike Gürtler geben? Wenn sie mit dir dort war, hat sie ja vielleicht eine Beobachtung gemacht.«

»Klar«, sagte Margot.

»Gut, dann kommen wir zur Tatwaffe«, übernahm Leah wieder. »Sie sagen, die Waffe wäre Ihnen gestohlen worden.«

»Das muss wohl so sein. Denn ich habe niemanden damit umgebracht.« Leah ignorierte die Spitze und fragte einfach weiter: »Wann haben Sie sie denn zuletzt verwendet?«

»Vor drei Wochen. Da war ich auf dem Schießstand. Lässt sich nachprüfen.«

»Und was haben Sie danach gemacht, mit der Waffe?«

»Das, was ich immer mache. Ich habe sie in den Koffer gepackt. Habe den Koffer abgeschlossen. Dann habe ich die Munitionskästchen in den Munitionskoffer gepackt und diesen ebenfalls verschlossen. Mit den Koffern bin ich nach Hause gefahren und habe sie als Erstes in den Tresor gestellt und den Tresor verschlossen.«

»Wie ist der Tresor gesichert?«

»Nick und ich haben die gleichen Tresore. Beide haben die Sicherheitsstufe S2. Wir haben sie am Boden und an der Rückwand verschraubt. Man kann sie also nicht eben mal ausleihen. Beide sind mit mechanischen Zahlenschlössern gesichert – wir beide trauen der Mechanik mehr als der Elektronik und den Batterien. Ich kenne seine Kombination nicht, er kennt meine Kombination nicht. Wir haben beide bei einem Notar unsere Testamente hinterlegt. Dort ist auch jeweils eine Liste mit allen Passwörtern und Geheimzahlen abgelegt.«

»Ist der Tresor beschädigt?«

»Aufgebrochen wurde er auf keinen Fall. So gern ich auch das Gegenteil berichten würde.«

»Ist es möglich, dass noch jemand die Geheimzahl kennt?«

»Nein. Ich habe auf meinem Rechner im privaten Bereich ein Containerprogramm, in dem ich sensible Dokumente abgespeichert habe. Dieses Programm lässt sich nur durch ein Passwort öffnen. Die Dokumente sind jeweils auch mit unterschiedlichen Passwörtern gesichert. Diese Passwörter bestehen aus Kombinationen von Zahlen, Buchstaben und Sonderzeichen. Sie haben eine Länge von siebzehn Stellen. Für einen Außenstehenden sind dies völlig sinnlose Kombinationen. Ich kann sie mir auch nur merken, weil sie aus den Anfangsbuchstaben der Wörter eines Satzes bestehen, den nur ich kenne. Und nach einem bestimmten Schema sind dazwischen Ziffern und Sonderzeichen eingefügt. Und nur ich kenne das Schema. So kann ich mir mit einem Satz und einem Schema für jedes Dokument das Passwort ableiten. Meine Passwörter sind auch in keinem Internet-Browser gespeichert. Sie existieren allenfalls in temporären Dateien. Da diese jedoch beim Herunterfahren des Rechners ebenfalls jedes Mal gelöscht werden, wüsste ich nicht, wie jemand an diese Daten herankommen sollte. Vielleicht Richard Feller. Aber auch nur, wenn er sich meinen Rechner für ein paar

Wochen ausleihen dürfte. Beantwortet das Ihre Frage umfassend?«

»Ist bei Ihnen denn eingebrochen worden? Irgendwann, nachdem Sie vor drei Wochen mit der Waffe geschossen hatten?«

»Nein. Nick und ich, wir haben eine Firma, in der wir Unternehmen und auch ein paar Privatpersonen genau zu diesem Thema beraten, wie sie ihre Gebäude und ihre Computer absichern. Selbstverständlich müssen wir so etwas dann auch in unserem Privathaus haben, schon allein, wenn Kunden zu uns kommen und uns die Frage stellen, wie wir denn das für unser Haus gelöst haben. Wir besitzen eine Alarmanlage. Diese Alarmanlage ist mit einem achtstelligen Code gesichert. Wenn wir unser Haus verlassen, wird sie mit einem Knopfdruck scharf geschaltet. Dieser Handgriff sitzt so tief im Gehirn verankert wie der Griff nach dem Sicherheitsgurt, wenn man sich ins Auto setzt. In dem Moment, in dem eine Tür oder ein Fenster gewaltsam geöffnet werden oder auch das Glas eines Fensters eingeschlagen wird, geht sofort der Alarm los. Das Tatütata setzt ein, rote Drehlichter zucken, und sofort gibt es eine Meldung auf unsere Handys und an ein Sicherheitsunternehmen, dass wir dafür beauftragt haben. Gleichzeitig springen die Kameras im Haus an und zeichnen auf, was dort passiert. Wenn wir mit unseren Schlüsseln die Haustür öffnen, haben wir zwanzig Sekunden Zeit, den Code auf dem Nummernfeld einzugeben. Scheitert der dritte Versuch, springt die Alarmanlage ebenfalls an. Dann hilft nur noch, das Sicherheitsunternehmen anzurufen, die von dort aus die Anlage wieder abschalten können. Aber auch nur, wenn wir ihnen das richtige Passwort sagen. Muss ich erwähnen, dass weder der Nummerncode noch das Passwort mit einem hübschen Magneten an der Kühlschranktür in der Küche hängen? Ich kann also mit Sicherheit sagen, dass in den vergangenen vierzehn Tagen bei uns nicht eingebrochen worden ist.«

Netter Vortrag, dachte Horndeich. Und das Einzige, was dieser Vortrag belegte, war, dass es, außer für Margot Hesgart, für keine weitere Person möglich gewesen war, ihre Pistole aus dem Schrank zu nehmen. Horndeich wünschte sich, Margot hätte sich bei der Vernehmung doch für die Schweigegelübde-Variante entschieden …

»Darf ich das dann noch mal zusammenfassen«, sagte Leah. »Sie sagen, dass Sie vergangenen Montag nicht in die Heinrich-Delp-Straße in Darmstadt gefahren sind, um Markus Böhmer zu erschießen. Und das, obwohl die Tatwaffe zweifellos Ihre Waffe ist. Sie behaupten, Sie hätten dort auch kein Blut verloren. Und das, obwohl das Blut zweifelsfrei das Ihre ist. Sie behaupten auch, dass Sie nicht von einer Kamera des Getränkemarkts in Groß-Bieberau auf dem Weg nach Darmstadt gefilmt worden sind. Und das, obwohl Ihr Wagen von dieser Kamera erfasst worden ist.«

»Ja. Genau das behaupte ich«, erwiderte Margot mit fester Stimme.

»Sie behaupten außerdem, dass Sie in der Nacht von Mittwoch auf Donnerstag nicht in Höchst im Odenwald Franziska Schneider erschossen haben. Obwohl die Tatwaffe eindeutig dieselbe Pistole war, eben Ihre 9 mm SIG Sauer P226. Sie behaupten, dass nicht Sie den Wagen gefahren sind, der kurz vor Höchst keine Stunde vor dem Mord von einer Radarfalle erfasst worden ist. Und das, obwohl es sich abermals wieder zweifelsfrei um Ihren Wagen handelt und Sie am Steuer zu sehen sind.«

»Ja. Genau das behaupte ich«, wiederholte Margot. Es klang wie die rituelle Wiederholung bei einem Glaubensbekenntnis.

»Sie behaupten ebenfalls, Ferdinand Wegenthal nicht erschossen zu haben, am frühen Morgen des vergangenen Freitags. Und das, obwohl die Tatwaffe zweifelsfrei wieder dieselbe Waffe war, nämlich die Ihre.«

»Ja. Genau das behaupte ich«, bestätigte Margot erneut.

»Und Sie haben keine Idee, wie sich diese Widersprüche aufklären lassen?«

»Nein. Die habe ich nicht. Aber das ist doch nicht mein Job. Sondern eurer.« Leah und Margot starrten sich nun regelrecht in die Augen. Es sah aus wie ein Duell mit unsichtbaren Laserschwertern, mit denen die eine die andere zu bezwingen versuchte.

Auch für Horndeichs Begriffe lehnte sich Margot ein bisschen zu sehr aus dem Fenster. Denn wenn es ihnen nicht gelang, lief das alles auf einen Indizienprozess hinaus. Und nach dem derzeitigen Stand der Erkenntnis würde das für Margot Hesgart nicht gut ausgehen. Horndeich spürte, wie wütend auch Margot sein musste. Sonst hätte sie sich niemals zu solch einer Aussage hinreißen lassen.

Horndeich fühlte sich an einen Moment vor einigen Jahren erinnert. Damals war er allein nach Bern gefahren, ein Städteurlaub für ein paar Tage. Eher zufällig war er in der Altstadt auf das Einstein-Museum gestoßen. Unglaublich anschaulich war dort die Idee der Relativitätstheorie dargestellt, in sehr gut gemachten Animationen. Und zum ersten Mal auf eine Art und Weise, sodass Horndeich eine Idee davon bekam, wovon der gute Albert Einstein eigentlich gesprochen hatte. Wieder zu Hause, hatte er sich dann etwas in das Thema vertieft und war auch auf Werner Heisenbergs Quantenphysik gestoßen. Und er erinnerte sich daran, dass sich die Physik der Gravitation, wie sie Einstein beschrieb, nicht mit der Quantenphysik unter einen Hut bringen ließ. Weil diese blöden Teilchen sich gleichzeitig an mehreren Orten aufhalten konnten. Solange man sie nicht maß. Wie eine Margot, die in ihrem Bett lag und gleichzeitig in ihrem Auto geblitzt worden war. Genau genommen war Margot aber doch gemessen worden, per Radarfalle. Womit der Ort ihres Aufenthalts definiert worden war.

»Horndeich?«, hörte er Leahs Stimme. Das holte ihn wieder in die Realität zurück. Er merkte, dass seine Konzentration doch merklich nachgelassen hatte.

»Wir gehen«, sagte Leah.

Und Horndeich erhob sich. Nickte Margot zu, nickte dem Anwalt zu.

»Wir sind in wenigen Minuten wieder da«, ergänzte Leah.

Als sie den Vernehmungsraum verlassen hatten, sagte sie zu Horndeich: »Wir sollten jetzt zum Staatsanwalt. Um mit dem Richter zu telefonieren. Der soll dann entscheiden, ob Margot wieder nach Hause kann oder ob sie nach Weiterstadt muss.«

Weiterstadt. Der Knast, in dem Untersuchungshäftlinge aus Darmstadt landeten.

»Ich glaube, sie hat es getan. Und wenn wir sie nicht nach Weiterstadt schicken, dann wird sie zusammen mit Nick abhauen. Da ist genug Kohle im Hintergrund, um sich so etwas leisten zu können.«

Leah war in den vergangenen Minuten noch einmal in sich gegangen. Wollte sie tatsächlich Horndeichs ehemalige Kollegin im Knast sehen? Nein, natürlich nicht. Aber noch weniger wollte sie einer Mörderin die Gelegenheit geben, sich abzusetzen.

»Was für ein Blödsinn«, erwiderte Horndeich. »Ich glaube nicht, dass sie es war. Ich glaube, irgendjemand will ihr hier etwas in die Schuhe schieben. Ich habe keine Ahnung, wer, ich habe keine Ahnung, wie – aber dass Margot so blöd ist, einen Mord perfekt zu planen und dann auf der Landstraße in einen Blitzer zu rauschen, das kann ich mir beim besten Willen nicht vorstellen.« Horndeich sah Leah an. Und sie spürte, dass er sie am liebsten kraft seines Blickes zum Schweigen gebracht hätte.

»Bitte fassen Sie noch mal die Indizien zusammen, die dafür sprechen, dass Margot Hesgart Markus Böhmer, Franziska Schneider sowie Ferdinand Wegenthal erschossen hat«, sagte Staatsanwalt Braun. Er war bemüht, das Feuer zwischen den beiden Beamten mit einem Tröpfchennebel sanften Tonfalls zu löschen.

Leah zählte die Fakten erneut auf. Dann schloss sie mit den Worten: »Wenn wir eins und eins zusammenzählen, dann kommt nun mal zwei dabei raus.«

Horndeich entgegnete: »Oder drei. Wenn da nämlich noch eine dritte Eins im Spiel ist, die wir nicht kennen.«

Leah seufzte. Nein, es gefiel ihr nicht, dass eine ehemalige Kollegin ihres Partners eine Mörderin sein sollte. Aber sie war deshalb auch nicht bereit, sämtliche Fakten zu ignorieren. »Jedes Indiz für sich, einzeln betrachtet – das begründet keinen hinreichenden Tatverdacht. Aber alles zusammen? Horndeich, willst du die Fakten denn nicht sehen?«

»Herr Horndeich«, meldete sich auch der Staatsanwalt wieder zu Wort, »ich muss Ihrer Kollegin recht geben. Wenn wir Frau Hesgart nicht in Untersuchungshaft nehmen, und in zwei Tagen ist sie nicht mehr da, dann stehen wir ganz schön dumm da. Ich telefoniere jetzt mit Richter Weinberg, und ich werde ihm empfehlen, einen Haftbefehl auszustellen.«

Horndeich warf Leah keinen Blick mehr zu, als er wortlos den Raum verließ.

Clara Mueller wohnte in dem Ort vor Lichtenberg, in Rohrbach. Kleine Zweizimmerwohnung unterm Dach eines Mehrfamilienhauses. Leah hatte gefragt, ob sie mitfahren sollte, aber Horndeich wollte im Moment niemanden an seiner Seite haben. Und schon gar nicht Leah. Er hatte sich nicht mehr von Margot verabschiedet, als sie aus dem Präsidium abgeführt worden war. Er hatte sich nicht getraut. Er hätte ihr nicht in die Augen sehen können. Und er war maßlos enttäuscht von Leah.

Sein Ziel war es, jetzt erst mal nach den Strohhalmen zu greifen, die ihnen Margot in der Vernehmung hingeworfen hatte. Zuerst wollte er sich der Frage widmen, ob jemand Blut von Margot hätte entwenden können.

Clara Mueller hatte sich sofort bereit erklärt, mit Horndeich zu sprechen, als dieser ihr mitgeteilt hatte, dass sie Margot festgenommen hatten. Und dass sie vielleicht einen Teil zur Aufklärung beitragen könne. Ihre Wohnung lag in einem Fachwerkhaus, und die Balken waren an einer Innenwand bewusst sichtbar belassen worden. Es verlieh der Wohnung zusammen mit der Dachschräge ein gemütliches Ambiente. Die Einrichtung erinnerte ein wenig an eine Studentenbude, die beiden Sessel, das Sofa und der Tisch stammten definitiv nicht aus demselben Möbelkatalog. Ganz offensichtlich war Clara Mueller Mutter eines kleinen Kindes. Wem welche Zone dieser Wohnung gehörte, war auf den ersten Blick zu orten: Clara Mueller hatte die Lufthoheit: Alle Bereiche in diesem Zimmer, die höher als einen Meter lagen, gehörten zu ihrem Revier. Im Regal teilten sich einige CDs, ein paar DVDs und vielleicht zwanzig Bücher den Platz mit einem CD-Radio. Auch der Fernseher stand im Regal, ebenfalls deutlich über der Ein-Meter-Grenze.

Das tiefer liegende Gebiet gehörte voll und ganz dem Kind, wahrscheinlich ein Junge, schätzte Horndeich: Bauklötze aus Holz, große Lego-Duplo-Steine und ein Stau von rund fünfzehn Metallautos markierten den Boden als sein Revier.

Clara Mueller sah sich entschuldigend um: »Ich kann gar nicht so schnell aufräumen, wie er die Sachen wieder verteilt.« Vorhin, in Margots Haus, hatte er Clara Mueller kaum einen Blick geschenkt, zu sehr war er mit Margot beschäftigt gewesen. Nun, auf den zweiten Blick, erinnerte sie Horndeich ein wenig an Leah. Clara Mueller war kleiner, deutlich kräftiger, aber auch sie trug ihr Haar zu einem Dutt gesteckt. Sie entsprach dem Klischee einer Sekretärin. Nur eine Haarsträhne hatte sich nicht zähmen lassen und hing frech vor dem linken Ohr herab.

Sie bot Horndeich an, Platz zu nehmen. Der wählte den größeren Sessel und ließ sich darin nieder. »Frau Mueller, wie lange arbeiten Sie schon für Frau Hesgart?«

Clara Muellers Finger spielten mit der Haarsträhne, offensichtlich unbewusst. »Ich beantworte sehr gern all Ihre Fragen. Aber ich würde vorher gerne wissen, was Sie Frau Hesgart zur Last legen. Ich meine, sie ist die beste Chefin, die man sich vorstellen kann. So ein gutmütiger Mensch. Sie kann doch keiner Fliege was zuleide tun.«

Horndeich schluckte. Seine Rede. »Frau Mueller, ich kann und darf Ihnen dazu nichts sagen. Was ich Ihnen aber sagen kann: Ich habe viele Jahre mit Frau Hesgart zusammengearbeitet. Und ich hoffe, dass sich alles aufklärt und sich die Anschuldigungen gegen sie in Rauch auflösen. Dazu können Sie beitragen, indem Sie mir einfach meine Fragen offen beantworten. Also: Wie lange arbeiten Sie schon für Frau Hesgart?«

Die Finger hörten auf, mit der Strähne zu spielen. Clara Mueller führte beide Hände in ihrem Schoß zusammen und formte die Finger wohl ebenfalls unbewusst zu einer perfekten Kopie der Merkel-Raute. »Ich hab Mitte April angefangen. Frau Hesgart hat damals ziemlich dringend jemanden gesucht. So hatte ich zumindest den Eindruck.«

»Wie kommen Sie darauf?«, hakte Horndeich sofort nach.

Nachdem Horndeich die Frage gestellt hatte, verwandelte sich der Teint von Clara Mueller so, dass sie aus dem Stand als Modell für Rotbäckchen-Werbung engagiert worden wäre. »Ich habe nicht wirklich erstklassige Referenzen. Aber meine beste Freundin lebt zwei Häuser von Frau Hesgart entfernt. Sie hat mitbekommen, dass sie eine Bürokraft braucht. Am besten eben halbtags. Und das war genau das, was ich gesucht habe.«

»Wissen Sie, weshalb Frau Hesgart so schnell jemanden benötigte?«

»Ich hab das so nach und nach mitbekommen. Ich hatte

eine Vorgängerin, Ulrike Gürtler hieß die, und die hat ihren Job wohl nicht besonders toll gemacht. Hab ich dann auch gesehen. War schon ein bisschen chaotisch, das Büro. Aber ich hab's wieder hingekriegt. Frau Hesgart hat das ja im letzten Jahr noch alles selbst gestemmt. Die Frau Gürtler, die kam im Januar. Na ja, und Frau Hesgart hat der Frau Gürtler Ende März dann gekündigt. Die hat die einfachsten Sachen nicht hingekriegt. Und ich hab das dann alles erst mal wieder sortiert und ein System reingebracht.«

»Hat Frau Hesgart mit Ihnen jemals über einen Markus Böhmer gesprochen?«, wollte Horndeich wissen. Es war unwahrscheinlich. Aber er wollte nichts unversucht lassen.

»Nee. Hat sie nicht.«

»Franziska Schneider?«

»Nee, sagt mir auch nichts.«

»Und Ferdinand Wegenthal?«

»Ja, über einen Herrn Wegenthal hat sie mal gesprochen.«

Horndeich wurde sofort hellhörig. »Wann? Und was hat sie über ihn gesagt?«

»Ach nein, der hieß anders. Wegener hieß der. Dr. Fritz Wegener. Ist ein Kunde von uns. Aus Frankfurt.«

Horndeich wusste nicht, ob er erleichtert oder frustriert sein sollte. »Haben Sie einen Schlüssel für Frau Hesgarts Haus?«

»Nein. Selbstverständlich nicht. Ich komme um acht, klingele, und Frau Hesgart lässt mich rein.«

»Ist Ihnen vielleicht in den vergangenen Monaten, in denen Sie hier gearbeitet haben, irgendetwas Besonderes aufgefallen? Seltsame Besuche, ein Auto, das hier nicht hergehört hat, irgendwelche auffälligen Leute?«

Clara Mueller wandte den Blick gegen die Zimmerdecke, dachte nach, sah Horndeich wieder an und sagte: »Nee. Mir ist nix aufgefallen. Ist ja auch eher eine ruhige Gegend hier.«

»Und Sie arbeiten jeden Tag zur selben Zeit?«

»Ja. Montag bis Freitag, acht bis zwölf.«

»Auch manchmal nachmittags? Oder abends?«

»Na ja, als Moritz krank war, das ist mein Sohn, der ist drei, der ist um die Zeit normalerweise in der Kita. Aber vor vier Wochen, da hatte er eine Grippe, und ich musste zu Hause bleiben. Ging nicht anders. Meine Mama konnte auch nicht einspringen. Zumindest nicht tagsüber. Da habe ich dann vor drei Wochen ein paar Tage ganztags gearbeitet, um das wieder aufzuholen. Meine Mama hat Moritz von der Kita abgeholt und ihn dann betreut. Und ab und zu holt ihn auch mein Ex. Aber normalerweise bin ich bei Frau Hesgart montags bis freitags, von acht bis zwölf.«

»Erinnern Sie sich daran, als Margot Hesgart sich geschnitten hat?«

»Ja. Was hat das denn mit Ihrem Fall zu tun?« Als Horndeich nicht antwortete, fuhr sie zwei Sekunden später fort: »Ja. Natürlich erinnere ich mich daran. Sie hat freitags oft für mich mitgekocht. Da haben wir dann um Viertel nach zwölf noch zusammen gegessen.«

»Und was genau ist passiert, als sie sich geschnitten hat?«

»Ich saß im Büro. Hab gerade noch die Rechnung fertig gemacht, an einen Kunden in Offenbach. War das Letzte, was ich an diesem Tag noch tun wollte. Und da habe ich sie schreien gehört. Ich bin sofort aufgesprungen und in die Küche gerannt. Ich wusste ja, dass sie kocht. Und da stand sie dann an der Arbeitsplatte. Und hat geblutet wie Sau.« Sofort schob Clara Mueller ein »Entschuldigung« hinterher. »Ist sonst nicht so meine Wortwahl. Aber ich bin echt erschrocken. Ich dachte, sie hat sich die ganze Hand abgeschnitten. Irgendwie ist das Fleischmesser abgerutscht. Es lag auf dem Boden, und da war auch überall Blut. Ich war ja mal Krankenschwester, also das war meine erste Ausbildung. Und Frau Hesgart war wirklich unter Schock. Also habe ich erst mal Küchenrolle genommen, auf die Wunde gedrückt, und dann ihre andere Hand daraufgelegt, damit sie zudrücken konnte. Dann habe ich sie zum Küchenstuhl geführt und dort hingesetzt. Ich habe gefragt, wo das Verbandszeug ist, aber sie hat gar nicht geantwortet. Also bin ich zu meinem Auto gerannt, habe dort den Verbandskasten aus dem Kofferraum genommen und bin wieder zurück. Ich hatte die Haustür mit einem Schuh blockiert, damit sie nicht ins Schloss fallen konnte. Dann hab ich mir die Wunde genau angesehen. Sie konnte den Daumen noch bewegen, also hat sie richtig Glück gehabt. Es hat zwar stark geblutet, aber der Schnitt war nicht so tief, wie ich gedacht habe. Und es war auch keine Sehne oder gar der Knochen betroffen. Also habe ich ihr einen Verband angelegt. Dann habe ich sie ins Wohnzimmer gebracht, auf die Couch gelegt. Aber so, dass sie den Arm nach oben hielt. Das habe ich mit ein paar Kissen gesichert, und dann bin ich in die Küche, die Sauerei wegwischen.«

»Wie genau haben Sie sie weggewischt?«

»Ich verstehe die Frage nicht?«

»Wie sind Sie vorgegangen?«

Clara Mueller sah Horndeich an, als ob er sie gefragt hätte, ob sie sich vorstellen könne, wie viel eins und eins ist. »Na, zuerst mit fast einer ganzen Küchenrolle das Grobe weggewischt, dann ein Eimer Wasser, Wischlappen – ich verstehe die Frage wirklich nicht.«

»Schon gut. Danke.« Horndeich schwenkte um auf anderes Terrain: »Wissen Sie, wo Frau Hesgart ihre Pistolen aufbewahrt?«

Clara Mueller riss die Augen auf und glich in dem Moment einer Eule. »Ihre Pistolen? Ich wusste gar nicht, dass sie so was hat. Sind die in ihrem Haus?«

Horndeich fühlte sich nicht bemüßigt, die Frage zu beantworten. Jetzt kam er zum heiklen Teil. »Frau Mueller, wo waren Sie am vergangenen Montag um zehn Uhr abends?«

Abermals die Eule. »Ich? Wieso ich?«

»Frau Mueller, ich muss Sie das fragen. Bitte antworten Sie einfach.«

Damit hatte Horndeich den letzten Rest an Freundlichkeit

aus Clara Muellers Gesicht gefegt. »Ich war natürlich hier. Ich habe Ihnen ja gerade gesagt, dass ich einen dreijährigen Sohn habe. Um den ich mich allein kümmern muss.« Clara Muellers Stimme schnarrte ein bisschen.

»War jemand bei Ihnen, der das bezeugen kann?«

Clara Mueller schnaubte: »Mein Fernseher.«

Horndeich ignorierte das, was ein Scherz hätte sein können – oder eine Beleidigung. »Wo waren Sie in der Nacht von Mittwoch auf Donnerstag?«

»Letzte Woche?«

»Ja. In der vergangenen Woche.«

Und wie ein Rollladen ratterte wieder die Freundlichkeit über Clara Muellers Gesicht: »Da war ich bei Senta. Die hatte Geburtstag. Mädelsabend. Wir waren zu sechst. Kann Ihnen gern die Namen, Adressen und auch die Telefonnummern geben. Meine Mama hat in dieser Nacht auf meinen Moritz aufgepasst.«

»Wann sind Sie nach Hause gekommen?«

»Das war so um halb zwei.«

Horndeich fragte nicht mehr nach dem Alibi für den Todeszeitpunkt von Ferdinand Wegenthal. Clara Mueller war offensichtlich aus dem Spiel.

Richard Feller schaute auf seine Liste. Natürlich keine auf dem Papier, sondern eine auf dem Monitor rechts außen. Er liebte das Programm *Sticky Notes*. Virtuelle Post-its auf dem Bildschirm. Er hatte sogar eine getunte Version, in der er abgehakte Punkte mit einem kleinen grünen Häkchen versehen konnte.

Der nächste offene Punkt auf seiner Liste hieß: Webseite Schneider Computer Graphics. Der Internetauftritt der Firma von Franziska Schneiders Mann Lutz.

Doch zunächst, so hatte ihn Horndeich persönlich gebeten, sollte er sich anschauen, was er im Netz über Clara Mueller herausfinden konnte.

Er gab ihren Namen in die Maske der Suchmaschine ein. Als Erstes wurde ihm gleich eine Facebook-Seite vorgeschlagen. Er klickte darauf. Eine Clara Mueller, die unter ihren Informationen sowohl das Geburtsdatum angegeben hatte als auch den Wohnort Ober-Ramstadt. Es schien die Richtige zu sein. Unter der Rubrik Arbeitsstelle stand: »Hesgart & Peckhard, Lichtenberg«. Kein Zweifel mehr.

Mehr Informationen konnte Feller dem Profil nicht entnehmen. Offensichtlich hatte Clara Mueller sowohl die Chronik als auch ihre Fotos bis auf das Profilbild nur für ihre Freunde auf sichtbar gestellt. Vorbildlich, dachte Feller.

Er klickte noch mal auf den Info-Button. Las das Geburtsdatum. Klickte auf anmelden. Gab die acht Ziffern ein. Kein Treffer. Feller versuchte es erneut, fügte aber zwischen Tag und Monat und Jahr jeweils einen Bindestrich hinzu. Und: Sesam öffne dich!

Nicht vorbildlich.

Aber im Moment sehr nützlich.

Clara Mueller hatte den Account vor vier Jahren angelegt. Feller scrollte sich durch die Chronik und schrieb immer wieder Notizen in eine Datei oder kopierte kurze Textstücke aus der Chronik. Nach zwei Stunden hatte er einen kompletten Lebenslauf der jungen Frau aufgestellt. Natürlich gab es diesen Lebenslauf nicht eins zu eins im Facebook-Account. Aber aus all den Posts, die sie in den vergangenen vier Jahren abgesetzt hatte, ließ sich ein fast lückenloses Bild nachzeichnen.

Geboren in Darmstadt-Eberstadt, hatte Clara Graefe, so ihr Mädchenname, die dortige Grundschule besucht. Danach ging sie in Darmstadt auf die Wilhelm-Leuschner-Schule, wiederholte die siebte Klasse, machte nach der zehnten einen Realschulabschluss mit der Durchschnittsnote 1,5. Sie ließ sich zur Krankenschwester ausbilden im Alice-Hospital. Dann, mit dreiundzwanzig, rutschte sie zu Hause auf dem frisch gewischten Boden aus. Dabei brach sie sich einen

Rückenwirbel, begleitet von einem Bandscheibenvorfall. Sie hatte Glück im Unglück, die Nerven des Rückgrats waren nicht verletzt worden. Es folgte ein langer Krankenhausaufenthalt – auch Alice-Hospital –, doch danach konnte sie ihren Beruf als Krankenschwester nicht mehr ausüben. Patienten umwuchten war nicht mehr möglich. Sie machte eine zweite Ausbildung als Kauffrau für Büromanagement in einem Darmstädter Autohaus. Dort lernte sie dann Silvio Mueller kennen. Die beiden wurden ein Paar.

Am Sonntag nach Clara Graefes Abschluss wurde aus Clara Graefe Clara Mueller. Fünf Monate später kam Moritz auf die Welt. Schon vor der Geburt konnte man aus den Posts ziemlich genau herauslesen, dass die Ehe unter keinem guten Stern stand. Offensichtlich betrog der gute Silvio seine Clara. Fünf Monate später verließ Silvio Mueller seine Frau. Er zahlte den gesetzlichen Unterhalt, aber ein üppiges Leben war damit nicht drin.

Clara Muellers Eltern wohnten inzwischen in Ober-Ramstadt. Daher zog Clara vor einem Jahr nach Lichtenberg. Billiger als Darmstadt und mit einem Platz in der Kita in der Nähe.

Überschwänglich berichtete sie davon, dass sie wieder einen Job habe, eben bei Margot Hesgart, der besten Chefin der Welt, wie sie ungefähr alle drei Tage postulierte. Bilder belegten, dass Margot auch Clara Muellers Mutter kannte. Doch Richard Feller konnte es drehen und wenden, wie er wollte – es gab nicht den Hauch eines Hinweises darauf, dass Clara Mueller auch nur den leisesten Groll gegen Margot Hesgart gehegt hätte. Er machte einen großen, grünen Haken hinter das Projekt Clara Mueller, legte seine Erkenntnisse wie gewohnt kurz schriftlich nieder und speicherte das Dokument an der entsprechenden Stelle.

Er nahm sich den nächsten Punkt auf der Liste vor: Die Webseite der Firma von Lutz Schneider, Schneider Computer Graphics. www.scg-computer.de lautete die Domain.

Feller gab sie ein, drückte die Return-Taste. Eindrucksvolle Bilder zierten die Startseite. Eine zischende Dampflokomotive. Ein Blick ins Kolosseum in Rom, eine Schlacht zwischen Römern und Germanen.

Feller sah sich die Demo-Filmchen an. Erstaunlich. Er selbst war kein Freund von Computerspielen. Aber das, was diese Firma da auf die Beine stellte, das war überzeugend. Selbst ein Schlachtengetümmel wirkte auf den ersten Blick überhaupt nicht so, als wäre es im Computer entstanden. Sondern als hätte irgendjemand bei der Varusschlacht vor zweitausend Jahren die Handykamera draufgehalten. Ja, Feller war beeindruckt.

Er klickte sich auf die Referenzliste. Auch die las sich ziemlich beeindruckend. Gerade das ZDF hatte für historische Dokumentationen immer wieder bei SCG eingekauft. Feller erinnerte sich, dass er die Doku über das Luther-Tribunal im ZDF gesehen hatte. Und er erinnerte sich, dass er sich tatsächlich gefragt hatte, wie es den Filmemachern gelungen war, das 16. Jahrhundert so realistisch erscheinen zu lassen.

Dann klickte er auf den Button »Firmennews«. Auch hier viele Links auf die Videos, die er auf der Portfolio-Seite angeschaut hatte. Feller stellte fest, dass die News-Seite wenigstens anständig gepflegt war. Er kannte so viele Seiten, bei denen die News im April vor acht Jahren anfingen, dann noch im Mai und im Juni fortgesetzt wurden. Und das war es dann auch. Die neuesten News waren dann sieben Jahre alt – und nichts wirkte im Internet älter als sogenannte News, die älter waren als vier Monate. Da hatten dann die Firmenbetreiber irgendetwas an der Rubrik nicht verstanden.

In der Liste der Neuigkeiten hatte Lutz Schneider als Firmeninhaber immer wieder irgendwelche Gelegenheiten gepostet, bei denen er wichtigen Menschen die Hand geschüttelt hatte. Etwa dem Oberbürgermeister von Darmstadt, für den er auch einen kurzen Werbefilm hatte drehen dürfen, dann sogar einem Landtagsabgeordneten, dem er für sein wichtigstes Anliegen, die Müllverbrennung, ein Werbefilmchen gedreht hatte. Auch die Weihnachtsfeier der Firma war online zu bewundern, in diesem Jahr, im Jahr zuvor, und auch zwei Jahre zuvor.

Wenn man genau hinsah, konnte man erkennen, wer die Firma verlassen hatte und wer neu hinzugekommen war. Doch dann gab es ein weitaus interessanteres Jubiläum: SCG – eine Erfolgsstory von 2222 Tagen. Vor drei Jahren hatte das Unternehmen dieses Jubiläum zelebriert. Die Rede des Geschäftsführers Lutz Schneider war als PDF gepostet, ebenso die Rede des zweiten Geschäftsführers. Und dann folgten rund dreihundert Bilder, die am Abend des Events aufgenommen worden waren. Feller klickte sich akribisch durch jede Fotografie. Es war die Aufnahme mit der Nummer 143, bei der er innehielt. Viele Gesichter waren mehrfach aufgenommen worden, ganz besonders natürlich das des Geschäftsführers und das seiner Frau. Und das des zweiten Geschäftsführers und dessen Frau. Aber auf Bild 143 sah Feller eine Person, die er dort kaum vermutet hätte: Margot Hesgart.

Er klickte sich durch die anderen Bilder. Und sowohl auf Aufnahme 179 als auch 214 war Margot Hesgart deutlich zu erkennen. Interessant war dann noch das Bild mit der Nummer 244: Margot Hesgart im Gespräch mit Lutz Schneider und mit dessen Frau Franziska Schneider. Es war offensichtlich: Die ehemalige Kriminalhauptkommissarin kannte sowohl den Firmeninhaber als auch dessen ermordete Ehefrau.

»Papa, warum lachst du nicht mehr?«, wollte Stefanie wissen.

Ein simpler Satz, der Horndeich die Tränen in die Augen trieb. Seine Tochter, die gerade auf seinem Schoß saß, sie hatte ein Talent, direkte Fragen ohne jede Schnörkel zu stellen.

Auf dem Schoß der Tochter saß Che, der Familienhund. Während Horndeich die Schulter seiner Tochter streichelte, übernahm die eine Runde Kraulen des Hundes.

Für gewöhnlich konnte Horndeich auf solche Fragen seiner Tochter direkt antworten. »Wieso, ich lache doch«, hätte er gesagt, und für zwei Minuten den Clown gemacht. Aber es funktionierte nicht, nicht in diesem Fall.

Er schlug den ernsten Ton an. »Das kennst du doch auch schon, meine Kleine. Diese Tage, an denen irgendwie alles schiefläuft.«

Stefanie antwortete nicht. Sicher eine halbe Minute lang. Dann sagte sie: »Wie als die Bianca mit mir nicht mehr gesprochen hat? Weil sie geglaubt hat, dass ich ihr das Wurstbrot geklaut habe? Und wo ich es ihr erklärt habe, dass ich das nicht war, aber sie mir trotzdem nicht geglaubt hat? Und wo sie nicht mehr meine Freundin war?«

»Ja, genau solche Tage.«

»Ja, Papa, solche Tage kenne ich«, sagte Stefanie und seufzte laut. Was Horndeich wiederum zum ersten Mal an diesem Tag ein Lächeln ins Gesicht zauberte.

»Du musst jetzt ins Bett«, sagte er.

»Ich weiß. Ich mag aber noch fünf Minuten so sitzen. Mit dir. Und mit Che.«

Wer war er, dass er diesen Moment des Glücks seiner Tochter verwehren wollte? Und doch sah er auf die Uhr. Fünf Minuten.

In Minute zwei begann Stefanie leise zu singen: »... das ist hessische Kultur, Äbbelwoi ist unser Lebenselixier ...«

Horndeich konnte nicht anders, als zu schmunzeln.

»Papa, ich finde Lichtenberg cool. Ich mag das ganze Lied haben. Kannst du mir das aus dem Internet holen?«

Horndeich nickte. Für seine Tochter war das Internet so selbstverständlich, wie für ihn in ihrem Alter MTV gewesen war. Jede Musik, die man mochte, konnte man dort schauen. Zwar nicht immer zu dem Zeitpunkt, den man wollte. Aber Fernsehen und die Welt der Musikvideos gehörten zusammen. »Ja. Ich schenke dir das Lied. Morgen kannst du es anhören. Dann hat es auch Mama auf ihrem iPhone.«

»Danke, Papa«, sagte Stefanie leise.

In Minute vier trat Sebastian Rossberg ins Wohnzimmer. In jeder Hand hielt er einen großen Koffer. Er und Chloe waren sonntags wieder in ihre Wohnung zurückgekehrt, hatten aber den Kontakt zu Horndeich und seiner Familie gemieden. Und auch Horndeich hatte keine Lust, mit Rossberg über den Fall zu diskutieren. Er wirkte kleiner heute, der alte Herr.

»Stefanie, geh nach oben, zieh dich aus, putz die Zähne, ich bin gleich bei dir.«

Stefanie sah ihren Vater an. Sie war sehr gut darin zu erkennen, wann der Papa es ernst meinte und wann sie noch ein paar Minuten rausschinden konnte. Dieser Moment war ein Moment, in dem sie keinen Ton mehr sagte, Che von ihrem Schoß verscheuchte, aufstand und verschwand. »Hallo, Sebastian«, sagte sie noch. »Fährst du in Urlaub?«, wollte sie von ihm wissen.

»Geh ins Bett«, wiederholte Horndeich, stand auf und trat auf Sebastian Rossberg zu. »Koffer?«.

Sebastian Rossberg nickte und sah Horndeich in die Augen: »Du weißt, wie sehr ich dich schätze. Du weißt, wie dankbar ich bin, dass ich hier, in diesem Hause, mit Chloe leben kann. Aber es geht nicht. Entschuldige, Steffen, ich kann nicht mit jemandem unter einem Dach wohnen, der ernsthaft glaubt, meine Tochter habe drei Menschen umgebracht. Du hast meine Tochter festgenommen. Sie sitzt jetzt im – ich kann das Wort kaum aussprechen – Knast!« Seine Stimme war ein wenig lauter geworden.

Horndeich nickte. Er selbst glaubte nicht, dass Margot Hesgart drei Menschen umgebracht hatte. Und dennoch war er eine der Personen gewesen, die sie festgenommen hatten. »Sebastian ...«, begann er einen Satz, den er nicht vollenden konnte.

»Ich ziehe mit Chloe in Margots Haus. Ich komme morgen noch mal vorbei und werde etwas mehr einpacken.«

»Sebastian, das glaube ich jetzt nicht.«

»Aber du hast sie festgenommen«, sagte er.

Da stand er vor ihm, der Vater seiner ehemaligen Kollegin. Ein alter Herr, den er fast als einen Freund bezeichnet hätte.

Horndeich seufzte. So wie seine Tochter gerade geseufzt hatte. Sebastian Rossberg war viele Jahre Strafverteidiger gewesen. Er musste doch genau wissen, wie der Hase lief. Alle Indizien, alle, alle, alle Indizien sprachen dafür, dass seine Tochter Margot Hesgart eine Mörderin war. Einzig das Motiv lag noch im Dunkeln. Das war die Situation. Die objektive Situation. Und was er, Steffen Horndeich, glaubte oder nicht glaubte, war völlig irrelevant.

Margots Stieftochter Doro trat ins Wohnzimmer. In der Hand ebenfalls einen Koffer. »Lass uns gehen, Opa«, sagte sie und vermied es dabei, Horndeich anzusehen. Er hatte nicht mitbekommen, ob sie in den vergangenen Tagen hier gewesen war.

Dass sie Sebastian Rossberg Opa nannte, sagte bereits alles. Sie waren nicht blutsverwandt, und trotzdem verließ Doro ihre Stube unterm Dach, um sich mit ihm solidarisch zu zeigen.

Sebastian Rossberg sah Horndeich an, und seine Hand bewegte sich wie die eines Lehrers. Er zeigte mit dem Zeigefinger direkt auf Horndeich: »Deine verdammte Pflicht ist es, zu beweisen, dass meine Tochter keine Schuld trägt! Das ist dein Job. Und nichts anderes. Lass deine Kollegen rumwuseln und die vermeintlichen Indizien noch bestärken. Aber Margot braucht jemanden, der sie aus dieser Scheiße rausholt. Und das kann niemand anderes sein als du. Und solange du nicht bereit bist, diesen Job zu machen, sehen wir uns nicht wieder.«

Er drehte sich auf dem Absatz um.

Einzig Chloe sah noch einmal zu Horndeich. Er konnte eine Träne in ihrem Auge erkennen. Und die Andeutung eines Schulterzuckens.

Che saß auf dem Boden, und Horndeich hörte ihn zum allerersten Mal in seinem ganzen Leben aufjaulen. Der Hund begriff mehr als alle in diesem Raum zusammen.

MITTWOCH, 29. MAI

»Tja, und schließlich habe ich dieses Bild entdeckt«, schloss Feller.

Horndeich und Leah sahen ihn an. »Na, dann sollten wir noch einmal mit Lutz Schneider reden. Und vor allem auch mit Margot«, sagte Leah.

Horndeich hätte souverän sein müssen. Das gebot sein Job. Das gebot seine Berufserfahrung seit fünfzehn Jahren. Aber er war es nicht. Die Vorstellung, mit Lutz Schneider über Margot Hesgart sprechen zu müssen, sie war ihm kaum vorstellbar. Er hatte Angst davor, Dinge zu hören, die er jetzt nicht hören wollte. Und doch wusste er, dass seine Kollegin Leah Gabriely recht hatte. Natürlich mussten sie mit ihm sprechen. Wahrscheinlich würde irgendwann an diesem Tag auch Margots Lebensgefährte und Geschäftspartner Nick Peckhard in Deutschland eintreffen. Horndeich konnte sich vorstellen, dass die Konversation ähnlich ablaufen würde wie jene am vorigen Abend mit Sebastian Rossberg und Dorothee.

Leah sah in Horndeichs Richtung: »Ich mache das. Ich spreche mit Lutz Schneider.«

Horndeich nickte nur. Er. Der Leiter der SOKO. Der Mann, der den Überblick behielt und der sagte, wo's langging. Sowohl Feller als auch Leah wussten, dass er dieser Aufgabe im Moment kaum gerecht werden konnte. Sie wussten nicht, dass Sebastian Rossberg ausgezogen war. Sie wussten auch nicht, dass Doro ausgezogen war. Aber sein Gesicht sprach Bände. Da brauchte er sich nichts vorzumachen.

Und doch musste er wieder ein wenig Land gewinnen,

Boden unter die Füße bekommen. Zeigen, dass er immer noch Teil dieser Ermittlung war. Dass auch er noch Ideen hatte. Dass auch er noch wusste, was zu tun war. »Ich werde heute mit dieser Ulrike Gürtler reden. Die Bürohilfe, die vor Clara Mueller da war. Mit der ist Margot ja auch zum Blutspenden gegangen. Vielleicht kriege ich da noch irgendetwas raus.«

»Herr Schneider, was war das für ein Fest, 2222 Tage SCG?«

»Na ja, Sie haben es ja gerade schon auf den Punkt gebracht«, sagte Lutz Schneider. »War ein Moment, in dem wir ziemlich gewachsen sind. Fünf Jahre Firmengeschichte waren vorbei, zehn Jahre lagen noch weit entfernt, da haben wir uns entschlossen, dieses Fest zu feiern.«

Leah saß auf dem Sofa im fein ausgestatteten Domizil der Schneiders. Von den Kindern war nichts zu hören, sie waren im Kindergarten.

»Margot Hesgart ist auf einigen Bildern fotografiert worden. Was hat sie mit Ihrem Hause zu tun?«

»Sie meinen die Lebensgefährtin von Nick Peckhard?«

»Ja. Genau die.«

»Nun, ungefähr ein halbes Jahr vor dem Fest haben wir die beiden beauftragt, unsere Firma sicherer zu machen. Es hatte ein paar Einbrüche gegeben in den Gebäuden neben uns. Und wir sorgten uns auch immer mehr um digitalen Diebstahl. Da ist uns Hesgart & Peckhard empfohlen worden. Als eine Firma, die genau weiß, wo die Sicherheitsrisiken verborgen sind und wie man sie zuverlässig, nachhaltig und mit angemessenem Aufwand beseitigt.«

»Und da ist Margot Hesgart mit Ihnen in Kontakt getreten?«

Leah konnte in ihrer Berufslaufbahn auch auf zahlreiche Vernehmungen und Befragungen zurückblicken. Insofern registrierte sie, wie Lutz Schneider kaum sichtbar, aber für sie deutlich wahrnehmbar, die Augen rollte.

»Margot Hesgart war unser erster Ansprechpartner. Aber erst, als ich mit Nick Peckhard selbst gesprochen habe, kamen wir auf eine Ebene, auf der wir miteinander arbeiten konnten.«

»Warum das?«

»Nun, Frau Hesgart war extrem kompliziert. Sie war nicht in der Lage, das, was wir wünschten, umzusetzen.«

»Und mit Herrn Peckhard hat es dann funktioniert?«

»Ja. Wir waren auf einer Wellenlänge. Ich hatte schon überlegt, eine ganz andere Firma zu beauftragen, dann haben Peckhard und ich eine Stunde lang miteinander gesprochen. Er konnte mich davon überzeugen, dass sein Unternehmen doch die richtige Wahl war.«

»Und in welchem Verhältnis stand Margot Hesgart zu Ihrer Frau?«

»In gar keinem.«

»Und wie erklären Sie sich, dass die beiden auf dem Fest der 2222 Tage miteinander gesprochen haben?«

»Ich habe die Einladung damals an alle verschickt, mit denen wir geschäftlich zu tun hatten. Darunter war natürlich auch die Firma Hesgart & Peckhard. Nick Peckhard hat sich entschuldigen lassen und nur seine Frau – oder seine Partnerin – Margot Hesgart auf das Fest geschickt. Deshalb ist sie auch auf all diesen Fotos drauf. Aber nicht, weil wir geschäftlich miteinander viel zu tun gehabt hätten. Ich habe all meine Absprachen ausschließlich mit Nick Peckhard getroffen.«

Leah registrierte das. Und ihr entging auch nicht der leicht aggressive Unterton, mit dem Lutz Schneider über Margot gesprochen hatte. Auch hier lag irgendetwas im Argen.

Ulrike Gürtler wohnte im Süden von Groß-Bieberau in einem kleinen Einfamilienhäuschen. Horndeich erinnerte sich, dass hier vor zehn Jahren noch kein Haus gestanden hatte. Er war damals auf einer Beerdigung auf dem Friedhof von Groß-Bieberau gewesen. Der Verstorbene war ermordet worden. Zuerst war die Familie in Verdacht geraten, aber es stellte sich schnell heraus, dass keiner der Familienmitglieder es gewesen sein konnte. Deshalb hatten sie bei der Bestattung alle Trauergäste fotografiert. Und tatsächlich war letztlich auch der Mörder darunter gewesen. Ein ehemaliger Arbeitskollege, der späte Rache geübt hatte. Das Motiv hatte jedoch nur im kranken Kopf des Täters existiert. Von Mobbing, Diebstahl und Ausspannen der eigenen Freundin war in der Realität nichts geschehen. Letztendlich war der Mörder in die Psychiatrie eingewiesen worden. Als sie damals den Friedhof wieder verlassen hatten, hatte das Feld vor dem Friedhof brachgelegen. Und der Mohn hatte dem Boden einen feuerroten Teppich verpasst. Die Blumenpracht war einem Neubaugebiet gewichen. Als Horndeich den Wagen am Friedhofsparkplatz vorbei in die neue Straße rollen ließ, dachte er daran, dass dies eine Ecke war, in der er sich auch wohlfühlen würde.

Die Grundfläche des Hauses, in dem Ulrike Gürtler wohnte, war im Verhältnis zu den umstehenden Häusern deutlich kleiner. Die angrenzende Doppelgarage wirkte im Vergleich dazu riesig. Horndeich hatte sich telefonisch angekündigt, und so öffnete Ulrike Gürtler bereits die Haustür, als er gerade den Motor abgestellt hatte. Er stieg aus dem Wagen und ging auf die Frau zu.

Sie begegneten einander auf Augenhöhe – im wahrsten Sinne des Wortes. Denn Ulrike Gürtler überragte Horndeich sogar um einen Zentimeter. Sie trug ein enges T-Shirt, enge Jeans und Turnschuhe. Die Kleidung betonte ihre kräftige Statur. Wobei *kräftig* im ursprünglichen Sinne des Wortes zu sehen war: Ulrike Gürtler schien durchtrainiert bis zur letzten Muskelspitze. Und Körperbau und Gesicht wirkten eher maskulin. Das gewellte, schulterlange, blonde Haar war dagegen ein weibliches Ausrufezeichen. »Herr Horndeich?«

»Ja. Sie sind Frau Gürtler?«

»So ist es. Treten Sie doch bitte ein.« Ulrike Gürtler reichte

Horndeich die Hand, ebenfalls eher der Kategorie *kräftige Pranke* zuzuordnen als *zarte Tatze*. Das Wohnzimmer war lichtdurchflutet. Das Terrassenfenster ging nach Süden, und Horndeich blickte auf weite Felder. Er fragte sich, ob diese Aussicht auch irgendwann einem weiteren Neubaugebiet geopfert würde. Der Raum selbst war eher spartanisch eingerichtet. Sofaecke, Fernseher und ein Kamin. Der Parkettboden hingegen verbreitete Gemütlichkeit. Das einzige Regal, in dem ein paar persönliche Dinge standen und eine kleine Galerie von gerahmten Fotografien, wirkte fast ein wenig verloren im Raum. Das größte Bild, das Horndeich sogar vom Sofa aus erkennen konnte, zeigte Ulrike Gürtler neben einer Frau, daneben noch ein kleines Mädchen.

Frau Gürtlers Blick folgte jenem von Horndeich. »Meine Schwester. Und meine Nichte.« Weitere Erklärungen gab sie nicht ab. »Bitte nehmen Sie doch Platz. Darf ich Ihnen etwas anbieten? Ein Wasser, einen Kaffee?«

Horndeich schüttelte den Kopf. »Nein, danke. Ich habe nur ein paar schnelle Fragen.«

Sie setzten sich, und Horndeich genoss diesen Blick in die Weite. In seinem Häuschen im Richard-Wagner-Weg 56 hatten sie auch einen Garten, aber Horndeich ertappte sich in letzter Zeit immer öfter dabei, wie er sich eher einen Ausblick auf Felder und Bäume wünschte statt auf angrenzende Häuser. Klar, von der kleinen Dachterrasse aus konnte er bei gutem Wetter bis zum Taunus schauen. Aber da war die Weite eben weit weg.

»Was kann ich für Sie tun?«, ließen Ulrike Gürtlers Worte Horndeichs Tagtraum zerplatzen.

»Schön wohnen Sie hier«, sagte Horndeich.

»Ja. Ich bin sehr froh, dass ich dieses Häuschen gefunden habe.«

»Sie haben es nicht gebaut?«

»Nein, ich wohne noch nicht so lange hier, erst seit Anfang des Jahres.«

Als Horndeich das Haus betreten hatte, war sein Blick sofort auf Garderobe und Garderobenschränkchen gefallen. Zwei Damenjacken hingen auf Kleiderbügeln, vier Paar Damenschuhe standen vor der Garderobe – Ulrike Gürtler schien das Domizil allein zu bewohnen.

»Aber Sie wollen mit mir sicher nicht über dieses Haus sprechen. Welche Fragen haben Sie an mich?«

»Ich ermittle derzeit in einem Mordfall.«

»Der Dreifachmord in Darmstadt? Bei dem Frau Hesgart verdächtigt wird?«

Wie konnte denn diese Information hierhergelangt sein?, fragte sich Horndeich. »Offenbar liege ich richtig«, sagte Ulrike Gürtler und erhob sich. Sie verließ den Raum, kam wenige Sekunden später mit einem Tablet in der Hand zurück. Sie hatte die Schutzhülle bereits nach hinten geklappt und reichte Horndeich den Kleincomputer. Der Bildschirm zeigte die Internetpräsenz der Tageszeitung mit den vier großen Buchstaben. Die Schlagzeile lautete: »Ist der Killer von Darmstadt eine Ex-Polizistin?« Darunter fand sich ein Artikel: »Polizeiquellen bestätigen: Ex-Polizistin Margot H. aus Darmstadt sitzt in Untersuchungshaft. Die Verhaftete hat bis vor wenigen Jahren selbst bei der Mordkommission gearbeitet – die Schule für den perfekten Mord?« Horndeich überflog den Artikel und war entsetzt: Die Journalisten hatten von irgendjemandem erfahren, dass die Tatwaffe gefunden worden war und dass diese Waffe Margot gehörte. In ihren eigenen Reihen musste es eine undichte Stelle geben!

»Wollen Sie nicht vielleicht doch etwas zu trinken?«

Horndeich nickte. Sekunden später stand ein Glas Mineralwasser vor ihm. Er griff nach seinem Smartphone, schickte eine Nachricht an Feller und Leah. »Schaut euch den Artikel in der Zeitung an. Krisensitzung in einer Stunde.«

Er reichte Ulrike Gürtler das Tablet.

»Was möchten Sie von mir wissen?«, eröffnete Frau Gürtler zum zweiten Mal das Gespräch.

Horndeich versuchte sich wieder zu konzentrieren. Er wünschte sich, er könne seinen Schock abschütteln wie sein Hund Che das Wasser, wenn dieser nach einem Regenspaziergang nach Hause kam. »Frau Gürtler, Frau Hesgart hat uns mitgeteilt, dass Sie bei ihr gearbeitet haben. Und dass Sie gemeinsam zur Blutspende gegangen sind.«

»Ja. Das stimmt. Mitte Januar habe ich bei ihr angefangen zu arbeiten, bis Ende März. Ich hab mich um das Büro gekümmert. Halbtags. Und ja, wir sind einmal gemeinsam zur Blutspende gegangen. Ich mache das ja schon seit Jahren, finde, dass das wichtig ist. Und davon konnte ich auch Frau Hesgart überzeugen.«

»Wie lange machen Sie das schon? Und warum?« Über das Thema Blutspende hatte Horndeich noch nie in seinem Leben nachgedacht. In Krankenhäusern gab es Blutkonserven. Und natürlich mussten die irgendwo herkommen. Horndeich trug auch einen Organspende-Ausweis in seiner Tasche. Aber selbst Blut zu spenden? Es war nicht so, dass er das nicht tun würde. Es war vielmehr einfach so, dass ihm dieser Gedanke noch nie gekommen war.

»Ich hatte vor zehn Jahren einen Motorradunfall. Und hätten die im Rettungswagen keine passenden Blutkonserven gehabt … nun, das will ich mir gar nicht weiter ausmalen. Seitdem spende ich. Mindestens dreimal im Jahr.«

Vielleicht sollte ich darüber doch noch mal nachdenken, dachte er, bevor er wieder in den Befragungsmodus umschaltete: »Wieso haben Sie so kurz für Frau Hesgart gearbeitet?«

Ulrike Gürtler zögerte: »Wir haben beide gemerkt, dass die Chemie nicht stimmt. Bei einer Ehe sagt man: Wir haben uns einvernehmlich getrennt. Wir hatten einfach völlig unterschiedliche Vorstellungen, wie so ein Büro zu organisieren ist.«

»Und jetzt? Haben Sie eine neue Stelle gefunden?«

Ulrike Gürtler lächelte: »Ich bin in der glücklichen Lage, eine Menge Geld geerbt zu haben. Und damit habe ich den

Luxus, mir genau zu überlegen, was ich zukünftig machen möchte. Ja, es gibt bereits ein paar Optionen, aber derzeit habe ich mir eine Auszeit genommen. Oder gegönnt, wie immer Sie es formulieren möchten.«

»Wann waren Sie denn zusammen beim Blutspendedienst? Und wo genau?«

Frau Gürtler fischte ihr Smartphone aus der Gesäßtasche, entsperrte es, tippte und wischte kurz auf dem Display, dann sagte sie: »War der 6. April, ein Samstag. Gespendet wurde in der Georg-Christoph-Lichtenberg-Schule in Ober-Ramstadt. Und das war ja schon, nachdem ich nicht mehr für Frau Hesgart tätig war. Aber trotzdem ist sie mit mir dorthin gegangen.«

»Ist Ihnen dort irgendetwas aufgefallen? Hat irgendetwas nicht gestimmt?«

»Wie meinen Sie das?«, wollte Ulrike Gürtler wissen.

Spezifischer wollte Horndeich nicht werden. »Gab es irgendetwas, das anders war als bei irgendeiner anderen Blutspende?«

»Meinen Sie die Knallfrösche, die ein paar Jugendliche gezündet haben? Also vor der Halle?«

»Knallfrösche?«

»Na ja, Knallfrösche ist eigentlich untertrieben. Das waren richtig heftige Böller, die Halle hat gezittert. Ein paar sind raus vor die Tür, haben nachgeschaut, was los ist. Aber da hat man nur noch Rauch aus den Trümmern eines Papierkorbs aufsteigen sehen. Ich hab dann gehört, dass da auch in den kommenden Tagen in Ober-Ramstadt an anderen Stellen immer wieder diese Kracher gezündet worden sind – ich bin sicher, dass es bei Ihnen auf dem Polizeirevier darüber auch Beschwerden gab.«

»Aber in der Halle, während der Blutabnahme, da ist Ihnen nichts aufgefallen?«

»Nein. Da ist mir nichts aufgefallen. Was soll mir denn da aufgefallen sein?«

Horndeich schwieg.

»Also, wenn Sie wissen wollen, ob es irgendwelche Unregelmäßigkeiten bei den Spendern gab, dann können Sie direkt beim Blutspendedienst anrufen. War vom Deutschen Roten Kreuz ausgerichtet. Die Zentrale sitzt in Frankfurt.« Wieder fingerte sie kurz über das Display. »Ich kann Ihnen die Kontaktdaten zusenden«, sagte sie. »Ich kenne die Frau, die damals vom Deutschen Roten Kreuz mit dabei war. Sabine Bach heißt die. Da ich ja oft spende, haben wir uns sogar ein bisschen angefreundet. Sie kann Ihnen sicher direkt weiterhelfen. Und sie erinnert sich bestimmt auch noch an diese verdammten Böller, die die Kids gezündet haben.«

Bereits aus dem Auto heraus rief Horndeich bei Sabine Bach vom Blutspendedienst in Frankfurt an. Diese wollte zunächst auch eine Bestätigung haben, dass sie tatsächlich mit einem Polizisten der Mordkommission in Darmstadt sprach und nicht mit einem selbst ernannten Spaßvogel. Da die Nummer seines Bereitschaftshandys nicht unterdrückt war, rief Frau Bach fünf Minuten später direkt wieder zurück. Sie hatte sich bestätigen lassen, dass Steffen Horndeich bei der Polizei arbeitete. »Wie kann ich Ihnen helfen?«, fragte sie in freundlichem Tonfall.

Horndeich kam gleich zur Sache: »Am 6. April dieses Jahres hatten Sie einen Blutspendetermin in Ober-Ramstadt.«

»O ja, ich erinnere mich gut daran. Das war der Tag, an dem es so geknallt hat! Ich hätte einer unserer Spenderinnen fast die Nadel durch den Arm gestoßen. Ermitteln Sie immer noch, wer dieses bescheuerte Feuerwerk gezündet hat?«

»Nein, darum geht es im Moment nicht. Ich wollte wissen, ob es bei den Spenden irgendwelche Unregelmäßigkeiten gegeben hat.«

»Unregelmäßigkeiten? Was für Unregelmäßigkeiten? Sie meinen, abgesehen von diesem Pseudofeuerwerk?«

»Ja. Ist vielleicht Blut gestohlen worden?«

»Ui, da hat jemand zu viel *True Blood* geschaut. Also, mir ist nicht bekannt, dass irgendetwas gestohlen worden ist.«

True Blood. Die Serie über die Koexistenz von Vampiren und Menschen im Süden der USA hatte Horndeich sehr wohl geschaut. Aber sie war keineswegs die Inspiration für dieses Gespräch. »Hätte jemand die Möglichkeit gehabt, bei diesem Blutspendetermin Blut zu stehlen?«

»Ich verstehe Ihre Frage immer noch nicht ganz.«

»Hätte jemand Blut vom einem Ihrer Spender stehlen können?«

»Also, theoretisch, da kann man natürlich so einen Beutel mit Blut klauen. Klar. Aber unbemerkt? Das ist völlig ausgeschlossen.«

»Weshalb?«

»Haben Sie schon einmal Blut gespendet?« Horndeich verneinte. Und bereits zum zweiten Mal innerhalb einer Stunde dachte er darüber nach, ob er diese Frage künftig vielleicht doch bejahen sollte.

»Na, dann mache ich jetzt mal Werbung in eigener Sache: Sie sollten sich überlegen, ob Sie das nicht in Erwägung ziehen könnten.« Sie pausierte kurz, dann fuhr sie direkt fort: »Ich erzähle Ihnen mal kurz, wie das Prozedere abläuft.«

»Das wäre sehr nett«, sagte Horndeich, der sich sehr wohl bewusst war, dass er sich erst ein Urteil oder eine Beurteilung erlauben konnte, wenn er den Hauch einer Ahnung hatte, was bei so einer Blutspende eigentlich passierte.

»Wenn ein Spender zu uns kommt, wird er zunächst nach Krankheiten abgefragt, mit einem Fragebogen. Dann werden Blutdruck und Puls gemessen, die Körpertemperatur am Ohr ebenfalls. Dann fließt das erste Mal Blut: Mit einem Blutstropfen aus der Fingerkuppe bestimmen wir den Hämoglobin-Wert. Der gibt Auskunft über die Fähigkeit des Blutes, Sauerstoff zu transportieren. Ich will es jetzt nicht so technisch machen, aber ganz grob gilt: Dieser Wert muss eine gewisse Marke erreichen, damit Sie überhaupt spenden dürfen.

Wenn Sie diesen Test bestanden haben, dann geht's ans Eingemachte. Wir legen einen Zugang zur Vene. Dann werden zunächst vier Röhrchen Blut abgenommen. Und dann wird der Blutbeutel drangehängt, der sich langsam mit Ihrem Blut füllt. Normalerweise ein halber Liter. Dann kommt die Nadel wieder raus, ein Pflaster drauf – und das war's.«

»Wozu nehmen Sie denn diese vier Röhrchen Blut?« Sofort kam Horndeich die Idee, dass, wenn jemand Margot Hesgarts Blut stehlen wollte, so ein Röhrchen perfekt wäre.

»All unsere Blutspenden werden haargenau dokumentiert. Nach so einer Spendenaktion wie in der Schule in Ober-Ramstadt landet das gesamte Blut inklusive der Röhrchen in unserem Institut in Frankfurt. Das Blut wird dort in seine Bestandteile zerlegt, auch hier erspare ich Ihnen jetzt den Fachvortrag. Die Röhrchen wandern ins Labor. Ganz wichtig: Die Inhalte der Röhrchen und das Spenderblut sind zu jedem Zeitpunkt eindeutig identifizierbar und einander zuzuordnen. Auf den Blutbeuteln und den Röhrchen eines Spenders klebt überall ein Etikett mit demselben Barcode. Das Blut in den Röhrchen wird nun auf Krankheitserreger untersucht, etwa für Gelbsucht, Hepatitis B, Hepatitis C und auf Antikörper gegen Aids-Erreger. Erst in dem Moment, wo diese Krankheiten komplett ausgeschlossen werden können, wird auch das Spenderblut freigegeben.«

»Und was ist, wenn eines der Röhrchen fehlt?«

»Dann ist das in unserem System vermerkt. Wenn aber nicht alle vier Röhrchen untersucht werden und alle Proben ohne Krankheitsbefund sind, gibt es auch keine Freigabe. Na ja, und wenn ein Blutbeutel fehlt, gibt es natürlich ebenfalls keine Freigabe. Gibt ja kein Spenderblut. Also: Hätte irgendetwas gefehlt, wäre das spätestens in Frankfurt aufgefallen.«

»Können Sie vielleicht mal nachschauen, ob die Blutspende von Margot Hesgart an diesem Tag in Ordnung war?«

»Nein, das kann ich nicht. Also, ich werde einen Teufel

tun, Ihnen zu sagen, ob Margot Hesgart irgendwelche Krankheiten hatte, wer auch immer das ist. Aber Sie wollen ja auch nicht, dass ich mit anderen Leuten über Ihre Krankheiten rede.« Der Tonfall von Sabine Bach lag nun deutlich unterhalb einer gesunden Körpertemperatur.

»Das sollen Sie doch auch gar nicht. Ich möchte nur wissen, ob jemand die Möglichkeit gehabt hätte, Blut abzuzweigen. Ob irgendein Röhrchen gefehlt hat. Ob die Blutspende gefehlt hat.«

Schweigen am anderen Ende der Leitung. »Geben Sie mir einen Moment. Margot Hesgart. 6. April 2019. Ich schaue nach.« Nach einer kurzen Pause sagte sie: »Ich erinnere mich genau an den Namen. Frau Hesgart lag auf unserer Liege, genau als diese verdammten Knallfrösche hochgegangen sind. Ich war eine, die sofort vor die Halle gelaufen ist, um zu gucken, was los war. Aber wir haben nur diese Überreste des Papierkorbs gesehen. Idioten, was für Idioten! Witzig geht anders.«

Wieder schwieg Sabine Bach.

Knallfrösche. Ausgerechnet zu diesem Zeitpunkt. Zufall? Aber es hatte ja noch mehr Knallattacken in den darauffolgenden Tagen gegeben. Horndeich hatte den Eindruck, er klammerte sich erneut an Strohhalme.

Sabine Bach hielt kurz inne, dann sagte sie: »Ich habe die Blutspende von Margot Hesgart hier auf dem Monitor. Alle Spenderröhrchen sind analysiert worden. Danach ist die Blutspende freigegeben worden. Also: Nein. Hier ist kein Blut entwendet worden.«

Horndeich bedankte sich. Und die Konsequenz war niederschmetternd. Clara Mueller, die die Möglichkeit gehabt hätte, etwas von Margots Blut zu sammeln, ausgerechnet sie hatte ein Alibi für eine der Mordnächte. Und auch bei der Blutspende von Margot Hesgart gab es keine Auffälligkeiten – niemand hatte ihr Blut entwendet. Hieß das: Margot Hesgart hatte ihr Blut verloren, in der Heinrich-Delp-Straße, am Montag vor einer Woche, als sie Markus Böhmer erschossen hatte?

Oder gab es noch irgendeine andere Interpretation dieser Fakten?

Er hatte den Eindruck, der Zweifel hatte die Gestalt einer fetten Raupe, die ihm ganz langsam und unbemerkt den Rücken entlang nach oben kroch. Um sich dann durch die Haut tief in sein Herz und danach in sein Hirn zu bohren.

»Das kann doch nicht sein!«, brüllte Horndeich. So kannte Leah ihren Kollegen nicht. Sie hatte sich den Artikel der Zeitung angeschaut. Und, ja, Horndeich hatte recht. Es musste irgendeine undichte Stelle geben. Aber wer sollte das sein? Sie selbst war es nicht gewesen, das wusste Leah sicher.

Und Kollege Richard Feller? Nein, der würde sich eher ein Bein abhacken lassen, als interne Informationen preiszugeben.

In der Sonderkommission gab es einige Beamte. Aber Leah konnte sich beim besten Willen nicht vorstellen, dass jemand ausgerechnet der Zeitung mit den vier großen Buchstaben Informationen weitergab. Interne Informationen. Informationen, die sie bei ihren Ermittlungen um Lichtjahre zurückwerfen konnten.

»Margots Waffe wird hier genannt! Das kann doch nicht wahr sein!«

Leah konnte ihren Kollegen verstehen. Aber es gab auch andere Möglichkeiten.

»Horndeich? Es gibt noch eine andere Lösung.«

»Und die wäre?«, spuckte Horndeich in die Runde.

»Es war niemand von uns. Du sagst doch selbst, dass Margot unschuldig ist. Gesetzt den Fall, sie ist es. Dann könnte es sein, dass der, der Margot als Schuldige präsentieren will, auch die Informationen an die Presse herausgegeben hat.«

Horndeich schwieg.

Leah schwieg ebenfalls.

Und auch Feller fiel nichts dazu ein.

»Nichtsdestotrotz können natürlich auch interne Quellen dafür verantwortlich sein, dass die Zeitung plötzlich solche Informationen bekommt. Hast du mit der Redaktion gesprochen?«, wollte Leah wissen.

»Klar«, erwiderte Horndeich. »Quellenschutz, Quellenschutz, das war das Einzige, was ich gehört habe. Da kommt nichts.«

Cui bono?, fragte sich Leah. Wer profitiert davon? Die Zeitung, natürlich. Aber sie ließ es als akzeptable Arbeitshypothese durchgehen, dass die Zeitung selbst nicht an dem Morden beteiligt war. Und sie konnte es drehen und wenden, wie sie wollte, wer davon profitierte, war der Mörder, wenn der Mörder nicht Margot Hesgart hieß. Denn durch diese Kampagne würde das Scheinwerferlicht doppelt auf die ehemalige Kommissarin fallen.

Der Gedanke gefiel Leah Gabriely nicht, aber sie musste zugeben, dass er, ganz objektiv betrachtet, nicht von der Hand zu weisen war.

»Ich fahre nach Weiterstadt. Ich spreche noch mal mit Margot«, sagte Horndeich.

Nein, Leah hielt das für keine gute Idee. Aber gleichzeitig hatte sie auch keine bessere. Sollte ihr Kollege dorthin fahren. Sie war sich sicher, dass er nichts Neues erfahren würde.

»Was willst du?«, fauchte Margot.

Neben ihr saß ihr Anwalt, Dirk Perdiak. Der Raum in der Justizvollzugsanstalt Weiterstadt war spärlich eingerichtet, aber funktional.

»Margot, ich habe gestern mit Clara Mueller gesprochen. Außerdem heute auch mit Ulrike Gürtler. Und Leah hat sich noch einmal mit dem Mann von Franziska Schneider unterhalten, Lutz Schneider. Da sind noch ein paar Fragen offen.«

»Na, dann schieß los«, sagte Margot, und der Tonfall zeugte davon, dass sie das genaue Gegenteil meinte.

Zu den Möglichkeiten, bei denen irgendjemand Margots Blut gestohlen haben könnte, gab es nichts mehr zu sagen. Das war durch. Aber zu Lutz Schneider, da gab es dann doch noch eine Menge Fragen: »Margot, du kennst Franziska Schneider?«

Horndeich legte wieder ihr Foto auf den Tisch.

»Nein, ich habe keine Ahnung, wer das ist. Habe ich das nicht schon einmal erwähnt? Kommst du nur hierher, um mir die alten Fragen zu stellen, weil du eigentlich keine neuen hast?«

Horndeich legte ein zweites Foto daneben. Es zeigte Franziska Schneider im Gespräch mit Margot Hesgart. »Wirklich keine Ahnung?«

Margot betrachtete das Foto. Dann sagte sie: »Franziska Schneider? Die Frau von Lutz Schneider? Ja, die kenne ich. Jetzt, wo ich das Foto sehe, ist es klar. Ich war damals auf dieser komischen Feier. Aber, Leute, das ist jetzt auch schon eine Ecke her. Nick war im Ausland, ich glaube, in Italien, und er hat mich dorthin geschickt. Keine kluge Entscheidung. Denn ich und Franziska Schneider, wir sind überhaupt nicht miteinander zurechtgekommen. Und unser Verhältnis war dabei noch besser als mein Verhältnis zu Lutz Schneider. Horndeich, jetzt, wo du mir die Fotos zeigst, erinnere ich mich. Franziska Schneider war die Frau von Lutz Schneider. Und sie war de facto nicht existent. Sie war ein leeres Anhängsel ihres Mannes. Fürchterlich. So fürchterlich, dass ich mich nicht einmal mehr an sie erinnert habe! Eine schicke Frau in einem schicken Kleid, um mit diesem schicken Kleid wichtige Männer zu umgarnen. Das war ihr Sinn und Zweck. Nicht mehr und nicht weniger.«

»Erinnerst du dich an den Abend?«

»Ja, jetzt wo du mir die Bilder zeigst, natürlich. Ich habe den Kontakt zu der Firma hergestellt. Irgendwas mit Computergrafik. Ich weiß nicht einmal mehr den genauen Namen. Ich habe mich mit Lutz Schneider unterhalten, dem

Geschäftsführer. Aber wir sind auf keinen grünen Zweig gekommen. Ich hätte das Projekt in den Wind geschossen, aber Nick hat gemeint, dass da richtig Geld zu holen wäre. Und dass ich mich zusammenreißen soll. Du kennst Nick. Das sind normalerweise nicht seine Worte. Aber wenn er so deutlich wird – da war auch mir klar, dass wir diesen Kunden besser nicht einfach aufgeben. Nick hat dann mit Lutz Schneider verhandelt. Und bei diesem Kunden war er definitiv besser als ich. Wir wollten eine Million Euro. Schneider bot eine halbe Million. Aber für das komplette Paket. Bei einer halben Million Euro hätten wir draufgezahlt für das, was er sich gewünscht hat: Videoüberwachung vom Feinsten, doppelte und dreifache Firewalls, Zugangsregistrierung auf höchster Ebene. Das hätte sich für uns einfach nicht gerechnet.«

»Und wie hat Nick den Kunden dann doch bekommen?«

»Nick war immer gut darin, ›keep it simple‹ zu propagieren. Er verstand, was Lutz Schneider alles haben wollte, und er konnte ihn davon überzeugen, dass, wenn die Sicherheitsmaßnahmen zu komplex wären, sie sich gegenseitig behindern könnten. Er hat dann ein Konzept präsentiert, das ein paar Extras ausgespart, aber gleichzeitig das große Ganze nicht angetastet hat. Verdammt, ich muss zugeben, Nick war da richtig gut! Unterm Strich haben wir mehr verdient als bei meiner Präsentation. Und ja, ich muss zugeben, das Sicherheitskonzept war nicht wirklich schlechter.«

»Also kein böses Blut?«

»Na ja, ich war danach eine Persona non grata für diesen Computerladen. SCG. Jetzt fällt mir auch der Name wieder ein. Mein Gott, was da alles in den hinteren Ecken des Gehirns verstaubt … Und dann haben sie dieses bescheuerte Fest ausgerichtet. Und Nick war in Italien. Aber irgendjemand musste dorthin. Also hat es mich getroffen. Als zweite Geschäftsführerin des Unternehmens. Lutz Schneider hat mich ignoriert, soweit es ging, seine Frau hat mit mir ein paar Minuten Small Talk geführt, und das ist auch auf den Bildern dokumentiert. Nicht mehr. Nicht weniger. Nein, ich kann mich kaum an sie erinnern. Ein junges, blondiertes Ding. Überhaupt keine Ahnung von der Materie, aber präsent, um die älteren Herren um den Finger zu wickeln. Horndeich, es war zum Kotzen.«

»Business as usual? Mit Lutz Schneider und mit Franziska Schneider?«

»Was soll ich sagen? Ja. Business as usual. Und nein, da war nichts Ungewöhnliches. Absolut nichts.«

Horndeich hielt inne. Dann sah er seiner ehemaligen Kollegin direkt in die Augen. »Margot. Ich höre, was du sagst. Aber ich habe das auf dem Papier, was alles gegen dich spricht. Du musst mir etwas geben. Du musst mir, verdammt noch mal, irgendetwas geben! Irgendetwas, womit ich beweisen kann, dass du diese Morde nicht verübt hast.«

Er hatte sich in Rage geredet. Und er nahm sich jetzt selbst zurück. »Margot, wenn ich dir helfen soll, gib mir etwas. Irgendetwas.«

Mehr sagte er nicht. Denn es gab auch nichts mehr zu sagen.

»Steffen, ich habe kein Motiv. Das ist das Einzige, was ich dir anbieten kann. Ja, Markus Böhmer hat mich irgendwann einmal geschlagen. Und ja, ich bin mit Franziska Schneider einmal auf einer Feier gewesen. Du wirst zugeben müssen, dass beides kein Grund ist, jemanden umzubringen. Und auch mein ehemaliger Arzt Ferdinand Wegenthal hat mir nie die falschen Pillen verschrieben. Ich habe keine Erklärung für das, was passiert ist. Ich hoffe nur, du findest es heraus. Schau dir meine alten Fälle an. Vielleicht ist da irgendjemand dabei, der mich so hasst und die Möglichkeiten dazu hat, mich dermaßen reinzureiten. Ich kann das ja nicht selbst tun von hier aus.«

Horndeich antwortete nicht mehr darauf. Aber er dachte: Du bist seit fast fünf Jahren nicht mehr im Polizeidienst. Wer sollte sich denn jetzt an dir rächen? Aber natürlich bestand auch die Möglichkeit, dass jemand sich rächte, der seine Haftstrafe gerade hinter sich gebracht hatte. Aber mit so einem Aufwand? Genügte es nicht, Margot einfach zusammenzuschlagen oder zu erschießen? Und wieder konnte sich Horndeich überhaupt nicht vorstellen, wie man all diese Indizien wie DNA, Auto und Waffe als falsche Spuren legen konnte. Das würde ein Nick vielleicht schaffen. Ein Partner, der jeden Tag an der Seite von Margot lebte. Und wenn Horndeich schon kein Motiv einfiel, warum Margot drei Menschen umbringen sollte, so war der Gedanke, dass Nick diese drei Menschen umbringen ließ und es Margot unterschob, noch viel absurder.

Horndeich seufzte. Dann verabschiedeten sie sich voneinander.

»Ich schau mir die alten Fälle noch mal an«, sagte er zu guter Letzt. Das war er Margot schuldig.

Ihr Tisch. Die kleine Nische. Der ruhigste Ort im ganzen Restaurant.

So lange Zeit waren sie nicht mehr gemeinsam hier gewesen, und nun schon zum zweiten Mal innerhalb einer Woche. Diesmal hatten sie die Sitzplätze getauscht. Feller sah in den Raum, Leah sah nichts außer Feller und dem Fenster hinter ihm.

Sie hatten sich einen Vorspeisenteller geteilt, dann bekam jeder noch einmal Nudeln mit Steinpilzen und Trüffeln – lecker.

Feller hatte das Gefühl gehabt, Leah etwas schuldig zu sein. Ihr Bruno war tot. Und auch seine Nathalie gab es nicht mehr. Nicht mehr in seinem Leben. Nathalie und er hatten noch ein wenig Kontakt gehalten, über WhatsApp. Zuerst vier Nachrichten am Tag, wenig später vier Nachrichten in der Woche, dann hatte Feller die Nummer blockiert. Keine Nachrichten mehr. Nathalie war in Bremen. Er war in Darmstadt. Und keiner der beiden war bereit, den Standort für eine gemeinsame Beziehung aufzugeben. Das waren die Fakten. Die konnte man sich schönreden. Aber man konnte es auch lassen.

Und dieser Moment zwischen der Vorspeisenplatte und der Hauptspeise, es war einer der ganz wenigen in Fellers Leben gewesen, wo er einfach nur erzählt hatte. Dass Nathalie eine Saite in ihm zum Klingen gebracht hatte, von der er gar nicht mehr wusste, dass es sie überhaupt gab. Von seiner Trauer, dass sie weggezogen war. Und nun, von seiner Leere.

Er war ganz auf sich konzentriert gewesen, als er diese Worte gesagt hatte. Und tatsächlich, er hatte in keinem Moment daran gedacht, dass da ja noch ein anderer Mensch ihm gegenübersaß, der ebenfalls zarte Finger besaß, um Saiten anzuschlagen.

Umso überraschter war er, als sich plötzlich Leahs Hand über die seine legte. Sie strich ihm mit dem Daumen über den Handrücken. Dreimal, dann zog sie sie wieder zurück.

Sie sahen einander an. Genau jene drei Sekunden länger, als die Unverbindlichkeit es geboten hätte. Und wäre kein Tisch zwischen ihnen gewesen, so hätte … Ja? Was *hätte*? Hätte Feller sie geküsst? Die Antwort war rein hypothetisch. Da war dieser Tisch.

Und während Fellers Gedanken noch Karussell fuhren, nahm der Kellner das Geschirr der Vorspeise an sich und servierte kaum eine Minute später den Hauptgang.

Ein gutes Essen hat auch den Vorzug, dass die Formulierung von Gedanken durch die Beschäftigung der Zunge verhindert wurde. Als sie die Hauptspeise verputzt hatten, war der Drang zu sprechen auch schon wieder auf ein Maß herabgesenkt worden, das nicht unmittelbare Befriedigung verlangte.

»Nachtisch?«, wollte Feller wissen.

Noch bevor Leah antworten konnte, stand Melos neben ihnen und stellte genau dieselbe Frage.

»Für mich nicht«, sagte Leah.

»Für mich auch nicht«, fügte Feller hinzu.

»Vielleicht einen Grappa aufs Haus?«, wollte Melos wissen.

Leah sah Feller an. Der sagte: »Gern.« Denn er wusste, dass der Grappa des Hauses ein guter war.

Leahs Hände befanden sich nun definitiv jenseits der Tischgrenze, die eine Überschreitung in das Terrain von Feller zuließ.

Melos brachte den Grappa.

Die Gläser standen vor ihnen, die goldbraune Flüssigkeit kam in den frisch polierten Gläsern perfekt zur Geltung.

»Leah, ich habe Angst«, sagte Feller.

»Angst?«, sagte Leah.

»Angst. Dass wir hier wie die Lemminge in Richtung Abgrund rennen. Und das alles nur, weil überall rechts und links die Wegweiser in unsere Richtung deuten, mit der Aufschrift ›Lösung‹.«

»Wie meinst du das?«

»Alle Indizien deuten im Moment auf Margot Hesgart als Täterin hin. Alle. Und mir ist das ein bisschen zu glatt. Blut am ersten Tatort. Nasenbluten? Möglich. Aber hätte Margot, die Ex-Polizistin, sich nicht Tampons in die Nase gestopft, wenn sie gewusst hätte, dass sie zu Nasenbluten neigt?«

»Und wenn sie es nicht gewusst hat? Wenn es sie plötzlich überrascht hat?«

»Da hast du recht. Aber da bin ich bei Punkt zwei: Wäre Margot wirklich so blöd gewesen, in eine Radarfalle zu rasen?«

Leah antwortete nicht gleich.

»Nur durch diese Radarfalle sind wir überhaupt auf die Idee gekommen, nach ihr auf weiteren Kameras zu suchen. Wenn du dich erinnerst: In Höchst sind, glaube ich, sechzig Autos an der Überwachungskamera dieses Hotels vorbeigefahren. Und wir haben nur geschaut, ob Margots Land Rover da vorbeigefahren ist.«

Leah antwortete nicht. Nach wie vor nicht. »Das stimmt so nicht. Wir haben alle Autos mit denen verglichen, die auch in Darmstadt erfasst worden sind. Und da gab es nur eine einzige Übereinstimmung: die von Margots Land Rover.«

Feller ignorierte den Einwand und fuhr einfach fort: »Und dann: Ein anonymer Hinweis, der uns zur Tatwaffe führt. Ist Margot wirklich so bescheuert, ihre Waffe dort zu vergraben, wo jemand von einem Hochstand runterschauen kann?«

»Richard, geht Margot wirklich davon aus, nachts eine Waffe an einem Hochstand zu vergraben und dabei beobachtet zu werden?«

Feller sah Leah in die Augen. Und sie wandte den Blick nicht ab.

Sie sprachen über den Fall.

Und mit ihren Blicken sprachen sie über sich.

»Ich will nichts übersehen«, sagte Feller. »Vielleicht finden wir wirklich nichts«, sagte er. Dann korrigierte er sich: »Vielleicht finden wir wirklich nichts. Dann ist es okay. Aber ich will mir nicht in ein paar Monaten oder Jahren den Vorwurf machen lassen, ich hätte den Fall nicht aus allen Perspektiven beleuchtet.«

Feller sah immer noch in Leahs Augen.

Und da war ein Lächeln. Nicht so ein strahlendes, großes, die ganze Leinwand ausfüllendes Lächeln. Sondern so ein ganz zartes, kleines, kaum wahrnehmbares. Und dann sagte Leah: »Lass uns ins Präsidium fahren.«

MUTTER VI.

Meine Wut auf deinen Vater habe ich an dir ausgelassen, das weiß ich heute. Zum Beispiel, als ich das Kärtchen von dieser Tussi gefunden habe, in seinem Jackett. Da warst du gerade fünf. Eine Telefonnummer, ein Kussmund aus rotem Lippenstift und der Buchstabe D. Ich hielt das Kärtchen in der Hand, und dann hörte ich es klirren, weil du aus Versehen die Blumenvase vom Sideboard gefegt hast.

Ich hab dich genommen, dich geschüttelt und dich angebrüllt, warum du nicht aufpassen kannst. Ich hätte dich in den Schrank sperren sollen, wie ich es sonst meistens gemacht habe. Dann wäre es nicht so weit gekommen. Aber ich war so wütend. Als ich dich losgelassen habe, bist du auf den Boden gefallen und warst ohnmächtig. Ich hab dich ins Auto gepackt und zum Krankenhaus gefahren. Du bist mit dem Kopf auf den Boden aufgeschlagen, hattest blaue Flecke an den Armen. Für die war ich verantwortlich. Für deine blau geschlagenen Schienbeine zum Glück nicht. Und so habe ich erzählt, du wärst die Treppe runtergefallen.

Eine Woche haben sie dich im Krankenhaus behalten. Das war der Moment, als dein Vater beschlossen hat, dich mir wegzunehmen. In den Jahren, in denen wir zusammen waren, hatte er sein Hotelimperium noch vergrößert. Und er hat die Scheidung eingereicht und das Sorgerecht beantragt. Das alleinige Sorgerecht. Als er mir das gesagt hat, fing ich an zu lachen. Wer nimmt einer Mutter ihr Kind weg? Ich hab ihn angebrüllt: »Wie sollte ich dazu kommen, dir das Sorgerecht zu übertragen?« Und er hat nur gesagt: »Du willst doch immer noch bei der Polizei arbeiten, oder etwa nicht?« Ich habe nicht verstanden, was er damit gemeint hat. Dann hat er gesagt, er habe mit dem Arzt im Krankenhaus gesprochen. Die Geschichte, dass unsere Tochter die Treppe runtergefallen ist, würde der nicht glauben. Dein Vater hat ihn gebeten, auf die Anzeige zu verzichten, er würde das anders regeln. Und dann hat er direkt zu mir gesagt: »Du überträgst mir freiwillig das Sorgerecht, oder ich zeige dich an wegen Kindesmisshandlung. Und damit kannst du einen Job bei der Polizei abhaken.«

Ich habe zugestimmt und hatte keine Ahnung davon, wie er vorgesorgt hatte. Kaum hatte er das Sorgerecht, seid ihr nach Kassel gezogen. Rechtzeitig vor deiner Einschulung – er hatte dich sogar schon in der Schule in Kassel angemeldet. Er hat es von langer Hand geplant, ein Haus in Kassel gekauft. Gleichzeitig hatte er einen Geschäftsführer eingestellt, sodass er meistens in Kassel arbeitete und sich um dich kümmern konnte. Und dann ist ja seine Freundin ein halbes Jahr später zu euch gezogen.

Du warst weg, er war weg. Ich war allein. Ich habe dann mit der Polizeischule weitergemacht. Bin Polizistin geworden. Bin eine gute Polizistin geworden. Wenn das auch nicht alle Kollegen von mir sagen würden. Aber mir hat keiner was vorgemacht. Auch nicht die toughen Typen, die einen Kopf größer waren als ich. Und ja, ich hatte ein paar Rügen in meiner Akte. Aber ich sag dir was: Da draußen ist Krieg. Und wenn wir unsere Regeln nicht deutlich machen, verlieren wir die Städte. Haben aber nicht alle so gesehen wie ich. Deshalb bin ich letzten Endes gegangen. Weil ich es nicht mehr ertragen habe, dass sie uns auf der Nase rumtanzen dürfen und wir uns nicht wehren. So habe ich das zumindest gesehen.

Mein Schatz, ich habe es wirklich versucht! Ich habe wirklich versucht, den Kontakt zu dir herzustellen. Aber dein Vater hat es nicht zugelassen. Du warst damals in der sechsten Klasse, da habe ich dich auf dem Schulhof angesprochen. »Wer bist du?«, hast du mich gefragt. Ich wusste nichts darauf zu antworten. Ich habe gestammelt: »Ich bin deine … Tante«.

Als ich zwei Tage später noch einmal auf dem Schulhof erschienen bin, haben mich die Lehrerinnen fortgejagt. Dein Papa hat dafür gesorgt, dass alle wussten, dass ich die unerwünschte Person war. Er hatte das Sorgerecht, ich war die Schlägerin und hatte mich zu verpissen. Und gleich drei Briefe seiner Anwälte in meinem Briefkasten.

Was hätte ich denn tun sollen? Da war keine Chance, den Kontakt zu dir aufzunehmen. Ich hatte nicht einmal das Geld für einen schlechten Anwalt.

Und, mein Schatz, ich war müde. Ich war so müde, um dich kämpfen zu müssen. Und mit jedem Jahr warst du weiter von mir entfernt. Und so habe ich mich ganz auf meinen Job konzentriert.

Ich erzähle dir das alles, ohne dass meine Lippen sich bewegen. Die Ärzte sagen, ich soll laut mit dir reden. Aber das kommt mir inzwischen so lächerlich vor.

Mache ich mich schon wieder schuldig an dir, weil ich es nicht schaffe, laut mit dir zu sprechen?

Manchmal habe ich das Gefühl, dass ich einfach immer alles falsch mache.

DONNERSTAG, 30. MAI

In der Höhle seines Computer-Reviers bewahrte er in einem der Schränke zwei Feldbetten auf. Sie waren steckbar, aus Alu, leicht und kompakt. Deponiert hatte Feller sie dort einfach zur Not, falls es einmal längere Einsätze gab. Dann mussten er und ein Mitstreiter die Möglichkeit haben, ein paar Stunden zu ruhen. Möglichst vor Ort, falls man auf eine akustische Rückmeldung irgendeiner Auswertung wartete.

Es war nicht viel Platz in der Höhle. Schreibtische, Regale, Bürostühle – sie nahmen den meisten Raum ein in seinem Büro, das kaum zwanzig Quadratmeter groß war. Aber ein Feldbett hatte die Maße von zwei Meter mal sechzig Zentimeter – und davon konnten zwei aufgestellt werden. Was Feller nun zum ersten Mal getan hatte, seit er sie hier deponiert hatte.

Neben den Feldbetten hatte er im Schrank noch zwei Schlafsäcke verstaut, ebenso zwei Kissen. Bislang hatte niemand außer ihm selbst diese Utensilien in Anspruch genommen, doch in dieser Nacht war alles auf irgendeine Weise anders.

Es war zehn Uhr gewesen, als er mit Leah sein Büro betreten hatte. Und von da an hatten sie angefangen, die digitalen Erinnerungsspeicher zu durchforsten.

Sie kannten die Konten von Markus Böhmer, dem ersten Opfer, seines Bruders Ulrich Böhmer und dessen Schwester Jennifer Böhmer. Sie kannten die rund um das zweite Opfer, Franziska Schneider. Ihrem Gatten Lutz Schneider. Und sie kannten auch den E-Mail-Account von Ferdinand Wegenthal. Aber auch da, so dachte Feller, waren sie vielleicht nicht weit genug zurückgegangen in der Vergangenheit. Sie sollten sich zumindest die kompletten vergangenen fünf Jahre anschauen.

Außerdem mussten sie die Freunde der betreffenden Personen ausfindig machen, die vielleicht irgendwelche Informationen gepostet hatten, die sie bislang noch nicht gefunden hatten. Und die vielleicht doch relevant waren, ohne dass diese Freunde das wussten, als sie die Informationen preisgegeben hatten. Sei es in Texten. Sei es in Bildern. Sei es in Videoschnipseln.

Bis um zwei Uhr hatten sie gemeinsam gearbeitet. Es standen ja genug Rechner in Fellers Büro zur Verfügung. Zugegeben, er hatte ein paar Minuten gebraucht, um die Feldbetten aufzubauen. Deutlich länger als jeder Pfadfinder. Der Schnitt des Büros und seine Einrichtung ließen nur eine Aufstellung der Betten zu: direkt nebeneinander. Es war Feller peinlich gewesen, die Klamotten abzulegen, bis auf Unterhose und T-Shirt. Und gleichzeitig war er erstaunt darüber, wie wenig es Leah ausmachte. Nur in dem Moment, als sie den Dutt löste und Feller ihr langes Haar sah, da bemerkte er, dass auch ihr das kurz unangenehm war.

Es gelang ihm nicht, einzuschlafen. Während es Leah offensichtlich mühelos glückte. Sie schnarchte nicht. Und dennoch machte sie beim Atmen ganz leise Geräusche. Und sie lag keine dreißig Zentimeter von ihm entfernt.

Feller brauchte nicht viel Schlaf. Um fünf Uhr war er wach. Er erhob sich. Schlüpfte in seine Klamotten, ging zu einem anderen Schrank, in dem er immer ein Reisenecessaire verstaut hatte. Dann lief er zum Waschbereich neben dem Fitnessraum. Keine Dusche, die gab es nachher zu Hause, aber eine Katzenwäsche: Wasser, Seife, Zähneputzen und ein bisschen Deo – und schon fühlte er sich wieder deutlich frischer. Er kam auf dem Weg an der Kaffeemaschine vorbei, bereitete sich einen Cappuccino zu, dann ging er wieder zurück in sein Büro.

Leah schlief immer noch. Er setzte sich an einen der Rechner. Wieder begutachtete er die virtuellen Post-its, die fast eine Hälfte des Bildschirms verdeckten. Er löschte eine ganze Anzahl alte *To-dos* und *To-be-checked*, die er dort platziert hatte. Die Bilanz der vergangenen Nacht war frustrierend. Leah und er hatten sich vorgenommen, die Einträge der sozialen Medien in den vergangenen fünf Jahren zu überprüfen. Um Viertel vor zwei Uhr waren sie durch gewesen. Fünf Jahre zurück. Bei allen Opfern. Auf Facebook, Instagram, Twitter und Co. Nada. Das war die ernüchternde Bilanz.

Doch Feller wollte nicht aufgeben. Was ihm von Anfang an aufgefallen war: Nicht nur Markus Böhmer, sondern auch seine Schwester Jennifer Böhmer hatten sich auf Facebook auffallend zurückgehalten. Sie verfügten über Accounts auf den großen Plattformen. Und gleichzeitig schienen sie extrem darauf bedacht zu sein, keine Bilder zu posten, die den Bezug zu anderen Personen herstellen konnten. Ein Selfie hier, ein Selfie dort – aber kaum Bilder mit anderen Leuten. Feller erstellte nun ein Diagramm, auf dem er die Menschen aufführte, die immer wieder auf Uli Böhmers Facebook-Account auftauchten, indem sie etwa Kommentare abgaben. Es waren einige.

Zunächst vermerkte er sie auf einem Diagramm der sozialen Kontakte von Uli Böhmer. Dann sah er sich die Seiten der Kumpel an. Dragi S., der Autonarr. Der immer wieder zwanzig Sekunden-Videos postete, von ihm und seinen Freunden, wie sie mit aufgebohrten Auspuffrohren nachts um zwei die Alexanderstraße langrasten – er sollte den Kollegen vom ersten Revier mal einen Tipp zukommen lassen. Die Anwohner wären dankbar.

Abdul Ferhuan, der so eine innige Beziehung zu Shishas hatte, dass mehr als 85 Prozent seiner Bilder ebendiese Inhalationsobjekte zeigten. Mit Freunden, ohne Freunde, mit scharfen Bräuten, mit scharfen Autos. Feller gähnte.

Dann: Stefan The Dude. Sag mir, wie du auf Facebook heißt, und ich sage dir, wer du bist. Stefan war der Mann, der mit Abstand die meisten Fotos gepostet hatte. Allein in den vergangenen drei Monaten waren es weit über zweihundertfünfzig gewesen. Das Interessante für Feller war, dass es Stefan The Dude offenbar darum ging, möglichst viele seiner Freunde auf Fotos zu bannen. Worin auch immer Stefan die Begründung dafür sah, dass man ihn The Dude nannte, den Ober-Kumpel, seine Bekanntschaft zu den Wichtigen innerhalb der Szene schien definitiv dazuzugehören.

Und Stefan mochte Hunde. Besonders: Hunde, die im Verhältnis zu ihrem Körpergewicht erstaunliche Kräfte aufwiesen. Böse Zungen würden sie Kampfhunde nennen. Und Stefan hatte fünf davon.

Videos und Fotos zeugten davon, wie Stefan die Hunde Gassi führte und er sie immer im Griff hatte. Zumindest auf den Videos. Auf denen sie durchaus ohne Leine unterwegs waren.

Die Kommentare waren meist positiv. Eine Hälfte der Hundehalter fühlte sich darin bestätigt, dass der Leinenzwang nur eine impertinente Reaktion des Establishments oder der Hundehasser war. Die andere Hälfte fühlte sich beruhigt durch den Lieblingsspruch aller Hundehalter: »Der tut nix.«

Feller verfolgte die Chronik von Stefan über Monate und Jahre zurück.

Er stand auf, gönnte sich noch einen Cappuccino aus der Kaffeemaschine, die Leah Gabriely mal angeschafft hatte. Die Maschine auf der Erbse, so hatte er sie inzwischen getauft.

Als Feller an seinen Arbeitsplatz zurückkehrte, hatte Leah sich zum ersten Mal auf die andere Seite gedreht.

Wieder setzte er sich an seinen Schreibtisch. Die Chronik reichte inzwischen viereinhalb Jahre zurück.

In diesem Moment erwachte Leah Gabriely.

Sie rekelte sich auf dem Feldbett, soweit das möglich war. Dann fiel ihr Blick auf Richard Feller. »Morgen«, murmelte sie.

Feller sah sie an und schmunzelte. Einen Menschen unmittelbar nach dem Aufwachen zu sehen gehörte wohl zu den intimsten Momenten.

Das empfand offenbar auch Leah so: »Dürfte ich dich bitten, die Augen zu schließen. Wenigstens für die kommende Minute.«

Feller tat, wie ihm geheißen, verfolgte akustisch, wie Leah sich wieder anzog. Erst als Leah seine Schulter berührte, wagte er es, die Augen zu öffnen. In der Hand hielt sie eine Zahnbürste und eine kleine Tube Zahnpasta. Die hatte sie offensichtlich in ihrer Handtasche verstaut gehabt. Auch Leah Gabriely war gerüstet für die kleinen Eventualitäten des Lebens.

Wortlos verließ sie den Raum, Feller wusste, dass auch sie sich nun frisch machen würde. Währenddessen bereitete er für die Kollegin einen Kaffee zu.

Dann rollte er die Schlafsäcke zusammen. Er würde sie in der kommenden Nacht auslüften. Die eine Schlafstatt hatte er bereits wieder in seine Einzelteile zerlegt, als Leah zurückkam. Wortlos zerlegte sie die zweite.

Gegen acht Uhr tauchte Horndeich auf, klopfte gegen den Türrahmen.

»Na, ihr seid ja schon früh dran«, sagte er.

Feller zuckte nur mit den Schultern, Leah warf ihm ein Lächeln zu. »Wir gehen noch mal die gesamten Accounts durch, auch von den Bekannten unserer Opfer. Vielleicht finden wir ja etwas, das wir bislang übersehen haben.«

Horndeich nickte und ging davon.

Feller und Leah schlugen sich weiter durch den Dschungel der Nichtigkeiten in der virtuellen Welt. Plötzlich hielt Feller inne. Immer noch durchpflügte er den Account von Stefan The Dude. Er betrachtete ein Foto, auf dem Markus Böhmer zu erkennen war. Aber er war nicht allein. Er hielt eine Frau in seinem Arm. Eine Frau, die Feller irgendwie bekannt vorkam. Und diese Frau, blond, gelockt, mit wundervoll vollem

Haar, sie trug eine Sonnenbrille – und ihre Nase zierte eine Nasenschiene.

»Schau mal«, sagte er zu Leah und deutete auf das Foto. »Ist eine Frau mit einer gebrochenen Nase.«

Leah rollte mit ihrem Bürostuhl neben Feller, sodass sie ebenfalls auf das Bild schauen konnte. »Und?«

»Kennst du sie irgendwoher?«

Leah schüttelte den Kopf. »Nein. Wieso?«

»Hat unser Lieblings-Quacksalber in Frankfurt uns nicht mitgeteilt, dass Franziska Schneider einmal eine gebrochene Nase hatte?«

»Ja. Aber das soll Franziska Schneider sein?«

»Denk dir doch mal eine andere Frisur. Auf diesem Bild hier ist das Haar viel länger und offensichtlich dauergewellt. Franziska Schneiders Haare sind nicht ganz so hell und kurz. Trotzdem – könnte sie es nicht sein?«

Mit zwei Klicks zauberte er ein Bild von Franziska Schneider neben die Fotografie der Frau mit der Nasenschiene.

»Das Gesicht von Mrs Nasenbruch ist viel schmaler«, sagte Leah.

»Ja. Aber liegt das an den Knochen? Oder daran, dass die Franziska Schneider, die wir gefunden haben, einfach nur fünfzehn Kilo mehr auf den Rippen hat als die, die wir hier sehen.«

»Wo ist das Foto entstanden? Und wann?«

»Ist ein größeres Gartenfest. Abdul feiert seinen dreißigsten Geburtstag. Das war vor knapp fünf Jahren. 27. September. Ein Samstag.«

»Wo?«

»Ich glaube, das ist die Grillhütte am Ziegelbusch. Kranichsteiner Straße.« Feller klickte ein paar Bilder zurück. »Hier, da ist dieses hochgesetzte, schmale Dach über dem großen Dach.«

Leah sah Feller erstaunt an: »Woher weißt du denn so was?«

Feller grinste: »Seit ich mit dem E-Bike unterwegs bin, habe ich mir viele Ecken in Darmstadt etwas genauer angeguckt.«

»Dann lass uns nachschauen, ob die Frau mit der gebrochenen Nase noch irgendwo auftaucht.«

Feller zeigte auf das Diagramm der sozialen Kontakte von Uli Böhmer. »Vielleicht checkst du diese beiden mal«, sagte Feller und deutete auf die Namen von Dragi S. und Abdul Ferhuan. »Ihr Kontakt zu Uli Böhmer scheint auch etwas intensiver gewesen zu sein.«

Leah klickte, Feller klickte, aber sie klickten vergebens. Zwei Stunden später mussten sie feststellen, dass die Frau mit der gebrochenen Nase nur auf diesem einen einzigen Bild zu finden war. Vor seiner Hochzeit mit Oksana Böhmer war Markus Böhmer, wenn überhaupt, immer mit anderen Frauen im Arm zu sehen.

Das mit dem Verzeihen war so eine Sache. Nicht immer einfach. Nach wie vor betrachtete er es als Verrat, dass Leah das Weinglas – sein Weinglas – mit Margots DNA an das LKA weitergeleitet hatte. Objektiv wusste er, dass es kein Vertrauensbruch war. Subjektiv wusste er aber auch, dass er erwartet hätte, dass Leah sich darüber mit ihm abstimmte.

Jetzt saß sie neben Feller und suchte nach entlastendem Material für Margot. So interpretierte er es auf jeden Fall. Natürlich konnte man beim Durchwühlen alter Posts und Bilder auch auf anderes stoßen. Was Horndeich jedoch für unmöglich hielt.

Nachdem er Leah und Feller begrüßt hatte, ging er die Festnahmen durch, die er und Margot gemeinsam durchgeführt hatten. Bei zahlreichen Fällen fand er nur noch Vermerke. Der Datenschutz hatte sich in den vergangenen Jahren deutlich verschärft, was es für Horndeich nicht einfacher machte. Vor achtzehn Jahren hatten er und Margot angefangen, zusammenzuarbeiten, hier in der Mordkommission

Darmstadt. Achtzehn Jahre. Einerseits fühlte es sich an wie »schon immer«, auf der anderen Seite höchstens wie zehn Jahre. Aber zehn Jahre war ja inzwischen genau die Zeitspanne, die er mit seiner Frau Sandra zusammen war. Damals hatten sie einen ziemlich spektakulären Fall gelöst, bei dem sie einen Mann hinter Gitter geschickt hatten, der sogar mal bei der Fremdenlegion gewesen war. Doch der Kerl war bereits drei Jahre nachdem er eingefahren war, verstorben. Ihm hätte Horndeich eine solche Rache zugetraut. Und er wäre auch intelligent genug gewesen, so etwas Großes einzufädeln wie DNA am falschen Ort. Schließlich hatte er selbst erheblichen Aufwand betrieben, um seine Taten zu verschleiern. Inklusive Computermanipulation. Damals schon.

Dann vor sieben Jahren der Fall mit einem Studentenquartett. Die Täterin saß aber noch ein, wie Horndeich schnell feststellen konnte.

Und schließlich ihr letzter gemeinsamer großer Fall, bei dem sie Mitgliedern der dritten Generation der RAF auf die Spur gekommen waren. Eine Person hatten sie in den Bau geschickt, ein Mörder war davongekommen. Hin und wieder hatte Horndeich seinen Namen noch mal durch den Rechner gejagt, aber er war nie wiederaufgetaucht. Der Kerl war über sechzig und würde irgendwo in Ruhe seinen Lebensabend verbringen. Kohle hatte er genug.

Wieder ging er die Liste durch. Auch die kleineren und unspektakuläreren Fälle. Viele Beziehungsdramen, Eifersucht, einen der Morde im Drogenmilieu vor wenigen Jahren. Horndeich scrollte durch Akten und Berichte, blätterte in den Ordnern, die sie sich aus dem Archiv besorgt hatten – aber nach gut drei Stunden war er zu der Erkenntnis gekommen, dass da nirgendwo ein Ansatz war, den man weiterverfolgen konnte.

Sein Telefon klingelte. Er nahm ab – es war die Dame von der Pforte. »Da ist ein Herr Peckhard für Sie, Kommissar Horndeich. Soll ich ihn hochschicken?«

Horndeich überlegte kurz. War Nick gekommen, um ihm eine ähnliche Standpauke zu halten, wie es Sebastian Rossberg getan hatte? Wie es Doro getan hatte? Nein, auf lautstarke Auseinandersetzungen in seinem Büro hatte er keine Lust. »Ich komme runter«, sagte er und legte auf.

Schon als er durch die Glastür ins Foyer trat, sah er, dass Margots Lebensgefährte keineswegs die Absicht hatte, ihn zusammenzustauchen. Er begrüßte Horndeich sogar mit einer kurzen Umarmung. »Was ist hier los?«, wollte er wissen.

»Lass uns ein Stückchen gehen«, sagte Horndeich. Er schlug den Weg vom Parkplatz in den Wald ein.

Dann erzählte er. Von den drei Morden. Von einer DNA-Spur an der Tatwaffe und am Tatort. Und davon, dass die Tatwaffe Margot gehörte.

»Shit«, sagte Nick. Er schwieg eine Weile, ebenso wie Horndeich.

»Und ihr glaubt wirklich, dass Margot völlig ausgetickt ist? Ich sage dir gleich, bevor du es fragst: Nein, sie hat sich in den vergangenen Monaten überhaupt nicht auffällig verhalten. Da ist nichts, aber auch gar nichts, so gar, gar nichts, was nicht gestimmt hätte.«

»Was wir glauben und was wir nicht glauben, das ist völlig irrelevant. Alle Indizien deuten auf sie hin. Das Einzige, was wir nicht haben, ist ein Motiv. Aber Margot hat alle drei Menschen gekannt. Vielleicht nur flüchtig, vielleicht aber auch eben nicht ganz so flüchtig. Das wissen wir nicht.«

»Glaubst du, dass sie es war?«

Das war eine Frage, die konnte der Polizist Steffen Horndeich unmöglich beantworten. Aber der Mensch Steffen Horndeich sagte: »Nein. Ich glaube es nicht.«

Sie liefen noch ein paar Minuten schweigend durch den Wald, jeder hing seinen Gedanken nach. Dann sagte Horndeich: »Ich muss wieder zurück.«

»Klar. Ich werde schauen, dass ich sie möglichst schnell

besuchen kann. Und wenn es irgendetwas gibt, das ich tun kann, sag mir Bescheid.«

Horndeich dachte kurz: Sprich mit Margots Vater. Denn er redet im Moment kein Wort mehr mit mir. Aber Horndeich sprach es nicht aus. Er sagte nur: »Danke. Das werde ich tun.«

Nick verabschiedete sich bereits im Wald. »Ich muss noch ein bisschen klaren Kopf bekommen. Ich gehe noch kurz spazieren.«

Horndeich reichte ihm die Hand, die er nahm und kräftig drückte.

Wenige Minuten später klopfte er an den Türrahmen von Fellers Büro. Feller und Leah schienen immer noch exakt in derselben Position zu sitzen wie vor gut drei Stunden. »Und? Bei euch noch irgendetwas Neues?«

Feller drehte sich in seine Richtung, schüttelte nur den Kopf. »Wir haben nur dieses eine Foto hier. Das könnte Franziska Schneider sein, an der Seite von Markus Böhmer. Aber wir haben keine eindeutige Bestätigung dafür gefunden.«

»Franziska Schneider und Markus Böhmer? Die kennen sich? Das wäre ja dann tatsächlich mal was Brauchbares.«

»Wenn sie es denn wirklich ist. Wie gesagt, ich hab sie überhaupt nur erkannt, weil sie diese Schiene auf der Nase hat. Und Hinrich hat uns ja darauf aufmerksam gemacht, dass Franziska Schneider einmal eine gebrochene Nase gehabt hat. Kann Zufall sein. Vielleicht aber eben auch nicht.«

»Du strahlst ja richtig«, sagte Leah, die nun auch den Blick in Horndeichs Richtung gewandt hatte.

Horndeich war sich dessen nicht bewusst gewesen. Aber es war die allererste Verbindung zwischen irgendwelchen Menschen in diesem verdammten Fall, die nicht automatisch auf Margot deutete. Ja. Das brachte ihn zum Strahlen. Wenn es ihm auch deutlich machte, wie verfahren die Situation war, wenn bereits solch ein winziges Strohhalmende seine Augen zum Leuchten brachte. »Dann sollten wir Lutz Schneider fragen, ob er seine Frau wiedererkennt.«

Sie waren zur Computerfirma von Lutz Schneider gefahren, in der unteren Rheinstraße. Sie hätten besser angerufen, denn die Dame am Empfang sagte, dass Herr Schneider heute vom Homeoffice aus arbeitete. Also galt es, nach Höchst zu fahren.

Die Haustür wurde ihnen von einer älteren Frau geöffnet. »Ja bitte?«, sagte sie. Lutz Schneider konnte seine Mutter nicht verleugnen. Die Gesichtszüge waren einander sehr ähnlich.

Bevor Horndeich oder Leah antworten konnten, trat Herr Schneider von hinten neben seine Mutter. »Mama, das sind Leah Gabriely und Steffen Horndeich von der Kripo in Darmstadt.«

Frau Schneider nickte kurz, dann verschwand sie von der Bildfläche. Lutz Schneider gab beiden die Hand, bat sie herein. »Meine Mutter unterstützt mich jetzt ein wenig im Haus. Ich kann die Firma ja nicht einfach für vier Wochen dichtmachen. Die Kinder sind im Kindergarten – na ja, und wie es dann weitergeht? Ich weiß noch nicht.«

Die Freundin Serafina Körner schien die ganztägige Kinderbetreuung und Haushaltsführung also offenbar nicht zu übernehmen.

Lutz Schneider führte sie in das Wohnzimmer.

Horndeich und Leah nahmen auf dem Sofa Platz. Es war das erste Mal, seit Leah das Glas mitgenommen hatte, dass sie und Horndeich wieder gemeinsam losgezogen waren.

Horndeich fragte: »Herr Schneider, erkennen Sie hierauf Ihre Frau? Oder können Sie eindeutig sagen, dass es sich bei diesem Bild nicht um eines Ihrer Frau handelt?«

Feller hatte das Bild so beschnitten, dass nur noch das Porträt der Frau mit Sonnenbrille und Nasenschiene zu sehen war, nicht mehr aber Markus Böhmer.

»Ich weiß es nicht«, sagte der Witwer. »Sie haben Franziska gesehen, ihr Gesicht ist nicht so schmal wie das der Frau auf diesem Foto. Und ja, sie war schlanker, als wir uns kennengelernt haben. Aber ich kann es wirklich nicht eindeutig sagen.«

»Haben Sie denn vielleicht noch Bilder von Ihrer Frau, aus der Zeit, bevor sie sich kennengelernt haben?«

Lutz Schneider schüttelte den Kopf. »Nein. Sie hat immer behauptet, dass es aus dieser Zeit keine Bilder gibt. Aber geglaubt habe ich ihr das nie.«

Feller hatte sich auch den Rechner von Franziska Schneider vorgenommen. Aber auch da gab es überhaupt nichts, was sich auf die Zeit vor ihrer Beziehung zu Lutz Schneider bezogen hätte. Keine Bilder, keine Texte, keine Kalendereinträge, nichts. Als wäre Franziska Schneider als Engel auf die Erde geschwebt, in dem Moment, als ihr künftiger Gatte mit gebrochenem Bein im Krankenhaus gelegen hatte.

»Ich habe sie immer wieder gefragt, ob sie mir nicht etwas erzählen will, irgendwas aus ihrer Kindheit, aus ihrer Jugend, aus der Zeit, bevor sie mich getroffen hat. In diesen Momenten hat sie immer komplett zugemacht. Sie hat nur gesagt, dass die Jahre bevor sie mich kennengelernt hat, einfach beschissen waren, nicht der Rede wert. Dass sie ihre Zeit vergeudet hat, an die falschen Menschen, an die Drogen. Und dass ihre Kindheit auch nichts wäre, woraus sie für ihre eigenen Kinder jemals eine Gutenachtgeschichte stricken könne. Genauso hat sie sich ausgedrückt.«

Horndeich zog eine andere Karte. Er zeigte Lutz Schneider wieder das Foto, aber diesmal die unbeschnittene Version. Die Frau mit Sonnenbrille im Arm von Markus Böhmer. »Klingelt hier ein Glöckchen?«

Lutz Schneider runzelte die Stirn. »Nein. Vielmehr … ist das nicht das erste Mordopfer? Der Typ, der ein paar Tage vor meiner Frau in Darmstadt erschossen worden ist? Mit derselben Waffe?«

»Ja. Markus Böhmer.«

»Zu dem haben Sie mich ja schon befragt. Ich kenne weder den Typen noch seinen Namen. Aber wenn Sie mir das ganze Bild hier zeigen, dann denke ich eher, dass die Frau, die da so an ihm klebt, nicht meine Franziska ist.« Er hielt kurz inne, dann sagte er, leise: »Oder ich wünsche mir, dass sie das nicht ist.«

Als Leah und Horndeich wieder zu ihrem Auto gingen, fragte Leah: »Und nun?«

Als ob sich der Gedanke, der auch Horndeich gerade durch den Kopf ging, aus dem Nichts akustisch manifestiert habe.

»Wir sollten Markus Böhmers Bruder befragen. Vielleicht weiß der, wer die Frau auf dem Foto ist.« Wenn Horndeich auch nicht daran glaubte, dass Ulrich Böhmer auch nur eine Silbe mit ihnen sprechen würde. Das hatte er bereits deutlich gemacht. Sich nicht durch einen falschen Nebensatz unnötig selbst zu belasten, lag in seiner Prioritätenliste sicher deutlich höher, als den Mord an seinem Bruder aufzuklären. »Vielleicht befragen wir eher die Schwester«, dachte Horndeich laut nach.

»Können wir machen. Und wenn keiner der beiden Geschwister bereit ist zu reden, sollten wir noch mal mit Hinrich sprechen. Möglicherweise kann er von der Schiene, die die Frau auf dem Bild trägt, darauf schließen, ob der Bruch in der Nase von Franziska Schneider mit jener Verletzung auf dem Bild übereinstimmen könnte.«

Könnte auch eine Option sein, dachte Horndeich.

Während Leah den Wagen lenkte, rief Horndeich die Anwaltskanzlei an, deren Anwälte sowohl Ulrich Böhmer als auch Jennifer Böhmer vertraten. Er musste sich ein bisschen hin und her verbinden lassen, bis er den zuständigen Verteidiger am Apparat hatte.

Er erläuterte ihr Anliegen, dass sie Ulrich und Jennifer Böhmer fragen wollten, ob sie eine Frau auf einem Foto erkennen würden. »Es könnte uns enorm weiterbringen, den Tod Ihres Bruders aufzuklären«, übertrieb Horndeich maßlos.

Der Rechtsbeistand verkündete, er werde in der Justizvollzugsanstalt anrufen, mit seinen Mandanten sprechen und sich danach wieder bei Horndeich melden.

Das Zivilfahrzeug der Polizei bog gerade von der B38 auf die B26 ab, als der Anwalt zurückrief. Horndeich hatte die Freisprechanlage eingeschaltet, sodass Leah mithören konnte. »Herr Horndeich, ich mache es kurz: Keiner der beiden ist bereit, mit Ihnen zu reden.«

Na super, dachte Horndeich.

»Idioten«, schimpfte Leah.

»Es ist Schlossgrabenfest!«, begrüßte ihn Stefanie freudestrahlend. »Da ist ganz viel Musik! Darf ich dahin Papa?«

Sandra trat hinter ihre Tochter, strich ihr über den Kopf und sagte: »Darüber haben wir doch schon gesprochen, Stefanie.«

Stefanie drehte sich beleidigt um und sagte, was Sandra an diesem Tag sicherlich schon zehnmal gehört hatte, wie Horndeich vermutete: »Aber da spielt doch Lichtenberg!«

»Und das ist abends, und du hast am nächsten Tag Schule.« Auch dieses Argument hatte Sandra an diesem Tag wahrscheinlich ebenso oft vorgebracht.

»… Wir kaufen keinen teuren Rotwein«, trällerte Stefanie. »… als echte Hessen trinken wir …« Sie sang nicht nur den Refrain, sondern auch die nächste Strophe, und tanzte dazu, exakt im Beat. Horndeich war sich nicht sicher, ob seine Tochter alles verstand, was sie da sang, aber ebenso sicher war er sich, dass sie gerade ihre erste Lieblingsgruppe entdeckt hatte. Horndeich hatte das Lied in einem Downloadshop gekauft, er und seine Frau hatten es jetzt auf dem Handy, und seine Tochter Stefanie wollte nichts anderes mehr hören. Horndeich hatte aus den Untiefen irgendeiner Schublade noch einen alten MP3-Player herausgezogen. Zu seinem großen Erstaunen funktionierte sogar der Akku. Er hatte den Player an einen kleinen Lautsprecher angeschlossen, und so war Stefanie quasi über Nacht zu ihrer ersten eigenen Musikanlage gekommen. Es befand sich nur das eine Lied auf dem MP3-Player. Und Stefanie hörte es rauf und runter. Und runter und rauf. Und dann wieder von vorn … und Horndeich war also genau in jenem Moment dabei gewesen, als seine achtjährige Tochter zum ersten Mal in ihrem Leben Fan von irgendetwas geworden war.

Horndeichs Telefon klingelte. Hinrich. Endlich. Seit die Geschwister des Mordopfers Markus Böhmer sich geweigert hatten, das Foto von Böhmer und der Frau mit der Nasenschiene anzusehen, hatte er versucht, den Rechtsmediziner zu erreichen. Zuerst hatte Horndeich geglaubt, er hätte eine Obduktion durchführen müssen. Aber auch nach drei Stunden hatte er noch nicht zurückgerufen. Gar nicht seine Art. Aber jetzt. »Herr Dr. Hinrich, endlich erreiche ich Sie. Ich hätte da eine wichtige Frage.«

»Ja, ja, ja, ja, ja, das kann ich mir vorstellen. Ich bin aber nicht mehr im Institut, sondern bereits zu Hause. Worum geht es denn?«

»Wir haben hier ein Foto. Und wir wissen nicht, ob die Frau auf dem Foto Franziska Schneider sein könnte. Sie trägt allerdings eine Schiene über der Nase. Und Sie haben gesagt, dass Franziska Schneider einmal eine gebrochene Nase hatte. Meine Frage wäre nun, wenn Sie das Foto ansehen, ob Sie uns sagen könnten, ob die Verletzung, die Sie festgestellt haben, mit der Art der medizinischen Behandlung, die wir auf diesem Foto sehen, korrespondiert. Sozusagen.«

»Na, dann kommen Sie doch einfach mal her.«

»Her? Wohin?«

»Her zu mir. Ich bin, wie gesagt, bei mir zu Hause und gerne bereit, Ihnen eine Auskunft zu erteilen. Aber das müssen wir dann schon persönlich machen. Hier. Sie müssten herkommen.«

»Zu Ihnen? Nach Frankfurt? In Ihre Wohnung?«

»Nun, wir können das Ganze auch morgen im Institut erledigen. Aber wenn Sie eine schnelle Antwort wollen, dann kommen Sie besser her.«

»Schon gut«, sagte Horndeich. Er sah seine Frau an. Die nickte nur. »Ich bin in gut einer halben Stunde bei Ihnen.«

Was Horndeich an Sandra so schätzte, war, dass sie, auch nachdem sie nicht mehr bei der Polizei arbeitete, nie vergessen hatte, wie oft man Stechuhr Stechuhr sein ließ, nur um in einem Fall einen entscheidenden Schritt weiterzukommen. Und das war genau so ein Moment: Horndeich konnte bis morgen warten. Horndeich konnte aber auch jetzt nach Frankfurt fahren und noch an diesem Abend eine Antwort darauf bekommen, ob die Frau, die sie für Franziska Schneider hielten, auch Franziska Schneider war.

Eine Frankfurter Altbauwohnung, rund hundertfünfzig Quadratmeter groß, schätzte Horndeich. Er war nie in den Genuss gekommen, die Privatgemächer von Dr. Martin Hinrich persönlich in Augenschein zu nehmen.

»Schön, dass Sie hier sind«, hatte er ihn begrüßt und mit einer Handbewegung vom üppig bemessenen Flur in ein Wohnzimmer geleitet. Der Boden: Parkett vom Feinsten. Das Wohnzimmer – nicht nur Parkett vom Feinsten, sondern auch Ausstattung vom Feinsten. Keines der Möbelstücke war jünger als hundert Jahre, und dennoch sah jedes einzelne aus, als wäre es gerade vom Tischler seines Vertrauens persönlich bei ihm abgeliefert worden. Zwei Sofas über Eck gestellt umrahmten den Wohnzimmertisch, wahrscheinlich Art déco, Horndeich kannte sich da nicht so gut aus. Die Chefin der Spurensicherung, Silvia Rauch, sie hätte den Raum mit einem Blick gescannt und als Ergebnis einen Eurobetrag präsentiert, der sicherlich im fünfstelligen Bereich gelegen hätte. Sie kannte sich aus mit antiken Möbeln, weil einer ihrer Onkel damit handelte.

»Treten Sie doch ein«, sagte Martin Hinrich. »Wein? Ein Bier? Oder darf ich Ihnen einen guten Whisky anbieten?«

Hinrich wusste doch sicher, dass Horndeich mit dem Auto unterwegs war.

»Ich habe auch Wasser. Oder ein alkoholfreies Hefeweizen.«

Horndeich nickte. Und Hinrich verschwand. Horndeich trat ans Fenster des Raumes. Die Wohnung lag im vierten Stock, aber mit nachträglich installiertem Fahrstuhl an der Außenwand. Er schaute in Richtung Süden. Und er konnte weit schauen. Ein paar Frankfurter Hochhäuser versperrten den Blick, aber ansonsten reichte er doch sicher zwanzig Kilometer in die Ferne. Hätte er nicht sein nettes Häuschen in Darmstadt – in diese Wohnung würde er auch sofort einziehen.

Hinrich kam zurück, in der Hand ein Bierglas, darin das Getränk und außerdem zwei Scheiben Zitronen. »Schmeckt besser so«, sagte er und stellte das Trinkgefäß auf dem Couchtisch ab.

»Herr Dr. Hinrich, ich habe eine Frage«, sagte Horndeich. Er hatte sein Tablet mitgebracht und aktivierte jetzt den Kleincomputer, wischte zweimal über das Glas, dann zeigte er Hinrich die Fotografie von Markus Böhmer und der Unbekannten mit Sonnenbrille und Nasenschiene.

Hinrich nahm das Tablet in seine Hand, schaute auf das Foto. Dann legte er das Tablet achtlos auf den Tisch, nicht weit vom Weizenbierglas entfernt.

»Bevor ich Ihnen Ihre Frage beantworte, muss ich Sie selbst um Ihre Meinung bitten in einem etwas heiklen Fall.«

Horndeich war irritiert. »Ich bin kein Gerichtsmediziner. Wie kann ich Ihnen denn helfen?«, wollte er wissen.

»Nun, dazu müssen Sie kein Rechtsmediziner sein. Dazu müssen Sie nicht einmal Mediziner sein. Und auch nicht promoviert.«

Langsam wurde Horndeich diese Sache unheimlich. »Herr Dr. Hinrich, die Frau auf dem Foto …«

»… bitte vergessen Sie die Frau auf dem Foto für einen Moment«, insistierte Hinrich. »Es geht zwar auch um eine Frau, aber um eine lebende.«

Das war der Moment, in dem Horndeich begriff. Ihm gegenüber saß Dr. Martin Hinrich. Lebende Legende der Rechtsmedizin. Eigentlich ein Frauenheld, so hatte er ihn zumindest über mehrere Jahre hinweg erlebt. Und jetzt ein wenig orientierungslos mit jener Dr. Emilia Schubert aus Leipzig. War er ein Alphamännchen, war sie ein Alphaweibchen. Eine Frau, die wusste, was sie wollte. Und die wusste, was sie nicht wollte. So schätzte Horndeich sie zumindest ein. Er griff zu seinem Glas, nahm einen tiefen Schluck.

»Herr Horndeich, Sie haben mich erlebt, in einem Moment der Schwäche. In Höchst. Als Dr. Emilia Schubert die Erstbeschau der ermordeten Franziska Schneider vorgenommen hatte.«

Ein Moment der Schwäche – das war wahrlich sehr vornehm formuliert.

»Ich mag an diesem Abend ein wenig derangiert gewesen sein«, fuhr Hinrich fort.

Horndeich sagte nichts.

Hinrich sagte nichts.

Für gewöhnlich war Hinrich ein Meister der Kunstpausen, aber es erfüllte Horndeich mit tiefer Genugtuung, nun selbst einmal der Herr eines solch verbalen Vakuums zu sein.

»Meine Frau ist Witwe, haben Sie es nicht so formuliert?«, fragte Horndeich schließlich.

Er hatte es noch nie gesehen, hatte es nicht einmal für möglich gehalten, aber dennoch fand es in diesem Augenblick statt: Hinrich errötete. »Bitte sehen Sie davon ab, weiter darauf herumzureiten. Ein Moment der Schwäche, wie ich es bereits formuliert habe.«

Horndeich hatte keine Ahnung, worauf das Ganze hinauslief, aber was ihm von vornherein klar war: Es war das erste Mal, dass sein Gegenüber sich bewusst klein gemacht hatte. Und die Folgerung daraus war: Dr. Martin Hinrich hatte niemand anderen als Steffen Horndeich, um über seine Probleme zu reden. Horndeich versuchte eine Brücke zu bauen: »Herr Dr. Hinrich, schießen Sie doch einfach los.«

Hinrich sah ihn an. Griff zum Rotweinglas. Eine Geste, die ein paar weitere Sekunden Zeit schinden konnte. Hinrich nahm einen Schluck, stellte das Glas zurück. Horndeich war versucht, das Gespräch noch einmal auf das Foto zu lenken, wegen dem er hier war. Aber er war ein zu guter Ermittler, als dass er nicht erkannte, dass, bevor Hinrichs Problem nicht benannt und vielleicht im Ansatz gelöst war, er keinen Schritt weiterkommen würde.

»Emilia war verheiratet, als wir uns kennengelernt haben. Ich wusste das nicht von Anfang an«, sagte Hinrich. Wieder zelebrierte er eine Kunstpause, aber dieses Mal nicht als rhetorisches Element, sondern weil er sich ganz offensichtlich sortieren musste, bevor er fortfuhr. In seiner Beichte. Denn nichts anderes stand jetzt bevor.

»Sie erinnern sich an den Fall mit dem Schädel? Da habe ich sie kennengelernt. Ist schon zwei Jahre her. Und wir haben ja perfekt zusammengearbeitet. Das wissen Sie vielleicht nicht.«

Doch, daran erinnerte sich Horndeich durchaus. Der Schädel im Kongresszentrum in Darmstadt, vor zwei Jahren gefunden, und nicht zuletzt durch Dr. Hinrich und Dr. Emilia Schubert seinem Besitzer wieder zugeordnet.

»Sie haben sicher mitbekommen, dass Dr. Emilia Schubert und ich uns nicht unsympathisch waren.« Hinrich hielt wieder inne.

Horndeich nickte.

»Sie war verheiratet. Ihr Mann war viel älter. Bereits im Pflegeheim. Und immer wieder ist sie zu ihm gefahren. Ein nobler Zug, den zu kritisieren ich mich nicht erdreiste.«

Ja, das hatte Horndeich am Rande mitbekommen. Und auch, dass Dr. Emilia Schubert seitdem immer wieder in Frankfurt auftauchte. Nach wie vor. Trotz ihres Mannes im Pflegeheim. Etwa im vergangenen Jahr, als sie eine Mordserie in Altersheimen untersucht und letztlich aufgedeckt hatten. Dr. Emilia Schubert war eine große Hilfe gewesen.

»Ist sie immer noch verheiratet?«, wollte Horndeich wissen. Und während er die Frage stellte, formte sich längst die Antwort in seinem Kopf, die Hinrich bestätigte.

»Nein. Das ist genau der Punkt. Emilias Mann ist schon vor vier Monaten verstorben. Und sie hat mir nichts davon gesagt.«

Horndeich musste sich sehr zusammenreißen, jetzt nicht zu grinsen. Mit einem Mal verstand er den Ausspruch: »Meine Frau ist Witwe«. Hinrich hatte das auf Dr. Emilia Schubert bezogen, die zu diesem Zeitpunkt Witwe war. Und auf irgendeine Weise auch seine Frau.

»Sie hat weiter so getan, als wäre sie eine verheiratete Frau?«

Hinrich nickte nur. Und unterstrich das Nicken durch einen weiteren Schluck Rotwein.

Es war diebisch. Es war gemein. Und doch konnte Horndeich nicht anders. Wie oft hatte er die Allüren des Frankfurter Rechtsmediziners ertragen? Jetzt war die Gelegenheit, einmal zurückzuschießen, wenn auch mit kleinerem Kaliber: »Ich würde sie in den Wind schießen.«

Hinrich riss die Augen auf. »Das meinen Sie nicht im Ernst, oder?« Die Augenlider flatterten kurz.

»Kein Kontakt mehr. Der finale Schlussstrich. Das wäre eine Option.« Mit dem letzten Satz gab sich Horndeich bereits wieder versöhnlich.

Hinrich antwortet nicht.

Also fragte Horndeich: »Oder ist das doch keine Option?«

Hinrich griff nicht zum Glas. Und das gerade durchgestreckte Rückgrat, ein Markenzeichen des Rechtsmediziners, sackte ein paar Zentimeter zusammen. »Ich liebe diese Frau.«

Jetzt war es an Horndeich, wieder den rhetorischen Moment einer Kunstpause zu nutzen. Er tat es. Fünf Sekunden lang. Dann sagte er: »Herr Dr. Hinrich, dann ist doch alles entschieden. Emilia Schubert trifft Sie seit zwei Jahren. Man kann die Randbedingungen aufbauschen, man kann es aber auch lassen. Wenn Sie schlau sind, greifen Sie jetzt zu.« Was sollte er anderes sagen. Er wusste doch, wie sehr der Rechtsmediziner diese Frau mochte, ja liebte.

»Danke«, sagte Hinrich. Das ganz schwache Leuchten, Vorankündigung eines Strahlens, huschte über Hinrichs Gesicht.

»Danke vielmals.« Offensichtlich hatte er jetzt durch Horndeich die Bestätigung, die ihm gefehlt hatte. Die Bestätigung der eigenen Gefühle. Die Bestätigung des eigenen Handelns. Wie auch immer.

»Herr Dr. Hinrich, ich habe immer noch die Frage nach dem Foto. Sie haben einen Nasenbruch festgestellt oder Frau Dr. Schubert, wer auch immer, bei der toten Franziska Schneider. Und nun haben wir hier ein Foto dieser jungen Frau, die Franziska Schneider ähnlich sieht und diese Nasenschiene trägt. Korrespondiert diese Nasenschiene mit Ihrem Befund des Nasenbeinbruchs?«

Hinrich griff nach dem Tablet, Horndeich entsperrte es, Hinrich sah auf das Foto. »Passt«, sagte er nur.

Und für diese fünf Buchstaben war Horndeich extra nach Frankfurt gefahren und hatte den Seelsorger gegeben. Manchmal stehen Aufwand und Ertrag in keinem Verhältnis zueinander, dachte Horndeich.

Oder vielleicht doch. Markus Böhmer und Franziska Schneider schienen sich gekannt zu haben.

FREITAG, 31. MAI

Leah Gabriely saß auf ihrem Balkon. Eine Tasse Kaffee. Ein Croissant daneben.

Dann klingelte das Handy. Es war noch nicht einmal sieben Uhr.

Leah war akribisch in der Pflege ihrer Kontaktdaten, deswegen zeigte ihr das Smartphone auch, dass es der Anwalt von Jennifer und Ulrich Böhmer war, der sie um diese Uhrzeit zu erreichen versuchte.

»Leah Gabriely«, meldete sie sich.

»Rechtsanwalt Heinrich Nöten. Ich vertrete Jennifer und Ulrich Böhmer.«

Ich weiß, dachte Leah. Aber sie sagte: »Herr Nöten, was kann ich für Sie tun?«

»Ich habe Herrn Horndeich nicht erreicht, deswegen wende ich mich an Sie«, sagte der Anwalt und war sich offensichtlich nicht bewusst, dass dieser Satz hätte beleidigend wirken können.

Leah entgegnete: »Das beantwortet meine Frage nicht. Was kann ich für Sie tun?«

»Meine Klientin Jennifer Böhmer hat mich kontaktiert. Sie ist bereit, mit Ihnen zu sprechen. Sie sagten, Sie hätten ein Foto, das dazu beitragen könnte, den Mord an Ihrem Bruder aufzuklären. In dieser Angelegenheit wäre sie bereit, mit Ihnen zu reden. Natürlich nur in meiner Gegenwart. Könnten wir uns um zehn Uhr im Gefängnis treffen?«

Selbstverständlich würde sie mit Jennifer Böhmer sprechen. »In Ordnung. Ich werde da sein.« Mehr gab es dazu nicht zu sagen. Sie drückte den roten Beenden-Button und schickte dann eine Nachricht an Feller: *Habe einen Termin mit Jennifer Böhmer. Komme danach ins Präsidium. Wird sicher 11:30 Uhr werden.*

Sekunden später die Antwort: *Viel Glück!*

Um zehn Uhr in der Haftanstalt Weiterstadt? Da konnte sie auch noch ein paar Minuten auf ihrem Balkon verbringen. Leah griff nach dem Tablet und las ein wenig in der App des *Darmstädter Echos* über die Neuigkeiten, die Darmstadt zu bieten hatte.

Um Viertel nach neun fuhr sie los, kurz vor zehn saß sie im Besucherraum der Justizvollzugsanstalt Weiterstadt. Es war einer jener Räume, die für Privatgespräche genutzt wurden. Privatgespräche bedeutete in diesem Fall: Gespräche, bei denen ein Anwalt anwesend war. Nöten saß neben Jennifer Böhmer. Leah auf der Seite des Tisches gegenüber. Wie auch andere Gefangene in Untersuchungshaft genoss Jennifer Böhmer das Privileg, private Kleidung tragen zu dürfen. Kein Anstaltsdress, sondern Jeans und eine schicke Bluse.

»Frau Böhmer, danke, dass Sie mit mir sprechen«, begann Leah das Gespräch.

Jennifer Böhmer zögerte. Dann sagte sie: »Ich muss nicht mit Ihnen sprechen.«

Leah sah die Frau an. »Nein. Das müssen Sie nicht. Aber Sie haben mir über Ihren Anwalt mitteilen lassen, dass Sie mit mir reden *möchten.*«

Daraufhin schwieg Jennifer Böhmer.

Leah zog ihr Tablet hervor, entsperrte es, brachte das Bild von Böhmer und Mrs Nasenbruch auf den Bildschirm. »Kennen Sie diese Frau?«, fragte sie. »Das Bild ist aufgenommen worden am 27. September 2014. Also vor knapp fünf Jahren. Abdul Ferhuan hat dort seinen dreißigsten Geburtstag gefeiert. In einer Grillhütte an der Kranichsteiner Straße in Darmstadt. Klingelt da irgendetwas bei Ihnen?«

Jennifer Böhmer warf nur einen kurzen Blick auf das Bild. Dann richtete sich ihr Fokus auf Leah, auf die Wand hinter

Leah, auf die Wand rechts von Leah, auf den Vollzugsbeamten, der im Raum stand wie eine Statue des Rechts. Und Leah begriff: Jennifer Böhmer hat die Frau auf dem Bild erkannt.

Jennifers Blick suchte Augenkontakt zu Leah. Die beiden Frauen sahen sich an, und nach drei Sekunden sagte Jennifer Böhmer: »Ja. Ich kenne diese Frau. Die war mal mit meinem Bruder zusammen. Also, was immer man so ›zusammen sein‹ nennt.« Dann machte sie eine Pause.

»Sie war eine Freundin von Markus?«

Jennifer lachte auf: »Freundin? Mein Bruder hatte immer mehr Freundinnen als Finger an beiden Händen. Gleichzeitig. Musste ich nicht gut finden. War aber so. Bis er Oksana kennengelernt hat. Aber das ist wieder ein anderes Kapitel. Geliebte trifft es also besser.«

»Und diese Frau?«

»Die hieß Fritzi. Halt, nein, Franzi. Keine Ahnung, wie ihr richtiger Name ist. Und nein, ich habe keine Ahnung, wie sie mit Nachnamen heißt. Franzi tauchte auf. Und Franzi tauchte ab. Aber dazwischen war sie für eine ganz schön lange Zeit auf der Bildfläche. Hat mich gewundert.«

Franzi. Franziska. Das passte ja. »Und Ihr Bruder war mit ihr zusammen?«

»Mein Bruder war mit vielen Frauen zusammen. Nicht nacheinander, sondern gleichzeitig. Wie gesagt.«

»Und diese Franzi? Wer war sie?«

»Die ist irgendwann im Sommer aufgetaucht. Vor knapp fünf Jahren. Genau. 2014 war das. Im August. Ich habe keine Ahnung, wo mein Bruder sie kennengelernt hat. Aber irgendwie hat sie ihm gefallen. Denn im Gegensatz zu den anderen Mädchen war sie nach vier Wochen immer noch da. Für Markus eher ungewöhnlich.«

»Diese junge Frau war also eine große Liebe Ihres Bruders?« Leah wusste, wie sehr sie übertrieb. Aber sie wusste nicht, wie sie Jennifer Böhmer anders aus der Reserve locken sollte.

Aber offensichtlich klappte es: »Große Liebe? Das war keine Kategorie für meinen Bruder. Er hatte immer ein paar Mädels am Start. War ihm nicht so wichtig. Also, war ihm schon wichtig, für die Hormone, aber nicht für die Mädels.«

Leah meinte, einen Hauch von Bedauern aus dem Tonfall von Jennifer Böhmer herauszuhören.

»Diese Franzi ist irgendwann im August aufgetaucht. Ich erinnere mich dran, weil mein Bruder da gerade aus dem Griechenland-Urlaub zurückgekommen ist. Und da war die Franzi noch nicht dabei. Ich weiß auch, dass er mit ihr auf dem Weinfest war. Das komische Fest hier in der Darmstädter Innenstadt, in der Wilhelminenstraße. War so einer der Momente, wo mein Bruder immer einen auf dicke Hose gemacht hat. Hat versucht, sich in Darmstadt beliebt zu machen. Ging aber meistens nach hinten los. Da hat er nie auf mich gehört. Auf so einem Spießer-Fest – nee, das war nichts für Markus.«

Leah schwieg ganz bewusst. Auch der Anwalt gab keinen Ton von sich.

»Mein Bruder hatte ja nie nur eine an seiner Seite. Aber diese Franzi, die war schon hartnäckig, auf ihre Art. Im November, da ist dann die Oksana aufgetaucht. Dann war ziemlich schnell klar: Die würde das Rennen machen. Also mir war das klar. Die hatte genau die richtige Art, meinen Bruder in seine Schranken zu weisen. Und sie hat ihn gekapert, mit Sex und der Drohung von Entzug. Oksana hatte das nötige Selbstbewusstsein, das eine Franzi nie haben würde. Als Oksana aufgetaucht ist, war völlig klar, wer das Rennen macht. Ganz egal, wer neben Oksana noch auf dem Laufsteg stolzierte. Ab Dezember war mein Bruder fest mit Oksana liiert. Da war Franzi abgemeldet und auch alle anderen, die da um ihn rumgeschwirrt sind.«

»Haben Sie sie danach noch mal gesehen?«

»Nein. Ich nicht. Aber mein Bruder, Uli. Diese Franzi ist ein paarmal zu ihm gekommen, ob er nicht was machen kann. Sie hat auf ihn eingeredet, die Oksana wäre doch die falsche Frau für Markus. War ganz schön hartnäckig. Bestimmt, weil sie immer drauf war.«

»Drogen?«

»Nicht von uns. Wir verkaufen keine Drogen.«

Und warum sitzt dein Bruder gerade nebenan ebenfalls in Untersuchungshaft?, dachte Leah. Aber sie fragte das nicht laut. Stattdessen fuhr sie fort: »Wissen Sie, welche Drogen sie genommen hat?«

Jennifer zuckte mit den Schultern. »Koks. Chrystal Meth. Manchmal Ecstasy. Ich hab sie nie mit einer Nadel gesehen. Und auch nie mit einem Joint.«

»Wie lange hat sie dann noch Kontakt zu Ihrem Bruder gehabt?«

»Im Februar 2015, da hat sie gedacht, es wäre eine gute Idee, bei Markus direkt zu klingeln. War aber nur Oksana da. Ist der Kleinen aber nicht gut bekommen. Zumindest hat sie nicht noch mal so eine Nasenschiene tragen müssen. Aber unter der Haut von Oksanas Nägeln hätten Sie ganze Spiralen von Franzis Haut abschaben können. Und ich glaube, ein blaues Auge hat sie auch gehabt. Danach habe ich nichts mehr von ihr gehört. Also nehme ich an, dass sie auch bei Ulrich nicht mehr aufgekreuzt ist. Aber ich weiß es nicht genau.«

»Und wieso hatte sie damals das Nasenbein gebrochen?«

Jennifer grinste. »Nein. Nicht was Sie denken. Mein Bruder Markus war seinen Mädels gegenüber nur gewalttätig, wenn sie ihn ganz mächtig genervt haben. Und dazu gehörte die Franzi nicht. Sie war eher so eine Stille, Unterwürfige. Franzi ist gegen eine Scheibe gerannt. In der Centralstation. War irgendein Rap-Konzert, auf das Franzi meinen Bruder mitgeschleppt hat. Und noch bevor er ihr die gläserne Eingangstür aufhalten konnte, war sie schon volle Kanne dagegengerannt. War nichts mehr mit dem Konzert. Die Nase war gebrochen, und sie hat sich die ganze Bluse mit Blut versaut.

So hatte sich Markus den Abend nicht vorgestellt. Na ja, die Franzi sicher auch nicht.«

Leah hatte das Diktiergerät auf den Tisch gelegt. Sie hatte alles aufgezeichnet, was Jennifer Böhmer gesagt hatte.

»Und? Hilft Ihnen das jetzt weiter? Hilft das, den Mörder meines Bruders zu finden? Denn das ist das Einzige, wofür ich mich interessiere.«

»Ich weiß es nicht. Aber wir haben jetzt zum ersten Mal eine sichere Verbindung zwischen zweien der Mordopfer. Vielleicht ein Anfang«, sagte Leah. Und sie war sich selbst nicht sicher. War das tatsächlich ein Anfang? Letztlich brachte es überhaupt nichts, um Margot zu entlasten. Alle Indizien sprachen nach wie vor gegen sie. Und wenn Markus Böhmer und Franziska Schneider sich gekannt hatten, untermauerte es eher die These, dass jemand drei Menschen umgebracht hatte, die in irgendeiner Weise zusammengehörten. Wenn sie auch noch nicht wussten, wie genau.

»Okay. Was haben wir?« Horndeichs Gesicht zeigte, dass die Wirkung der nächtlichen Schmerztablette deutlich nachgelassen hatte.

Am Vormittag hatte Feller einen Anruf von Horndeich erhalten, in dem er ihm mitgeteilt hatte, dass er verschlafen habe. Als er abends ins Bett hatte gehen wollen, sei er mit dem verletzten Arm an der offenen Kleiderschranktür hängen geblieben. Die doppelte Dosis Schmerzmittel hätte ihn zwar durchschlafen, aber eben auch verschlafen lassen. Er hatte es nicht gesagt, Feller hatte nicht nachgefragt, doch er war sich sicher, dass Horndeichs Frau Sandra den Wecker ausgestellt hatte.

»Ich möchte kurz zusammenfassen, welche Verbindungen wir zwischen den drei Mordopfern inzwischen aufgedeckt haben. Und die Verbindungen von Margot zu den Mordopfern«, sagte Horndeich.

Er fasste die Neuigkeiten von Dr. Hinrich zusammen,

Leah sprach über ihren Besuch in der JVA, und sie fügten alle neuen Informationen auf dem großen Smartboard hinzu.

Nachdem Leah alle Verbindungspfeile gezogen und Stichworte vermerkt hatte, fragte Horndeich: »Wie gehen wir weiter vor?« Und sein Gesichtsausdruck verriet Feller, dass dem Kollegen im Moment eigentlich nur eine Frage im Kopf herumschwirrte: Eine oder zwei Schmerztabletten?

Es entstand ein Moment des Schweigens. Horndeich war der Chef der Sonderkommission. Er musste sagen, wie es weiterging. Aber die Falten über der Nasenwurzel und die Hand an seinem verletzten Arm belegten, dass ihm das Denken schwerfiel.

Leah sprang ein: »Wir gehen nach wie vor davon aus, dass die drei Opfer nicht zufällig gewählt worden sind. Und wir haben jetzt schon ein paar Verbindungen feststellen können. Wenn die auch noch wenig Licht ins Dunkel bringen, warum ausgerechnet diese drei Personen ausgewählt worden sind. Ich glaube aber, wir finden die Antwort darauf nur, wenn wir weiter nach Zusammenhängen suchen. Es muss irgendein Ereignis gegeben haben, bei dem sich alle drei begegnet sind – und auch ihrem Mörder. Ich denke, wir sollten jetzt den Zeitraum, in dem Franziska Schneider mit Markus Böhmer zusammen war, in Zusammenhang setzen mit dem gleichen Zeitraum im Leben von Ferdinand Wegenthal. Vielleicht gibt es ja irgendwelche Überschneidungen.«

Horndeich nickte kaum wahrnehmbar: »Gute Idee. Machst du das?« Er sah auch zu Feller: »Macht *ihr* das? Mir tut mein Arm so was von weh, ich würde mich gern für den Rest des Tages ausklinken. Und dann ist ja sowieso Wochenende. Das alles eilt dann sicher auch am Montag noch.«

»Ja«, sagte Feller, »ich bin mit von der Partie.« Er sah, wie die Schmerzen in Horndeichs Gesicht Furchen zeichneten. Er selbst hasste es, seinen Job außerhalb des Büros, der sicheren Welt seiner Computer, zu machen. Aber Leah würde bei ihm sein.

Er war in den vergangenen Jahren immer wieder vor die Türen des Präsidiums getreten. Und er war darin inzwischen sehr viel besser als früher. Und nun mit Leah zu der Witwe von Ferdinand Wegenthal zu fahren – bei genauerer Betrachtung war die Vorstellung eigentlich gar nicht so schlimm.

»Ich sagte Ihnen doch schon, dass ich weder diesen Herrn Markus Böhmer kenne noch diese Franziska Schneider. Wie soll ich Ihnen da weiterhelfen?«, sagte Marion Wegenthal. Sie hatten im Garten Platz genommen, der hinter dem großen Haus lag. Frau Wegenthal hatte es sich nicht nehmen lassen, einen frischen Tee zuzubereiten, der jetzt im exklusiven Porzellanservice kredenzt wurde.

»Und auch wenn mein Mann Herrn Böhmer oder Frau Schneider kennengelernt haben sollte – dann hat er mir nichts davon erzählt.«

»Markus Böhmer haben Sie getroffen. Im Dezember 2015, als Sie gemeinsam mit Ihrem Sohn und Ihrer Schwiegertochter essen waren. Das hat uns Ihr Sohn erzählt«, sagte Leah.

»Markus Böhmer?«

»Das war der Mann, dessen hochschwangere Frau ohnmächtig geworden ist. Ihr Gatte wollte ihr helfen.«

»Dieser Rüpel? Das war Markus Böhmer?« Das Entsetzen über die Erkenntnis und Böhmers Verhalten schwang in jeder Silbe mit.

»Hätte es denn Gelegenheit gegeben, dass Ihr Mann Franziska Schneider begegnet wäre, ohne dass Sie dabei waren?«

Marion Wegenthal nahm einen Schluck Tee, schlürfte undamenhaft, weil dieser noch ziemlich heiß war. »Ja, wir haben jeder auch unsere eigenen Interessen gehabt. Wir sind oft gemeinsam ins Theater gegangen. Aber mit Ferdinands Faible für Rockmusik konnte ich nie viel anfangen. Und dann hat er immer wieder Dinge zusammen mit seinem besten Freund Volker unternommen. Sei es, abends mal ein Bier trinken gehen oder irgendwelche Veranstaltungen besuchen. Natürlich hätte er da Menschen kennenlernen können, von denen er mir nichts erzählt hat.«

»Hat Ihr Mann ein Tagebuch geführt?«, erkundigte sich nun Feller. Leah schmunzelte. Ein Diarium – das war wieder ganz Fellers Metier.

Marion Wegenthal antwortete sofort: »Nein. Hat er nicht. Aber er hat akribisch seinen Kalender gepflegt. Da hat er in Stichpunkten niedergeschrieben, was er an einem Tag gemacht hat. Er hatte das Archiv seines Lebens im Kopf, aber wenn es um exakte Daten ging, dann konnte er immer in den Kalender schauen. Den aktuellen haben Sie ja schon mitgenommen, zusammen mit dem Laptop.«

»Gibt es noch welche aus den vergangenen Jahren?«, hakte Feller nach.

»Natürlich!«, gab sich Frau Wegenthal entrüstet. »Ich hab doch nichts weggeworfen von den Sachen, die meinem Mann gehören!« Sie erhob sich ruckartig. »Ich hole die Sachen«, sagte sie, sah die beiden Kommissare dabei aber nicht mehr an.

Leah vermutete, dass dies der Moment war, in dem sie die Tränen nicht mehr unterdrücken konnte, ihnen das aber nicht zeigen wollte. Es dauerte fast fünf Minuten, bis Marion Wegenthal zurückkam. In der Hand hielt sie acht Leder gebundene Kalender, jeder einzelne eher vom Umfang von *Krieg und Frieden* als von *Die Schachnovelle.*

»Für uns besonders interessant ist der Zeitraum zwischen August 2014 und Februar 2015.«

Frau Wegenthal hatte den Kalenderstapel auf dem Tisch abgelegt und sich wieder gesetzt. »Das ist aber schon lange her«, sagte sie. »Da hat er ja noch praktiziert.«

Sie zog einen der Kalender aus dem Stapel heraus.

»Darf ich?«, fragte Leah.

Marion Wegenthal hielt kurz inne. Sie musste offensichtlich darüber nachdenken, ob sie den Ermittlern ihr Heiligstes in die Hand geben wollte. Dann reichte sie Leah das Filofax.

»Ich würde gerne die ganzen Daten mit Ihnen durchgehen. Und Sie sagen mir, ob Sie bei den Unternehmungen Ihres Mannes mit dabei waren. Ob irgendetwas Ungewöhnliches passiert ist. Ob Sie sich an irgendetwas Ungewöhnliches erinnern, wenn Sie dabei waren.«

Zunächst stellte sich heraus, dass das Ehepaar Wegenthal die Praxis vor fünf Jahren von Mitte August bis Ende September geschlossen hatte und zu einem langen Urlaub nach Südamerika aufgebrochen war. Im Oktober waren sie dreimal gemeinsam im Theater gewesen, einmal war Ferdinand Wegenthals Freund Volker mit von der Partie gewesen. Frau Wegenthal konnte sich aber nicht mehr konkret an diese Abende erinnern. »Das heißt aber auch, dass uns niemand einen Kaffee über die Kleidung geschüttet hat oder den Inhalt eines Sektglases. Schon erstaunlich, dass mir diese Abende so wenig im Gedächtnis geblieben sind.«

Dann waren Wegenthal und sein Freund Volker auf einem Konzert gewesen, von einer Rockgruppe. Pavlov's Dog hieß die Band, und sie hatte im Steinbruch-Theater in Mühltal bei Darmstadt gespielt. Leah fragte nach dem Konzert.

Es war nur eine winzige Geste. Beim Blinzeln hielt Marion Wegenthal die Augen für eine Sekunde geschlossen, bevor sie sie wieder öffnete.

»Sie erinnern sich an das Konzert?«

»Nein. Ich war ja nicht dabei.«

»Und hat Ihr Mann von diesem Konzert erzählt?«

Marion Wegenthal schüttelte den Kopf, sah aber weder Leah noch Feller in die Augen. Wie gerne hätte Leah jetzt Volker Lüttgers selbst befragt. Aber der lebte ja nicht mehr …

»Sind Sie sicher, dass es zu diesem Konzert nichts zu erzählen gibt?«

»Ja. Mein Mann mochte die Gruppe. Volker mochte die Gruppe, und so sind die beiden zusammen dahin gegangen.«

Leah machte sich dennoch in Gedanken eine Notiz. Inklusive des Datums: 23. Oktober 2014.

Im November war das Ehepaar Wegenthal nur einmal gemeinsam im Theater gewesen, im Dezember waren sie dreimal gemeinsam essen, im Darmstädter Wilhelminenhof. Auch dazu bemerkte Marion Wegenthal nur, dass sie sich an nichts Konkretes erinnern konnte. Und daher auch nichts Bemerkenswertes habe passiert sein können.

Nach Weihnachten waren die beiden drei Wochen in die Berge gefahren, nach Südtirol. »Während andere immer Skifahren waren, haben wir es einfach genossen, im Schnee durch die Wälder zu spazieren«, erklärte Frau Wegenthal.

Wieder zurück aus dem Süden, standen erneut zwei Theaterbesuche und einmal Essengehen auf dem Programm. Außerdem waren die beiden an einem Wochenende Anfang Februar nach Stuttgart gefahren, in die dortige Kunsthalle. »Mein Mann hat ein großes Faible für Otto Dix. Und so alle zwei Jahre, da musste er seinem Lieblingsgemälde, *Das Bildnis der Tänzerin Anita Berber*, einfach persönlich Guten Tag sagen.« Die Erinnerung daran zauberte ein Lächeln auf Marion Wegenthals Gesicht. Und Leah bekam eine Ahnung davon, wie schön Marion Wegenthal als junge Frau gewesen sein musste.

Auch wenn Lutz Schneider bereits ausgesagt hatte, dass er und seine Frau Ferdinand Wegenthal nie begegnet waren, so entschloss sich Leah dennoch, auch die Kalender nach dem Februar 2015 noch durchzugehen, eben ab jenem Zeitpunkt, als Franziska Schneider bereits nicht mehr mit Markus Böhmer liiert war.

Aber es fand sich nichts. Es dauerte noch eine gute Stunde, dann brachen Feller und Leah auf.

»Ist dir das aufgefallen, wie sie bei der Erwähnung dieses Konzertes von dieser Gruppe – wie hieß sie doch gleich? – gezögert hat?«

»Pavlov's Dog. So hieß die Gruppe. Waren in den Siebzigern richtig bekannt, mit zwei Alben. Ich habe sie beide. Und ich schätze sie auch heute noch sehr. Das Lied *Julia* könntest du kennen …«

Leah unterbrach Feller. »Keine Musikvorlesung jetzt. Ist dir das aufgefallen? Dass sie so gezögert hat? Ich hatte den Eindruck, sie verschweigt uns da was.«

Feller zuckte nur mit den Schultern. »Vielleicht ist ihr Mann betrunken zurückgekommen?«

»Ich fahre auf jeden Fall noch mal zu Jennifer Böhmer in die JVA. Ich will mit ihr diese ganzen Daten durchgehen. Vielleicht gibt es ja da noch irgendeinen Hinweis.«

»Das geht sicher wieder nur über den Anwalt, oder?«

»Ja. Ich werde ihren Anwalt anrufen. Das ist, glaube ich, schlauer, als einfach dort aufzuschlagen. Ich kann mir vorstellen, dass sie sonst gleich mauert.«

Horndeich hatte sich zu Hause zwei Schmerztabletten eingeworfen und sich zwei Stunden hingelegt. Die Pillen hatten ihren Job ziemlich gründlich erledigt. Trotz des Protestes von Sandra war er nochmals ins Präsidium gefahren.

Leah berichtete ihm von dem Besuch bei Frau Wegenthal. Und sie war auch noch einmal in der JVA gewesen, aber die Schwester von Markus Böhmer hatte zu den Kalendereinträgen, die sie von Wegenthals Frau bekommen hatten, auch nichts Erhellendes beitragen können. Das Staatstheater war ganz gewiss kein Ort, an dem die gesamte Familie Böhmer sich oft aufgehalten hatte. »Es gab da noch ein Rockkonzert, das Ferdinand Wegenthal besucht hat. Gemeinsam mit seinem Freund Volker Lüttgers. Aber davon hatte Jennifer Böhmer auch keine Ahnung.«

»Was war das für ein Konzert?«, fragte Horndeich.

»So eine komische Gruppe. Ich kannte sie nicht. Aber dank unseres Kollegen Feller habe ich eine Eselsbrücke. Da war doch dieser russische Wissenschaftler Pavlov, der Hunde mit einem Glöckchen dazu brachte, zu sabbern, obwohl nur der Klang des Glöckchens zu hören gewesen war und noch überhaupt kein Futter den Geruchssinn der Hunde gestreift haben konnte. Sie hatten gelernt, dass nach dem Klang des Glöckchens Futter serviert wurde … ist ja auch egal. Die Gruppe heißt Pavlov's Dog. Und Ferdinand Wegenthal war auf ihrem Konzert, in Mühltal.«

Horndeich horchte auf. »Pavlov's Dog? Kenne ich.« Er erinnerte sich sehr gut an die erste CD von Pavlov's Dog. *Pampered Menial* – der verhätschelte Knecht. Er hatte diese Platte gehört, damals tatsächlich noch auf Vinyl, da war er keine vierzehn gewesen. 1987 musste das gewesen sein. Noch in Hamburg. Zu der Zeit, die nicht zu den schönsten in seinem Leben zählte. Natürlich erinnerte er sich an das Lied *Julia*, dem einzigen Fast-Hit der Gruppe. 1987 war die Platte bereits zwölf Jahre auf dem Markt gewesen.

»Feller hat gesagt, die Gruppe wäre gut.«

»Ist sie«, erwiderte Horndeich knapp. Er hatte gar nicht gewusst, dass er und sein Kollege den Musikgeschmack teilten.

Horndeich war bereits auf dem Weg nach Hause. Er war nur noch zweihundert Meter von seinem Haus entfernt. Doch dann zückte er das Handy, gab Lutz Schneiders Nummer ein und rief an. Er wollte noch mal mit dem Gatten der Ermordeten sprechen. Natürlich konnte all das auch noch nach dem Wochenende erledigt werden. Aber Margot saß in Untersuchungshaft. Für sie waren zwei Tage mehr etwas ganz anderes als für ihn.

Die Sekretärin in der Firma von Lutz Schneider meldete sich und teilte mit, dass ihr Chef vom Homeoffice aus arbeiten würde. Horndeich rief dort an. Und Lutz Schneider war bereit, noch mal mit ihm zu sprechen. Also wendete Horndeich seinen Xedos und lenkte ihn in Richtung Höchst.

Abermals fuhr er entlang der B45. Der Weg fühlte sich inzwischen fast vertraut an. Horndeich parkte den Wagen vor Schneiders Haus, klingelte, und Lutz Schneider öffnete ihm sogleich die Tür.

»Was kann ich denn noch für Sie tun?«, wollte Lutz Schneider wissen. Begeisterung klang anders. Horndeich hatte die Scans des Kalenders, die Feller, gründlich wie er war, bereits elektronisch auf dem Server abgelegt hatte, auf sein Tablet kopiert. Also jenen Teil von August 2014 bis Februar 2015. Das erklärte er Lutz Schneider. »Darf ich das mit Ihnen mal durchgehen?«

»Nein. Das macht überhaupt keinen Sinn. Ich habe doch schon gesagt, dass ich über das Leben meiner Frau nichts weiß, nicht, bevor ich sie im März 2015 im Krankenhaus getroffen habe – und, wenn ich ganz ehrlich bin, auch jetzt nichts wissen will.«

Also war das mit den Kalenderdaten ein Schuss in den Ofen. Da er nun schon einmal da war, fragte er: »Hatte Ihre Frau ein eigenes Zimmer?«

»Ja. Wir haben hier im Haus ja genügend Platz. Die Kinder haben Kinderzimmer. Dann gibt es mein Schlafzimmer, ein Wohnzimmer, ein Esszimmer, tatsächlich auch so etwas wie ein Bügelzimmer. Ich habe mein Arbeitszimmer und meine Frau eines, das man auch als solches bezeichnen könnte.«

»Darf ich das noch mal sehen?« Horndeich erinnerte sich wieder. Aus diesem Zimmer hatten sie Franziska Schneiders Rechner mitgenommen.

Der Witwer zuckte die Schultern und begleitete Horndeich in den ersten Stock. »Wo sind Ihre Kinder?«, wollte Horndeich wissen.

»Mit der Oma auf dem Spielplatz. Ist das auch irgendwie relevant?«, fragte er. Und der Tonfall schlug langsam von nicht begeistert in genervt um. Lutz Schneider öffnete die Tür zum Zimmer seiner Frau. Horndeich betrat den Raum.

»Schauen Sie sich ruhig um, Sie dürfen alles anfassen, in jeder Schublade wühlen. Ich bin unten in meinem Arbeitszimmer.« Und schon war Lutz Schneider wieder verschwunden.

Eine Wand des Raumes war mit Holz getäfelt. Eine andere Wand wurde von einem Regal verdeckt. Darin stand eine Musikanlage mit eingebauten Boxen, eine Bose Wave. Franziska Schneider hatte gewusst, was gut klang. An die Anlage war ein Drahtlosempfänger angeschlossen, sodass sie auch in der Lage gewesen war, von ihrem Handy aus Musik über die Hi-Fi-Anlage zu hören. Oder von einem Musikserver, von dem Horndeich annahm, dass Lutz Schneider einen solchen bestimmt auch in seinem Haus installiert hatte.

Dennoch standen zwei Reihen des Regals voll mit CDs. Sogar alphabetisch nach Interpreten sortiert. Ganz links füllten ein paar Sampler das Brett. Horndeich musste schmunzeln. Bravo Hits 21. Horndeich nahm die CD-Hülle in die Hand. Zweite CD, Lied Nummer zwölf: Tobsucht. »Zum Lachen in den Keller gehen«. Die einzige Darmstädter Combo, die es jemals auf diese CD-Serie geschafft hatte. Horndeich hatte sie 1999 auf dem allerersten Schlossgrabenfest gesehen. Zwanzig Jahre her. Auweia. Auch er wurde nicht jünger.

Seine Augen glitten über die CD-Sammlung. Erstaunlich viel Musik aus den Siebzigern und Achtzigern. Bad Company, Guns N' Roses – und unter P die beiden ersten CDs von Pavlov's Dog. Franziska Schneider war genau vierundzwanzig Jahre alt geworden. Sie war Jahrgang 1995. Die erste CD war 1975 auf den Markt gekommen. Die zweite ein Jahr später.

Horndeich nahm die erste CD in die Hand, klappte das Jewell-Case auf. Er entnahm das Booklet. Was ihm sofort auffiel: Dieses kleine Heftchen war schon sehr oft aus der Hülle genommen worden. Die Ecken waren angestoßen, und auch die Stellen, wo Plastiklaschen die kleine Broschüre an Ort und Stelle hielten, waren regelrecht durchgescheuert. Horndeich blätterte durch das Booklet. Die Texte der Songs waren abgedruckt.

Die zweite CD bot ein ähnliches Bild. Horndeich stellte die Hüllen wieder zurück, betrachtete den Rest der CD-Reihe.

Zufall? Oder eine heiße Spur? Markus Böhmer war jedoch sicher kein Fan der Gruppe, nahm Horndeich an.

Nach Pavlov's Dog folgten ein paar CDs von Prince. Horndeich verspürte Lust, sich in dem bequemen Ohrensessel neben dem Regal niederzulassen und einfach zwei Stunden lang Musik zu hören.

Er warf auch einen Blick auf die Bücher, die im Regal standen. Es waren nicht viele, alles Belletristik, eine wilde Mischung, von der ihm nur der Titel *Fifty Shades of Grey* etwas sagte. Und *Sturmhöhe* von Emily Brontë. Ein Roman, mehr als hundertsiebzig Jahre alt. Horndeich hatte ihn mal gelesen und das Buch sehr gemocht.

Unter dem Regalbrett mit den Büchern befand sich eine Reihe von DVDs. *Ice Age*. Die gesamte *The Fast and the Furious*-Reihe. Markus Böhmer hatte in ihr vermutlich die Begeisterung für aufgebrezelte Autos geweckt. Als er jedoch daneben die *Riddick*-Filme und *The Last Witch Hunter* sah, begriff er, dass Franziska Schneider allem Anschein nach ein Fan von Vin Diesel gewesen war.

Horndeich warf noch einen Blick auf den Schreibtisch. Aber da gab es nichts mehr zu entdecken.

Horndeich drehte sich um, verließ den Raum und ging hinunter ins Erdgeschoss. Er hörte das Klappern einer Tastatur und fand so den Weg ins Arbeitszimmer von Lutz Schneider. Der wandte sich um und fragte: »Sind Sie dann so weit durch?«

»War Ihre Frau mal auf einem Konzert der Gruppe Pavlov's Dog?«, wollte Horndeich wissen.

»Kenne ich nicht. Wer soll das sein?«

»Eine Rockgruppe aus den Siebzigern.« Horndeich rief die Kalenderdaten von Wegenthal auf das Display des Tablets. Wischte ein paarmal, dann sagte er: »23. Oktober 2014.«

Noch bevor Schneider zur Antwort ansetzte, wusste er bereits, was der jetzt sagen würde.

»Keine Ahnung. Was sie gemacht hat, bevor wir uns kennengelernt haben …«

»… ich weiß, darüber haben Sie nicht geredet.«

Horndeich verabschiedete sich.

Horndeich saß in seinem Wagen, sah auf die Uhr: Es war fünf. Wieder tat ihm sein Arm weh. Aber Margot in einer Zelle zu wissen, das schmerzte mehr. Er wollte auch nur noch eine Sache erledigen. Dann wäre Schluss für heute. Wochenende. Vielleicht würde er ja wirklich mit seiner Tochter morgen einmal das Schlossgrabenfest besuchen.

Er klappte die Schutzhülle des Tablets zurück und befragte das Orakel der Suchmaschine. Wenig später hatte er die Webseite des Managements der Band Pavlov's Dog, Rockville Music, aufgespürt. Auf der Wikipedia-Seite von Pavlov's Dog erfuhr er auch mehr über die wechselvolle Geschichte der Band. Heute war nur noch der Sänger David Surkamp von der Originalbesetzung dabei. Und seit über zehn Jahren war die Band bei Rockville in München unter Vertrag.

Er wählte die Münchner Nummer. Zunächst ertönte das Freizeichen, dann die Mailbox. Horndeich erklärte kurz sein Anliegen. »Ich ermittle in einem Mordfall hier in Darmstadt. Und es gibt möglicherweise einen Bezug zu Ihrem Konzert in Mühltal bei Darmstadt am 23. Oktober 2014. Meine Frage ist, ob es vielleicht Fotos oder Videomitschnitte gibt, gar nicht unbedingt von der Band, sondern vielmehr vom Publikum. Bitte rufen Sie mich doch zurück.« Er gab nicht nur die Durchwahlnummer seines Apparats der Polizei an, sondern, einer Eingebung folgend, auch die private Handynummer. Dann legte er auf.

Er startete seinen Wagen. Zeit, nach Hause zu fahren.

SAMSTAG, 1. JUNI

Natürlich war es ein Segen, dass Horndeichs Tochter lesen konnte. Und als Papa war er unglaublich stolz darauf, wie gut sie inzwischen darin war. Schon lange setzte sie keine Buchstaben mehr zu Worten zusammen, sondern fügte die Bilder der Worte fließend aneinander. Und immer, wenn sie ein Wort las, das sie nicht verstand, fragte sie ihre Mama oder ihren Papa. Der Wissensdrang war unersättlich. Stefanie hatte ihre Mama gebeten, dass sie ihr den Text ihres Lieblingsliedes *Vom Abbel de Saft* ausdruckte. Wenige Stunden später war ihr passiver Wortschatz um die Begriffe »Baumwipfel« erweitert, ebenso wie »Baggersee« und »Äbbelwoi«. »Germanen«, »Pille«, »Hämorrhoiden«, »Salmonellen« und »Gicht« folgten ebenso wie der Begriff »Spleen«. Kaum, dass sie diese Begriffe verstanden hatte, fragte sie nach dem »Lebenselixier«. Ja, Musik erweiterte den Horizont.

Neben dem Text des Liedes war die gedruckte Version des Schlossgrabenfest-Programms nun ihre Lieblingslektüre. Sie kannte keinen der Musiker. Nur der Begriff »Lichtenberg« war bereits ein solcher.

»Wollen wir nicht zusammen am Samstag dort hingehen? Auf die Bühne auf dem Marktplatz, diese Frizz-Bühne?«, hatte Sandra am Vortag vorgeschlagen. Sandra hatte ihre Eltern befragt, die nicht weit entfernt in Büttelborn wohnten, ob sie auf den kleinen Alexander aufpassen würden. Der war jetzt auch schon fünf Jahre alt, aber Horndeichs Frau war sich nicht sicher, ob der Junge an diesem Fest wirklich Spaß haben würde. Natürlich hatte Stefanie die Unterhaltung der Eltern belauscht. Und als das Wort »Schlossgrabenfest« gefallen war, war die Idee nicht mehr zurückzunehmen. Sie hatte sich das Programm genau angeschaut und sofort begriffen, welche Bühne ihre Mutter meinte. »Da spielt Ann Doka«, bemerkte die Tochter mit altklugem Tonfall. »Die ist ein Singer, Songwriter und Pop«, erklärte sie weiter. Dabei sprach sie natürlich das Wort Singer aus, als ob sie die Nähmaschinen-Firma meinte, und was ein »Songwriter« war, hätten weder englischsprachige noch deutschsprachige Menschen eindeutig identifizieren können. Aber so stand es schließlich im Programm.

Und jetzt saßen sie hier, in der Sonne, auf Bierbänken, an Biertischen, unmittelbar vor der Bühne. Ann Doka, so hatte sich Horndeich inzwischen schlaugemacht, war eine Countrysängerin mit deutschen Wurzeln, die schon diverse Preise eingeheimst hatte. Sie spielte zusammen mit einem Gitarristen, Bassisten und einem Schlagzeuger. Einen der Songs, die sie anstimmte, kannte Horndeich aus der Serie *Nashville*, eine Coverversion des Liedes *Telescope*. Stefanie war begeistert, war auf der Bank nicht mehr zu halten und tanzte unmittelbar vor der Bühne. Und Horndeich freute sich daran, wie genau sie den Takt halten konnte. Sandra schmiegte sich an ihn. »Ein paar Dinge sind uns ganz gut gelungen«, sagte sie. Und küsste ihn in den Nacken. Würde sein verdammter Arm nicht so wehtun, könnte er den Moment richtig genießen.

Plötzlich hörte er eine Stimme, die ganz offensichtlich ihm galt: »Hier noch frei?« Leah. Und daneben Richard Feller. »Richard hat vorgeschlagen, sich diese Ann Doka mal anzuhören«, fügte sie hinzu. Und Horndeich erlebte eine Premiere: Richard Feller wurde rot.

»Klar, setzt euch«, lud Sandra die beiden ein.

Leah und Feller gemeinsam auf dem Schlossgrabenfest? Hatte Horndeich irgendetwas verpasst?

Ann Doka erzählte nun, dass sie als Countrysängerin natürlich auch in Nashville gewesen war. Und dort habe sie mit einem der Besten arbeiten dürfen: Brooks West. Dann bat Ann Doka ihren Kollegen zu sich. Ein Countrystar aus Nashville mal eben auf dem Schlossgrabenfest. Auf der kleinsten Bühne des Festivals. Mental zog Horndeich den Hut. Ann Doka erklärte, dass sie am kommenden Tag einen gemeinsamen Auftritt in Mainz beim ZDF im *Fernsehgarten* hätten. Und da habe sie den Kollegen einfach auch hier, am Tag vorher, auf die Bühne gebeten, wo er doch ohnehin in Deutschland war.

Only if lautete der Titel des Liedes, »Nur wenn«. »Ich habe so viel Liebe zu geben, aber nur, wenn …«, sangen die beiden auf Englisch. »… only if you leave your past behind, only if you give me some time, but only if, we hold on to each other, but only if we both really try …«

Horndeich übersetzte im Kopf: »… aber nur, wenn du deine Vergangenheit hinter dir lassen kannst, aber nur, wenn du mir etwas Zeit geben kannst, aber nur, wenn wir einander festhalten können, aber nur, wenn wir beide es wirklich versuchen.«

Der Text hatte wenig mit ihm und Sandra zu tun. Und dafür war er dankbar. In diesem Moment einmal wieder ganz bewusst. Auch sie hatten ihre Klippen umschiffen müssen, aber irgendeine Bedingung wie ein »nur wenn«, das hatten sie zum Glück seit Jahren hinter sich gelassen. Und Horndeichs Blick fiel auf Feller und Leah. Die einander ansahen, während Ann Doka und Brooks West ihr Lied sangen. Und seine Tochter, sie stand am Rand der Bühne und schaute die Musiker an, als wären sie Wesen aus einer anderen, besseren Welt. Nach diesem Auftritt von Ann Doka würde Lichtenberg es ein wenig schwerer haben … In dem Moment, in dem der Song zu Ende war, spürte Horndeich die Vibration seines Handys. Er hatte es auf lautlos gestellt – alles andere wäre auf dem Schlossgrabenfest auch ziemlich sinnlos gewesen. Horndeich hatte die Nummer zum Glück unter einem konkreten Namen abgespeichert: Rockville Music in München. »Sorry«, sagte er und erhob sich.

Er entfernte sich ein paar Meter von der Bühne, Richtung Ludwigstraße.

»Steffen Horndeich«, sagte er ins Mikro des Handys.

»Hier ist Manfred Plötz von Pavlov's Dog. Sie haben mir auf die Mailbox gesprochen. Sie sind der Polizist?«

»Ja, der bin ich.« Horndeich ging weiter die Ludwigstraße entlang, um den Lärmpegel um sich herum hinter sich zu lassen.

»Was genau kann ich für Sie tun?«, wollte der Münchner wissen.

»Ich bin Kommissar bei der Mordkommission in Darmstadt. Und wir bearbeiten derzeit einen Fall. Dabei sieht es so aus, als ob all unsere Mordopfer auf einem Konzert gewesen sind, dem von Pavlov's Dog im Steinbruch-Theater in Mühltal bei Darmstadt. 2014, am 23. Oktober. Aber ganz sicher sind wir uns nicht. Daher die Frage an Sie, ob es von diesem Abend zufällig Fotos gibt oder Videoaufnahmen. Aber eben nicht nur von der Band, sondern eher vom Publikum.«

Kurz herrschte Schweigen am anderen Ende der Leitung. Dann sagte Manfred Plötz: »Ja. Es gibt von diesem Konzert unendlich viel Material. Denn eigentlich wollten wir davon eine DVD auf den Markt bringen. Wir hatten extra eine Firma engagiert, mit fünf Kameramännern und einem Fotografen. Und einem Tontechniker. Eben, um das Konzert bestmöglich zu dokumentieren.«

»Okay«, sagte Horndeich.

»War eine tolle Location. Nicht zu viele Leute, eher so ein bisschen intim. Keine dreihundert. Und wir hatten viel Material. Aber wir konnten die DVD nie herausbringen.«

»Das tut mir leid. Woran lag das?« Horndeich hatte keine Ahnung.

»Herr Horndeich, Sie kommen doch aus Darmstadt. Sie müssen das doch wissen.«

»Was muss ich wissen?«

»Na, diese Katastrophe damals. Das Konzert war super.

Und kaum waren wir von der Bühne, hat es angefangen zu brennen. Gab sogar Todesopfer damals. Todesopfer! Davon konnten wir natürlich keine DVD rausbringen.«

»Moment«, hielt Horndeich inne. »Sie haben am 23. Oktober im Steinbruch-Theater Ihr Konzert gegeben, und danach ist das Steinbruch-Theater abgefackelt? Davon habe ich nichts mitbekommen.«

»Nein, es ist nicht abgefackelt. Aber kaum waren wir von der Bühne, ist irgendein Verteilerkasten in Flammen aufgegangen.«

Ganz dunkel erinnerte sich Horndeich. Da war mal was gewesen. Ein Brand im Steinbruch-Theater. Aber das war ja schon fünf Jahre her. Und das Steinbruch-Theater stand immer noch. Nach dem Besitzerwechsel 2015 brummte der Laden sogar. So schlimm konnte der Brand nicht gewesen sein. »Und da gab es Todesfälle?«, wollte er wissen.

»Ja. Ich glaube zwei. Und dann noch eine ganze Zahl von Verletzten. Und davon sollten wir dann einen Mitschnitt veröffentlichen? Pavlov's Dog in der Halle, in der es Tote gegeben hat? No way.«

»Haben Sie denn das Material noch?«

»Klar. Ein paar Gigabyte. Perfekte Aufnahmen. Hätte eine tolle DVD gegeben. War aber alles für die Tonne. Wir haben dann im November ein Jahr später in Nürnberg noch mal alles filmen lassen – das ist dann auch auf DVD rausgekommen.«

Horndeich zögerte kurz. »Wäre es Ihnen denn möglich, mir dieses Material zur Verfügung zu stellen?«

»Klar. Also für Ihre Ermittlungen. Nicht, dass das irgendwann auf YouTube auftaucht.«

»Nein. Nur für unsere Ermittlungen.«

»Gut. Ich lade alles auf unseren Server hoch und schicke Ihnen einen Link. Dann können Sie die ganzen Video- und Fotodateien runterladen und sich anschauen. Ein Mord, sagen Sie?«

»Nein. Drei Morde.«

»Okay. Ich bin froh, wenn ich irgendwie helfen kann.«

»Vielen Dank. Wann werden Sie mir den Link schicken?«

»Ich denke, in zehn Minuten.«

Da hatte jemand einen flotten Internetzugang. »Perfekt. Ganz herzlichen Dank noch mal.«

Horndeich verabschiedete sich und ging dann zurück an ihren Tisch vor der Bühne. Ann Doka sang inzwischen irgendetwas von »Trouble« – also Sorgen. Seine Tochter stand immer noch direkt vor der Bühne. Und Feller und Leah saßen inzwischen etwas näher beieinander.

Er erinnerte sich wieder an dieses Konzert von Eliza Werder auf dem Schlossgrabenfest. Sandra hatte damals im Rollstuhl gesessen, mit einem komplizierten Beinbruch. Und er hatte dafür gesorgt, dass sie eine Pause vom Krankenhaus bekam und das Fest mit ihm erleben durfte. Beziehungsweise diesen Auftritt von Eliza Werner. Er wusste, dass diese Sängerin ihn angehimmelt hatte. Ebenso wie die Computerspezialistin ihres Präsidiums, Sandra. Also, so ein bisschen hatte er es gewusst. Aber es hatte noch ein Jahr gebraucht, bis auch er so weit gewesen war, sich auf Sandra mit Haut und Haar einzulassen. Und somit war eigentlich das Schlossgrabenfest die Geburtsstunde ihrer Beziehung, die Geburtsstunde ihrer Ehe, ohne die es die beiden Kinder nie gegeben hätte. Er setzte sich neben seine Frau und umarmte sie.

»Erinnerst du dich noch?«

»Woran?«, wollte Horndeich wissen. Er hatte keine Ahnung, worauf Sandra die Frage bezog.

»Vor zwölf Jahren? Schlossgrabenfest? Ich im Rollstuhl?«

»Ja, natürlich erinnere ich mich daran«, sagte er. Er saß in seinem Arbeitszimmer am Rechner. Dieser Manfred Plötz hatte Wort gehalten. Er hatte ihm einen Link per E-Mail geschickt, mit dem er auf all die Video- und Fotodateien jenes Konzertes von 2014 im Steinbruch-Theater zugreifen konnte.

Sandra trat von hinten an Horndeich heran. »Heute sitze ich nicht im Rollstuhl«, sagte sie. Und ihre Hände wanderten von hinten über Horndeichs Brust.

»Hilfst du mir nachher?«, wollte er von Sandra wissen.

»Wobei?«, gurrte sie.

»Die Videos zu sichten. Die Fotos anzuschauen. Und herauszufinden, ob Markus Böhmer, Franziska Schneider und auch Ferdinand Wegenthal gemeinsam dieses Konzert besucht haben.«

»Kommt drauf an«, sagte Sandra.

»Worauf?« Horndeich war immer noch auf die Anzeige des Monitors fixiert.

Eine Hand von Sandra wanderte nun deutlich tiefer. »Darauf.«

MUTTER VII.

Du hast mich kalt erwischt, als du mich das erste Mal besucht hast. Ich hatte keine Ahnung, dass du in Darmstadt wohnst. Dass du nach dem Abitur in Kassel hierhergekommen bist, um Industriedesign zu studieren.

Du hast mich vor der Haustür abgefangen, doch ich habe einige Sekunden gebraucht, bis ich in dir das Mädchen auf dem Schulhof von damals erkannt habe. Du hast es ertragen, dass ich dir um den Hals gefallen bin und geweint habe.

Bin sonst nicht so die Heulsuse.

Aber das hat sogar mich umgehauen.

Du warst da mit diesem fetten Elektroroller von BMW. Von Papa geschenkt. Hast mir grinsend einen Helm hingehalten. Dann sind wir losgedüst. Quer durch den Odenwald. Bis nach Wald-Michelbach. Eiscafé Cortina. Eine deiner Kommilitoninnen hat dir gesagt, das wäre das beste Eis in der Umgebung. Ich war damals schon lange nicht mehr Motorrad gefahren. Aber ich hatte volles Vertrauen zu dir.

Wir haben draußen gesessen. Und nach ein paar höflichen Floskeln wollte ich anfangen, über deinen Vater zu reden. Du hast mich mitten im Satz unterbrochen. Du hast gesagt, mit leiser, ruhiger Stimme, und ich erinnere mich an jedes Wort, das du gesagt hast: »Ich möchte dich kennenlernen. Die Frau, die du jetzt bist. Nicht die, die du warst. Ich werde mit dir kein Wort über meinen Vater wechseln. Es ist mir gut gegangen in den vergangenen Jahren. Und glaub nicht, dass wir nicht gestritten hätten. Ich habe es ihm übel genommen, dass er mir bis zu meiner Volljährigkeit erzählt hat, du hättest uns verlassen. Das war der Moment, wo ich selbst fast gegangen wäre. Aber das sind Dinge, die muss ich mit ihm ausmachen. Und was zwischen uns beiden passiert ist, das muss ich wiederum mit dir ausmachen. Und das werde ich auch tun. Aber erst möchte ich dich kennenlernen. Deswegen bin ich heute hier.«

Du hast deine Stimme nicht einmal erhoben. Da war auch kein Zittern. Sie war leise, aber fest. Ich habe wieder angefangen zu weinen in diesem Moment. Aber nur kurz. Ich wollte deine Bedingungen akzeptieren. Denn ich wollte dich auf keinen Fall wieder verlieren, nachdem du mich gerade gefunden hattest.

Und dann haben wir doch darüber gesprochen. Zwei Wochen, bevor du … Es musste sein. Es waberte im Raum, egal, wo wir uns befanden. Wie eine kleine Gaswolke aus Buttersäure, die uns ständig verfolgte und stank, ganz egal, wo wir hingingen. Ich habe dich gefragt, ob dein Vater dir gesagt habe, mit was für einem miesen Trick er das Sorgerecht an sich gerissen hat. Du hast mich nur angeschaut und leise gesagt, nein, gehaucht: »Mama, ich erinnere mich daran. Ich weiß noch genau, wie ich mir im Krankenhaus die Seele aus dem Leib gekotzt habe und mein Kopf zu zerplatzen schien. Und ich erinnere mich an den Schrank.« Ich habe die Worte mehr von deinen Lippen abgelesen, als dass ich sie gehört hätte. Und gleichzeitig war es das erste Mal, dass du mich Mama genannt hast.

Wir haben auf der Couch gesessen, in der Studentenbude, in der du gewohnt hast. Und wir haben uns in den Armen gehalten. Wir haben beide geweint. Ich, weil ich so gerne wiedergutgemacht hätte, was ich damals an dir verbrochen habe. Ich, weil es unmöglich ist, das Rad der Zeit zurückzudrehen. Und weil man daran zerbrechen kann. Wenn man nicht einen so tollen Menschen als Tochter hat, wie du einer bist. Unter Tränen hast du gesagt: »Ich kann nicht verstehen, wie man so wütend auf sein Kind sein kann, um ihm das anzutun. Es war Papa, der gesagt hat, vielleicht wird es noch zwanzig Jahre dauern, bis ich es im Ansatz verstehen kann.«

Ich liebe dich, habe ich damals zu dir gesagt. Das allererste Mal in meinem Leben. Du hast es nicht erwidert. Wie auch?

Wer weiß, vielleicht hättest du es zu mir gesagt, irgendwann während der vergangenen Jahre, in denen du gar nicht gesprochen hast. Aber du hättest mich nicht umarmt, wenn du neben der Vergebung, die ich nicht verdient hatte, nicht auch einen Hauch Tochterliebe gespürt hättest.

Ich sitze hier an deinem Bett und heule.

Ich war nie eine Heulsuse.

Aber ich merke, dass meine Kräfte schwinden.

SONNTAG 2. JUNI

Nachdem ihr Sohn Alexander die Nacht bereits bei den Schwiegereltern verbracht hatte, hatte Sandra es organisiert, auch Stefanie dort den Tag über zu parken.

»Aber ich will Lichtenberg sehen!«, hatte sie sich gewehrt.

Und Sandra hatte ihr Einverständnis gegeben: Wenn Stefanie den Tag über bei ihren Großeltern brav sein würde, würden sie zu Lichtenberg aufs Schlossgrabenfest gehen. Das Strahlen der Tochter war heller als tausend Sonnen. Und während Sandra ihre Tochter zu ihren Eltern gefahren hatte, hatte Stefanie ununterbrochen das Lied über den Äbbelwoi gesungen. Insofern war Sandra froh gewesen, die Tochter nun endlich absetzen zu dürfen, hatte sie Horndeich erzählt.

Sie hatten sich beide einen starken Kaffee zubereitet und waren dann in Sandras Arbeitszimmer gegangen. Dort standen mehrere Rechner, die man alle irgendwie miteinander verknüpfen konnte. Sandra übernahm die Regie.

»Schauen wir uns erst mal die Fotos an«, sagte sie und zauberte die Fotodateien auf den Bildschirm. Sie ließ jede Aufnahme drei Sekunden auf dem Monitor stehen, bevor sie das nächste Bild aufrief. Die Zeit genügte, um einen groben Überblick über die Gesichter der Massen zu bekommen. Horndeich war immer wieder erstaunt, wie schnell der Mensch in der Lage war, Muster zu erkennen. Manfred Plötz hatte in der Mail geschrieben, dass sie fünf Kameraleute und einen Fotografen verpflichtet hatten. Und der Fotograf war extra dafür engagiert worden, Stimmungsbilder zu machen. Es ging also weniger um Dokumentation als um Bilder in schönen Farben. Und die Bühnenlichter waren ja in der Lage, auch den Rest des Raumes in schönes Licht zu tauchen.

Interessant waren die Bilder, die der Fotograf von den Fans in der ersten Reihe geschossen hatte. Horndeich wusste nicht, wie viele Bilder sie bereits angeschaut hatten, aber plötzlich rief er: »Stopp!«

Sandra hielt inne.

Horndeich zeigte mit dem Finger auf einen Mann in der dritten Reihe vor der Bühne. »Das ist Ferdinand Wegenthal. Und der Mann neben ihm dürfte dann wohl sein Freund Volker Lüttgers sein.«

Sandra zog das Bild sofort in einen extra angelegten Ordner. Sie beschriftete es manuell mit der genauen Aufnahmezeit und dem Namen der Person.

Dann sichteten sie weiter die Fotos. Aber außer Ferdinand Wegenthal und Volker Lüttgers war niemand zu erkennen.

Eine Stunde später hatten sie alle Fotografien gesichtet. Horndeich hatte wirklich gehofft, Markus Böhmer und Franziska Schneider auf zumindest einem der Fotos zu erkennen, war aber enttäuscht worden.

Blieben die Videos.

Fünf Kameramänner. Fünfmal das gesamte Konzert. Das über zwei Stunden gedauert hatte. Einer der Kameramänner hatte die Aufgabe gehabt, einfach nur die Totale auf der Bühne im Blick zu behalten.

Sandras Handy klingelte. Sie nahm ab. Allein an der Art, wie sie sprach, erkannte Horndeich sofort, dass seine Schwiegermutter am anderen Ende der Leitung war. Dementsprechend waren auch die Redebeiträge verteilt: Fünf Sechstel des Sprechens übernahm Mama – die restlichen Silben fielen quasi wie Abfall für Sandra ab. Dabei wären weniger Worte sinnvoll gewesen. Wie Horndeich sich zusammenreimte, hatte sein Schwiegervater sich den Fuß umgetreten. Er war angeschwollen und ratzeblau. Weshalb sie ins Krankenhaus fahren wollten.

»Bin in zwanzig Minuten bei euch«, beendete Sandra das Gespräch. Dann sah sie ihren Gatten an: »Ich denke, du wirst das hier allein durchziehen müssen. Wenn die Kinder mitspielen, fahre ich mit ins Krankenhaus. Meine Ma kriegt in solchen Situationen ja immer gleich einen Herzkasper.«

Sie gab ihrem Mann einen Kuss, dann verabschiedete sie sich.

Sandra achtete in ihrem Arbeitszimmer nicht nur auf genügend Rechner-Power, sondern auch auf ergonomisches Sitzen. Der Arbeitssessel, in dem Horndeich saß, war zwar nur der Gästesessel, aber dennoch bequem. Er stellte die Lehne etwas zurück, dann entschied er sich, das gesamte Konzert anzuhören.

Die Gruppe spielte nicht nur Songs, die die Band in den Jahren ihrer großen Erfolge aufgenommen hatte. Diese Lieder lagen auch schon fast vierzig Jahre zurück. Einige Stücke waren Neukompositionen, einige stammten auch von der dritten LP.

Und dann trat David Surkamp nach vorn an die Bühne und sagte: »1975 hatten wir ja nur ein Album auf dem Markt. *Pampered Menial.* Mehr konnten wir auf der Bühne auch nicht spielen. Also, tun wir mal so, als wäre es 1975.« Und dann startete die Gruppe mit dem ersten Lied des ersten Albums. *Julia.* Eine regelrechte Gänsehaut überzog Horndeichs Rücken.

Sie spielten alle Stücke dieser ersten LP in der richtigen Reihenfolge, immer nah am Original, aber auch immer mit ein paar neuen Feinheiten. Das Gänsehaut-Gefühl hielt an. Und da Sandra nicht nur bei den Rechnern, den Monitoren, Mäusen und den Tastaturen auf Qualität geachtet hatte, war auch der Sound dieses Konzerts vom Feinsten.

Erst als das Konzert beendet war, sah Horndeich auf sein Handy, seine Frau hatte ihm bereits eine WhatsApp geschickt: »Bin mit den Eltern und den Kindern im Krankenhaus. Sind in der Notaufnahme. Müssen warten. Kann dauern.«

Horndeich nahm sich die Aufnahmen der weiteren Kameramänner vor. Drei weitere Kameras hatten das musikalische Geschehen auf der Bühne aufgezeichnet, aber die Kameramänner wechselten dabei immer wieder die Position. Horndeich ließ diese Aufnahmen in vierfacher Geschwindigkeit durchlaufen. Schnell genug, um den Einstellungen folgen zu können. Langsam genug, um nichts zu verpassen. Immer wieder schwenkte die Kamera auch ins Publikum. Und mehrfach waren Ferdinand Wegenthal und sein Freund Volker auch auf den Bildern zu sehen.

Und dann gab es den fünften Kameramann, dessen Aufgabe es gewesen war, quer durch den Raum zu laufen und ein paar besondere Aufnahmen aus dem Publikum einzufangen, Stimmung, Atmosphäre. Ungewöhnliche Perspektiven. Das war die Datei, die sich Horndeich zuletzt ansah. Das Material des fünften Kameramanns war nicht so lang wie das Konzert. Er hatte die Kamera immer wieder ausgeschaltet, wenn er den Standort gewechselt hatte.

Es war fast am Ende des Konzerts, als er auch die hinteren Bereiche filmte, wo nicht die Menschen standen, die ganz vorne mitmischen wollten, sondern jene, denen ein wenig Raum um die eigene Person wichtiger war, als unmittelbar vor der Bühne zu stehen. Und da sah Horndeich sie: Markus Böhmer. Und Franziska Schneider. Hinter der Bar, ganz am anderen Ende des Raumes. Franziska Schneiders Aufmerksamkeit war ganz in Richtung Bühne gerichtet; Markus Böhmers Aufmerksamkeit war ganz in Richtung Franziska Schneider gerichtet. Er interessierte sich nicht die Bohne für die Musik. Und es musste ihn schmerzen, dass sie ihn in diesem Moment keines Blickes würdigte. Sondern sich ausschließlich auf das Bühnengeschehen konzentrierte.

Sie alle waren auf diesem Konzert gewesen.

Alle drei Mordopfer.

Markus Böhmer.

Franziska Schneider.

schirm die beiden Wagen. Schlüter klickte weiter. Eine Aufnahme zeigte das Heck des Q7 mit Kennzeichen, das folgende Bild den Benz. Horndeich griff zum Handy. Rief die Kollegen an. Gab das Kennzeichen durch.

»Sekunde«, sagte der Kollege.

Horndeich erwartete, nun den Namen Ferdinand Wegenthal zu hören. Doch der Name, den der Kollege nun nannte, war ein anderer. Für eine halbe Sekunde lang war Horndeich zutiefst enttäuscht. Doch dann dämmerte es ihm, dass er diesen Namen ja auch kannte: »Volker Lüttgers ist der Halter des Wagens«, sagte der Kollege.

Horndeich bedankte sich. Volker Lüttgers, das war der beste Freund von Ferdinand Wegenthal. Mit dem er gemeinsam auf dem Konzert von Pavlov's Dog gewesen war. Doch Volker Lüttgers lebte nicht mehr. Er war vor zwei Jahren verstorben.

»Können Sie mir bitte den Film und die Bilder noch zuschicken?«, bat Horndeich Herrn Schlüter. »Sie haben mir sehr geholfen!«

Dann fuhr er zurück zum Präsidium. Und fühlte mit einem Mal, wie die Energie in seinen Körper zurückkehrte. Sie würden diesen Fall lösen.

»Mit Verlaub, ich kann mir nicht vorstellen, dass Johann Meyer in der Lage ist, drei Morde zu planen, durchzuführen und das Ganze dann auch noch Margot in die Schuhe zu schieben«, erklärte Horndeich.

Wieder der kleine Besprechungsraum, wieder eine Abstimmung, wie es weitergehen sollte.

»Und du sagst, Margot hat keine Ahnung von diesem Konzert gehabt?«, fragte Leah.

»Nein. Natürlich kann sie mich da angelogen haben – aber sie hat niemanden auf diesem Konzert verloren. Das war nur dieser Johann Meyer. Und ob Olaf Berger Angehörige hatte …«

»Das habe ich gerade klären können«, sagte Feller. »Olaf Berger hat damals in Wixhausen gelebt. Mit seiner Frau, Diana Stein. Und mit ihrer Tochter, Julia Berger. Ich habe gerade mit Frau Stein am Telefon gesprochen. Wir können gleich vorbeikommen.«

»Aber Olaf Berger hat nichts mit Margot zu tun, oder?«

»Das habe ich sie gleich am Telefon gefragt. Und der Name Margot Hesgart sagte ihr überhaupt nichts.«

Schweigen in der Runde. Dann murmelte Horndeich: »Irgendwo fehlt uns noch der große Zusammenhang. Da sterben Menschen bei einem Konzert, weil zwei Vollpfosten die Zufahrt für die Feuerwehr zugeparkt haben. Das ist ein Motiv für Rache. Ein sehr gutes sogar. Aber zwei Fragen sind damit nicht beantwortet: Warum erst jetzt? Viereinhalb Jahre nachdem die Katastrophe passiert ist. Und die zweite Frage: Was, zur Hölle, hat Margot damit zu tun? Wenn ich jetzt mal davon ausgehe, dass sie unschuldig ist, dann muss der Mörder ihr das alles untergeschoben haben. Dann muss es jemand gewesen sein, der sehr nahe an ihr dran war. Ich meine, der Safe mit der Pistole ist geknackt worden, es muss eine Autodublette angefertigt worden sein, mit der der Mörder bewusst in Radarfallen fährt – das kostet nicht nur unglaublich Zeit und unglaublich viel Geld, da muss jemand quasi Margots Schatten gewesen sein. So nah, dass der Täter irgendwie an Blut von ihr gekommen ist. Die Frage, die ich mir jetzt stelle, lautet: Wer von den Menschen, die Margot Hesgart kennen, hat bei diesem Konzert einen Angehörigen verloren?«

»Du hast doch gesagt, Nick hat sich dir gegenüber offen und kooperativ gezeigt«, sagte Leah. »Vielleicht sollten wir einfach Folgendes ausprobieren: Sowohl Nick als auch Margot sollen uns eine Liste schreiben, mit Personen, die sie in den vergangenen viereinhalb Jahren getroffen haben. Die ihnen nahgekommen sind, in der Zeitspanne nach dem Konzert im Steinbruch-Theater.«

»Klingt vernünftig«, sagte auch Feller.

»Dann machen wir das so«, entschied Horndeich. »Und dann fahrt ihr beide am besten zu dieser Witwe, die ihren Mann Olaf Berger bei dem Konzert verloren hat. Richard, du hast bereits mit ihr telefoniert.«

»Äh, ja«, gab sich Feller etwas überrumpelt. Vielleicht war er überrascht, dass er schon wieder zu einem Feldeinsatz geschickt wurde. Aber im Moment war auf dem Gebiet der Computerrecherche eher wenig zu tun.

»Da ist ja noch ein weiterer Schwerverletzter neben dieser Tochter von Olaf Berger. Fred Kleiber. Den werde ich mir dann jetzt zur Brust nehmen.«

»Treten Sie ein«, sagte Diana Stein. Ein wenig erinnerte sie Feller an Leah, die neben ihm stand. Eine schlanke, elegante Frau, die ihre Haare allerdings nicht zum Dutt gesteckt hatte.

Was hatte er da gerade gedacht? Vielleicht hatte ihm der gemeinsame Abend auf dem Schlossgrabenfest doch nicht so gutgetan, wie er gedacht hatte. Zumal Diana Stein in einen eleganten, dunkelblauen Hosenanzug gekleidet war, ein Outfit, das Leah niemals gewählt hätte. Das Haus von Diana Stein und Olaf Berger lag in der Verdistraße in Wixhausen. Ein schmuckes Einfamilienhaus, großzügig geschnitten. Den Boden zierte kein Parkett, sondern Marmor, ebenso wie die Treppenstufen. Ein paar offensichtlich handgeknüpfte orientalische Teppiche minderten das kühle Ambiente des Bodens. Teuer, dachte Feller.

Die moderne Couchgarnitur aus Leder, eine antike Kommode und ein antiker Büfettschrank zeugten ebenso davon, dass man auf die Massenproduktion der bekannten schwedischen Möbelhaus-Gruppe nicht angewiesen war.

»Darf ich Ihnen etwas anbieten«, fragte Diana Stein. Sowohl Feller als auch Leah verneinten.

Nachdem sie sich gesetzt hatten, fragte die Hausherrin: »Wie kann ich Ihnen helfen?«

Leah sah zu Feller, und der Blick bedeutete: So, jetzt du.

»Frau Stein, wir haben doch vorhin miteinander telefoniert. Es geht um Ihren verstorbenen Mann. Olaf Berger. Wir ermitteln derzeit in einem Mordfall.«

Diana Stein sparte sich die überflüssige Frage, in welchem Mordfall man denn ermittle, um sich die darauffolgende Antwort, das könne man ihr leider nicht mitteilen, zu ersparen. Stattdessen sagte sie: »Oh, Olaf war nicht mein Mann. Also nicht im technischen Sinne. Wir waren nicht verheiratet. Dazu kam es nicht mehr. Wir hatten darüber nachgedacht – aber dann ist er verstorben.«

»Genau darüber müssen wir mit Ihnen reden«, sagte Feller. »Er ist bei einem Konzert ums Leben gekommen. Bei dem Brand im Steinbruch-Theater in Mühltal.«

»Ja. Er war dort, gemeinsam mit seiner Tochter. Das war so ein Papa-Tochter-Ding. Ich musste ein wenig darüber schmunzeln. Sie hat mir die Musik vorgespielt, aber die Stimme des Sängers erinnerte mich an eine Katze, der man auf den Schwanz getreten ist. War absolut nicht mein Ding. Aber Julia hat diese Musik geliebt und konnte alle Lieder auswendig mitsingen. Und Olaf – ach, der hat es halt genossen, mit seiner Tochter gemeinsam auf ein Konzert zu gehen.«

»Wissen Sie, was damals passiert ist?«

»Es gab einen Kurzschluss in der Elektrik und dann so dichten Rauch, dass man die Hand nicht mehr vor den Augen sah – und Olaf und Julia, sie müssen in der denkbar ungünstigsten Ecke gestanden haben. Olaf konnten sie nur noch tot bergen – und Julia, sie war schwerst verletzt. Also nicht äußerlich, aber sie hatte eine Rauchvergiftung, durch die sie ins Koma gefallen ist.«

Feller schluckte. »Wussten Sie auch von den Autos, die der Feuerwehr den Weg versperrt haben?«

»Ich hab erst später davon gelesen. Da gab es diesen Artikel im *Darmstädter Echo*, in dem eine Journalistin davon berichtet hat, aber ohne irgendwelche Namen zu nennen.«

Feller hinterlegte diese Information in seiner mentalen Ablage. Nach diesem Artikel würde er später im Netz suchen. Und vielleicht auch die Journalistin kontaktieren.

»Aber, das mag für Sie jetzt komisch klingen, es war für mich nicht wichtig«, fuhr sie fort. »Olaf war tot. Und Julia ... sie war nicht mehr da.«

»Sie wohnt«, Feller zögerte, »nicht mehr hier bei Ihnen?«

Diana Stein gab ein verächtliches Schnauben von sich. »Sie wohnt jetzt in Fürth.«

»Haben Sie die Adresse?«

»Ja. Die kann ich Ihnen geben. Heppenheimer Straße in Fürth. Ist die Hauptstraße, die durch den Ort führt. Dort das Pflegeheim Odenwald.«

»Ich verstehe nicht. Lebt sie dort? Arbeitet sie dort?« Irgendwie hatte Feller gerade das Gefühl, sich auf äußerst dünnem Eis zu bewegen. Und Gefahr zu laufen, einzubrechen.

Diana Stein sah Feller an, ließ den Blick zu Leah wandern, dann sagte sie: »Julia ist niemals mehr aus dem Koma erwacht.«

Ach du Scheiße, dachte Feller. Zum Glück sprach er es nicht aus.

Das Schweigen füllte den Raum aus wie eine dicke, fette Regenwolke. Keine Gewitterwolke, nein, so ein dunkles, graues, träges Regenwolkenteil.

»Das tut mir leid«, fand Leah offensichtlich die einzig richtigen Worte.

Diana Stein zuckte nur mit den Schultern. »Es tut mir leid für Julia. Ich habe sie schon lange nicht mehr besucht.«

Jemanden besuchen, der im Koma lag. Das schien Feller auch wenig erquicklich. Er hatte einmal eine Dokumentation über diese Thematik gesehen. Im Nachhinein konnte er sich nicht daran erinnern, wieso er sich das überhaupt angeschaut hatte. Nichts, mit dem er sich auch nur im Ansatz befassen wollte und von dem er zum Glück auch in keiner Weise betroffen war. Zahlreiche Experten hatten sich darüber ausgelassen, ob Menschen im Koma die Umgebung wahrnahmen oder nicht. Gleichzeitig änderte das für Feller aber nichts daran, dass die Patienten die Menschen um sie herum nicht mehr als solche erkannten. Eine äußerst gruselige Vorstellung.

»Warum nicht?«, fragte Leah. Eigentlich eine unangemessene Frage. Und doch war Leahs Tonfall so leise und so weich, dass Diana Stein die Frage kaum falsch verstehen würde. Ja. So befragte man Menschen auf professionelle Art. Eben auf Leah-Art. Und nein, Feller beschloss hier und jetzt, das Experiment Befragungskünstler ad acta zu legen. Heim zu seinen Computern. Das war das einzig Wahre.

»Nun, Julia ist ja nicht meine Tochter. Sie war Olafs Tochter, aus einer früheren Beziehung. Ich habe Julias Mutter erst nach diesem Unglück kennengelernt. Keine angenehme Person. Meinen Olaf und diese«, sie suchte nach einem Wort, das kein Schimpfwort war, und entschied sich wieder für »... *Person* irgendwie unter einen Hut zu bekommen, das ist mir nie gelungen. Ich habe Julia zum großen Teil mit großgezogen. Aber diese Frau hat mich dann am Krankenbett behandelt, als wäre ich eine Pestbeule ... Nach ein paar Wochen war klar, dass Julia das Krankenhaus verlassen muss. Die Ärzte haben Julias Mutter geraten, die Maschinen abschalten zu lassen. Sie haben keine Hoffnung mehr gesehen, dass ihre Tochter jemals wieder aus diesem Koma erwachen würde. Doch Julias Mutter hat sich dagegen gewehrt. Und Julia in das Heim nach Fürth verlegen lassen.«

Leah runzelte nur die Stirn, kurz, kaum sichtbar.

»Ja, Sie haben recht«, beantwortete Diana Stein Leahs nonverbal gestellte Frage. »So was ist natürlich kaum zu bezahlen. Aber Julias Mutter hatte Glück: Da Olaf tot war und seine Tochter nicht, ist das gesamte Vermögen meines Mannes an sie gegangen ...« Sie hielt kurz inne, korrigierte sich: »... meines Lebensgefährten. Julia war der einzige leibliche Nachfahre von Olaf. Und da Julia ja noch gelebt hat, fiel alles an sie. Ihre Mutter hat das Erbe treuhänderisch verwaltet und davon die Unterbringung im Heim bezahlt. Ich war vor zwei Jahren zum letzten Mal dort. Ausgerechnet in dem Moment, als ich an ihrem Bett saß, ist auch ihre Mutter reingekommen. Sie hat mich weggescheucht. Danach habe ich mich dann innerlich von Julia verabschiedet. Und wenig später habe ich auch …«

Sie hörten, wie die Haustür geöffnet wurde. Ein Lächeln, nein, ein Strahlen überzog das Gesicht von Diana Stein, das aus der attraktiven Frau eine Schönheit machte, fand Feller. Im nächsten Moment fragte er sich, ob er in der vergangenen Zeit zu viele Pilcher-Filme gesehen hatte …

Ein stämmiger, freundlich dreinschauender und durchtrainierter Mittfünfziger betrat das Wohnzimmer. Diana Stein begrüßte ihn mit einem Kuss und strich ihm über die Wange. »Das ist Leonhard von Helger. Mein Lebensgefährte«, stellte sie ihn vor.

Leah und Feller erhoben sich. »Die Herrschaften sind von der Polizei. Es geht noch mal um diesen Brand, bei dem Olaf umgekommen ist.«

»Dann gehe ich einfach in mein Arbeitszimmer«, sagte der Mann. Er nickte den beiden Beamten zu und verschwand.

Nachdem alle wieder saßen, fuhr Diana Stein fort: »Tja, ich wollte Ihnen gerade erzählen, dass ich damals eben auch Leonhard kennengelernt habe.«

»War es für Sie denn nicht … enttäuschend, dass Sie mit Herrn Berger das Leben geteilt haben, seine Tochter mit erzogen hatten – und kein Cent des gemeinsamen Lebenswerks bei Ihnen geblieben ist?«

»Frau Gabriely, ich hatte bislang ein sehr schönes Leben, und ich bin eines jener Kinder, die mit dem goldenen Löffel im Mund geboren worden sind, wie man so schön sagt. Mein Vater war ein schwerreicher Mann. Ich habe Anteile an seinem Imperium geerbt, sodass ich mir in meinem Leben niemals Gedanken darüber machen musste, wie ich am Ende des Monats die Miete bezahlen soll oder meine Kinder satt bekomme. Ich bin mir sehr bewusst, was für ein Glück ich habe. Versuche, über zwei Stiftungen auch andere Menschen daran teilhaben zu lassen. Aber einen Rechtsstreit über Olafs Erbe – den ich ohnehin verloren hätte –, wie gesagt, ich lebe so gut, dass ich es mir leisten konnte, daran nicht mal einen Gedanken zu verschwenden.«

»Sie sagten, Sie hätten Julias Mutter vor dem Unglück nie kennengelernt. Hat sie denn ihre Tochter nie besucht? Gab es denn keine Wochenenden oder Schulferien, die Julia bei ihr verbracht hat?«

Wieder dieses hässliche Schnauben, das so gar nicht zu ihrer eleganten Erscheinung passen wollte. »Elisabeth Berger hat sich nie um ihre Tochter gekümmert. Keine Karte zum Geburtstag, kein Geschenk zu Weihnachten. Olaf hatte das alleinige Sorgerecht – und um das als Vater zu bekommen, müssen heftige Dinge passiert sein. Ich kenne keine Details, und ich wollte sie auch nicht erfahren. Julia war noch nicht in der Grundschule, da sind die beiden nach Kassel gezogen. Ich kam ein halbes Jahr später nach. Und erst wenige Monate bevor Julia und Olaf auf diesem verfluchten Konzert waren, sind wir wieder hierher zurückgezogen. Trotzdem: Elisabeth Berger hat nie angerufen, nie ein Lebenszeichen von sich gegeben, dabei wusste sie genau, wo wir wohnten. Ich konnte und kann für diese Frau nur Verachtung empfinden.«

Eine Mutter, die dem Vater das alleinige Sorgerecht überlässt? Die sich danach überhaupt nicht mehr um ihre Tochter kümmert? Feller hatte keine Kinder. Aber es schien ihm nur schwer vorstellbar. Elisabeth Berger – auch dieser Name landete im Ablagekörbchen mit der Aufschrift »*Sofort checken*« in seinem Gehirn.

Wenig später saßen Feller und Leah wieder in ihrem Wagen. Leah lenkte, Feller telefonierte: »Horndeich, hast du diesen Fred Kleiber erwischt?«

Aus den Lautsprechern im Wagen drang Horndeichs Stimme: »Ja. Ein fünfundsechzigjähriger Mann, der die Treppe zum ersten Stock nur noch deshalb hochgehen kann, weil er ein Sauerstofffläschchen umhängen hat und ein Atemschlauch in seine Nase führt. Definitiv nicht unser Mörder. Und auch keiner, der Auftragskiller bezahlen könnte. Er ist inzwischen Hartz IV-Empfänger. Und bei euch?«

Feller berichtete in knappen Worten, zu welchen Erkenntnissen sie gelangt waren. Und Leah warf ein: »Feller und ich könnten ja zusammen nach Fürth fahren, in dieses Pflegeheim.«

»O nein, o nein, o nein«, intervenierte Feller. »Das mit den Befragungen, da halten wir uns besser mal raus. Außerdem muss ich jetzt nach dieser Elisabeth Berger im Netz schauen und den Artikel aus dem *Echo* finden, und überhaupt …« Er sah zu seiner Kollegin. Warum grinste die denn jetzt?

»Gut, dann treffen wir uns im Präsidium, du darfst in deine Höhle, und Leah und ich fahren nach Fürth.«

»Und, hast du in deiner Höhle irgendwas rausgefunden?«, wollte Horndeich wissen. Sie hatten Fürth fast erreicht, und Horndeich wollte zuvor noch mal Mr Computer höchstpersönlich kontaktieren, damit sie auf dem aktuellen Stand waren, wenn sie das Heim besuchten.

»In meiner Höhle«, echote Feller – und er klang ein wenig beleidigt.

Horndeich wunderte sich über sich selbst, dass seine gute Laune zurückgekehrt war. Sie waren hier einem großen Ding auf der Spur, das spürte er. Und viele Puzzleteile fehlten nicht mehr.

Doch dann fuhr Feller fort: »Den Artikel im *Echo* habe ich gefunden. Das liest sich so, als ob einer der Feuerwehrmänner der Journalistin ein paar Informationen gegeben hätte. Letztlich ist das kein Artikel, sondern eher ein Kommentar, in dem sich die Journalistin – meiner Meinung nach berechtigt – darüber aufregt, dass jemand, der mit seinem Auto einen Feuerwehreinsatz behindert, meint, da noch Anspruch auf Schadensersatz zu haben. Aber in dem Artikel fallen keine Namen. Ist für uns, glaube ich, nicht relevant.«

»Und hast du Elisabeth Berger gefunden?«

»Auf die Schnelle nicht. In Darmstadt sind zwar zwei Elisabeth Berger gemeldet, aber die eine ist achtzehn und die andere fünfunddreißig. Passt nicht so ganz.«

»Gut. Wir kommen dann vom Pflegeheim noch mal ins Präsidium.«

Horndeich beendete das Gespräch, und fünf Minuten später steuerte Leah den Wagen bereits auf den Parkplatz vor dem Pflegeheim.

Es dauerte fünf Minuten, dann saßen sie der Heimleiterin in deren Büro gegenüber. Ihr Namensschildchen wies sie als Sonja Baumann aus. Leah stellte Horndeich und sich vor, sagte, worum es ging, und dass sie vor allem wissen wollten, wie es um Julia Berger stand.

»Julia Berger?« Frau Baumann war erstaunt. Ihre Stimme stand in deutlichem Gegensatz zu ihrer Erscheinung: Sie war stämmig, sicher einen Meter achtzig groß, aber die hohe, leise Stimme hätte man eher mit einer kleinwüchsigen Frau in Verbindung gebracht.

»Ja, Julia Berger. Die nach einer Rauchvergiftung im Koma liegt?«

»Julia Berger ist tot. Sie ist bereits im vergangenen Jahr verstorben. Am 22. Dezember.«

»Können Sie uns ein bisschen von ihr erzählen? Seit wann war sie hier? Warum war sie hier? Wer hat sie besucht?«

»Ich kenne ihre Geschichte gut. Ich habe ja oft mit ihrer Mutter gesprochen. Es war ein Drama. Sie kennen die Geschichte um den Brand bei dem Konzert? Bei dem auch Julias Vater ums Leben gekommen ist?«

»Ja. Davon wissen wir. Sie ist danach ins Krankenhaus gekommen und hat seitdem im Koma gelegen, nicht wahr?«

»Ja. Sie hatte so viel Rauch eingeatmet, dass es zu einer Atemlähmung kam. Ein paar Minuten. Wie viele, das ließ sich nicht rekonstruieren. Erst, als die Feuerwehrleute sie ins Freie gebracht hatten und sie im Rettungswagen lag, da konnte man sie ans Beatmungsgerät hängen. Nach drei Wochen haben sie Julia vom Beatmungsgerät getrennt. Und sie hat allein geatmet. Auch die Pupillenreflexe waren in Ordnung. Aber sie ist nicht aufgewacht.«

»Wie kam sie dann in Ihr Heim?«

Frau Baumann räusperte sich. »Unser Heim ist spezialisiert auf Patienten mit ›medizinisch-aktivierender Behandlungspflege – Phase F‹, so heißt das in der Fachsprache. Also Menschen mit schwersten neurologischen Einschränkungen, Menschen, die Hirnschäden haben. Die nicht mehr in der Lage sind, sich selbst zu versorgen. Und zwar nicht aufgrund von Gebrechlichkeit, sondern weil das Hirn oder die Nerven nicht mehr mitspielen. Das können zum Beispiel Menschen mit Schlaganfall sein. Oder Multipler Sklerose. Und eben auch Patienten, die im Koma liegen. Oder immer wieder ins Koma fallen. Und Julia Berger – sie war genau so ein Fall. Sie hat selbst geatmet, war also kein Fall mehr fürs Krankenhaus. Ihre Mutter hat bei uns angefragt, ob wir sie aufnehmen könnten. Und wir konnten.«

»Wie muss ich mir das vorstellen? Kann man jemanden füttern, der im Koma liegt?«

»Nein. Julia Berger wurde über eine sogenannte PEG-Sonde künstlich ernährt. Diese Sonde versorgt den Patienten direkt über den Magen-Darm-Trakt.«

»Aber Julia Berger hat nichts mehr von ihrer Umwelt mitbekommen, oder?«

»Ich sage: Nein. Aber wer bin ich? Eine Armee von Spezialisten hat sich in mehreren Regalmetern Fachliteratur mit diesem Thema auseinandergesetzt. Julia Berger hat manchmal reagiert, wenn ihre Mutter ihre Hand genommen hat. Der Puls wurde einen Tick schneller, der Atem ging schneller. Ein wenig nur. Aber immer genug, um ihr noch Hoffnungen zu machen.«

Horndeich wurde nun etwas direkter: »Die Versorgung hier – das ist nicht billig, oder?«

Sonja Baumanns Ton wurde etwas schärfer, wenn dies auch durch die hohe Stimme nur eine Nuance war: »Alle Rechnungen sind immer pünktlich bezahlt worden«, sagte sie nur.

Leah übernahm wieder. Nach dem bösen Cop jetzt wieder der gute Cop: »Woran ist sie gestorben? Hat das Herz einfach aufgehört zu schlagen?«

Sonja Baumann schüttelte leicht den Kopf. »Julia Berger ist zweimal krank geworden. Einmal vor eineinhalb Jahren. Irgendeine Infektion, sie hat Fieber bekommen, aber das hat sie überstanden. Nach zwei Wochen war sie wieder gesund. Also, wie immer Sie gesund definieren. Sie hat auf jeden Fall die Infektion überstanden. Aber im vergangenen Jahr, so Mitte November, da bekam sie einen kleinen Fieberschub. Ende November kam der nächste. Und das entwickelte sich im Laufe des Dezembers zu einer Lungenentzündung. Der Arzt verschrieb ihr ein Antibiotikum, und wir taten alles, was in unserer Macht stand. Aber Julia Berger konnte nicht mehr. Sie starb. Wie gesagt, am 22. Dezember. Meiner Meinung nach war es eine Erlösung. Für die Tochter. Und ich glaube, mittelfristig auf jeden Fall auch für die Mutter.«

»Wir haben versucht, Elisabeth Berger ausfindig zu machen. Aber in Darmstadt ist sie nicht gemeldet.« Horndeich wieder.

»Elisabeth Berger? Wer ist Elisabeth Berger?«

»Elisabeth Berger. Die Mutter von Julia Berger.«

»Es ist richtig, dass die Mutter von Julia Berger irgendwann auch mal eine Frau Berger gewesen ist. Aber den Nachnamen hat sie vor zwei Jahren geändert. Zu ihrem Mädchennamen. Aber der Vorname? Die Mutter von Julia Berger heißt nicht Elisabeth!«

»Nicht? Wie lautet der Name der Mutter von Julia Berger denn?«

»Ulrike Gürtler. Und sie wohnt übrigens in …«

»Groß-Bieberau«, vollendete Horndeich den Satz.

»Und du willst wirklich jetzt sofort zu ihr fahren?«, versicherte sich Leah, als sie wieder im Auto waren. Nun saß Horndeich hinterm Steuer. »Klar«, sagte der. »Ich will jetzt wissen, was Sache ist.«

Der Puls ihres Kollegen hatte offensichtlich ein paar Takte zugelegt. »Diese Ulrike Gürtler, das ist die Einzige, die ein Motiv hat, diese drei Menschen umzubringen. Auch der Zeitpunkt erklärt sich jetzt: Als ihre Tochter ins Krankenhaus kommt, ist sie wütend. Und dann, vor einem halben Jahr, da stirbt die Tochter. Und jetzt bringt sie die Menschen um, die sie dafür verantwortlich macht. Und – Ulrike Gürtler ist nicht nur die Einzige, die ein Motiv hat, sondern sie kennt auch Margot. War schließlich mal ihre Bürokraft.«

»Da hast du recht«, sagte Leah. »Aber das erklärt immer noch nicht, wieso sie so viel Mühe darauf verwendet, Margot als Täterin dastehen zu lassen – mal gesetzt den Fall, es wäre tatsächlich so. Und wie soll sie an die Namen der Leute gekommen sein, die ihre Autos damals in die Feuerwehrzufahrt gestellt haben?«

»Das sind genau die Fragen, die noch offen sind. Vielleicht hat sie einen Freund bei der Kommunalpolizei, der für die Ordnungswidrigkeiten zuständig ist? Vielleicht hatte sie mal einen Lover bei der Feuerwehr, der ihr dabei geholfen hat?«

Leah schwieg einen Moment. Ihr ging das alles zu schnell. »Wenn wir dort jetzt hinfahren und Ulrike Gürtler tatsächlich unsere Täterin ist, dann scheuchen wir sie doch nur auf.«

»Genau«, entgegnete Horndeich. »In dem Moment, in dem wir ihr Haus wieder verlassen, sitzt ein Kollege in Zivil in einem Wagen vor der Tür und beobachtet das Haus. Dann werden wir sehen, wo sie hingeht. Und ich bin ziemlich sicher: Wenn sie tatsächlich die Täterin ist – bei so einer akribischen Vorbereitung, um Margot reinzureiten –, da muss sie einen Komplizen gehabt haben.«

Leah war immer noch skeptisch. Ihr wäre es lieber gewesen, morgen früh Feller auf Elisabeth Berger alias Ulrike Gürtler anzusetzen. Aber natürlich hatte Horndeich mit der Überlegung recht. Wenn sie aufgeschreckt wurde, führte sie sie womöglich zu einem Komplizen. Leah sah auf die Uhr. Es war inzwischen bereits sechs. »In Ordnung, lass uns hinfahren.«

Horndeich parkte den Wagen direkt vor Ulrike Gürtlers Haus. Sie öffnete die Haustür bereits nach dem ersten Klingeln, hielt jedoch ihr Handy ans Ohr gedrückt.

»Magda, ich habe gerade Besuch bekommen. Ich rufe dich nachher zurück. Sag der Kleinen einen Gruß von mir.« Sie ließ das Handy sinken, dann sagte sie fast entschuldigend: »Sorry, meine Schwester. Ihr geht's im Moment nicht so gut. Kommen Sie doch bitte rein.«

Leah ließ Horndeich den Vortritt. Ulrike Gürtler führte die Beamten ins Wohnzimmer. Tolle Sicht, dachte Leah, als sie durch das große Glasfenster über die Felder sah. Läge mir aber ein bisschen zu abgeschieden, fügte sie in Gedanken hinzu.

»Was verschafft mir die Ehre Ihres Besuches?«, wollte sie wissen.

»Sagt Ihnen der Name Markus Böhmer etwas?«

Leah überließ Horndeich das Fragen, und sie übernahm ausschließlich das Beobachten.

»Nein. Weshalb?«

»Und der Name Franziska Schneider?«

Ulrike Gürtler schüttelte den Kopf. »Nein. Wer soll das sein?«

»Ferdinand Wegenthal? Volker Lüttgers?«

»Nein, die beiden Namen kenne ich auch nicht. Können Sie mir bitte sagen, worum es eigentlich geht?«

»Um Ihre Tochter«, sagte Horndeich.

Es war seiner Stimme nicht anzuhören, aber Horndeich gebärdete sich wie ein Pitbull. Der verbale Biss in die Wade, ohne Vorwarnung.

»Meine Tochter? Was hat meine Tochter mit diesen vier Menschen zu tun?«

»Frau Gürtler, das wissen Sie doch genau. Das sind die Personen, die ihre Autos in der Feuerwehreinfahrt zum Steinbruch-Theater abgestellt hatten. Die daran schuld waren, dass die Feuerwehr wertvolle Minuten verloren hat, um Menschen zu retten. Eben Ihre Tochter Julia. Und auch Ihren Ex-Mann Olaf Berger. Am 23. Oktober 2014. Nach dem Konzert der Band Pavlov's Dog.«

»Ich weiß nichts von irgendwelchen Autos in irgendwelchen Einfahrten. Und diese Namen, die Sie gerade genannt haben, die höre ich heute zum ersten Mal. Was soll das Ganze hier bitte?«

Wenn Ulrike Gürtler tatsächlich die Mörderin dieser Menschen war – nun, abgesehen von Volker Lüttgers –, dann war sie eine extrem gute Schauspielerin, dachte Leah.

Horndeich schwenkte um und nahm sich nun die andere virtuelle Wade vor: »Wie lange kennen Sie Margot Hesgart bereits?«

»Frau Hesgart? Herr Horndeich, darüber haben wir doch vor ein paar Tagen gesprochen. Ich habe Mitte Januar dieses Jahres bei ihr angefangen und bis Ende März bei ihr gearbeitet. Und in der ersten Aprilwoche sind wir zusammen zum Blutspenden gegangen. Danach habe ich sie nicht mehr gesehen.«

»Das beantwortet meine Frage nicht. Wann haben Sie sie kennengelernt?«

»Einen Tag bevor ich angefangen habe, bei ihr zu arbeiten.«

»Und woher wussten Sie, dass Margot Hesgart eine Bürokraft sucht?«

»Rewe. Der große Rewe am Ortsrand. Da kaufe ich immer ein, und es gibt da so ein Schwarzes Brett, gesucht, gefunden. So was. Und da hatte sie einen Zettel hingehängt. Den habe ich gesehen, abgehängt, hab sie angerufen, und am nächsten Tag war ich bei ihr. Tja, und wir sind uns sehr schnell einig geworden. Schon am nächsten Tag habe ich angefangen, dort zu arbeiten.« Sie hielt kurz inne, holte Luft, dann fuhr sie fort: »Ich weiß, Sie sind die Polizei, und ich bin nicht die Polizei. Und Sie stellen die Fragen, und ich habe zu antworten. Ich möchte aber jetzt auf der Stelle wissen, worum es eigentlich geht. Sonst sage ich gar nichts mehr.«

»Bei Rewe am Schwarzen Brett?«

»Habe ich doch gerade gesagt.«

»Und warum dort?«

»Ich könnte jetzt schnippisch werden und sagen: Fragen Sie sie doch selbst. Schließlich war sie Ihre Kollegin. Sie stehen ihr näher als ich.« Ulrike Gürtler war jetzt aufgebracht. Leah konnte das nachvollziehen. Der Pitbull bellte und schnappte, schnappte und bellte.

»Und woher wissen Sie, dass Margot Hesgart meine Kollegin war?«

»Weil wir uns in den zweieinhalb Monaten auch über private Dinge unterhalten haben. Daher wusste ich, dass sie bei der Mordkommission gewesen ist. Also muss sie Ihre Kollegen gewesen sein.«

Ulrike Gürtler holte tief Luft, dann sagte sie, genauso ruhig wie am Anfang: »Während unseres ersten Gesprächs hat sie mir erzählt, dass sie keine Anzeige auf den großen Internetportalen schalten wollte. Sie hätte keine Lust, sich dreihundertfünfzig Bewerbungen durchlesen zu müssen. Daher der Zettel bei Rewe.«

Leah musste schmunzeln. Das klang nach Originalton Margot, so, wie Leah sie kennengelernt hatte, und so, wie Horndeich sie beschrieben hatte.

»Haben Sie nie zuvor Kontakt zu ihr gehabt?«

»Spreche ich undeutlich? Ich habe Ihnen doch gerade gesagt, wann ich Frau Hesgart kennengelernt habe.«

»Okay. Dann war's das für heute. Ich wünsche Ihnen noch einen schönen Abend«, sagte Horndeich und erhob sich. Damit hatte Leah nicht gerechnet. Sie stand ebenfalls auf, aber um eine Sekunde versetzt. Auch Ulrike Gürtler war erstaunt darüber, dass Horndeich offensichtlich alle Fragen gestellt hatte.

»Herzlichen Dank für Ihre Zeit, auf Wiedersehen«, fügte er noch hinzu. »Wir finden allein hinaus.«

Leah nickte Ulrike Gürtler zu, und schon hatten sie das Haus verlassen. »Was war das denn jetzt?«

Horndeich grinste breit. »Nun, wir haben den Baum geschüttelt. Schauen wir mal, was runterfällt.« Er stieg gemeinsam mit Leah ins Auto, startete den Wagen, fuhr einmal um den Block und stellte den Wagen fünfzig Meter vor Ulrike Gürtlers Haus wieder ab. »Ich ruf jetzt mal die Kollegen an, damit die uns ein Team herschicken, um das Haus im Blick zu behalten. Ich bin ziemlich sicher, dass Ulrike Gürtler es sehr schnell verlassen wird.«

Sie mussten eine halbe Stunde warten, bis die Ablösung kam. Ein schwarzer BMW, der in diesem Ambiente überhaupt nicht auffiel. Perfekt.

Das war der Vorteil, wenn man bei der Polizei arbeitete: Der Zugang zu den Gefangenen in Untersuchungshaft lief ziemlich problemlos. Und so war Horndeich am Abend noch mal in die JVA Weiterstadt gefahren.

»Hast du wieder neue Fragen?«, wollte Margot wissen. Ihre Freude über Horndeichs Besuch schien begrenzt.

»Eigentlich nur eine. Aber es gibt ein paar Dinge, die ich dir erzählen möchte. Es hat nämlich einige neue Entwicklungen gegeben.«

Horndeich berichtete von der zugestellten Feuerwehreinfahrt während des Konzerts, von den beiden Toten und von der verletzten Julia Berger, die kurz vor Weihnachten verstorben war. Damit beendete er den Bericht.

»Super. Und was hat das alles mit mir zu tun?«

»Du kennst die Mutter von Julia Berger. Sie heißt Ulrike Gürtler.«

»Ulrike Gürtler? Du meinst, die Frau, die bei mir gearbeitet hat?«

»Genau die.«

Das musste Margot zunächst verdauen. »Okay, ich höre, was du sagst. Aber ich verstehe nicht, was du meinst.«

»Nun, diese Ulrike Gürtler, die hat ja nun wirklich ein Motiv, die Leute, die die Feuerwehr behindert haben, umzubringen. Also, zumindest ist das eine Möglichkeit.«

»So weit komme ich noch mit. Was ich aber nicht verstehe, ist, wieso sie oder irgendjemand anderes ausgerechnet mir das in die Schuhe schieben möchte.«

»Das ist genau der Punkt, auf den auch wir bisher keine Antwort haben. Ich habe Ulrike Gürtler aber vorhin etwas Dampf gemacht – ich kann mir gut vorstellen, dass sie entweder versucht, zu fliehen, oder sich mit ihrem Komplizen in Verbindung setzt. Vor dem Haus steht ein Wagen mit unseren Leuten drin. Wir kriegen das also mit. Hast du denn Ulrike Gürtler irgendwann früher schon einmal gesehen? Bist du ihr irgendwie auf den Schlips getreten? Also, nicht mit Ballerinas, sondern so mit Wanderstiefeln?«

Margot dachte für ein paar Momente nach. »Ich habe keine Ahnung. Du weißt, ich habe eigentlich ein ziemlich gutes Personengedächtnis. Aber da klingelt überhaupt kein Glöckchen.«

»Du könntest sie auch unter einem anderen Namen kennengelernt haben: Elisabeth Berger. Feller hat herausgefunden, dass ihr vollständiger Name Ulrike Elisabeth Maria Gürtler ist, beziehungsweise war. Ihr ursprünglicher Rufname war Elisabeth, Gürtler ist der Mädchenname. Dann hat sie Olaf Berger geheiratet, der Vater ihrer gemeinsamen

Tochter Julia Berger. Vor zwei Jahren hat sie dann wieder ihren Mädchennamen angenommen und den Rufnamen auf Ulrike geändert. Warum sie das getan hat, wissen wir nicht. Auf jeden Fall hat sie es getan.«

Margot murmelte vor sich hin: »Elisabeth Gürtler, Elisabeth Berger – nein, Horndeich, da reagieren meine grauen Zellen überhaupt nicht.«

»Erinnere dich an die Zeit, als dieses Konzert von Pavlov's Dog war. 23. Oktober 2014.«

»Da hatten wir doch gerade diesen RAF-Fall.«

»Ja. Das war genau diese Zeit.«

»Na ja, und kurz danach bin ich dann in die USA gegangen.«

»Stimmt. Der RAF-Fall war unser letztes großes, gemeinsames Ding.«

Margots Tonfall wurde weich. »Wir haben es denen da draußen ganz schön gezeigt.«

Horndeich nickte.

Der kurze sentimentale Anfall von Margot war genauso schnell vorbei, wie er aufgeblitzt war. »Es tut mir leid, dass ich dir da nicht helfen kann. Dass ich *mir* da nicht helfen kann. Aber Elisabeth Berger, da klingelt nichts. Und ich kann mich nicht erinnern, Ulrike Gürtler irgendwann vorher in meinem Leben schon einmal begegnet zu sein.«

»Sie hat gesagt, du hättest eine Stellenanzeige an die Pinnwand bei Rewe in Groß-Bieberau gepinnt.«

»Hä? Pinnwand? Nein. Ich habe eine Anzeige aufgegeben, im Internet. Irgend so ein Job-Portal. Horndeich, ich habe dreihundertfünfzig Mails bekommen. Wie sollte ich die denn alle lesen? Doro hat mir dann eine ganz pragmatische Lösung vorgeschlagen: Zum einen sollte ich die Stelle auf der Webseite unserer Firma inserieren und zum anderen einfach auf Facebook. Da würden es nur meine Facebook-Freunde sehen, und da wäre dann die Anzahl der Rückmeldungen deutlich übersichtlicher.« Margot fing an zu lachen.

»Was ist daran so komisch? Klingt doch wie eine gute Idee.«

»Stimmt. Die Reaktionen auf Facebook wären auf jeden Fall sehr übersichtlich, denn ich habe überhaupt keinen Facebook-Account. Ich hab's dann tatsächlich auf die Webseite gesetzt. Aber ich habe nie einen Fetzen Papier an die Rewe-Pinnwand gehängt. Ich überlege gerade, was Ulrike Gürtler mir gesagt hat. Ich erinnere mich nicht mehr genau, wie sie auf diese Stellenausschreibung gekommen ist. Über meine Webseite? Das würde mich wundern. Denn was hatte sie mit unserer Firma zu tun?«

»Hatte sie Referenzen?«

»Ja. Ein paar Zeugnisse. Sah alles nicht schlecht aus. In der Schule hätte man gesagt: Note zwei bis drei. Aber ich habe auch keine Überfliegerin gebraucht. Wichtiger war mir, dass es menschlich passt.«

»Aber das hat es nicht, so wie Ulrike Gürtler uns gesagt hat.«

»Ach, ich fand sie nicht unsympathisch. Das Problem war, dass sie im Büro mehr Chaos verursacht hat als Probleme gelöst. Ich hab mich schon gefragt, wie andere Chefs mit ihr umgegangen sind. So in den ersten Wochen, da lief es ganz gut. Aber dann hat sie einfach abgebaut. Die Ablage war ein einziges Chaos, einige Rechnungen nicht gestellt, einige nicht bezahlt. Mitte März habe ich sie dann drauf angesprochen. Eine Woche später habe ich ihr dann deutlich gesagt, dass es so nicht weitergehen kann. Daraufhin hat sie mich gebeten, sie noch bis Ende März arbeiten zu lassen. Und sie bat mich, das Zeugnis nicht zu schlecht zu schreiben. Wir sind ohne Streit auseinandergegangen. Ich war mit ihr ja dann auch noch bei dieser Blutspende. Aber danach habe ich nichts mehr von ihr gesehen oder gehört. Das Zeugnis habe ich ihr per Post zugeschickt. Und das war's dann.«

»Hat sie dir von ihrer Erbschaft erzählt?«

»Erbschaft? Was für eine Erbschaft?«

»Uns hat sie gesagt, dass sie viel Geld geerbt hat. Und dadurch jetzt in der glücklichen Lage ist, sich eine kleine Auszeit zu nehmen. Und das kann sogar sein: Olaf Berger, der Vater ihrer Tochter, hat alles an die Tochter vererbt. Ulrike Gürtler hat das treuhänderisch verwaltet. So viel haben wir schon rausbekommen. Ich nehme an, dass, als ihre Tochter starb, sie als einzige Verwandte dann das ganze Vermögen übernommen hat. Wir konnten das heute noch nicht klären, denn das Nachlassgericht macht erst morgen wieder auf.«

»Mir hat sie nichts von der Erbschaft erzählt.«

»Und du erinnerst dich tatsächlich überhaupt nicht daran, sie früher schon einmal gesehen zu haben?«

»Mein lieber ehemaliger Kollege Horndeich, du wirst nicht mehr Wasser aus einem trockenen Schwamm herauspressen, nur weil du ihn zum zwanzigsten Mal ausquetschst. Ich habe keine Ahnung.«

Leah hatte ihn gefragt, ob sie nicht zusammen ins Delfino gehen würden. Gerade eben, per WhatsApp.

Bisher war meistens er es gewesen, der diesen Vorschlag gemacht hatte. Und Feller wäre sehr gern auf das Angebot eingegangen. Doch montags hatte das Delfino zu. Und auch der Biergarten in der Dieburger Straße. Und auch das Café am Woog. Irgendwie hatten alle seine Lieblingslokale am Montag geschlossen. Das hatte er ihr zurückgeschrieben.

»Dann komm ich zu dir. Hast du vielleicht noch eine Flasche von deinem guten Rotwein? Diesen Cabernet Sauvignon?«

Manchmal ging aber auch alles schief. »Leider nicht.« Feller wusste genau, welchen Wein sie meinte. Cabernet Sauvignon – das war die Gattung. Und sie beide mochten den von Nederburg. Nun, sie waren wohl nicht die Einzigen: Der Wein war in den vergangenen zwei Jahren deutlich teurer geworden.

»Macht nichts, ich bringe eine Flasche mit.«

»Bis gleich«, schrieb er, aber er fühlte sich nicht halb so cool, wie diese Antwort klang. Leah Gabriely wohnte nur drei Häuser von ihm entfernt. Er hatte ihr damals die Wohnung vermittelt, in der Heinrich-Fuhr-Straße. Horndeich hatte ihm vor ein paar Tagen erzählt, dass seine Tochter die Gruppe Lichtenberg entdeckt habe und das Lied *Vom Abbel de Saft* ihr Lieblingslied sei. Feller hatte Horndeich daraufhin aufgeklärt, dass der Namensgeber ihrer Straße Heinrich Fuhr einstmals sein Geld mit diesen Äpfeln verdient hatte. Im frühen 19. Jahrhundert hatte er besonders Produkte aus dem Odenwald verkauft. Und als er starb, hatte er sein gesamtes Vermögen der Stadt Darmstadt vermacht. Die Stadtväter hatten damit unter anderem die Kirche renovieren lassen. Natürlich hatte sich Feller in dem Augenblick, in dem er eine Wohnung bezogen hatte, darüber informiert, in wessen Straße er wohnte.

Allein, dass Fellers Gedanken in diese Richtung abdrifteten, zeugte davon, dass er doch ein wenig nervös war.

Zehn Minuten später saßen sie gemeinsam auf Fellers Balkon. Blick nach Süden über die Dächer von – nun, nicht von Nizza, aber zumindest konnten sie die Flutlichtmasten am Böllenfalltor-Stadion sehen, und dahinter den Melibokus. Zwischen ihnen stand ein Dekanter auf dem kleinen Balkontisch, darin schimmerte der Wein, den Leah mitgebracht hatte.

»Ich hätte es nicht gedacht«, sagte Leah leise.

»Was?«

»Ich war wirklich der Meinung, dass Margot diese Morde begangen hat.«

Sie schwiegen. Der Cabernet Sauvignon war ein schwerer Wein. Und Feller hatte immer den Eindruck, Weingläser fühlten sich erst richtig stark, wenn ein solcher Wein in ihnen schwappte. Nicht so ein Prosecco-Geprickel, sondern ein kräftiger, gehaltvoller Wein. Und diese Schwere, sie breitete sich nun über die Gläser hinaus auf dem ganzen Balkon aus.

»Die Indizien. Richard, ich habe wirklich gedacht, sie war es.«

Richard Feller antwortete nicht.

»Und du? Hast du es auch geglaubt?«

Es war die Art von Diskussion, auf die sich Feller überhaupt nicht einlassen wollte. Was er glaubte oder nicht glaubte, das war völlig irrelevant. Ganz besonders in seinem Job. Dass hier jetzt diese Grenze zwischen Job und Privatleben aufgeweicht wurde, und die Art, auf die sie aufgeweicht wurde, das gefiel ihm überhaupt nicht. »Leah, es ist nicht wichtig, was ich geglaubt habe oder nicht«, versuchte er sich zu retten.

»Nein, nein«, insistierte Leah und schaute zu ihm hinüber. »So leicht kommst du mir nicht davon. Hast du es geglaubt?«

Feller überlegte. Dann entschied er sich für die Wahrheit. »Nein. Ich habe es nicht geglaubt. Aber ich war völlig verblüfft, wie so viele Indizien gegen einen Menschen sprechen konnten, der eine Tat nicht verübt hat.«

»Wirklich? Kein Moment des Zweifels?«

Das Gespräch wurde immer unangenehmer. Feller wandte sich seiner Kollegin und Freundin zu und sagte: »Wollen wir uns nicht vielleicht über das Wetter unterhalten?«

»Klar, kein Problem. Ist in deinem Kopf kein Gewitter des Zweifels entstanden?«

Er hatte sich wirklich gefreut, dass Leah ihn gefragt hatte, ob sie sich treffen wollten. Jetzt war er sich plötzlich nicht mehr so sicher, ob das eine gute Idee gewesen war. »Ich habe mir beides vorstellen können. Dass Margot die Morde begangen hat. Und dass irgendjemand sie so richtig aufs Kreuz legen wollte. Für die erste Möglichkeit fehlte mir eindeutig das Motiv. Und für die zweite fehlte mir ebenfalls das Motiv. Und auch wenn ich manchmal ein wenig technokratisch rüberkomme, so ist die Triebfeder für mich immer das Entscheidende. Ich glaube nicht, dass irgendjemand ohne Beweggrund mordet. Lassen wir die zwei bis drei völligen Psychopathen mal außer Acht, die achtundneunzig Prozent aller Serientäter-Krimis füllen.«

Leah sah ihn an. »Irgendwie habe ich ein schlechtes Gewissen. Du hast recht. Das fehlende Motiv war entscheidend. Vielleicht habe ich Margot unrecht getan, indem ich sie genau in diese Zwei-Prozent-Kiste gesteckt habe.«

Feller hob sein Glas, Leah stieß mit ihm an. Er sagte: »Auf das Motiv.«

Leah wiederholte leise: »Auf das Motiv.«

Es war dringend an der Zeit, das Thema zu wechseln. »Warum bist du heute Abend zu mir gekommen?«, fragte Feller, und noch bevor er das Fragezeichen ausgesprochen hatte, bereute er die Frage und hätte sie am liebsten gelöscht wie eine WhatsApp-Nachricht, bei der das inzwischen zum Glück möglich war.

»Ich wollte dich sehen«, sagte Leah Gabriely.

Ganz einleuchtend war das nicht, denn sie sahen sich ja jeden Tag. Und natürlich verstand Feller, was Leah meinte. Und natürlich war das der Moment, in dem er sich innerlich zurückzog. Leah, die ihm zeigte, dass sie ihn mochte? Dass sie ihn auch privat mochte? Dass sie ihn jetzt, nach ihrem Bruno, immer noch privat mochte? Dass sie ihn mochte, obwohl es bei ihm eine Nathalie Ankenbrand gegeben hatte?

Feller war völlig überfordert.

Leah trank einen weiteren Schluck, schaute in Richtung Süden, schaute ihn nicht mehr an. Manchmal wusste sie, was in der jeweiligen Situation angebracht war. Auch er schaute jetzt in Richtung Süden, als ob der Flutlichtmast am Bölle irgendeine Art von Orientierung böte.

Feller nahm noch einen Schluck des guten Tropfens zu sich. Leah kannte ihn. Leah kannte ihn wohl besser als jede andere Frau auf dieser Welt. Und deshalb überraschte es Feller nicht, dass sie erkannte, dass es an der Zeit war, auf sicheres Terrain zu wechseln: »Ich verstehe immer noch nicht, wo diese Ulrike Gürtler und Margot hätten einander treffen können. Oder diese Elisabeth Berger – wie auch immer diese Frau heißt.«

Feller stellte sein Glas ab. Er hatte einen Fehler gemacht. Er hatte einen fürchterlichen Fehler gemacht. Nein, keinen Fehler, aber er hatte etwas übersehen! Er, der sonst nie etwas übersah. Der jedes Detail im Blick behielt, fokussiert durch ein Nachtsichtgerät mit Vergrößerung. Er, der die Nadeln im Heuhaufen fand. »Scheiße«, sagte er. Und wusste, dass es auch Leah sofort auffallen würde, da dieses Wort für gewöhnlich nicht zu seinem aktiven Wortschatz zählte.

Entsprechend erschrocken sah sie ihn an: »Was ist?«

Feller sprang auf und kehrte wenig später mit seinem Laptop zurück. Dank seines Tokens, eines USB-Sticks mit Hardware-Passwort, konnte er sich auch von zu Hause in das Computersystem der Polizei einloggen.

»Wonach schaust du?«, wollte Leah wissen.

»Nach Elisabeth Berger. Ich habe zwar Ulrike Gürtler vor ein paar Tagen durch unseren Rechner gejagt, um zu sehen, ob sie sich irgendetwas hatte zuschulden kommen lassen. Aber natürlich habe ich unter Ulrike Gürtler nichts gefunden. Denn den Namen trägt sie ja erst seit zwei Jahren, wie Horndeich uns gesagt hat. Aber davor hieß sie ja Elisabeth Berger. Und das habe ich nicht gecheckt.«

Leah war aufgestanden, um den kleinen Balkontisch herumgegangen, auf dem die Weingläser und der Dekanter standen, und hatte sich neben Feller in die Hocke begeben. Auch sie schaute auf den Bildschirm seines Laptops.

Feller gab den Namen Elisabeth Berger ein. Und erhielt – einen Treffer.

»Verdammt«, fluchte Feller.

»Da gibt es ja einen Vermerk«, formulierte Leah das Offensichtliche.

»Und schau dir mal das Datum an.« Der 23. Oktober 2014. Der Tag, an dem ihr Ex-Mann starb, und der Tag, an dem ihre Tochter im Koma im Krankenhaus landete.

»Körperverletzung« stand dort.

Als Tatort war die Wohnung eines gewissen Henning Maurer in Bessungen vermerkt, zu dessen Nachteil die Körperverletzung erfolgt war, wie es so schön im Polizistendeutsch hieß. Die Tatzeit: Fünfzehn Uhr. Mehr konnten sie dem Computer nicht entnehmen, außer der Vorgangsnummer, die sich Feller sofort aufschrieb, nachdem er Notizblock und Kuli geholt hatte.

»Das ist die Verbindung, oder?«, fragte Leah.

»Ich weiß es nicht. Aber ich glaube es«, sagte Feller.

»Können wir das jetzt noch rausfinden?«, wollte Leah von ihm wissen.

»Nein. Alle weiteren Details sind nur im Archiv. Akten aus Papier. Die machen morgen um acht Uhr auf, dann kann ich die Akte holen. Vielleicht machen sie auch schon um 7:30 Uhr auf. Aber vorher geht da gar nichts.«

Feller klappte den Laptop zu. Legte ihn auf den Boden. Heute konnte er nichts mehr leisten, was zur Aufklärung des Falles beitrug.

Leah setzte sich wieder auf ihren Platz, schenkte sich ein wenig Wein nach, Feller ebenso.

Und so saßen sie, schweigend. Für sicher fünf Minuten.

Dann tat Leah etwas völlig Ungewöhnliches. Sie erhob sich von ihrem Stuhl und ging direkt neben Feller in die Knie. »Richard. Wie siehst du das? Haben wir noch eine Chance?«

MUTTER VIII.

Ich weiß nicht weiter. Du hast Fieber. Es geht auf die Lunge. Und sie geben dir ein Antibiotikum. Seit vorgestern. Inzwischen wirkt es.

Zum Glück.

Du liegst hier. Dein Vater ist tot. Du hast nur noch mich.

Du hast mich.

Ich erinnere mich an den Tag, als du mich gefragt hast, wieso wir dich ausgerechnet Julia genannt haben. Dein Papa hätte dir darauf nie eine Antwort gegeben. Liegt sicher daran, dass ich mich mit der Wahl des Vornamens durchgesetzt habe. Julia. Du hast einen Namen bekommen, weil ich schon immer diese Gruppe so toll fand. Pavlov's Dog. Ihre erste LP ist in dem Jahr erschienen, in dem ich geboren worden bin. *Pampered Menial.* Das erste Lied heißt *Julia.* Ich habe diese LP immer wieder gehört, eine der wenigen Konstanten in meinem Leben, und ich glaube, sie lief auch, als du gezeugt worden bist.

Aber du kennst sie ja, diese Platte. Hast mir mal gesagt, dass dein Papa so komisch reagiert hätte, als du ihm deine neueste musikalische Entdeckung vorgespielt hast. Die LP hast du auf dem Flohmarkt gekauft. Und dein Papa hatte ja immer einen Plattenspieler. Und wie du ihm damit gezeigt hast, dass du eben auch Gene von mir in dir trägst. So ungern er das auch zugeben wollte.

Wenige Wochen danach habe ich dich zum ersten Mal im Krankenhaus besucht.

Julia, wach doch auf, bitte.

Bitte.

DIENSTAG, 4. JUNI

Horndeich traute seinen Augen kaum. Seine Kollegin Leah Gabriely saß am Tisch, im kleinen Besprechungsraum, mit Pferdeschwanz. Seit er sie kannte, und das waren jetzt auch schon fast sechs Jahre, hatte er sie niemals anders gesehen als mit einem akkurat gesteckten Dutt am Hinterkopf. Irgendetwas war passiert im Leben von Leah Gabriely, so viel verriet ihm auch jene Grundausstattung an Schmalspur-Psychologie, die jeder Polizist beherrschen musste.

»Ich habe die Akte hier«, sagte Feller. »Und ich glaube, das ist die Lösung unseres Falles. Also das fehlende Puzzleteil.«

»Erzähl«, sagte Horndeich.

Leah stand auf, um am Smartboard sogleich alle Erkenntnisse aufzuzeichnen.

»Ich mache es kurz, über die Details können wir uns später unterhalten. Aber es gibt eine Verbindung zwischen Margot und Ulrike Gürtler. Und zwar lange bevor Ulrike Gürtler für Margot Hesgart gearbeitet hat. Dieser Zeitpunkt ist exakt der Tag, an dem das Konzert von Pavlov's Dog im Steinbruch-Theater stattgefunden hat. Der 23. Oktober 2014.«

Feller blätterte die Akte auf, obwohl Horndeich sich sicher war, dass er sie in den vergangenen zwanzig Minuten quasi auswendig gelernt hatte.

»Um kurz nach fünfzehn Uhr haben Sanitäter des ASB Henning Maurer in seiner Wohnung in Bessungen abgeholt. Oder besser: eingesammelt. Denn er hatte ganz schön Schläge kassiert. Ein Auge war blau, das Jochbein geprellt, der Wangenknochen gebrochen, und zwei Zähne waren locker. Dann noch einige Blessuren am Oberkörper und am Bauch. Maurer machte dafür seine Freundin verantwortlich, und jetzt höret und staunet: Elisabeth Berger. Die beiden waren seit zwei Jahren zusammen, und bei einem Streit wäre Elisabeth völlig ausgetickt, so Maurer.

Das alles hat Maurer jedoch erst sagen können, als er aus der Ohnmacht erwacht war und wieder richtig sprechen konnte. Und das war erst nach der Behandlung durch die Ärzte um siebzehn Uhr der Fall. Danach war klar: Elisabeth Berger musste zum Polizeipräsidium geschafft, erkennungsdienstlich behandelt werden, schließlich konnte sie noch DNA-Spuren an ihren Händen haben, die belegen würden, dass sie in körperlichem Kontakt zu ihrem Freund gestanden hatte. Also, auch in schlagendem Kontakt.«

Hatte Horndeich da ein Grinsen von Leah Gabriely gesehen? Er war sich nicht sicher. Er konnte auch nicht länger darüber nachdenken, denn Feller fuhr sofort fort: »Zwei Beamte sind losgeschickt worden, um Elisabeth Berger festzunehmen und zum Präsidium zu bringen. Und da Maurer in Ohnmacht gelegen hatte und ein Knochen im Kopf gebrochen war, ist man von schwerer Körperverletzung ausgegangen. Also: Unsere K10 musste raus. Denn schließlich sind wir ja nicht nur für Mord und Totschlag zuständig. Und Margot stand oben auf der Liste. Und damit sind Bernd Süllmeier – ihr kennt den Kollegen ja – und Margot zu Elisabeth Berger gefahren, die damals auch in Darmstadt gewohnt hat, nicht in Bessungen, aber im Martinsviertel. Kaupstraße. Und jetzt wird es interessant.«

Horndeich fand bereits die bisherigen Schilderungen mehr als interessant.

»Da ist dieser Bericht von Süllmeier. Die Berger weigerte sich, mit aufs Präsidium zu kommen. Ihr Argument war, dass sie jetzt gleich Nachtdienst bei der Feuerwehr habe. Sie würde gerne nach ihrer Schicht freiwillig zum Polizeipräsidium kommen, aber jetzt hätte sie keine Zeit, denn wie gesagt, sie habe Schicht.«

»Feuerwehr?«, hakte Horndeich nach.

»Ja. Elisabeth Berger, heute Ulrike Gürtler, war Feuerwehrfrau. Damals. Ich hab das inzwischen schon rausbekommen: Von 2007 bis zum Tod ihrer Tochter im Dezember vergangenen Jahres war sie Feuerwehrfrau bei der Darmstädter Feuerwehr.«

»Und wieso wollte sie nicht mit auf das Polizeipräsidium?«, wollte Horndeich wissen.

»Die Berger hatte Schicht. Nachtschicht. Und sie wollte partout nicht mit Süllmeier und Margot Hesgart mitgehen, sondern erst am nächsten Tag ins Präsidium kommen.«

»Na, das macht ja wenig Sinn. Einmal Hände waschen – und fort sind die DNA-Spuren.«

»Genau das haben Süllmeier und Margot ihr auch erzählt.«

»Und Margot und Süllmeier haben sie trotzdem mitgenommen?«

»Ja. Mussten sie. Sie hat das aber nicht eingesehen. Also ging es nur unter Zwang. Und Margot war die Wortführerin.«

Kurz herrschte Schweigen in der Runde, dann sagte Leah: »Und deshalb hat Ulrike Gürtler oder Elisabeth Berger, wie immer ihr sie auch nennen mögt, Margot dafür verantwortlich gemacht, dass sie in dieser Nacht nicht bei der Feuerwehr gearbeitet hat. Hätte sie diesen Einsatz denn anders gelöst?«

Schweigen in der Runde.

Feller war der Erste, der sich wieder zu Wort meldete: »Ich war früher mal bei der Freiwilligen Feuerwehr. Ist schon mehr als ein Vierteljahrhundert her. Eigentlich fast ein halbes Jahrhundert. Und da gab es immer die ›Augen-zu-und-durch‹-Fraktion und die ›In-der-Ruhe-liegt-die-Kraft‹-Fraktion. Ich hab die Videos gesehen, von der Feuerwehr, wie sie neunzig Sekunden gebraucht hat, um die Autos aus der Feuerwehrzufahrt vor dem Steinbruch-Theater wegzuziehen. Bei uns hätte es auch damals Feuerwehrleute gegeben, die das Löschfahrzeug zurückgesetzt, das Gaspedal durchgedrückt hätten und Pkws, die im Weg standen, einfach zur Seite geschoben hätten. Pfeif drauf, wie hoch die Reparaturkosten für das Feuerwehrauto auch gewesen wären.«

»Willst du damit sagen, dass Ulrike Gürtler dem Menschen, der bei der Feuerwehr in dieser Schicht ihren Platz eingenommen hat, den Vorwurf gemacht hat, nicht rechtzeitig am Unfallort gewesen zu sein?«, wollte Leah wissen.

Feller sah sie an, und Horndeich registrierte durchaus, dass dieser Blickwechsel ein anderer war als noch vor einer Woche. Irgendwie vertrauter.

»Ja. Ich glaube, genau darin liegt der Knackpunkt. Sie hätte ihre Kollegen beiseitegeschoben, hätte sich hinters Lenkrad gesetzt und wäre einfach durchgebrettert. Und durch so eine Aktion hätte sie eben eineinhalb Minuten Zeit gewonnen. Vielleicht genau die Zeit, die es gebraucht hätte, damit ihre Tochter schneller hätte wieder atmen können. Dass ihr Gehirn früher wieder mit Sauerstoff versorgt gewesen wäre.«

Verdammt, dachte Horndeich. Feller hatte recht.

»Wir müssen mit Bernd reden«, sagte Horndeich. Bernd Süllmeier war ja der Kollege, der mit Margot Hesgart zusammen Elisabeth Berger beziehungsweise Ulrike Gürtler festgenommen hatte. »Und dann hast du noch gesagt, Ulrike Gürtler wäre bei der Feuerwehr gewesen«, setzte Horndeich hinzu.

»Ja. Sieht ganz so aus.«

»Margot hat gesagt, sie hätte eine ganze Reihe von Zeugnissen als Bürofachkraft gehabt.«

Feller zuckte die Schultern. »Word. Und ein Farbdrucker. Das ist nun wirklich ganz einfach zu fälschen.«

Horndeich musste ihm wohl recht geben. »Haben wir denn bei der Feuerwehr irgendjemanden, der zu diesem Fall Auskunft geben könnte?«

Feller antwortete sofort: »Ja. Da gab es einen Jörg Weiland. Der hat bei dem Verfahren wegen Körperverletzung für Elisabeth Berger ausgesagt. Der arbeitet auch heute noch bei der Feuerwehr.«

»Gut. Dann müssen wir uns mit diesem Herrn Weiland auch unterhalten.«

Ausgerechnet er. Aber irgendwie konnte Feller es auch verstehen. Sie hatten einen Durchsuchungsbeschluss für das Haus von Ulrike Gürtler bekommen. Horndeich und Leah waren schon dorthin unterwegs. Aber Jörg Weiland war bereits auf dem Präsidium. Und somit war er der Einzige, der sich um ihn kümmern konnte. Er hatte auf eine Befragung ungefähr so viel Lust wie auf Zahnschmerzen. Aber klar, wer sollte es sonst machen?

»Herr Weiland, Sie haben vor viereinhalb Jahren für Ulrike Gürtler – alias Elisabeth Berger – ausgesagt, als es um die Körperverletzung an Frau Gürtlers Freund ging, Henning Maurer.« Der Mann saß ihm gegenüber in einem der Vernehmungsräume. Und Feller hoffte nur, dass Weiland sich zumindest gesprächsbereit zeigte. Er war nicht gut darin, Menschen Würmer aus der Nase zu ziehen.

»Ja. Ulrike stand damals vor Gericht. Weil sie ihrem Freund eine reingehauen hatte.«

Na, da sprach doch jemand Tacheles.

»Ich habe für sie ausgesagt, denn dieser Henning, der war ein Arschloch.«

So mochte es Feller. Da redete jemand frei von der Leber weg.

»Ja, Ulrike konnte manchmal ungehalten sein. Aber auch nur, wenn Henning wieder seine blöden Sprüche abgelassen hat. Unterm Strich haben sich die beiden nichts gegeben.«

Jetzt verstummte Jörg Weiland.

»Und wie ging es weiter?«, fragte Feller etwas unbeholfen.

»Ulrike ist verurteilt worden. Aber Henning war auch nicht gerade der Friedensdemonstrant. Ulrike hatte ihre blauen Flecken ebenfalls abbekommen. Aber er hat sie dann angezeigt. Und das hat alles verändert. Sie hat drei Monate bekommen, aber zur Bewährung. Das war auch eine Größenordnung, mit der sie ihren Job behalten konnte. Was für sie das Wichtigste war. Sie hat Rügen bekommen, Rüffel, Einträge in ihre Personalakte – aber unterm Strich waren die Konsequenzen in ihrem Job zum Glück ziemlich gering. Durch eine Degradierung hat sie ein paar Euro weniger im Monat verdient. Damit konnte sie leben.«

»Gab es irgendwas, an das Sie sich erinnern, das Ulrike Gürtler besonders zu schaffen gemacht hat?«

Weiland hielt inne. »Ja. Was ihr besonders zu schaffen gemacht hat, war, dass sie überhaupt verurteilt wurde. Wissen Sie, sie war früher einmal bei der Polizei gewesen. Bis 2007. Machte ihren Dienst in Uniform. Und irgendwann hat sie es nicht mehr ertragen, dass die Gesetze so kompliziert waren, dass man die Drecksäcke kaum mehr einsperren konnte, Zitat Ende. Sie hat sie gesehen, all die Kleinkriminellen, geschenkt, aber die Mittel- und Großkriminellen, die man festgenommen hatte und die wenige Monate später doch wieder auf freiem Fuß waren – damit hatte sie ein Problem. Deswegen hat sie gekündigt. 2007. Und ist zu uns gekommen. Zur Feuerwehr.

Das war ein Job, der ihr viel mehr lag. Da musste sie überhaupt keine Entscheidungen treffen, wer gut war, wer böse war, sondern sie hat einfach nur Menschenleben gerettet. So war sie gestrickt. Und, verdammt noch mal, in diesem Job war sie richtig gut! Sie war die, die zuerst in ein brennendes Haus reingegangen ist. Und sie war auch die, die zuletzt wieder rauskam. Es gibt diesen schmalen Grat zwischen Mut und Leichtsinn. Ich behaupte, sie bewegte sich schon eher in Richtung Leichtsinn, aber das ist nur meine persönliche Meinung.«

»Und als sie damals festgenommen worden ist?«

Weiland schwieg. Er sah auf den Boden. Dann sah er wieder auf. »Ich war nicht dabei, aber Ulrike hat es mir erzählt.

Sie hat dem Polizisten und der Polizistin, die sie mitnehmen wollten, um sie erkennungsdienstlich zu behandeln, erklärt, dass sie jetzt zwölf Stunden ihren Job machen müsste. Danach würde sie aufs Polizeipräsidium kommen. Aber Ihre Kollegen haben nicht mit sich reden lassen. Sie haben sie mitgenommen. Und gesagt, dass schon irgendjemand anderes ihren Platz einnehmen wird.« Er hielt kurz inne, sah Feller in die Augen: »Ich weiß, dass sie nur ihren Job gemacht haben. Aber ich weiß auch, dass Elisabeth Berger, wenn sie am Steuer des Feuerwehrfahrzeugs gesessen hätte, keinen Gedanken an irgendeine Winde verschwendet hätte. Sie hätte zurückgesetzt, hätte Anlauf genommen und wäre durch diesen Scheißhaufen von Autos einfach durchgebrettert. Ganz egal, ob ihre Tochter dort im Saal gewesen wäre oder nicht. So viel kann ich Ihnen sicher sagen.«

Sie rückten an mit der Kavallerie. Mehrere Einsatzwagen, der Sprinter der Spurensicherung, großes Kino.

Zuvor hatten sie noch mit dem Kollegen im schwarzen BMW telefoniert. Aber Ulrike Gürtler hatte sich nicht aus dem Haus bewegt. Und jetzt hatten sie einen Durchsuchungsbeschluss, richterlich abgesegnet.

Ein kleines SEK-Team war mit von der Partie – man wusste schließlich nicht, wie Ulrike Gürtler auf das Eindringen in ihr Haus reagieren würde. Die Kollegen klingelten. Keine Reaktion. Die Kollegen klingelten erneut. Dann per Megafon: »Frau Gürtler, bitte öffnen Sie die Haustür. Hier spricht die Polizei. Wir haben einen Durchsuchungsbeschluss. Öffnen Sie.«

Keine Reaktion.

Ja, es war keine leichte Entscheidung, die Haustür einzurammen. Ganz besonders vor dem Hintergrund, als eine Minute später klar war, dass die Terrassentür am anderen Ende des Hauses weit offen gestanden hatte. Ulrike Gürtler war nicht mehr im Haus. Sie war offensichtlich geflohen.

Verdammt, dachte Steffen Horndeich, das geht jetzt wohl auf meine Kappe. Wie hatte er das nicht bedenken können? Dass sich Ulrike Gürtler einfach durch die Hintertür absetzte. Viel konnte sie dann allerdings nicht mitgenommen haben.

Die Durchsuchung des Hauses war Routinearbeit. Bereits nach fünf Minuten rief man Horndeich in die Garage. Dort stand ein Land Rover Discovery. Schwarz. Auf den ersten Blick sah er genauso aus wie der von Margot. Nur die Kennzeichen unterschieden sich.

Die Kollegen glichen das Kennzeichen sofort ab. Aber der Wagen war auf Ulrike Gürtler zugelassen. Kein Zweifel. Seit dem ersten Februar diesen Jahres.

Drei weitere Stunden lang drehten sie jeden Stein um, jeden Teller, jeden Bilderrahmen, jedes Buch, jede CD, jeden Schöpflöffel. Und sie fanden zunächst: nichts.

»Kollege Horndeich, vielleicht solltet ihr mal kurz runterkommen«, drang eine Stimme aus dem Keller des Hauses zu ihnen hinauf. Horndeich und Leah folgten der akustischen Spur. Ein Kollege stand in einem Kellerraum und deutete auf ein Gerät. Es sah auf den ersten Blick aus wie eine Mikrowelle mit Blechtür.

»Was ist das?«, wollte Leah wissen.

Der Kollege räusperte sich. »Das ist ein Tiefkühlgerät zur Kryokonservierung«, sagte er nur. Und Horndeich verstand nicht, wieso der dabei errötete.

»Kryo... was?« Horndeich stellte fest, dass er keine Ahnung hatte, wovon dieser Kollege sprach.

»Kryokonservierung. Damit können Sie biologisches Material so kühlen, dass es nicht kaputtgeht. Also ein Gefrierschrank, der mit flüssigem Stickstoff arbeitet.«

»Aha. Was meinen Sie genau mit biologischem Material?«

»Na, alles. Spermien zum Beispiel. Oder Eizellen. Bis auf minus hundertachtzig Grad.« Die Haut des Kollegen leuchtete jetzt wie die jüngste Generation einer LED-Ampel. Rotlicht. Natürlich.

Horndeich wollte die peinliche Situation nicht noch verschärfen, indem er den Kollegen fragte: Haben Sie da Erfahrung mit? Aber der Ermittler in ihm ging davon aus, dass der Kollege und seine Frau offensichtlich über künstliche Befruchtung nachdachten. Was für ihn jedoch völlig irrelevant war: Solch ein Hightech-Gefrierschrank sollte es auf jeden Fall möglich machen, Blut zu konservieren. Margots Blut zu konservieren, bevor man es an einem Tatort platzierte. Wie auch immer man zu diesem Blut gekommen war.

»Sind teuer, diese Geräte. Unter zehntausend Euro geht gar nichts. Und der hier …«, er deutete auf das Gerät, »der geht nicht unter fünfundzwanzigtausend Euro über die Theke.«

Es war Leah, die die Frage stellte: »Und woher wissen Sie über so etwas Bescheid?«

War das Rot für kurze Zeit in ein blasses Rosa übergegangen, so schaltete die Ampel jetzt wieder auf das eindeutige Stoppsignal. »Meine Frau und ich, also, wir wollen Kinder. Und …« Kurz unterbrach sich der Kollege selbst, dann fuhr er fort: »Na, ich hab mir das in dem Labor auf jeden Fall alles genau erklären lassen. Und der Cousin zweiten Grades von meiner Frau, der arbeitet in dieser Kinderwunschklinik. Und der hat mir alles erklärt. Ist ja auch von der technischen Seite her sehr interessant«, verteidigte er sich jetzt, obwohl es da doch gar nichts zu verteidigen gab.

Und Horndeich addierte: fünfundzwanzigtausend Euro für den Gefrierschrank, sechzigtausend Euro für den Land Rover – Ulrike Gürtler hatte sich ihren Rachefeldzug wirklich etwas kosten lassen.

Und dann war da noch der nagelneue Kleiderschrank in der Ecke des Kellerraums. Horndeich öffnete ihn. Im Schrank keine Kleider.

Das Erste, was Horndeich auffiel, war die Perücke, die exakt Margots Frisur glich. Und im großen Fach mit Querstange, an der man Jacketts und Mäntel hätte aufhängen können, waren zwei Kennzeichen angelehnt.

Horndeich nahm sie auf. Es war die Buchstaben- und Ziffernkombination der Kennzeichen an Margots Land Rover. Wenn man aus wenigen Zentimetern Abstand auf die TÜV-Plakette sah und auf das Siegel der Zulassungsstelle, erkannte man, dass man eine Fälschung in den Händen hielt. Und ganz unten im Schrank lag auch noch ein Schalldämpfer.

Auch im Land Rover selbst waren sie fündig geworden. Über der Sonnenblende des Beifahrersitzes fand sich ein Fahrzeugschein. Ausgestellt auf Margot Hesgart. Mit den Kennzeichen von Margot Hesgarts Wagen. Zwanzig Minuten und einen Experten später stellten sie fest: Dieser Fahrzeugschein war eine Fälschung. Eine richtig gut gemachte, aber eine Fälschung.

Horndeich ging noch einmal ins Wohnzimmer. Zu dem Regal, in dem die gerahmten Fotografien standen. Er zeigte auf das Bild, auf dem Ulrike Gürtler zu sehen war, neben einer Frau in ihrem Alter und einem kleinen Kind. Er deutete auf die Frau neben der Verdächtigen: »Das ist Ulrike Gürtlers Schwester«, sagte Horndeich.

Alle sahen ihn fragend an.

»Als ich das erste Mal bei ihr war, da habe ich die Bilder in ihrer Wohnung gesehen. Sie hat gesagt, das wäre ihre Schwester und das Kind ihre Nichte. Und als Leah und ich das letzte Mal da waren, da hatte sie gerade mit ihrer Schwester telefoniert. Ich will wissen, wer die Schwester ist. Wo die Schwester ist. Und mit ihr müssen wir reden.«

»Mord?«, fragte Magda Wiener.

»Dreifacher Mord«, bestätigte Horndeich.

Ulrike Gürtlers Schwester ausfindig zu machen war keine schwere Übung gewesen. Es hatte Feller nicht einmal eine Viertelstunde gekostet. Die Schwester wohnte in Ueberrau, einem Ortsteil von Reinheim. In der Pfarrgasse.

»Meine Schwester?«, fragte Magda Wiener erneut.

»Ihre Schwester«, antwortete Horndeich.

Magda Wiener schwieg. »Meine Schwester – nein, sie kann keine drei Leute umgebracht haben.«

»Lassen wir das jetzt mal beiseite«, sagte Horndeich und fuhr fort: »Wann haben Sie das letzte Mal mit Ihrer Schwester gesprochen?«

Magda Wiener sah ihn mit großen Augen an. Sie war eine schlanke Person, nein, sie war eine Person, der definitiv zwanzig Kilo fehlten. Oder dreißig. Anorexie, dachte Horndeich. Schlankheitswahn. Krankhafter Schlankheitswahn.

»Letzte Nacht habe ich mit ihr gesprochen.«

»Am Handy?«

Magda Wiener nickte. »Ja. Sie hat mich angerufen. Von einer Nummer, die ich gar nicht kannte.«

»Macht sie das öfter? Die Nummer wechseln?«

»Nein. Überhaupt nicht. Deswegen war ich ja so erstaunt. Ich wollte das Gespräch zuerst gar nicht annehmen. Hab's dann aber doch getan. Irgend so ein Bauchgefühl.«

»Und was hat Ihre Schwester gesagt?«

»Kryptisches Zeug. Dass sie für eine Weile verschwinden muss. Dass ich sie nicht mehr erreichen kann.« Sie machte eine Pause. Dann sah sie Horndeich an: »Dass die Polizei hinter ihr her wäre. Solche Sachen.«

»Und was haben Sie ihr geantwortet?«

Magda Wieners Blick war ganz offen. Ohne jeden Filter. Sie schaute Horndeich in die Augen und sagte: »Herr Horndeich, meine Nieren sind in keinem guten Zustand. Dreimal in der Woche fahr ich zur Dialyse. Im Moment hält mich das über Wasser. Aber nicht mehr lang. Das hat mir mein Arzt gestern mitgeteilt. Ich stehe auf einer Liste für Spendernieren, aber bislang hat sich daraus nichts ergeben. Wenn ich nicht bald eine solche Niere bekomme, dann werde ich sterben. Und meine elfjährige Tochter Amelie, sie wird keine Mutter mehr haben. Sie hat schon keinen Vater mehr, denn mein Mann ist vor fünf Jahren bei einem Motorradunfall gestorben. Das habe ich Ulrike gesagt. Also, dass ich wohl bald sterben werde. Letzte Nacht. Und sie hat mir gesagt, dass sie vor der Polizei davonfährt.«

Horndeich schwieg. Was sollte er sagen? Vor ihm saß eine Frau, die dem Tod geweiht war. Eine Mutter, die ihre Tochter vielleicht bald allein auf dieser Welt lassen musste.

»Genauso hat auch meine Schwester geschwiegen«, sagte Magda Wiener. »Was sollte sie sagen. Ich wusste nicht, was los ist. Ich wusste nur, dass ihr Weg sie weit, weit wegführt. Wir waren einander nah, das kann ich, glaube ich, so sagen. Auch wenn wir selten einer Meinung waren.« Sie schmunzelte. »Wenn wir mehr aufeinander gehört hätten, vor allem, was Männer angeht, wäre unser Leben wahrscheinlich friedlicher verlaufen.«

»Sie wissen nicht, wo Ihre Schwester jetzt ist?«

»Herr Kommissar Horndeich, ich habe keine Ahnung. Die Nummer, von der aus sie mich angerufen hat, die können Sie gerne nachverfolgen, dann wissen Sie mehr. Ich habe keinen Schimmer, wo sie jetzt ist. Ich habe keine Vermutung, wo sie jetzt hinwill. Wissen Sie, was mein nächstes Ziel ist?«

Horndeich sagte nichts, schüttelte aber leicht den Kopf.

»Die Dialyse übermorgen. Und wie ich vielleicht an eine Spenderniere komme. Es wird Zeit, dass ich eine kriege. Denn sonst muss meine Tochter ins Heim.«

Horndeich zögerte. Dann sagte er: »Hat Ihre Schwester Ihnen Geld versprochen? Sie hat ja gerade erst eine größere Erbschaft gemacht.«

»Davon weiß ich nichts«, erwiderte Magda Wiener.

»Und Sie haben keine Ahnung, wo sich Ihre Schwester aufhält? Oder wohin sie gegangen ist?«

Bevor Magda Wiener antworten konnte, hörte Horndeich, wie der Schlüssel in der Wohnungstür sich drehte.

Die Tür ging auf, ein junges Mädchen stürmte auf Magda Wiener zu. »Mama! Was machen denn all die Leute hier?«

Wieder ein Moment, in dem Horndeich dachte, dass es bestimmt bessere Jobs gab als diesen hier.

MUTTER IX.

Dieses Jahr fällt Weihnachten aus.

Denn du bist tot.

Du bist nicht mehr da.

Chancen – ein Wort, das ich in meinem Leben nicht mehr hören möchte.

Da ist nichts mehr. Du bist gegangen.

Eine Infektion, Fieber, Lungenentzündung. Und keine Chance mehr, dass du dich dagegen hättest wehren können.

Du bist … gestorben.

Ich halte deine Hand. Und jetzt ist sie kalt. Ich werde sie nicht mehr wärmen können. Keine *Chance*.

Habe ich es gewusst? Ja, *natürlich* habe ich gewusst, dass du niemals wieder aufwachst, dass du niemals wieder meine Tochter Julia sein würdest, mit all ihrem Lachen, ihrem Weinen, ihren Launen. Dass diese *Chancen* in Richtung null liefen, ja, dessen war ich mir bewusst.

Und ich kann kaum damit leben, dass ich keine *Chance* hatte, dich zu retten. Du hast diesen scheißverfickten Rauch eingeatmet, keinen Sauerstoff, sondern Kohlendioxid und Kohlenmonoxid, und ich war nicht schnell genug bei dir. Weil diese Scheißpolizei mich nicht meinen Dienst hat machen lassen! Ich hätte ganz bestimmt keine Winde benutzt. Ich wäre durchgebrettert, als die beiden Scheißkarren im Weg standen. Ich wusste doch, dass du und dein Papa auf dem Konzert waren. Mein Schatz, ich hätte dich gerettet! Ich hätte dich rausgeholt aus dieser Rauch-Hölle. Du hättest gehustet, du hättest gekotzt, aber du wärest am Leben gewesen!

Aber die Kollegen sind zu spät gekommen.

Keine *Chance* im Rückblick.

Keine.

Du bist von mir gegangen. Zwei Tage vor jenem Tag, an dem alle das *Fest der Liebe* feiern. Mein Gott, welch ein Zynismus!

Ich weiß nicht, wohin mit meiner Wut!

Ist dies das Letzte, was ich dir sagen kann?

Ich halte deine kalte Hand.

Ich weine.

Ich zittere vor Weinen.

Und das soll alles sein?

Das? Soll? Alles? Sein?!

Mein Kühlschrank.

Mein Kühlschrank fällt mir ein.

Mein Kühlschrank ist genauso leer, wie ich mich fühle.

Ich werde einkaufen gehen müssen. Heute noch. Morgen ist Sonntag. Es gelingt mir nicht, den banalen Gedanken zu verdrängen.

Sie haben mir schon dreimal gesagt, dass ich mich jetzt von dir trennen muss.

Ich werde es tun.

Julia, meine Liebste, mein Bestes im Leben. Das Lied geht mir durch den Kopf. Unser Lied.

Julia, you set the standards for me.

Ich werde deine Hand jetzt loslassen.

Walk to your door.

Auch ich werde jetzt gehen.

Beggin' for it just to be more.

Und werde nicht wissen, wie ich weitergehen soll.

Well I can't live without you.

Wie es weitergehen soll.

MITTWOCH, 5. JUNI

»Das Ergebnis kann sich sehen lassen«, fasste Horndeich zusammen. Wieder saßen sie mit der gesamten SOKO im großen Besprechungsraum.

Auf der Haben-Seite: Sie hatten den Gefrierschrank gefunden, allerdings leer, den Land Rover, die Kennzeichen, den Fahrzeugschein und die Perücke. Daran würde sich bestimmt die DNA von Ulrike Gürtler finden. Im Haus hatte man ihre Zahnbürste mitgenommen. Und ihre Bürste.

Ulrike Gürtler hatte keine Kosten und Mühen gescheut, Margot die Verbrechen anzuhängen. Da war ein sechsstelliger Betrag fällig gewesen. Ohne das Erbe von ihrer Tochter beziehungsweise ihres Ex-Mannes hätte sich Ulrike Gürtler diesen Feldzug niemals leisten können. Das Geld hatte ihr vielmehr überhaupt erst die Möglichkeit gegeben, ihr Vorhaben perfekt zu planen. Aber es gab auch noch einige offene Fragen: Nach wie vor war nicht geklärt, wie Margots Waffe aus ihrem Haus gelangt war oder wie Ulrike Gürtler an das Blut von Margot hatte kommen können.

Dennoch schwang Horndeich sich auf: »Ich fasse jetzt mal zusammen. Nach derzeitigem Wissensstand sieht es so aus: Am 23. Oktober 2014 nimmt unsere Kollegin – unsere ehemalige Kollegin – Margot Hesgart Elisabeth Berger, wie sie damals hieß, fest. Weil sie ihren damaligen Freund verprügelt hatte. Elisabeth Berger widersetzt sich der Festnahme mit dem Argument, sie müsse jetzt bei der Feuerwehr ihren Dienst antreten. Margot und ihr Kollege ignorieren das und nehmen Elisabeth Berger mit. An diesem Abend findet außerdem ein Konzert der Gruppe Pavlov's Dog im Steinbruch-Theater in Mühltal statt. Dort anwesend sind auch, was Elisabeth Berger vielleicht sogar weiß, Olaf Berger, ihr Ex-Mann, und Julia Berger, die gemeinsame Tochter. Dadurch, dass Elisabeth Berger ihren Dienst nicht antreten kann, wird ein Ersatz gesucht. Und gefunden. Dieser Kollege fährt, statt ihr, das erste Löschfahrzeug des Löschzugs, als sie zum Steinbruch-Theater gerufen werden. Dadurch, dass alle anderen Feuerwehrkräfte am Lohberg-Tunnel sind wegen eines Erdrutsches, fährt die Darmstädter Feuerwehr, zu der auch Elisabeth Berger gehört hätte, zum Steinbruch-Theater. Zwei Autos haben die Feuerwehrzufahrt zugeparkt. Die Feuerwehr-Kollegen aus Darmstadt entscheiden, eines der Autos aus dem Weg zu ziehen. Das kostet sie rund eineinhalb Minuten. Danach wird das Steinbruch-Theater professionell evakuiert. Die Feuerwehrleute gehen mit Wärmebildkameras ins Innere und können zahlreiche Menschen retten. Aber nicht alle. Darunter Julia Berger, Elisabeth Bergers Tochter. Sie fällt ins Koma, aus dem sie nicht mehr erwacht. Bis sie am 22. Dezember 2018 verstirbt. Das ist wohl der Moment, in dem Elisabeth Berger, die sich inzwischen Ulrike Gürtler nennt, auf Rache sinnt. Sie lässt sich von unserer Kollegin – unserer Ex-Kollegin – Margot Hesgart anstellen. Und entwickelt den Plan, die verbleibenden Schuldigen, die die Feuerwehreinfahrt versperrt hatten, umzubringen und diese Morde Margot Hesgart in die Schuhe zu schieben.«

Horndeich unterbrach sich selbst. Jetzt kam der schwierige Teil. »Wir haben immer noch keine Ahnung, wie Margot Hesgarts DNA genau an den Tatort gelangt ist. Zwar gab es im Keller des Hauses von Ulrike Gürtler einen professionellen Tiefkühlschrank, in dem sie auch Blut hätte konservieren können. Aber wir wissen nicht, wie Margots Blut in den Besitz von Ulrike Gürtler gelangt ist. Und wir wissen ebenfalls immer noch nicht, wie Ulrike Gürtler an Margots Pistole gekommen ist. Das sind die offenen Fragen. Unbefriedigende Fragen. Weil es bislang keine Antwort gibt.«

Die Kolleginnen und Kollegen schwiegen. »Der Haftbefehl ist raus. Internationaler Haftbefehl. Sollte Ulrike Gürtler irgendwo innerhalb der EU versuchen, ein Flugzeug zu besteigen, wird man sie sofort festsetzen.«

Das sagte er. Was er nicht sagte: Wer so einen Coup plante, der hatte auch einen Plan B. Ulrike Gürtler war mitten in der Nacht aus ihrem Haus getürmt. Durch die Terrassentür. Aufs Feld. Horndeich hätte eine hohe Wette platziert, dass Ulrike Gürtler mit Tarnkleidung bekleidet gewesen war, mit genau einem Rucksack, ebenfalls in Tarnfarbe, in dem all das, was sie mitnehmen wollte, verpackt gewesen war.

Inzwischen hatten sie mit dem Nachlassgericht gesprochen. Tatsächlich hatte Ulrike Gürtler das gesamte Vermögen ihrer Tochter geerbt. Die wiederum das gesamte Vermögen ihres Vaters geerbt hatte. Eine Anzahl von Hotels im zweistelligen Bereich und Kohle ohne Ende, wie es Horndeich jetzt in seinem Kopf etwas abschätzig formulierte. Und so, wie Ulrike Gürtler alles durchdacht hatte, so hatte sie auch ganz bestimmt ihren Ausstieg geplant. Konten auf den Cayman-Inseln. Oder wenigstens in Luxemburg – es würde Wochen dauern, das nachzuvollziehen, wenn es der Polizei überhaupt gelang.

Die gute Nachricht: Margot war aus der U-Haft entlassen. Der Verdacht gegen sie war nicht völlig fallen gelassen worden. Aber der Richter hatte die Fluchtgefahr inzwischen als gering eingestuft. Nachdem klar geworden war, dass Ulrike Gürtler definitiv ihre Finger im Spiel gehabt hatte.

War das ein Sieg?

Horndeich kannte das schon: Wenn in diesem Fall irgendetwas nicht hundertprozentig geklärt war, wenn ein Zweifel blieb, wenn sein Bauchgefühl sich gegen alle Indizien stemmte, dann begann sein Arm, sein linker Arm, das Regiment zu übernehmen. Durch pure Schmerzen.

Er hasste diesen Fall.

Er hasste diesen Fall zutiefst.

Margot war immer noch nicht von einem Makel der Kollaboration befreit. Das gab die Indizienlage einfach nicht her. Klar, sowohl Leah als auch Feller hatten inzwischen begriffen, dass Margot mit diesen drei Morden nichts zu tun hatte. Und ihm, Horndeich, war ebenso klar, dass beide, insbesondere Leah, davon zuvor nicht überzeugt gewesen waren.

Und er? Horndeich? Ja, er hatte zu seiner Ex-Kollegin gehalten. Um den Preis, von seinen Kollegen Leah und Feller, nun, zumindest etwas skeptisch angeschaut zu werden.

Nein, bei diesem Fall gab es keine Gewinner.

Nur Verlierer.

Und auch, wenn es Horndeich gelungen war, das alles aufzuklären, und ja, es war ihm gelungen und niemand anderem, ihm, der er immer an Margot geglaubt hatte, dann blieb dennoch ein bitteres Gefühl zurück. Konnte er mit Leah und Feller weiterarbeiten? Konnten sie einander vertrauen?

Oder war er davon schon ganz weit entfernt?

Er saß an diesem Tisch.

Und er fühlte sich … allein.

Und dann klingelte das Telefon, das in der Mitte des Tisches stand.

Horndeich schaute es ungläubig an.

Feller nahm den Hörer ab. Er sagte nichts. Aber Horndeich begriff, dass hier gerade eine wirklich wichtige Nachricht hereinkam.

»Meine Schwester sitzt hier. Auf meinem Sofa. Und ich soll Ihnen sagen, Sie können sie abholen.«

Das waren Magda Wieners Worte gewesen, der Schwester von Ulrike Gürtler. Vor zwei Stunden. Am Telefon. Das Gespräch, das Kollege Feller angenommen hatte.

Jetzt saß sie hier.

Ulrike Gürtler.

Im Vernehmungsraum im Polizeipräsidium Südhessen.

Ohne Anwalt.

Allein.

Horndeich übernahm die Befragung. Leah saß neben ihm. Feller stand auf der anderen Seite des venezianischen Spiegels – er war der Zuschauer dieses Spektakels. Wenn man es denn so bezeichnen wollte.

»Frau Gürtler«, begann Horndeich, »Sie werden beschuldigt, drei Menschen umgebracht zu haben: Markus Böhmer, Franziska Schneider und Ferdinand Wegenthal.«

Ulrike Gürtler nickte. »Ja«, sagte sie.

»Ja, im Sinne, Sie haben verstanden? Oder ja, im Sinne, Sie sind dafür verantwortlich?«

Frau Gürtler sah ihn an. Sagte für mehrere Sekunden nichts. Um dann kundzutun: »Ich bin dafür verantwortlich.«

Damit hätte Horndeich nicht gerechnet. Aber er war erleichtert.

»Wie kommt es, dass Sie jetzt mit uns reden?«

Ulrike Gürtler schwieg für weitere Sekunden, dann sagte sie: »Der Preis, meine Schwester zu retten, meine Nichte zu retten, ist, ins Gefängnis zu gehen. Dessen bin ich mir bewusst. Und deswegen rede ich mit Ihnen. Ich werde in den Knast gehen. Aber ich werde zuvor meiner Schwester eine Niere spenden.«

Horndeich war perplex. Um ihre Schwester zu retten, hatte sie den Fluchtplan aufgegeben?

»Ich erkenne es in Ihrem Gesicht. Sie können es nicht verstehen. Das macht nichts. Ich werde es später erklären. Zunächst ist es schon eine Ironie. Es ist mir gelungen, meinen Plan B durchzuziehen. Da stand der BMW von Ihnen vor meinem Haus. Ich habe Sie bereits nach drei Minuten wieder auf der Straße gesehen. Ein bisschen plump, Herr Horndeich. Und dann kam der BMW, und Sie sind weggefahren.

Es war also an der Zeit, zu gehen. Ich hatte mich darauf vorbereitet. Ich wusste, es konnte immer der Zeitpunkt kommen, an dem ich verschwinden muss. Ich hatte alles von langer Hand geplant. Falsche Pässe, das Geld bereits auf andere

Konten geschoben, all das war überhaupt nicht mein Problem. Ich habe mir, nachdem es etwas dunkler geworden war, einen Tarnanzug angezogen. Habe den Rucksack gegriffen, den ich schon vor Monaten gepackt hatte. Ich konnte leider nicht alle Spuren verwischen, die mich mit den Morden in Verbindung gebracht hätten. Der Land Rover stand in der Garage, den Gefrierschrank konnte ich auch nicht loswerden – also habe ich auch die anderen Dinge nicht mehr entsorgt, wie man das heute so schön nennt.«

»Und warum haben Sie diesen Plan dann nicht umgesetzt?«

»Zunächst habe ich das. Schritt für Schritt, alles so, wie ich es mir vorgenommen hatte. Ich habe mit meiner Schwester telefoniert. Sie kennen die Nummer des Wegwerf-Handys, mit dem ich telefoniert habe. Inzwischen haben Sie sie ja zurückverfolgt. Ich bin extra nach Süden gefahren, damit Sie glauben, ich wäre in Richtung Italien unterwegs. Oder nach Griechenland, wie auch immer. Das Gespräch war geplant. Der Ort, an dem ich es geführt habe, war ebenfalls geplant. Und es war auch geplant, dass ich das Handy danach entsorge.

Was nicht geplant war: Meine Schwester hat seit Jahren diese Schwierigkeiten mit ihren Nieren. Sie hängt seit drei Jahren an der Dialyse. Sie steht auf der Liste für eine Spenderniere. Und dann, am Telefon, hat sie mir gesagt, wenn sie keine Spenderniere bekommt, wird sie wohl in weniger als einem Monat diese Welt verlassen.«

Ulrike Gürtler verstummte. Nach einer kurzen Pause sprach sie weiter: »Wissen Sie, in meinem Leben hatte ich wenig Konstanten. Mit den Männern – was soll ich sagen –, da ist mir nicht viel geglückt. Doch, eines ist mir geglückt: meine Tochter. Ich habe sie nicht so behandelt, wie man eine Tochter behandeln sollte. Das weiß ich jetzt, das wusste ich aber nicht – damals. Und, heute, so, wie ich jetzt hier vor Ihnen sitze, bin ich dankbar, dass Olaf sich um ihre Erziehung gekümmert hat. Dass sie groß geworden ist in einem liebevollen Umfeld, auch mit dieser fürchterlichen Frau Diana Stein. Ja, für meine Tochter war es das Richtige. Ich bin sicher, diese Diana hat sie nicht ein einziges Mal geschlagen. Und ich bin zutiefst dankbar dafür, dass meine Tochter tatsächlich irgendwann den Kontakt zu mir gesucht hat. Als sie achtzehn war. Als wir mit ihrem Roller nach Wald-Michelbach gefahren sind.«

Horndeich runzelte die Stirn. Er hatte keine Ahnung, wovon Ulrike Gürtler gerade sprach.

Sie bemerkte die Irritation, sagte aber nur: »Egal. Ich habe meine Schwester angerufen, mit dem Wegwerf-Handy. Ich wollte ihr Auf Wiedersehen sagen. Ihr mitteilen, dass ich für lange Zeit fort bin. Ich hatte mir schon im Februar ein Ferienhäuschen in Schweden gekauft. Der Plan war, dorthin zu fahren. Unter falschem Namen. Mit falschem Pass. Und dann dort zu leben. Aber dann hat mir meine Schwester gesagt, dass sie ohne eine Spenderniere verloren ist. Und, verdammte Scheiße, ihre Tochter, Amelie, ebenfalls. Denn wenn Magda stirbt, dann wäre Amelie allein auf der Welt. Dann würde sie in eine Pflegefamilie kommen. Oder in ein Heim. Keine gute Option. Und Magda – nein, sie machte mir keine Vorwürfe. Sie machte nicht einmal den Versuch, mich davon zu überzeugen, zurückzukehren und ihr eine meiner beiden Nieren zu spenden. Denn eines war klar: Bei unseren Familienverhältnissen wäre ich die Einzige, die eine Niere spenden könnte. Vielleicht noch ihre Tochter, aber Amelie, sie ist noch ein Kind. Ihre Niere für das Leben der Mutter?«

Ulrike Gürtler verstummte abermals.

Horndeich sagte nichts. Und auch keiner der anderen Beamten im Raum. Es dauerte zwanzig Sekunden, bis die Frau vor ihnen weitersprach, deren Ausdruck jegliche Härte hinter sich gelassen hatte: »Ich bin von Travemünde aus mit der Fähre nach Trelleborg gefahren. Mein Ferienhäuschen steht am Vänernsee. Erst nach Norden. Richtung Malmö.

Und dann diese Frage. Stirbt meine Schwester, damit ich in Schweden leben kann? Hat meine Nichte keine Mutter mehr, damit ich in Schweden leben kann?

Ich habe die Frage mit Nein beantwortet und bin auf die Öresundbrücke abgebogen, zurück nach Dänemark. Und von dort aus bin ich wieder zurückgefahren, hierher.«

Horndeich schwieg.

Ulrike Gürtler schwieg.

Auch so ein Schweigen, bleischwer, mit schweren Regen- und Gewitterwolken im Raum. Es wollte nicht regnen, die erlösenden Blitze wollten nicht zucken, und Horndeich überlegte, wie er die Spannung lösen konnte.

»Frau Gürtler, ich stelle Ihnen jetzt einfach ganz direkt Fragen, die wir uns noch nicht beantworten konnten. Sie haben sehr viel Zeit und sehr viel Geld investiert, Margot Hesgart als Täterin für diese drei Morde zu inszenieren. Ich verstehe, dass Sie extrem sauer waren, dass Margot Hesgart Sie am frühen Abend des 23. Oktober mit auf das Präsidium genommen hat. Wir müssen nicht darüber diskutieren, ob das rechtens war oder nicht. Aber was mich interessiert, ist die Frage, wie Sie darauf gekommen sind, diese drei Menschen umzubringen. Und ganz besonders: Warum Sie Margot Hesgart als die Schuldige inszeniert haben.«

»Ich möchte eins anmerken: Ich sage das alles hier und jetzt aus freiem Willen aus. Sie müssen danach nichts mehr ermitteln, sondern Sie haben einfach meine Aussage. Vielleicht wird das den Richter milde stimmen, wenn es darum geht, welche Strafe mir zuteilwird. Also: Margot Hesgart war daran schuld, dass ich an diesem Abend meinen Dienst bei der Feuerwehr nicht antreten konnte. Stattdessen haben sie einen Milchbubi hinters Steuer des ersten Löschfahrzeugs gesetzt. Und der hat den Ernst der Lage am Steinbruch-Theater nicht erkannt. Hat angefangen, mit Winden Autos wegziehen zu wollen, wo es eigentlich nur eine Entscheidung gibt: Augen zu und durch. Den Wagen zurücksetzen, Anlauf nehmen und diese Scheißkarren, die da im Weg stehen, einfach zur Seite zu sprengen. Das hätte uns ganz bestimmt einige Beschädigungen an unseren Fahrzeugen gekostet, und gleichzeitig hätten wir neunzig Sekunden gewonnen. Neunzig Sekunden, die für das Leben meiner Tochter entscheidend gewesen wären. Hätte man sie neunzig Sekunden früher aus dem Steinbruch-Theater geborgen, hätte man sie neunzig Sekunden früher an ein Beatmungsgerät angeschlossen – meine Tochter hätte überlebt. Also nicht überlebt im klinischen Sinne. Sondern überlebt im menschlichen Sinne. Und Margot Hesgart hat mich aufs Präsidium gezerrt, mich stundenlang festgehalten, Fotos, Fingerabdrücke, DNA-Sicherung unter den Fingernägeln und so weiter. Und ich konnte nicht am Steuer des ersten Löschfahrzeugs sitzen. Mein Gott, ich wäre doch am nächsten Morgen freiwillig auf dem Präsidium erschienen! Ja. Das hat einen gewissen Groll in mir hervorgerufen.«

Horndeich war sich bewusst, dass der letzte Satz der Aussage definitiv zynisch gemeint war. »Und dann?«

»Und dann?« Ulrike Gürtlers Stimme wurde lauter. »Dann hat meine Tochter mehr als vier Jahre lang im Koma gelegen. Bis zum 22. Dezember 2018. Ich hatte jeden Tag der vergangenen Jahre die Hoffnung, dass sie plötzlich aufwacht. Dass sie mich anschaut, dass sie sagt ›Mama?‹. Aber nein, da kam nichts. Außer ihrer Lungenentzündung. Am Ende des letzten Jahres. Fieber. Antibiotikum. Hoffen, Bangen, Warten, Hoffen, Bangen. Aber sie ist gestorben. Am 22. Dezember. Gegangen für immer.«

Horndeich sagte nichts. Und auch die anderen Anwesenden im Raum schwiegen. Und das war gut so.

Ulrike Gürtler fuhr fort: »Ich bin immer im Rewe einkaufen gegangen, dem großen, am Ortsausgang. Auch am Tag des Todes meiner Tochter, am 22. Dezember, nachmittags. Und da habe ich sie gesehen. Margot Hesgart. Die Frau, die mich damals daran gehindert hatte, meinen Dienst zu tun, die mich daran gehindert hatte, Menschenleben zu retten. Wegen einer Lappalie!«

Lappalie kann man so oder so definieren, dachte Horndeich. Ihr damaliger Freund hatte schon einige Blessuren davongetragen aus der Auseinandersetzung mit ihr. Aber er wollte Ulrike Gürtler jetzt nicht korrigieren.

»Sie war nicht allein in dem Markt. Ihre Tochter Dorothee war bei ihr. Ich kannte die junge Frau nicht. Aber es zerriss mir das Herz, als ich die beiden miteinander gesehen habe. Diese Dorothee war genauso alt wie meine Tochter. Und ich habe begriffen, dass sie die Tochter von Margot Hesgart war. Ich habe mich in der Zeit in diesem Markt in ihrer Nähe aufgehalten und viel von dem gehört, was sie sagten. Sie haben sich über die Rezepte ausgetauscht für all die leckeren Dinge, die sie für Weihnachten vorbereiten wollten. Dann habe ich in der Schlange an der Kasse hinter ihnen gestanden. Sicher noch mal zehn Minuten. Da habe ich übrigens auch aufgeschnappt, dass Margot Hesgart eine Bürohilfe sucht. Und das bereits auf ihrer Webseite inseriert hatte. Und dass die Firma gut lief, und dass ihr Lebensgefährte Nick immer wieder in die USA reisen müsste. Was gut wäre, für die Firma. Sie würden wirklich expandieren. Die beiden Frauen haben so glücklich gewirkt. Auch wenn Doro nur ihre Stieftochter war, wie ich später herausgefunden habe. Ich bin ihnen bis auf den Parkplatz gefolgt. Sie haben die Berge der Einkäufe in den Land Rover geräumt. Und noch bevor sie eingestiegen sind, ist Dorothee ganz spontan auf Margot zugetreten und hat sie in den Arm genommen – einfach so. Das war der Moment, in dem ich wusste, dass ich handeln würde. Ich wusste noch nicht, wie, aber ich wusste, dass ich es tun würde.

Zwei Tage danach, Heiligabend am Vormittag, hat mich der Anwalt meines Ex-Mannes angerufen. Der jetzt auch mein Anwalt war, nachdem mein Ex-Mann ja sein gesamtes Vermögen unserer Tochter hinterlassen hat. Ich habe es ja nur treuhänderisch verwaltet. Habe das Heim davon bezahlt.

Aber es waren immer noch ein paar Millionen übrig. Und der Anwalt hat mir mitgeteilt, dass ich jetzt die Erbin bin. Denn Julia hatte keine Geschwister. Ihr Vater war tot. Damit fiel alles an mich.

Und während andere Familien unterm Weihnachtsbaum saßen, habe ich meinen Plan entworfen. Erstens: Ich würde den Anwalt verpflichten, all die Immobilien so schnell wie möglich in Bargeld umzuwandeln. Auch wenn der Erlös dadurch etwas schrumpfen würde. Ich habe ihm eine hohe Provision zugesichert, und schon ist er so gesprungen, wie ich das wollte. Die zweite Entscheidung: Ich würde die Menschen umbringen, die vier, die damals dafür verantwortlich waren, dass die Autos die Feuerwehreinfahrt blockiert hatten. Und drittens: Ich würde es schaffen, all dies Margot Hesgart in die Schuhe zu schieben. Denn dieses Glück zwischen Mutter und Tochter, das konnte und wollte ich nicht ertragen. Und ich habe mir geschworen, dass dies das letzte Weihnachten war, das Margot Hesgart gemeinsam mit ihrer Stieftochter feiern würde. Schließlich konnte ich mit meiner Tochter auch kein Weihnachtsfest mehr verbringen. Es war einfach nur … gerecht.«

Wieder machte sie eine kurze Pause. Dann fuhr sie fort: »Damals, nachdem sie nach dem Brand meine Tochter ins Krankenhaus gebracht hatten, habe ich sofort mit meinen Kollegen von der Feuerwehr geredet. Sie haben mir den Film gezeigt, den Film, auf dem die Kennzeichen der Autos zu erkennen waren. Ich war ja mal bei der Polizei. Und da war er, Marek, ein ehemaliger Polizeikollege, er hat mir geholfen. Er hat mir gesagt, wem die Autos gehören. Dieser Markus Böhmer war ja mit seiner Freundin Franziska Wölzer auf der Wache gewesen und hat Rabatz gemacht. Er hat getönt, sie wäre Zeugin, dass die Feuerwehr seinen Wagen beschädigt hätte. Da wusste ich, dass sie dabei gewesen war. Ich war an dem Tag nicht da, aber man hat es mir erzählt. War auch besser so, dass ich nicht dabei gewesen bin …

Und dann dieser Lüttgers – er kam auch auf die Wache, zusammen mit Wegenthal, der also auch dabeigewesen war. Die wollten sich entschuldigen, wegen ihres Wagens. Haben dreihundert Euro in unsere Kaffeekasse gelegt. Nette Geste. Hat meine Tochter aber auch nicht aufwachen lassen.

Nun wusste ich also, wer die Menschen waren, die dafür gesorgt haben, dass meine Tochter ins Koma gefallen ist. Die zwei, die die Autos abgestellt haben. Und die Beifahrer, die nichts dagegen unternommen haben, als die Autos in der Einfahrt standen. Aber ich habe damals den Ball flach gehalten. Ganz flach. Ich habe nichts getan. Habe nur gehofft, dass meine Julia wieder aufwacht. Aber das alles hat sich geändert, als meine Tochter gestorben ist und ich an diesem Tag, zwei Tage vor Weihnachten, in diesem verdammten Rewe-Markt war. Ich habe dann nach Margot Hesgart gegoogelt. Bin auf die Firma gestoßen. Und im Januar stand ich auf der Matte.«

»Sie haben zu diesem Zeitpunkt nicht mehr gearbeitet?«, wollte Horndeich wissen.

»Ich? Ich hatte plötzlich Kohle ohne Ende. Ich habe sofort bei der Feuerwehr gekündigt. Und mich ganz auf meinen Plan konzentriert. Vormittags habe ich bei Margot Hesgart gearbeitet, nachmittags habe ich die drei anderen verfolgt und beobachtet. Volker Lüttgers war ja bereits verstorben.

Ich habe dann den Wagen gekauft. Den Land Rover. Ich habe die Kennzeichen nachprägen lassen. Ich habe mir falsche Fahrzeugpapiere auf den Namen Margot Hesgart besorgt. Und auch die falschen Papiere für mich. Die aus dem Notfallpack im Rucksack. Zum Glück konnte ich einige alte Kontakte aus meiner Zeit als Polizistin reaktivieren. Also, ich meine jetzt nicht Kollegen. Sondern die schrägen Vögel. Ich habe den Gefrierschrank bestellt. Ich habe mir die Perücke anfertigen lassen. Alles ganz einfach, wenn man Kohle hat.«

Horndeich gab sich sachlich: »Und wie sind Sie an die Waffe von Margot Hesgart gekommen?«

Ein Lächeln umspielte Ulrike Gürtlers Lippen: »Ich habe als Bürokraft bei Hesgart & Peckhard gearbeitet. Ein Beratungsunternehmen für Sicherheitstechnik. Das macht das Leben etwas einfacher. Bereits nach wenigen Tagen im Job wusste ich genau, wo ich Kameras herbekomme, die all das aufzeichnen würden, was ich brauchte. Eine winzige Kamera, versehen mit einem Sender und einem Bewegungsmelder. An der richtigen Stelle angebracht. Unauffällig. Margot selbst hat mir die besten Tipps gegeben, als ich mich interessiert gezeigt habe, für ihre Firma, für das, was sie taten, für das, was sie ihren Kunden rieten. Ich musste nur das umsetzen, was Margot Hesgart mir erzählt hat. Okay, erweitert um einen kleinen Anteil krimineller Energie. Ich habe sie so angebracht, dass sie wirklich kaum zu entdecken waren – und schon beim ersten Mal hat es geklappt: Margot hat den Safe geöffnet, und ich hatte die Kombination. Womit ich die Pistole an mich nehmen konnte, als ich sie brauchte. Denn ich wusste ja auch, wie oft Margot damit schießen geht. Hat sie mir alles bereitwillig gesagt. Perfekt. Ich hatte sicherheitshalber in mehreren Zimmern Kameras angebracht. Und nachdem ich einmal – fast versehentlich – die Alarmanlage des Hauses ausgelöst hatte, bekam ich auch deren Code. Ich habe die Schlüssel nachmachen lassen – und wenn Nick in den USA war und Margot einkaufen ging, konnte ich mich völlig frei im ganzen Haus bewegen.«

Horndeich hielt inne. Klang logisch. Aber das mit dem Blut war noch nicht geklärt. »Und Margots Blut?«

Diesmal ließ sich Ulrike Gürtler etwas mehr Zeit. Dann sagte sie: »Ich sagte ja schon, dass ich seit Jahren Blut spende. Ich bin mit den Abläufen absolut vertraut. Die einzige Frage war, wie gelingt es mir, die Leute von den Proberöhrchen abzulenken? Und auch das war ganz einfach. Böller vor der Halle. In einem Papierkorb. Ich habe sie ausgelöst über ein Handysignal. Auch dafür findet man Anleitungen im Netz, wenn man weiß, wonach man sucht. Ein paar Prepaid-Handys mit anonymen SIM-Karten – die Grundausstattung hatte ich bereits Ende Januar zusammengekauft. Als bei der Spende Margot Hesgarts Blut für die Untersuchung abgenommen gewesen war, also die vier Röhrchen gefüllt waren und dann der halbe Liter Blut in den Beutel lief, den sie spenden sollte, da habe ich die Explosion ausgelöst. Ich wusste nicht, ob es funktioniert. Aber der Plan war, eines der Proberöhrchen zu nehmen, den Verschluss zu lösen, einen kleinen Teil des Blutes in mein Röhrchen zu träufeln, das Proberöhrchen wieder zu verschließen und an seinen Platz zu stellen. Es hat funktioniert. Alle Proberöhrchen waren in Ordnung, und dass in einem der Gefäße ein klein bisschen weniger Blut war, als in den anderen, hat niemand bemerkt. Das Blut wird ja manuell abgezwackt, da kann es immer Schwankungen geben. Und tatsächlich, es hat funktioniert. Ich habe mich gefreut wie ein Kleinkind. Die Geschichte mit dem Land Rover und auch die Geschichte mit der Pistole – das war schon großes Kino. Aber dass tatsächlich der Coup mit dem Blut noch gelungen ist, ja, das war das Sahnehäubchen.«

»Und dann sind Sie doch umgekehrt? Als Sie schon in Schweden waren?«

Ulrike Gürtler schwieg.

Nicht nur fünf Sekunden.

Nicht nur zehn Sekunden.

Sondern fast eine halbe Minute.

Horndeich unterbrach den Gedankengang nicht. Er wusste, es würde das finale Geständnis sein.

»Ja. Ich bin zurückgefahren. Wegen meiner Schwester. Und wegen meiner Nichte.«

Abermals hielt sie inne. Abermals unterbrach Horndeich ihren Gedankengang nicht.

Wenig später sprach sie weiter: »Meine Tochter ist ins Koma gefallen. Meine Tochter ist gestorben. Ich habe ihren Tod gesühnt. Ich dachte, damit könnte ich für den Rest meines Lebens gut leben. In Schweden. War irgendwie schon immer mein Traumland. Und dann diese Scheißnachricht von meiner Schwester.

So hatte ich mir das nicht vorgestellt. Ich habe gedacht, in ein, zwei, drei, Jahren, da könne ich wieder Kontakt zu ihnen aufnehmen. Und vielleicht würden wir uns treffen. In Schweden. In meinem Häuschen.

Bullshit!

Hat nicht funktioniert. Wenn ich in Schweden geblieben wäre, wäre meine Schwester gestorben. Und meine Nichte in ein Heim gekommen.

Die Alternative war einfach: Meine Schwester lebt. Meine Nichte lebt bei ihrer Mutter. Und ich gehe in den Bau.

Ich habe viele Stunden nachgedacht. Viele Stunden! Das dürfen Sie mir glauben, Herr Horndeich. Und dann bin ich in Trelleborg angekommen.

Geradeaus Richtung Vänernsee.

Nach links Richtung Öresundbrücke.

Nun, das Ergebnis meiner Überlegungen sitzt vor Ihnen.«

EPILOG

Sie saßen am Ballonplatz.

Sebastian Rossberg hatte darauf bestanden. Auf das klärende Gespräch in diesem kleinen Café *Aniko Coffee Roasters*. »Der Cappuccino hier ist ein Traum«, hatte Sebastian Rossberg verkündet, um ein Gespräch auf die Schienen zu bringen.

Er saß am Tisch, Chloe neben ihm, und auch Doro fehlte nicht. Horndeich wusste selbst nicht genau, weshalb, aber er hatte Che mitgenommen. Der sich zu seinen Füßen im Schatten niedergelassen hatte.

Sebastian hatte Lisette gebeten, Kaffee und Kuchen bitte an den Tisch im Freien zu bringen. Für gewöhnlich holte man Getränke selbst ab. Aber Horndeich hatte den Eindruck, dass Sebastian Rossberg in den vergangenen Tagen um mehrere Monate gealtert war. Und er hatte auch den Eindruck, dass Lisette die älteren Herrschaften gern unterstützte. Sie brachte die vier Cappuccini nach draußen, ebenso vier Stücke des Nuss-Apfel-Mandel-Kuchens. »Ist so was von lecker«, sagte Sebastian Rossberg, als die junge Frau Kaffee und Kuchen auf dem Tisch verteilte.

Doro schwieg. Es war eindeutig Sebastian Rossbergs Aufgabe, das Verhältnis zu Steffen Horndeich wieder zu glätten. Ja, Horndeich freute sich, hier mit diesen drei Personen zu sitzen und das, was zwischen ihnen stand, aus dem Weg zu räumen. Und gleichzeitig haderte er damit, dass es überhaupt eine Situation gegeben hatte, die dieses Treffen hier auf dem Ballonplatz jetzt nötig machte.

»Ich kann nur eines sagen: Entschuldigung. Entschuldigung dafür, dass ich … dass wir an dir gezweifelt haben. Dass wir nicht gesehen haben, dass du Margot ebenfalls für unschuldig gehalten hast. Und dass dein Job es dir unmöglich gemacht hat, dich mit uns solidarisch zu zeigen.«

Sie schwiegen. Horndeich wusste nicht, was er sagen sollte.

»Ach, Scheiße, mach's uns doch nicht so schwer!«, sagte Doro und sah Horndeich an. Dennoch wusste Horndeich immer noch nicht, was er sagen sollte.

Wieder schwiegen sie. Nippten an ihren Cappuccini, die Lisette mit einer wundervollen Blume verziert hatte. Habe ich jemals in meinem Leben eine Blume getrunken?, dachte Horndeich. Er genoss das Kuchenstückchen, obwohl bei den Außentemperaturen ein Eis eigentlich besser gepasst hätte.

Es war Chloe, die die richtigen Worte fand. Nein, es waren nicht die Worte. Es war ihre Mimik, und es war die Geste, Horndeichs Hand mit ihren beiden Händen zu umschließen. Sie sprach mit ihrem wundervollen amerikanischen Akzent: »Wir können es nicht – untun – nein, ich glaube nicht, dass das das richtige Wort ist. We can't undo it.«

»… ungeschehen machen …«, murmelte Doro.

»Exactly, *ungeschehen* machen. Ihr Deutschen habt lustige Worte!«

Alle vier lachten ein wenig zu laut. Der Versuch, das Eis zu brechen, die Zäune einzureißen, die Gräben zuzuschütten.

Chloe fuhr fort: »Wir haben dir unrecht getan, und daran können wir jetzt leider nichts mehr ändern.«

Ja, da hatten sie verdammt noch mal recht, dachte Horndeich. Sein linker Arm schmerzte. Ein Zeichen dafür, dass er unter Stress stand. Würde das immer so bleiben? Oder würde er seinen Arm irgendwann einfach wieder ganz normal als Arm wahrnehmen und nicht als Seismograf für sein psychisches Befinden oder den Wetterumschwung?

Chloe hatte Horndeichs Hand nicht losgelassen. »Ich kann nur eines sagen. Es ist das Einzige, was mir einfällt. Wir können das, was geschehen ist, nicht – unschehen? – machen?«

»… ungeschehen …«, wiederholte Doro flüsternd.

»Aber eins ist sicher: Du bist der beste Papa. Stefanie könnte sich keinen besseren wünschen. Alexander auch nicht. Aber das ist ein anderes Thema. Du, Steffen Horndeich, bist ein Ritter. Ein Ritter, mit dem Pfeil in der Hand auf deinem weißen Pferd.«

»… mit der Lanze …«, schob Doro flüsternd ein.

»Und wenn irgendjemand auf dieser Welt deiner Tochter … schlecht kommt?«

»… blöd kommt …«

»… dann wirst du diesen Pfeil nehmen und deine Tochter verteidigen. Und wenn irgendjemand dir schlecht kommt, dann wird deine Tochter den Pfeil nehmen und in andere bohren. Du verstehst, was ich meine?«

Auch ohne Doros Korrekturen hatte Horndeich verstanden. Er hätte genauso reagiert wie Sebastian Rossberg, wenn irgendjemand seine Tochter Stefanie verdächtigt hätte. Und Stefanie hätte sich, ebenso wie Doro, mit jedem solidarisch erklärt, der auf der Seite ihres Vaters, also auf seiner Seite stand.

»Sei nicht verrückt auf uns! Bitte sei nicht mehr verrückt auf uns!«

Doro sah Horndeich an. »Sie meint: Bitte sei uns nicht mehr böse. Don't be mad at us anymore.«

Horndeich schob sich einen Bissen des leckersten Nusskuchens, den er seit Ewigkeiten gegessen hatte, in den Mund. Dann musste er loslachen. »… sei nicht mehr verrückt auf uns …«, prustete er los, und ein paar der Nussstückchen landeten wieder auf dem Teller. Und einige auch auf dem Boden. Worüber sich Che freute.

Ein wenig fühlte Horndeich sich an die Asterix-Bände erinnert, die er schon als Kind so gern gelesen hatte. Das große Wildschwein-Essen am Ende jedes Abenteuers hatte ihm immer besonders gefallen. Troubadix hing geknebelt und gefesselt vom Baum, aber Horndeich fiel in seinem Garten niemand ein, dem er diese Rolle hätte zukommen lassen wollen. Stattdessen hatten er und Sandra ein großes Büfett aufgebaut.

Vor fünf Stunden hatte er noch auf dem Ballonplatz im Café gesessen, nun saßen sie alle gemeinsam im Garten des Hauses im Richard-Wagner-Weg 56. Und alle waren da. Nicht nur Sebastian Rossberg, mit Chloe und Doro. Auch Margot. Mit Nick. Und Horndeichs Schwiegereltern hatten es sich ebenfalls nicht nehmen lassen, zu der kleinen Spontanfeier dazuzustoßen. Sebastian Rossberg war wieder der Herr am Grill. Und sogar Horndeichs Mama war an jenem Abend eingeladen. Stefanie hatte darauf bestanden. Ein großes Fest war ein großes Fest, und ein großes Fest ohne die Oma Nummer zwei war kein großes Fest. So einfach war die Welt. Wo seine Tochter recht hatte, hatte sie recht. Und auch Stefanie durfte noch länger aufbleiben, obwohl am nächsten Tag Schule war.

Dann war sie in Richtung Grill gerannt, hatte ihren Opa umarmt, der gar nicht ihr Opa war, sondern Margots Vater, und hatte die rhetorische Frage gestellt: »Es gibt niemanden auf der Welt, der so gut grillen kann wie Opa Sebastian, oder?«

Ja, damit hatte sie zweifelsohne recht. Und Alexander kam auf ihn zu und sagte: »Und Che ist der beste Hund, oder?« Das oder war nicht ernst gemeint.

Sandra hatte mehrmals an diesem Abend Horndeichs Nähe gesucht. Ihn berührt, ihn gestreichelt, ihm das Gefühl gegeben, Gastgeber, nein, Held des Abends zu sein.

Sie alle saßen an der großen Tafel, als das Gartentörchen wieder laut quietschte. Leah und Feller betraten den Garten. Horndeichs erster Gedanke war, dass dieses Quietschen jene fürchterliche Situation eingeleitet hatte, bei der Margot zum ersten Mal wirklich in Verdacht geraten war. Aber im nächsten Moment traute er seinen Augen nicht: Da lag Leahs Hand in jener von Feller, während sie in den Garten schritten.

Und es war Leah, mit offenem Haar, die Horndeich ansah und wusste, dass sie in diesem Moment etwas erklären musste. Sie drückte Richard Feller einen Kuss auf die Wange und sagte nur ein Wort: »Ja.«

Mehr war nicht zu sagen. Und Quasselstrippen waren sie ja beide nie gewesen.

Sandra zauberte zwei weitere Gedecke auf den Tisch, und Sebastian Rossberg verteilte die Ergebnisse seiner Grillkunst auf den Tellern.

Und es war auch Margot zu verdanken, dass die Stimmung so gelöst war. Das Kapitel mit ihr als Verdächtiger schien abgehakt zu sein. Sie lachte mit allen, scherzte, war völlig gelöst. Sie war laut. Und »laut« und Margot, das waren zwei Begriffe, die bislang nicht miteinander korrespondiert hatten. Nick herzte, küsste und umarmte sie immer wieder. Und beide strahlten nur eines aus: Sie waren froh, dass dieser Albtraum ein Ende hatte.

Sie aßen.

Sie tranken.

Sie lachten.

Und dann war es Stefanie, die auf ihren Papa zukam und sagte: »Papa, was ist? Du lachst gar nicht?«

Horndeich klopfte auf seinen Oberschenkel, und seine Tochter wusste, was das bedeutete: Komm zu mir. Nicht wie ein dressierter Hund. Sondern Horndeich brauchte seine Tochter jetzt in seiner Nähe. Und auch wenn Stefanie noch immer erst die Grundschule besuchte, spürte sie solch feine Schwingungen sehr genau.

Sie lief auf ihren Papa zu, der hob sie auf seinen Schoß.

Dann sagte Steffen Horndeich: »Ich muss euch etwas mitteilen.«

Alle Augen waren auf ihn gerichtet, niemand sagte ein Wort.

Horndeich sah in die Runde.

Es war Feller, der aussprach, was in der Luft lag: »Du wolltest uns sagen, dass du aufhörst. Dass ich und Leah den Job nun allein machen sollen. Stimmt's, oder habe ich recht?«

Horndeich zögerte kurz. Dann sagte er: »Beides.«

Die Tafelrunde verstummte. Niemand sagte ein Wort. Selbst Stefanie war ruhig, kein gutes Zeichen. Ein Zeichen dafür, dass irgendetwas richtig schieflief.

Es war Margot, die die Situation rettete: »Alles klar, Horndeich. In unserer Firma können wir gute Leute gebrauchen. Und ich habe in den vergangenen Monaten immer wieder Anfragen nach Privatermittlern bekommen. Überleg's dir.«

In diesem Moment grölte Stefanie plötzlich ihre Lieblingslied-Zeile in die Runde: »Das ist hessische Kultur!«

Und Che strich um Horndeichs Beine.

Ja. Seine Karriere bei der Darmstädter Polizei war zu Ende.

Etwas Neues würde beginnen.

Und er hatte kaum den Punkt hinter diesen Gedanken gesetzt, da umschlang ihn Sandra. »Keine Kugeln mehr in deinen Körper. Danke«, flüsterte sie und küsste ihn.

Horndeich wusste, dass es richtig war.

Ganz besonders, als Stefanie ihn plötzlich ebenfalls umarmte.

Und der kleine Alexander rannte heran und umfasste ein Bein von Horndeich. Mehr war ja nicht mehr frei.

Es war richtig so.

Keine Kugeln mehr.

Er würde seine beiden Kinder aufwachsen sehen.

Und als ob Sandra seine Gedanken gelesen hätte, sagte sie: »Nicht nur die zwei. Drei.«

NACHWORT UND DANK

Die Grundidee zu diesem Buch entstand nach einer Lesung mit meiner sehr geschätzten Kollegin Elisabeth Herrmann und dem Team von den Darmstädter Krimitagen, Ellen und Fred Hofmann und Judith Kautz. Natürlich geht es in einer solchen Runde immer wieder um das Thema Krimi. Und an diesem Abend kamen wir auf einen Rachefeldzug, ausgelöst durch die Behinderung von Feuerwehrarbeiten nach einem Konzert.

Doch wer spielt welches Konzert? Diese Frage beantwortete sich im November 2018. Pavlov's Dog – sie sind eine meiner all time favourites. Seit dem Ende der Siebzigerjahre begleitet mich ihre Musik bereits. Ihre ersten beiden CDs sind Werke, die ich in den vergangenen vierzig Jahren immer und immer wieder mal rausgekramt und angehört habe. Und als ich die Gruppe – immer noch mit dem Original-Sänger David Surkamp – im November 2018 in Karlsruhe endlich gesehen habe, entstand sofort die Idee, sie in diesem Roman auftreten zu lassen. Ganz herzlichen Dank an euch, David, Abbie, Manfred und all die anderen, dass ihr euch tatsächlich darauf eingelassen habt, einen fiktiven Gig in meinem Buch zu spielen, obwohl ihr von vornherein wusstet, dass es nach dem Konzert brennen würde. Einen solchen Brand hat es natürlich bei einem Konzert der Gruppe nie gegeben. Aber es gibt tatsächlich Konzert-DVDs – wenn auch nicht aus dem Steinbruch-Theater. Manfred Plötz hat mir zudem besonders geholfen, da er all meine Fragen beantwortet hat, zur Band, zu Konzerten und Konzertmitschnitten. Ganz, ganz herzlichen Dank!

Doch damit ist die lange Liste von Menschen, denen ich zu Dank verpflichtet bin, gerade erst am Anfang. Wie immer bemühe ich mich, dies kurzweilig zu schreiben, damit ich die Chance habe, dass Sie, meine werten Leserinnen und Leser, auch diesen allerletzten Worten noch Beachtung schenken.

Ein herzlicher Dank geht an Alexander Stüllein, heutiger Inhaber des Steinbruch-Theaters. Es ist ja immer ein bisschen heikel, Realität und Fiktion in einem Krimi zu vermischen. Also, um es ganz klar zu sagen: Es hat im Steinbruch-Theater niemals gebrannt. Und schon gar nicht, weil irgendwelche Feuerschutzbestimmungen nicht eingehalten worden wären. Zu dem Zeitpunkt, als Pavlov's Dog in meinem Roman dort gespielt hat, stand das Steinbruch-Theater ohnehin leer – es war die Zeit zwischen einem Inhaberwechsel. Alexander Stüllein hat sich Zeit genommen, mich durch das Theater zu führen, mir einen Blick hinter die Kulissen zu gewähren – umso mehr wünsche ich mir natürlich sehr, dass auch Pavlov's Dog einmal hier spielen!

Auch dieses Buch spielt zur Zeit das Schlossgrabenfestes, wie es schon einmal der Fall gewesen war, aber das ist jetzt bereits elf Darmstadtkrimis her. Warum also nicht noch einmal? Zumal Horndeich mit diesem Fest doch sehr angenehme Erinnerungen verbindet. Dass das Schlossgrabenfest auch elf Jahre nach besagtem Buch immer noch besteht, freut mich persönlich sehr! Die Stadt feiert und macht die Straßen dicht. Als Autofahrer, der dann auch im Stau steht, finde ich es trotzdem gut, dass sich Darmstadt diesen Luxus erlaubt. Denn sonst hätte ich zum Beispiel kaum die Chance gehabt, das tolle Konzert von Ann Doka zu sehen oder jenes von Lichtenberg, beide sehr inspirierend!

Besonders danken möchte ich Matthias Schmidt von der Feuerwehr Darmstadt, der sich viel Zeit genommen hat, mir die Abläufe eines Einsatzes der Feuerwehr zu beschreiben. Und eben auch eine Situation, wenn tatsächlich jemand mit